Les Soirées de Médan

Les Soirées de Médan

L'Attaque du moulin par Émile Zola
Boule de suif par Guy de Maupassant
Sac au dos par Joris-Karl Huysmans
La Saignée par Henry Céard
L'Affaire du Grand 7 par Léon Hennique
Après la bataille par Paul Alexis

●

PRÉSENTATION
NOTES
DOSSIER
CHRONOLOGIE
BIBLIOGRAPHIE

par Alain Pagès et Jean-Michel Pottier

GF Flammarion

Professeur de littérature française à l'université de la Sorbonne nouvelle-Paris 3, Alain Pagès est l'auteur de plusieurs ouvrages portant sur l'engagement de Zola dans l'affaire Dreyfus et sur l'histoire du mouvement naturaliste, notamment *Zola et le groupe de Médan. Histoire d'un cercle littéraire* (Perrin, 2014). Il a édité, dans la collection GF, une anthologie de la *Correspondance* de Zola (2012).
Maître de conférences en littérature française à l'université de Reims Champagne-Ardenne, Jean-Michel Pottier a participé à l'édition de plusieurs ouvrages portant sur la période naturaliste. Il a édité une partie du *Journal* de J.-H. Rosny aîné et a collaboré à l'édition des lettres d'Émile Zola à son épouse Alexandrine (Gallimard, 2014).

ISBN : 978-2-0812-5623-1

Présentation

Six noms sont rassemblés sur la couverture des *Soirées de Médan* : ceux d'Émile Zola et de ses disciples, Guy de Maupassant, J.-K. Huysmans, Henry Céard, Léon Hennique et Paul Alexis. Publié en 1880, dix ans après la défaite de Sedan, ce recueil de nouvelles porte sur la guerre de 1870. Il s'ouvre sur « L'Attaque du moulin » de Zola, que suivent « Boule de suif » de Maupassant, « Sac au dos » de Huysmans, « La Saignée » de Céard, « L'Affaire du Grand 7 » d'Hennique et « Après la bataille » d'Alexis.

Quelle image de la guerre est proposée au lecteur ? « L'Attaque du moulin » montre l'absurdité de toute entreprise militaire : Zola décrit la reconquête d'un moulin par un détachement de l'armée française, victorieux certes, mais à l'issue d'un affrontement qui a coûté la vie à ses habitants. Les autres nouvelles offrent une vision plus noire encore. On découvre l'errance de deux soldats malades de la dysenterie dans « Sac au dos » de Huysmans ; la folie d'une garnison mutinée qui s'attaque à une maison close et massacre un groupe de prostituées, dans « L'Affaire du Grand 7 » d'Hennique ; ou encore, dans l'histoire que rapporte Alexis, la rencontre, au soir d'une bataille, entre un soldat et une jeune femme véhiculant un cercueil qui contient le corps de son mari tué au combat. Le tableau historique le plus complet figure dans la nouvelle de Céard, « La Saignée » : celle-ci a pour cadre le siège de Paris ; elle met en scène le personnage d'un général en chef, soumis à la volonté de sa maîtresse, Mme de Pahauën, et qui, pour céder à ses caprices, envoie à la mort quelques milliers de soldats. « Boule de suif », la nouvelle de Maupassant, est restée la plus célèbre de toutes. Elle raconte l'histoire d'un groupe de voyageurs qui, pendant l'occupation de Rouen, en janvier 1871, obtiennent des autorités prussiennes l'autorisation de se rendre au Havre ; mais, au milieu du trajet, leur voiture est immobilisée par un officier prussien qui exige, comme laissez-passer, que lui soient accordées les faveurs d'une des passagères, une courtisane, surnommée « Boule de suif ».

Dans un article paru en première page du *Gaulois*, le 17 avril 1880 – le jour de la sortie en librairie du volume –, Maupassant proposa un récit qui expliquait comment les différentes nouvelles avaient été composées. D'après ce récit, la décision de composer le recueil avait été prise à Médan, dans la maison de campagne de Zola, au cours de l'été précédent... Un soir, par une nuit de pleine lune qu'embaumaient les odeurs de feuilles, ils se trouvaient tous réunis dans une petite île située au milieu de la Seine, en face de la demeure du romancier. Séduits par ce cadre enchanteur, désireux de renouer avec l'antique tradition des conteurs, ils avaient décidé de prendre la parole à tour de rôle pour inventer des histoires. Zola avait commencé avec « L'Attaque du moulin » ; et ses compagnons l'avaient imité en conservant le même thème, chacun traitant à sa façon une « page de l'histoire sinistre des guerres [1] ».

En évoquant cette genèse, l'article de Maupassant plaçait le recueil des *Soirées de Médan* dans la lignée du *Décaméron* de Boccace. Il lui attribuait la même origine énonciative : celle d'une parole collective produite par plusieurs auteurs, transmise de l'un à l'autre, et portée

---

1. « *Les Soirées de Médan*. Comment ce livre a été fait », *Le Gaulois*, 17 avril 1880 : voir les extraits de cet article proposés dans le Dossier, p. 299-301 et 313-315.

par une commune inspiration créatrice. Pour lancer la publicité du volume, il conférait à la demeure de Médan une dimension mythique, rappelant la villa des environs de Florence où s'étaient retirés les conteurs du *Décaméron* pendant l'épidémie de peste qui ravageait la cité italienne. Ce qu'il disait ne correspondait pas aux circonstances réelles qui avaient entouré la publication du recueil. Mais cela n'avait guère d'importance. Ce qui comptait, c'était cette vérité du mythe qu'il s'efforçait d'installer et à laquelle faisait écho la courte préface placée en tête du volume : les auteurs y déclaraient que leur intention était « d'affirmer publiquement » leurs « véritables amitiés », en même temps que leurs « tendances littéraires ».

Comment faut-il entendre cette déclaration qui fait de l'amitié le moteur d'un projet esthétique ? Après avoir retracé l'histoire des relations qui ont uni Zola et ses compagnons, on s'interrogera sur la signification d'un volume qui a choisi d'aborder le sujet de la défaite de 1870 à une époque où cette question était particulièrement brûlante, dans une France obsédée par le souvenir du désastre de Sedan.

LA BATAILLE NATURALISTE

On ne peut comprendre la publication des *Soirées de Médan* que si on la replace dans un contexte bien précis, celui de l'émergence du mouvement naturaliste dans la seconde moitié du XIXe siècle. Trois dates peuvent servir de points de repère : 1865, la publication de *Germinie Lacerteux* des frères Goncourt ; 1868, la deuxième édition de *Thérèse Raquin* ; 1877, la parution de *L'Assommoir*. Elles montrent de quelle façon, en une dizaine d'années, entre la fin du Second Empire et les débuts de la IIIe République, l'horizon de la littérature a pu se transformer d'une manière radicale.

En 1865, Zola – alors âgé de vingt-cinq ans – découvre avec enthousiasme l'histoire tragique de Germinie Lacerteux, une domestique entraînée progressivement dans la déchéance physique parce qu'elle est la victime du désir des hommes. Dans un article du *Salut public* de Lyon (qui sera repris ensuite dans *Mes Haines*), il salue cette œuvre « excessive et fiévreuse », en déclarant : « MM. de Goncourt ont écrit pour les hommes de nos jours ; leur Germinie n'aurait pu vivre à aucune époque que la nôtre ; elle est fille du siècle [1]. » Appliquant dans *Thérèse Raquin* les leçons qu'il a retenues de ses prédécesseurs, il en définit les principes en 1868, dans la préface qui accompagne la deuxième édition du roman, où il se félicite d'appartenir au « groupe » de ces « écrivains naturalistes » qui ont le courage de produire « des œuvres fortes », en accord avec la vision qu'apporte la science contemporaine. Un peu moins de dix ans plus tard, ce groupe acquiert une existence publique lorsque *L'Assommoir* rencontre un succès de scandale attisé par la véhémence d'une critique qui reproche à Zola sa peinture outrancière des milieux populaires et son usage de l'argot. La publication du roman en feuilleton provoque des polémiques. Proposée d'abord dans *Le Bien public*, du 13 avril au 7 juin 1876, elle est interrompue par les réactions scandalisées des lecteurs, et elle ne peut reprendre que grâce à l'accueil qu'offre à Zola *La République des Lettres*, une revue d'avant-garde dirigée par Catulle Mendès : la dernière partie du roman y trouve refuge entre le 9 juillet 1876 et le 7 janvier 1877.

Pour défendre *L'Assommoir*, les jeunes disciples de Zola font bloc. Ils prennent la décision de répondre aux attaques qui visent l'esthétique naturaliste. Le 23 janvier 1877 – la veille de la publication en librairie du roman –, Léon Hennique prononce une conférence retentissante dans une salle située 39, boulevard des Capucines.

1. *Mes Haines*, éd. F.-M. Mourad, Paris, GF-Flammarion, 2012, p. 105.

Devant un auditoire stupéfait, il déclare que la qualité littéraire de *L'Assommoir* est bien supérieure à celle du dernier roman que Victor Hugo vient de livrer au public : *Quatrevingt-treize.* Massés au premier rang, ses amis applaudissent, pendant qu'une partie de la salle réagit avec hostilité. « Un grand merci, écrit Zola à Hennique, trois jours plus tard, le 26 janvier. Il paraît que vous avez été superbe de calme, de dignité et de netteté. Voilà encore un pavé dans le sac du romantisme agonisant. Soyez assuré que certaines gens ne vous pardonneront jamais. Je ne vous remercie pas en mon nom seulement, mais au nom de toute la jeunesse [1]. »

Quelques semaines plus tard, Huysmans prend le relais en écrivant une longue étude sur l'œuvre de Zola que publie un périodique belge, *L'Actualité.* Il s'efforce d'écarter de la personne du romancier les légendes douteuses qui courent à son sujet et, après avoir présenté le projet des *Rougon-Macquart*, il souligne l'originalité de *L'Assommoir* :

> Ce livre qui navre, comme disent les gens qui ne voient dans un roman que matière à désennui, contient au contraire des pages que soulève un rire rabelaisien, un rire énorme ! […] Ah ! criez, tempêtez, rougissez, si cela vous est possible, dites que *L'Assommoir* est populacier et canaille, dites que les gros mots vous désarçonnent, qu'importe ! les artistes, les lettrés voguent en plein enthousiasme, car ce livre fourmille d'incomparables chapitres [2] !

Ces efforts conjugués sont couronnés par un événement que les histoires littéraires considèrent souvent comme l'acte de baptême de la nouvelle école naturaliste : le 16 avril 1877, à la brasserie Trapp, près de la

---

1. Émile Zola, *Correspondance*, sous la dir. de B. Bakker, Montréal-Paris, Presses de l'université de Montréal & Éditions du CNRS, 10 tomes, 1978-1995, ici t. II, p. 530.

2. « Émile Zola et *L'Assommoir* », *L'Actualité* (Bruxelles), mars-avril 1877 (repris dans *Zola*, Bartillat, 2002, p. 78-79).

gare Saint-Lazare, Flaubert, Zola et Edmond de Goncourt sont salués par leurs jeunes disciples, Maupassant, Huysmans, Hennique, Céard et Alexis, auxquels s'est joint Octave Mirbeau. Quelques jours plus tôt, *La République des Lettres* de Catulle Mendès a dévoilé le menu du repas : « Potage purée *Bovary*, truite saumonée à la *fille Élisa*, poularde truffée à la *Saint-Antoine*, artichauts au *cœur simple*, parfait *naturaliste*, vin de *Coupeau*, liqueur de *l'Assommoir*, etc. » Composé de manière parodique, ce menu imaginaire fait référence à *Madame Bovary* et à *L'Assommoir* ainsi qu'aux œuvres récentes publiées par Goncourt et Flaubert : *La Fille Élisa* de Goncourt, qui vient de sortir en librairie ; « Un cœur simple » de Flaubert (le premier des *Trois Contes*), qu'on peut lire alors en feuilleton dans *Le Moniteur universel* ; et *La Tentation de saint Antoine*, qui date d'avril 1874.

Les convives du dîner Trapp célèbrent les œuvres qui sont au centre de l'actualité littéraire de l'année 1877. Emma Bovary, Gervaise Macquart, la prostituée Élisa et Félicité, la servante d'« Un cœur simple », sont les héroïnes invitées de ces agapes masculines. Par leur présence fictive, elles rappellent que la tragédie de la condition féminine constitue un thème central de la création naturaliste.

Edmond de Goncourt a enregistré l'événement dans son *Journal*, à la date du 16 avril : « Ce soir, Huysmans, Céard, Hennique, Paul Alexis, Octave Mirbeau, Guy de Maupassant, la jeunesse des lettres réaliste, naturaliste, nous a sacrés, Flaubert, Zola et moi, sacrés officiellement les trois maîtres de l'heure présente, dans un dîner des plus cordiaux et des plus gais. Voici l'armée nouvelle en train de se former [1]. » Évoquant « l'armée nouvelle » qui se dessine, Goncourt exprime la satisfaction qu'il ressent.

1. *Journal. Mémoires de la vie littéraire*, Robert Laffont, « Bouquins », 1989, t. II, p. 736.

En quelques mots, il résume ce qui constitue la signification symbolique du dîner Trapp : au carrefour des générations, le rendez-vous historique des maîtres et des disciples.

Le groupe des Cinq

Qui sont ces cinq jeunes écrivains qui font preuve de leur enthousiasme littéraire en siégeant à la table des maîtres qu'ils admirent [1] ? Il est nécessaire de revenir en arrière pour expliquer de quelle façon ils se sont rencontrés. Dans cette évocation, nous laisserons de côté Octave Mirbeau, car ce dernier n'a fait qu'un passage éclair dans le groupe, qu'il quittera bien vite, quelques mois après le dîner Trapp.

Le plus proche de Zola, celui qui restera le plus fidèle d'entre tous, est Paul Alexis. Aixois, il partage avec Zola les souvenirs d'une jeunesse vécue dans la cité provençale. Il a fait la connaissance de ce dernier en septembre 1869, lorsqu'il a débarqué à Paris, un an avant la chute du Second Empire. Appartenant à un milieu aisé, mais ayant rompu tout lien avec sa famille aixoise, Alexis évolue dans le monde littéraire sans parvenir à s'y faire un nom. Il gagne sa vie difficilement grâce au journalisme. D'un tempérament dilettante, il lui arrive souvent d'éprouver l'angoisse de la page blanche. Il trouve auprès de Zola le réconfort et les conseils dont il a besoin. L'auteur des *Rougon-Macquart* représente à ses yeux « une sorte de frère aîné » à qui il accorde une affection qu'il ne retirera jamais, se sentant lié avec lui pour le reste de son existence [2].

1. Voir les Notices biographiques, p. 339.

2. Voici comment il évoque sa première rencontre avec Zola dans ses *Notes d'un ami* : « Dès la première poignée de main, je sentis que c'était fini, que je venais de donner toute mon affection, et que je pouvais maintenant compter sur l'amitié solide d'une sorte de frère aîné » (*Émile Zola. Notes d'un ami*, Charpentier, 1882, p. 91). – De cette époque datent deux tableaux peints par Cézanne, alors très proche de

Paul Alexis représente ainsi le premier pilier d'un groupe dont une série de rencontres successives va permettre la formation au cours de l'année 1876. Une étape décisive est franchie en avril 1876. C'est l'époque où les feuilletons de *L'Assommoir* commencent à paraître dans *Le Bien public*. Céard et Huysmans, qui ont lu les premiers *Rougon-Macquart*, s'enthousiasment pour l'histoire de Gervaise. Ils occupent des emplois modestes de fonctionnaires : Céard travaille au ministère de la Guerre, et Huysmans au ministère de l'Intérieur. Passionnés de littérature, ils aimeraient faire part de leur admiration à l'auteur de *L'Assommoir*. Comment pourraient-ils s'y prendre ? Céard fait preuve d'audace. Un dimanche après-midi, il décide d'aller frapper à la porte de Zola, qui habite rue Saint-Georges aux Batignolles. Surpris par sa visite, ce dernier le prend d'abord pour un courtier en vins, travaillant à Bercy, puis, le malentendu dissipé, il l'accueille avec chaleur et, à la suite de leur entretien, il l'invite à revenir le voir en compagnie de son ami Huysmans.

Au début de cette même année 1876, Huysmans a fait la connaissance de Léon Hennique qui collabore, comme lui, à *La République des Lettres* de Catulle Mendès. Né à la Guadeloupe, issu d'un milieu militaire, Léon Hennique a écrit quelques poèmes. En mars 1876 il publie dans *La République des Lettres* des extraits de son premier roman, *Les Hauts Faits de M. de Ponthau*, drame historique d'inspiration romantique. Huysmans, de son côté, a fait paraître à compte d'auteur, en 1874, un recueil de poèmes en prose, *Le Drageoir à épices* (qui sera repris plus tard sous le titre *Le Drageoir aux épices*). Il possède déjà une certaine stature intellectuelle. Il a réuni

---

Zola. Le premier s'intitule *Paul Alexis lisant à Émile Zola*, et le second *Une lecture de Paul Alexis chez Zola*. Les scènes qui sont représentées développent le même thème : on voit les deux hommes plongés dans une séance de travail, l'un lisant un manuscrit, l'autre écoutant ou prenant des notes.

autour de lui un groupe de collègues ou d'amis qu'il reçoit régulièrement à son domicile. Céard et Hennique sont les plus proches. Tous rêvent de gloire littéraire. Ils se trouvent dans la position incertaine des débutants, prêts à toutes les entreprises pour tenter leur chance.

Un soir de décembre 1876, au cours d'une fête nocturne, Huysmans croise Alexis avec qui il sympathise immédiatement. Ils sont quatre désormais, « quatre jeunes » ayant « embouché la trompette du vrai », et décidés à se lancer dans la bataille naturaliste, comme l'explique Huysmans, le 13 janvier 1877, à son ami, le poète belge Théodore Hannon [1]. C'est le moment que choisit Maupassant pour rejoindre le groupe en gestation. Le 17 janvier, ce dernier écrit à Alexis (dont il a fait la connaissance en 1875, par l'intermédiaire de Flaubert) une longue lettre qui constitue un document essentiel. Car on peut y voir l'acte de naissance du groupe des Cinq.

Dans ce texte, Maupassant marque ses distances vis-à-vis de toute forme de dépendance esthétique, en posant l'originalité comme qualité première :

> Je ne crois pas plus au naturalisme et au réalisme qu'au romantisme. Ces mots à mon sens ne signifient absolument rien et ne servent qu'à des querelles de tempéraments opposés.
>
> Je ne crois pas que le naturel, le réel, la vie soient une condition *sine qua non* d'une œuvre littéraire. Des mots que tout cela. […]
>
> Soyons des originaux, quel que soit le caractère de notre talent (ne pas confondre originaux avec bizarres), soyons l'Origine de quelque chose. Quoi ? Peu importe, pourvu que ce soit beau et que cela ne se rattache point à une tradition finie. […]

---

1. Joris-Karl Huysmans, *Lettres à Théodore Hannon (1876-1886)*, éd. P. Cogny et C. Berg, Saint-Cyr-sur-Loire, Christian Pirot, 1985, p. 38.

Aujourd'hui Zola est une magnifique, éclatante et nécessaire personnalité. Mais sa manière est une des manifestations de l'art et non une somme, comme la manière de Hugo était une autre manifestation du même art.

Leur vision et leur interprétation sont différentes ; mais ni l'un ni l'autre n'ouvrent des voies fatales où s'engagera la littérature ; ils le croient tous les deux parce que tous deux ont la personnalité de leur talent. Après les naturalistes viendront, j'en suis convaincu, des archi-idéalistes, parce que les réactions seules sont fatales – l'histoire est là et elle ne changera pas plus que la nature de l'homme. Parce que les romantiques y ont passé, je ne crois pas que le Moyen Âge soit plus fermé que la réalité moderne. Tout est bon à qui sait prendre ; les ridicules d'une école n'ont point clos l'entrée d'une époque historique. Il s'agit d'y voir autrement et de ne pas s'y murer.

Puis il esquisse ce que pourrait être la stratégie du groupe qui vient de se former :

Il faudra discuter sérieusement sur les *moyens de parvenir.* À cinq on peut bien des choses, et peut-être y a-t-il des *trucs* inusités jusqu'ici.

Si l'on faisait le siège d'un journal pendant six mois en le criblant d'articles, de demandes par des amis, etc., etc., jusqu'au moment où l'on y aurait fait entrer tout à fait l'un de nous ? Il faudrait trouver une chose inattendue qui frapperait un coup, forcerait l'attention du public. Peut-être une drôlerie ? Une charge bien spirituelle. Enfin, nous verrons [1].

« Soyons des originaux », « soyons l'Origine de quelque chose », « à cinq on peut bien des choses »… Pragmatique, tournée vers l'action, cette lettre formule une injonction à valeur collective. Analysant le paysage littéraire de l'époque, elle définit les conditions du combat qu'il est possible de conduire.

---

1. Lettre du 17 janvier 1877 à Paul Alexis, in Guy de Maupassant, *Correspondance*, éd. J. Suffel, Évreux, Le Cercle du bibliophile, 1973 (document en ligne : http://maupassant.free.fr/corresp1.html [lettre n° 60]).

UNE AVENTURE COLLECTIVE

Le programme d'action imaginé par Maupassant engage les Cinq dans une aventure collective qui trouve dans la défense de *L'Assommoir* de quoi nourrir son ardeur belliqueuse. À partir de janvier 1877, ils prennent l'habitude de se retrouver au domicile de Zola, le jeudi soir, comme le raconte Alexis dans ses *Notes d'un ami* : « Dès lors, nous fûmes cinq. Notre petit groupe se trouva indestructiblement constitué. Un beau jeudi soir, tous les cinq, en colonne serrée, nous nous rendîmes chez Zola. Depuis, chaque jeudi, nous y sommes revenus[1]. » *L'Œuvre* de Zola donnera, en 1886, une représentation transposée de ces réunions de groupe, en montrant le romancier Pierre Sandoz accueillant ses amis chez lui, le jeudi soir, avec l'aide de sa femme, Henriette.

On a déjà évoqué, plus haut, deux des épisodes les plus marquants de l'année 1877, la conférence du boulevard des Capucines et le dîner Trapp. Il faudrait décrire aussi – parmi les éléments qui vont contribuer à forger une légende littéraire – les repas réguliers qui ont réuni les membres du groupe des Cinq chez la mère Machini, un bistrot situé près de la place Clichy que les habitants du quartier avaient baptisé du nom de « l'Assommoir » à cause de la médiocre pitance que l'on y servait. Un lieu prédestiné, pour se retrouver entre adeptes de l'esthétique naturaliste ! Alexis évoquera plus tard, avec nostalgie, le souvenir du « troquet-empoisonneur de Montmartre » :

> Quelle époque heureuse, lorsqu'on la revoit en pensée, que cette heure des débuts ! Plus tard, une fois dans la bataille, chacun va de son côté, songe à sa peau, et livre son combat personnel. […] Aussi le meilleur temps est-il celui des débuts, où l'on est vraiment ensemble, où l'on ne se perd pas encore de vue, parce que le rêve est plus pur, plus complet que la

1. *Notes d'un ami*, *op. cit.*, p. 183.

réalité, que l'action, et qu'on se contente encore de caresser en commun un beau rêve [1].

Au-delà du plaisir que procure la chaleur des discussions amicales, il convient d'insister sur cette volonté de produire une œuvre commune qui, dès cette époque, anime Zola et ceux que la critique désigne désormais comme ses disciples – « Messieurs Zola », pour reprendre une formule employée par Montjoyeux dans *Le Gaulois* du 27 décembre 1878. En chef de file conscient de son rôle, l'auteur de *L'Assommoir* encourage ses amis à suivre son exemple. Il les invite à faire aboutir leurs projets. Quand il sent que leurs efforts se relâchent, il manifeste son inquiétude, en termes pressants. Ainsi dans cette lettre écrite à Céard, le 16 juillet 1877, alors qu'il se trouve lui-même en vacances à l'Estaque, près de Marseille :

> Que me dites-vous ? Huysmans a lâché son roman sur les brocheuses ! Qu'est-ce donc ? Un simple accès de paresse, n'est-ce pas ? une fainéantise causée par la chaleur ? Mais il faut qu'il travaille, dites-le-lui bien. Il est notre espoir, il n'a pas le droit de lâcher son roman quand tout le groupe a besoin d'œuvres. Et vous, que faites-vous ? Je vois bien que vous lancez d'anciennes pièces ; cela ne suffit pas, il faut en écrire de nouvelles, et des drames, et des comédies, et des romans. Nous devons d'ici à quelques années écraser le public sous notre fécondité [2].

Et il lance à Hennique, le 2 septembre 1877 : « Ce n'est qu'avec des œuvres que nous nous affirmerons ; les œuvres ferment la bouche des impuissants et décident seules des grands mouvements littéraires. Savoir où l'on

---

1. Paul Alexis, « Au Gymnase », *Le Journal*, 31 janvier 1893 ; cité dans *« Naturalisme pas mort ». Lettres inédites de Paul Alexis à Émile Zola (1871-1900)*, éd. B. Bakker, Toronto, University of Toronto Press, 1971, p. 519.

2. *Correspondance*, *op. cit.*, t. III, p. 79. – Le roman « sur les brocheuses » auquel il est fait allusion est *Les Sœurs Vatard*, que Huysmans publiera en 1879.

veut aller, c'est très bien ; mais il faut encore montrer qu'on y va [1]. »

Ce projet d'une écriture de groupe peut conduire Zola à mobiliser les énergies de ses amis, lorsqu'il s'agit d'affronter la scène théâtrale. En mars 1878, quand il est sur le point de faire représenter au théâtre du Palais-Royal une comédie, *Le Bouton de rose* (qui n'aura d'ailleurs aucun succès), il s'adresse à Céard pour lui demander de l'aide :

> Il m'arrive une tuile, je crois qu'on va jouer décidément *Le Bouton de rose*, et il me faut tout de suite une ronde militaire. Voici le programme : une ronde militaire, très leste, en trois couplets de huit vers chacun, et dans laquelle on introduirait les mots d'argot, par exemple *rigolo*, *pioncer*, *taper dans l'œil*, *très chouette*, *se coller des petits verres dans le fusil*, d'autres encore. Il faudrait que le sujet fût quelque chose dans ce genre : les amours d'un caporal et d'une marquise, ou les amours d'une vivandière (lui donner un nom surprenant) avec un duc qui la fait duchesse. On pourrait, je crois, tout en faisant quelque chose de fou, garder une odeur littéraire.
>
> Pouvez-vous me faire cela, en vous mettant à plusieurs ? Parlez-en donc à Hennique, à Huysmans, à Maupassant et trouvez-moi quelque chose de stupéfiant de bêtise. Vous pourriez tout de suite faire la chose, à vous seul, puis jeudi, on l'épicerait, si on trouvait ensemble quelque bonne folie [2].

Comme on le voit ici, les soirées du jeudi sont mises à profit : le texte écrit par Céard sera repris et transformé par le processus d'une écriture à plusieurs mains. Un travail collectif s'accomplit ainsi, dans la joyeuse animation des réunions de groupe.

Dans le courant de l'été 1878, Zola va plus loin encore. Il entraîne ses amis dans une collaboration théâtrale. Souhaitant tirer une pièce de son roman *La Conquête de Plassans* (sous le titre *L'Abbé Faujas*), il charge deux

1. *Ibid.*, p. 114.
2. Lettre à Céard du 30 mars 1878, *ibid.*, p. 166.

membres de la « petite bande [1] », Céard et Hennique, de l'adaptation et de la récriture. Le plan est arrêté à la fin du mois de juillet. Plusieurs réunions de travail se succèdent, fréquentes pendant la période de l'été, puis un peu plus espacées, quand arrive l'automne ; mais elles n'aboutissent pas, et le projet est abandonné – il resurgira en 1886, avant d'être définitivement enterré.

Au fond, ces échecs ne comptent guère. Ils n'affectent pas les membres du groupe des Cinq qui savent combien il est difficile de s'imposer dans le monde du théâtre. Ce que montrent d'abord ces anecdotes, c'est le dynamisme dont ils font preuve, capables de passer d'un projet à l'autre sans que le découragement les gagne. De cette effervescence créatrice naîtra la publication des *Soirées de Médan*, en avril 1880.

Encore fallait-il un espace qui pût fournir un cadre au mythe de l'écriture collective. Ce cadre, ce sera la petite maison de campagne acquise par Zola, en mai 1878, à Médan, près de Poissy, à une quarantaine de kilomètres de Paris. Le romancier cherchait un endroit calme pour fuir la cohue qui envahissait la capitale à l'occasion de l'organisation de l'Exposition universelle. D'une bicoque achetée sur un coup de tête [2], il fera bientôt son lieu de prédilection, qu'il aménagera et agrandira, et où il aura plaisir à accueillir ses amis.

---

1. Pour reprendre une expression employée par Céard dans une lettre à Zola du 23 décembre 1878 (*Lettres inédites à Émile Zola*, éd. C. Burns, Librairie Nizet, 1958, p. 58). – Le terme « bande » est celui employé dans *L'Œuvre* pour désigner le groupe des artistes qui entourent le romancier Pierre Sandoz.

2. Voir la lettre adressée à Flaubert, le 9 août 1878 : « J'ai acheté une maison, une cabane à lapins, entre Poissy et Triel, dans un trou charmant, au bord de la Seine ; neuf mille francs, je vous dis le prix pour que vous n'ayez pas trop de respect. La littérature a payé ce modeste asile champêtre, qui a le mérite d'être loin de toute station et de ne pas compter un seul bourgeois dans son voisinage. Je suis seul, absolument seul ; depuis un mois, je n'ai pas vu une face humaine » (*Correspondance*, *op. cit.*, t. III, p. 201-202).

« Vous savez bien que la maison vous est ouverte. Venez quand il vous plaira, et tous les jours si vous êtes libre », écrit Zola à Hennique, le 15 août 1878 [1]. Cette invitation, il l'adresse également aux autres membres du groupe. Après son domicile parisien, la maison de Médan constitue le nouveau point de ralliement de la « petite bande ». Elle devient cette thébaïde isolée du monde, favorisant l'amitié, où des projets intellectuels peuvent surgir en toute liberté. Un lieu pour la production d'une nouvelle forme de littérature – ce que symbolise la construction de la tour « Nana », accolée à l'habitation originelle, et au sommet de laquelle l'auteur de *L'Assommoir* a installé son cabinet de travail.

L'ORIGINE DU RECUEIL

Contrairement à ce que laisse penser le récit publié par Maupassant dans *Le Gaulois* du 17 avril 1880, ce n'est pas dans la demeure de Zola, sur les bords de Seine, qu'a été prise la décision de publier le recueil des *Soirées de Médan*. Le projet est né à Paris, au début de l'automne 1879, au cours d'un repas réunissant les membres du groupe des Cinq dans l'un des troquets de Montmartre où ils avaient leurs habitudes. « L'idée nous vint un soir, après dîner, où nous évoquâmes des souvenirs de la guerre de 1870 », rapporte Hennique, sans donner d'autres détails [2].

Pour composer le recueil, on pouvait s'appuyer sur des textes déjà écrits. Huysmans avait publié « Sac au dos » dans *L'Artiste* de Bruxelles, en six livraisons, du 19 août au 21 octobre 1877, et Céard « La Saignée », dans le *Slovo* de Saint-Pétersbourg, en septembre 1879 (sous le titre : « L'Armistice »). Mis au courant du projet, Zola

1. *Correspondance*, *op. cit.*, t. III, p. 208.

2. Entretien avec Amédée Boyer, in *La Littérature et les arts contemporains*, A. Méricant, 1910, p. 94.

l'a tout de suite approuvé, en promettant de faire publier le volume chez son éditeur, Georges Charpentier. Il disposait pour sa part du texte « L'Attaque du moulin », qu'il avait publié dans *Le Messager de l'Europe*, une revue de Saint-Pétersbourg à laquelle il envoyait depuis 1875 des chroniques littéraires mensuelles. La nouvelle avait paru en juillet 1877 sous le titre « Un épisode de l'invasion de 1870 ». Puis elle avait été reprise, en août 1878, dans une revue française, *La Réforme*, sous le titre, cette fois, de « L'Attaque du moulin ».

Pour les trois autres auteurs pressentis, il ne restait donc plus qu'à se lancer dans l'écriture. Maupassant s'est mis au travail avec ardeur. Écrivant à Flaubert, le 2 décembre 1879, il lui annonce qu'il « travaille ferme » à sa « nouvelle sur les Rouennais et la guerre [1] », la future « Boule de suif ». Hennique et Alexis se sont également attelés à la tâche. Soucieux de perfection, Huysmans a tenu à reprendre le texte de « Sac au dos » dont il proposera une version entièrement revue pour le recueil. En dépit du retard pris par Alexis qui a eu du mal à livrer sa copie, le manuscrit du volume est enfin terminé au début de l'année 1880, et remis à l'éditeur.

De quels « souvenirs de la guerre de 1870 » sera-t-il question ? L'indication laconique livrée par Hennique laisse entendre la part d'autobiographie présente dans les récits des *Soirées de Médan*. Car les Cinq appartiennent à une génération qui a été profondément marquée par les épreuves de la guerre : en tant que soldats, ils en ont fait l'expérience directe. Zola, cependant, fait exception. Plus âgé que ses compagnons, il n'a pas été mobilisé en 1870 [2]. Il se présente d'ailleurs comme un simple chroniqueur qui apporte sa contribution à la mémoire collective : lors de la publication de sa nouvelle dans *Le Messager de l'Europe*, il expliquait, dans une note préliminaire, qu'il

---

1. Guy de Maupassant, *Correspondance*, *op. cit.* (lettre n° 153).
2. En 1863, à l'âge de vingt-trois ans, il avait été exempté du service militaire grâce à un tirage au sort favorable.

rapportait « une histoire vécue », « entendue d'un témoin ».

Âgés d'une vingtaine d'années au moment du conflit, les Cinq ont servi dans la garde nationale mobile, composée de la masse des réservistes dont la fonction était de soutenir l'armée de métier. Céard et Alexis ont été incorporés dans les bataillons qui ont défendu Paris, pendant le siège de la capitale, entre septembre 1870 et janvier 1871. Maupassant a accompli son service militaire dans l'Intendance. Il s'est retrouvé à Rouen où il a été le témoin de la débandade de l'armée française, incapable de s'opposer à l'avancée prussienne. Hennique, lui, a été fait prisonnier en novembre 1870, à l'occasion du siège de la ville de La Fère, en Picardie ; et il a connu ensuite une période de captivité en Allemagne. Quant à Huysmans, incorporé dans la garde mobile de la Seine, il a rejoint le camp de Mourmelon, près de Châlons, mais, tombé malade, il a dû être évacué dans un convoi sanitaire.

Il suffit de rapprocher ces événements du contenu du recueil pour saisir la dimension autobiographique de plusieurs des nouvelles. Celle-ci est évidente dans « Sac au dos » qui se présente, d'ailleurs, sous la forme d'un récit à la première personne : la longue pérégrination d'Eugène Lejantel, le narrateur, qui fréquente les hôpitaux d'Arras, de Rouen, d'Évreux avant de revenir à Paris, s'inspire directement de l'expérience qu'a connue Huysmans. De la même façon, le souvenir direct du siège de Paris ou de la défaite de l'armée française devant Rouen nourrit le contenu des nouvelles de Céard et de Maupassant. Céard a fait partie de ces « escargots de rempart » qu'évoque avec mépris l'un des officiers présentés dans les premières pages de « La Saignée ». C'est ce qui le conduit à représenter – d'une façon tout à fait transparente pour un lecteur de l'époque – le personnage du général Trochu, le gouverneur de Paris, qui, prisonnier de ses multiples hésitations, s'est montré incapable de défendre la capitale.

L'inscription autobiographique est plus effacée dans les nouvelles d'Hennique et d'Alexis. Le début du récit d'Hennique laisse transparaître chez son auteur une connaissance intime des mœurs de la caserne, mais ce dernier n'a sans doute pas été le témoin des faits qu'il relate [1]. On peut toutefois supposer qu'il rapporte une anecdote recueillie au cours de ses mois de captivité en Allemagne. En revanche, le récit imaginé par Alexis – auquel la guerre de 1870 n'offre qu'un décor assez lointain – peut difficilement être perçu comme un témoignage. Un lecteur cultivé n'a aucune peine à voir dans la rencontre inattendue qui rapproche Édith de Plémoran et l'abbé Marty la récriture d'un épisode bien connu du *Satiricon* de Pétrone, l'histoire de la matrone d'Éphèse, qui met en scène les amours d'un soldat et d'une jeune veuve dans le secret du caveau où le mari vient d'être enterré. Alexis reprend par ailleurs un thème, celui du prêtre amoureux, qui a été abordé à plusieurs reprises par les romanciers de l'époque, notamment par Zola dans *La Faute de l'abbé Mouret* (1875).

Comme l'écrit Céard dans l'un de ses articles, les Cinq sont animés de ce pessimisme absolu qui marquera à jamais les hommes de leur génération. Ils sont des « enfants de la défaite » : « De cette expérience ils ont pu sortir sceptiques, mais d'un scepticisme réfléchi et avisé qui fait du pessimisme la caractéristique de la vie [2]. »

« L'ANNÉE TERRIBLE »

Quelle vision la littérature a-t-elle donnée, jusqu'ici, de ce que Victor Hugo a appelé « l'année terrible » ?

1. Ainsi que le note R.-P. Colin dans son édition de « L'Affaire du Grand 7 » (*L'Affaire du Grand 7 et autres nouvelles*, Tusson, Du Lérot, 2003, p. 19).

2. Henry Céard, « L'enfant de la défaite », *Paris*, 6 novembre 1896 (texte cité par R. Frazee, *Henry Céard idéaliste trompé*, Toronto, University of Toronto Press, 1963, p. 10).

L'expression, comme on le sait, forme le titre du recueil de poèmes, publié en avril 1872, dans lequel Hugo énumère, mois après mois, la série des événements qui ont accablé la France, de la défaite de Sedan au siège de Paris, puis au drame de la Commune. Le cadre chronologique lui permet d'égrener une multitude de faits, terribles ou insignifiants, avec l'espoir de découvrir, dans une Histoire devenue folle, la signification d'un avenir qui se dérobe :

> J'entreprends de conter l'année épouvantable,
> Et voilà que j'hésite, accoudé sur ma table.
> Faut-il aller plus loin ? dois-je continuer ?
> France ! ô deuil ! voir un astre aux cieux diminuer !
> Je sens l'ascension lugubre de la honte [1].

Tous les poètes qui ont traité le même thème livrent un récit morcelé qui s'accorde à l'impression de chaos que les événements ont laissée dans l'esprit des contemporains. Les recueils publiés traduisent une douleur associée à un désir de revanche contre un destin qui s'est montré si cruel. Ainsi, en 1871, Leconte de Lisle qui, dans *Le Sacre de Paris*, montre « la horde au poil fauve » des « loups d'outre-Rhin » assiégeant la capitale [2], ou bien Catulle Mendès dans *La Colère d'un franc-tireur*, ou encore Théodore de Banville dans ses *Idylles prussiennes*, plus ironiques. Recueillant ses « Impressions de la guerre », Sully Prudhomme chante son amour pour la patrie, en se reprochant son indifférence passée :

> Dans nos champs défoncés encore,
> Pèlerin, je recueillerai,
> Ainsi qu'un monument sacré,
> Le moindre lambeau tricolore :
>
> Car je t'aime dans tes malheurs
> Ô France ! depuis cette guerre,

---

1. « Prologue », *L'Année terrible*, *Œuvres complètes. Poésies III*, Robert Laffont, « Bouquins », 1985, p. 13.
2. *Le Sacre de Paris*, A. Lemerre, 1871, p. 9.

En enfant, comme le vulgaire
Qui sait mourir pour tes couleurs [1].

Au sein de cette abondante production littéraire, un nom s'impose, celui de Paul Déroulède, jeune officier blessé à la guerre, qui tire de son expérience personnelle une poésie dont les accents patriotiques rencontrent un immense succès, parce qu'ils répondent pleinement aux attentes du public. Ses *Chants du soldat*, publiés en 1872, connaissent de nombreuses rééditions, bientôt suivies des *Nouveaux Chants du soldat*, en 1875. Intitulé « Vive la France ! », le premier poème des *Chants du soldat* s'ouvre sur cette déclaration :

Non France, ne crois pas ceux qui te disent lâche,
Ceux qui voudraient nier ton âme et ses efforts :
Sans gloire et sans bonheur, tes fils ont fait leur tâche,
Mais ils l'ont faite, et Dieu ne compte plus tes morts [2].

L'idée de la revanche est formulée, quelques strophes plus loin :

Oui, Français, c'est un sang vivace que le vôtre !
Les tombes de vos fils sont pleines de héros ;
Mais sur le sol sanglant où le vainqueur se vautre,
Tous vos fils, ô Français ! ne sont pas aux tombeaux.

Et la revanche doit venir, lente peut-être,
Mais en tout cas fatale, et terrible à coup sûr ;
La haine est déjà née, et la force va naître :
C'est au faucheur à voir si le champ n'est pas mûr [3].

Ce discours poétique est complété par une abondante littérature de témoignage. En 1871, par exemple, George Sand publie son *Journal d'un voyageur pendant la guerre*, et Alexandre Dumas fait paraître *Une lettre sur les choses du jour*. Partant des « choses du jour », tous s'efforcent

1. « Repentir », in « Impressions de la guerre », *Poésies*, A. Lemerre, 1872, p. 224.
2. « Vive la France ! », *Chants du soldat*, Calmann-Lévy, 1885, p. 4.
3. *Ibid.*, p. 6.

de traduire la diversité des expériences qu'ils ont vécues. En livrant ses « impressions et souvenirs » sur le siège de Paris, le critique dramatique Francisque Sarcey déclare qu'il ne prétend pas faire œuvre d'historien : « Nous ne dirons, nous, que ce que nous avons vu ; les tableaux qui se sont incessamment déroulés sous nos yeux, durant cette période qui a été aussi féconde en observations curieuses pour le philosophe, qu'en douleurs et en colères pour le patriote [1]. » Même attitude chez Théophile Gautier qui, dans ses « tableaux » du siège, se contente de dessiner quelques scènes gravées dans sa mémoire : « La Maison abandonnée », « Bouts de croquis », « Clair de lune au bastion », « Visite aux ruines » forment une galerie de miniatures visant avant tout à rendre une atmosphère [2].

Du côté de la fiction, le récit fragmenté de « l'année terrible » s'inscrit naturellement dans la dimension réduite de la nouvelle à laquelle il convient parfaitement. Publiées sous forme de feuilleton dans *Le Temps*, puis recueillies en volume en 1872, les nouvelles qui composent *L'Invasion* de Ludovic Halévy constituent l'exemple même de cette littérature de la guerre qui a suscité l'intérêt du public. En publiant son ouvrage en librairie, Halévy se présente comme un simple chroniqueur qui a recueilli des récits « de la bouche de témoins honnêtes, sincères, désintéressés, détachés de toute passion politique [3] ». Il ne nie pas la réalité de la défaite. Il insiste sur la désorganisation de l'armée et l'impéritie du haut commandement, comme le fera Henry Céard dans « La Saignée ». Mais, à travers de nombreuses scènes de combat, il tient à montrer le courage de valeureux officiers qui acceptent de mourir à la tête de leurs hommes, au moment où tout s'effondre autour d'eux.

1. *Le Siège de Paris. Impressions et souvenirs*, Marpon et Flammarion, 1871, « Préface », p. X.
2. *Tableaux de siège : Paris, 1870-1871*, Charpentier, 1871.
3. *L'Invasion. Souvenirs et récits*, Calmann-Lévy, 1872, p. I (avant-propos, daté du 5 avril 1872).

Dans ce contexte, il faut accorder une place particulière aux *Contes du lundi* d'Alphonse Daudet, qui paraissent en 1873, après avoir fait l'objet d'une publication en feuilleton dans différents journaux. Comme Déroulède, Daudet peut s'appuyer sur son expérience militaire, car, en septembre 1870, il s'est engagé dans l'un des bataillons de la garde nationale qui ont défendu Paris. Ce qu'il nomme son « instinct patriotique » anime ses nouvelles, fondées sur des visions pathétiques propres à émouvoir le lecteur. C'est, par exemple, au début des *Contes du lundi*, le personnage de l'instituteur alsacien Hamel qui assure sa « dernière classe », en répétant à ses élèves son amour de la langue française, « la plus belle langue du monde », ou, quelques pages plus loin, la figure pitoyable de « l'enfant espion » qui vend des secrets militaires pour quelques pièces d'argent que son père, indigné, décide de « rendre » en allant mourir au combat ; c'est encore l'histoire de la Commune, traitée dans une forme d'ironie tragique à travers le personnage de Kadour, le petit tirailleur africain qui veut défendre Paris, mais qui se fait tuer par des soldats versaillais, sans avoir compris ce qui lui arrivait.

Tel est donc l'horizon littéraire devant lequel se trouvent les auteurs des *Soirées de Médan* : celui d'une littérature patriotique qui répond à l'humiliation de la défaite par l'exaltation d'une France souffrante, mais résistante, capable de se montrer héroïque, et dont les vertus restées intactes ne seront jamais détruites.

Une « élucubration antipatriotique » ?

En composant leur recueil, les Cinq ont la ferme intention de remettre en question cet horizon d'attente. La défaite de Sedan est déjà ancienne. Le public, pensent-ils, est capable d'accepter une vision plus critique que celle qui lui a été proposée jusqu'ici. Huysmans l'indique à

Théo Hannon dans une lettre qu'il lui écrit le 13 décembre 1879 : lui et ses amis s'apprêtent à publier un volume « contre le patriotisme et l'armée[1] ». On trouve une remarque comparable sous la plume de Céard dans une lettre au même Théo Hannon, datée du 18 janvier 1880 : « L'impression générale est que nous allons être vigoureusement empoignés : 1° pour notre groupement, 2° pour les théories peu patriotiques que nous émettons avec un parfait sang-froid. Ça ne ressemble pas à du Paul Déroulède, oh ! que non pas. C'est plus réel, par exemple[2]. »

En quoi consiste cette « élucubration antipatriotique » ? demande Flaubert à Maupassant, le 2 janvier, désireux de savoir ce qui se trame derrière le projet de recueil dont il a entendu parler. « Il faudrait qu'elle fût bien forte pour me révolter[3] », ajouta-t-il afin de pousser son interlocuteur à s'expliquer. Dans la réponse qu'il lui adresse le 5 janvier, Maupassant analyse longuement les intentions qui ont animé les auteurs :

> Nous n'avons eu, en faisant ce livre, aucune intention antipatriotique, ni aucune intention quelconque ; nous avons voulu seulement tâcher de donner à nos récits une note juste sur la guerre, de les dépouiller du chauvinisme à la Déroulède, de l'enthousiasme faux jugé jusqu'ici nécessaire dans toute narration où se trouvent une culotte rouge et un fusil. Les généraux, au lieu d'être tous des puits de mathématiques où bouillonnent les plus nobles sentiments, les grands élans généreux, sont simplement des êtres médiocres comme les autres, mais portant en plus des képis galonnés et faisant tuer des hommes sans aucune mauvaise intention, par simple stupidité. Cette *bonne foi* de notre part dans l'appréciation

1. *Lettres à Théodore Hannon*, *op. cit.*, p. 210 (nous corrigeons le texte procuré par cette édition).

2. « Lettres à Théodore Hannon », *Les Cahiers naturalistes*, n° 68, 1994, p. 178.

3. Lettre à Maupassant du 2 janvier 1880, in Flaubert, *Correspondance*, Gallimard, « Bibliothèque de la Pléiade », 1973-2007, t. V, p. 779.

> des faits militaires donne au volume entier une drôle de gueule, et notre désintéressement voulu dans ces questions où chacun apporte inconsciemment de la passion exaspérera mille fois plus les bourgeois que des attaques à fond de train. Ce ne sera pas antipatriotique, mais simplement vrai : ce que je dis des Rouennais est encore beaucoup au-dessous de la vérité [1].

Comme Céard, Maupassant désigne le type de littérature qui est visé : celle qu'incarne Paul Déroulède. Mais il précise que l'objectif du recueil n'est pas, à proprement parler, « antipatriotique ». Certes, les nouvelles sont antimilitaristes, mais elles ne souhaitent pas remettre en question l'idée même de patrie. Une telle perspective est d'ailleurs quasiment impossible pour des intellectuels de cette époque (seul le courant anarchiste, quelques années plus tard, ira dans cette direction). En montrant la réalité de l'occupation, en insistant sur la défaillance des chefs militaires, il s'agit d'envisager autrement la question de la patrie et de lui appliquer les règles d'une pensée scientifique exigeante, telle que la prône la méthode naturaliste défendue par Zola dans ses articles critiques.

Zola plaide pour une analyse lucide, capable d'affronter les raisons de la défaite. À ses yeux, il est illusoire de répondre à la tragédie de Sedan par une exaltation démesurée des vertus françaises, comme le font Déroulède et ses imitateurs. Il l'a dit avec force dans sa « Lettre à la jeunesse », publiée dans *Le Voltaire* en mai 1879. Il refuse le « patriotisme de parade qui s'enveloppe dans un drapeau, qui rime des odes et des cantates ». Il souhaite au contraire promouvoir le « patriotisme des hommes d'étude et de science qui veulent la grandeur de la nation par des moyens pratiques [2] » :

> C'est nous qui sommes les vrais patriotes, nous qui voulons la France savante, débarrassée des déclamations

1. Lettre à Flaubert du 5 janvier 1880, in Guy de Maupassant, *Correspondance*, *op. cit.* (lettre n° 159).

2. « Lettre à la jeunesse », *Le Roman expérimental*, éd. F.-M. Mourad, GF-Flammarion, 2006, p. 93.

lyriques, grandie par la culture du vrai, appliquant la formule scientifique en toute chose, en politique comme en littérature, dans l'économie sociale comme dans l'art de la guerre [1].

Le choix du titre

Les Cinq ne manquaient pas de devanciers. Quel titre pouvaient-ils choisir pour faire connaître un recueil qui abordait, après tant d'autres, le thème de la défaite ? En 1877, Zola avait intitulé sa nouvelle « Un épisode de l'invasion de 1870 ». Reprenant l'idée, les auteurs, sur une suggestion de Huysmans, ont d'abord pensé à une formule saisissante : « L'Invasion comique ». Celle-ci avait l'avantage de souligncr l'intention ironique qui les animait et de répondre au titre de l'ouvrage publié par Ludovic Halévy, *L'Invasion*, dont elle offrait une déclinaison parodique. L'allusion indirecte à la pièce de Corneille, *L'Illusion comique*, accentuait l'impression de dérision : le personnage de Matamore, avec ses fanfaronnades guerrières, correspondait bien à l'image de la guerre qu'ils voulaient transmettre.

Mais un tel choix risquait d'apparaître comme une provocation gratuite. Était-il vraiment nécessaire d'affronter d'une manière aussi visible l'idéologie patriotique ? On a donc préféré un titre qui n'affichait pas le thème de la guerre, mais l'effaçait au profit d'une vision intimiste liée au cadre de Médan. Comme l'explique Henry Céard, c'est finalement une « appellation bourgeoise » qui a été retenue : « Après beaucoup d'essais et de paroles, sentimentalement, on choisit à l'unanimité cette appellation bourgeoise, *Les Soirées de Médan*, parce qu'elle rendait hommage à la chère maison où Mme Zola nous traitait maternellement et s'égayait à faire de nous

1. *Ibid.*, p. 124.

des enfants gâtés [1]. » L'image apaisante du lieu propice à l'écriture est venue recouvrir le souvenir amer de la défaite militaire.

De plus, le titre *Les Soirées de Médan* présentait l'intérêt de rattacher le recueil à une forme littéraire originale, propre au genre de la nouvelle. Rappelant la tradition orale du conte, illustrée, comme on l'a noté, par le *Décaméron* de Boccace, l'expression « Soirées de... » s'inscrit dans un paradigme. Elle fait écho à l'ouvrage de Joseph de Maistre, *Les Soirées de Saint-Pétersbourg*, publié en 1821. Elle évoque, par un amusant effet de paronomase, *Les Soirées de Meudon*, un recueil de nouvelles d'Émile Souvestre datant de 1857. Elle renvoie encore au volume publié en 1827 par Adolphe Dittmer et Auguste Cavé, *Les Soirées de Neuilly*, un ensemble de courtes pièces de théâtre qui traitait d'une manière satirique le thème de la guerre et de l'invasion, dans le contexte historique de la première moitié du XIXe siècle [2]. Par une association paradigmatique impliquant le nom du lieu, elle peut faire penser à *La Croix de Berny*, roman par lettres écrit par Delphine de Girardin, Théophile Gautier, Jules Sandeau et Joseph Méry : paru en feuilleton dans *La Presse*, en 1845, l'ouvrage se présente comme un « roman steeple-chase » où les auteurs se livrent à une sorte de course d'obstacles pour résoudre les problèmes posés par le récit qu'ils ont imaginé. Autre source encore, les volumes des *Soirées parisiennes* publiés, depuis 1875, par Arnold Mortier, le « Monsieur de l'Orchestre » du *Figaro*, dans lesquels ce dernier recueillait, chaque année, ses chroniques théâtrales : à l'élégance mondaine des « soirées

1. P. Cogny, *Le « Huysmans intime » de Henry Céard et Jean de Caldain*, Librairie Nizet, 1957, p. 155-156. – Dans cette société masculine du groupe de Médan se glisse, malgré tout, une présence féminine, représentée par la figure maternelle d'Alexandrine.

2. La référence aux *Soirées de Neuilly* est donnée par Hennique dans sa préface à l'édition du Cinquantenaire (voir le Dossier, p. 295). Voir également l'article d'Antonia Fonyi, « *Les Soirées de Médan* : un livre à lire », *Romantisme*, n° 103, 1999.

parisiennes » offertes par les théâtres s'opposait ainsi la simplicité rustique des « soirées médanaises », plus intimes et propices à la création... [1].

En faisant référence à la tradition des recueils de nouvelles et des ouvrages collectifs, le titre *Les Soirées de Médan* conférait donc au volume une légitimité littéraire. Il impliquait, en outre, que le petit village de Seine-et-Oise où Zola avait élu domicile était un lieu célèbre et que les écrivains qui s'y réunissaient étaient connus de tous. Dans *Le Figaro* du 19 avril 1880 (deux jours après la publication en librairie du volume), le critique Albert Wolff s'est moqué d'une telle prétention, qu'il jugeait ridicule :

> Le bourgeois de Médan a quelquefois du bon sens. Pas toujours. Voici qu'il vient de prendre sous la protection de son nom une série de nouvelles sans importance que les jeunes gens de son entourage ont intitulées *Les Soirées de Médan*. Titre prétentieux et qui semble vouloir indiquer que le joli village entre Poissy et Triel est aussi connu que les capitales européennes. [...] Ces jeunes gens se figurent sincèrement que la seule présence de Zola à Médan place désormais ce village parmi les points historiques de la France et qu'il faut visiter la maison de Zola avec le même intérêt que le Palais de Versailles et le château de Blois ; peut-être bien sont-ils en instance auprès du ministre pour obtenir que la direction des Beaux-Arts délivre aux touristes des billets d'entrée pour la maisonnette de Zola en même temps que pour les Gobelins, le Musée de Cluny et la manufacture de Sèvres [2].

Comme Albert Wolff, Flaubert n'a pas aimé le titre, qu'il a trouvé « stupide [3] »... Il est vrai que la formule

---

1. Faut-il y voir une relation ? En 1881, Zola acceptera de préfacer le volume annuel des *Soirées parisiennes* d'Arnold Mortier avec un article sur « Le public des premières », qui sera publié dans *Le Figaro* du 25 mai 1881 (*Œuvres complètes*, éd. H. Mitterand, Nouveau Monde Éditions, t. X, 2004, p. 848-853).

2. Albert Wolff, « Courrier de Paris », *Le Figaro*, 19 avril 1880.

3. Lettre de Flaubert à Maupassant du 24 avril 1880, in Gustave Flaubert, *Correspondance*, *op. cit.*, t. V, p. 890.

choisie brouille le contenu narratif qui fait l'unité des six nouvelles. Sur la trame historique de la guerre de 1870, elle plaque une histoire seconde, celle d'un groupe d'écrivains. Quel message, finalement, délivre le recueil ? Le souvenir désillusionné d'une défaite passée, ou le témoignage présent d'une écriture collective dont on vante la réussite ?

L'ACCUEIL DE LA CRITIQUE

Entre ces deux leçons, la critique contemporaine avait le choix. Elle les a retenues l'une et l'autre, mais en privilégiant l'histoire du groupe formé par Zola et ses disciples.

Certes, on s'est offusqué de la façon dont était abordée la question de la défense de la patrie. Dans la *Revue politique et littéraire* du 24 avril 1880, Maxime Gaucher, par exemple, reproche aux nouvelles d'aller à l'encontre des « sentiments chevaleresques » et des « idées de sacrifice et de dévouement [1] ». Mais l'essentiel du débat ne s'est pas porté sur le terrain de l'armée et du patriotisme. La critique a d'abord réagi au manifeste naturaliste que lui proposait le volume. N'était-elle pas sommée de le faire ? La préface lui lançait un défi : « Nous nous attendons à toutes les attaques, à la mauvaise foi et à l'ignorance dont la critique courante nous a déjà donné tant de preuves. »

Dans *Le Voltaire* du 20 avril 1880, Édouard Rod (qui, l'année précédente, avait publié une brochure sur *L'Assommoir*) prend la défense du groupe naturaliste :

> MM. Maupassant, Huysmans, Céard, Hennique et Alexis ne sont pas des caudataires du grand romancier, essayant de fondre ensemble cinq médiocrités, pour produire l'effet d'un

1. Maxime Gaucher, « Causerie littéraire », *Revue politique et littéraire*, 24 avril 1880, p. 1024.

talent. Au contraire, chacun d'eux possède un tempérament qui l'entraîne, et souvent fort loin de ses amis. […] Ce n'est pas, comme on a essayé de le dire, le fanatisme bête du succès qui groupe ces jeunes écrivains autour de Zola : un volume comme les *Soirées de Médan* suffit à le prouver ; c'est l'admiration sincère et le respect pour l'homme qui représente le plus les aspirations du siècle et qui les défend. Leur union montre leur force : sans aucun doute, elle inquiétera les adversaires passionnés du Naturalisme, ceux qui font de l'esprit au lieu de comprendre, qui rient au lieu d'étudier. Ceux qui, au contraire, s'intéressent au mouvement moderne salueront avec plaisir leur œuvre collective, toute pleine de promesses et déjà de réalisations [1].

Au même moment, l'attaque vient de Jean Richepin, qui a publié *La Chanson des gueux* en 1876. Il réagit en poète, que les prétentions de l'école naturaliste insupportent. Et il choisit de se livrer à un portrait-charge contre les auteurs, qualifiés d'« extrême gauche de l'encrier ». Ces derniers font l'objet d'une série de remarques blessantes, à la limite de l'insulte : Zola est un « patron-charcutier », le corps « râblé, courtaud, épais », qui appartient à « la race des *assis* » ; Huysmans apparaît comme un individu ridicule qui, « le ventre en limande », « se dandine, furetant du nez et piquant les choses avec les gluaux de ses yeux, dans un sautillement de chat qui joue » ; Céard est présenté sous les traits d'« un être maigriot, malingre, d'apparence souffreteuse et de mine aigre », tandis qu'Hennique, « élégant, à la figure en lame, avec un lorgnon sur un long nez », se caractérise par son air revêche [2]. Seuls Alexis et Maupassant sont relativement épargnés par cette volée de bois vert.

Certains critiques s'insurgent contre la violence des propos, les images choquantes ou la langue dénaturée. Dans *L'Union* du 29 juin 1880, Daniel Bernard s'en

1. Édouard Rod, « *Les Soirées de Médan* », *Le Voltaire*, 20 avril 1880.

2. Jean Richepin, « Portraits à l'encre. Les six naturalistes », *Gil Blas*, 21 avril 1880. Voir le Dossier, p. 317-319.

prend vivement au style des nouvelles, en faisant écho à la critique de Richepin :

> Et, à ce propos, voulez-vous savoir ce qui me choque le plus ? C'est le parti pris de grossièreté qui éclate à chaque page, c'est la surabondance de vulgaires blasphèmes, d'expressions triviales, qui fourmille là-dedans. Sans doute, vous ne pouvez pas attribuer à un charcutier l'élégance de style d'un homme habitué à vivre dans les cercles parlementaires ; mais enfin, n'y a-t-il que des charcutiers ici-bas ? Les amis de M. Zola, – qui sont, j'en suis sûr, des jeunes gens d'une distinction rare, – donnent au public une singulière idée de la société qu'ils fréquentent et des mœurs auxquelles ils s'acoquinent volontairement [1].

Refusant la facilité des effets polémiques, le romancier belge Camille Lemonnier préfère engager la discussion avec ses confrères. Il s'interroge sur la technique de la description et s'efforce de dresser un tableau d'ensemble des qualités littéraires offertes par les différentes nouvelles :

> Huysmans est plus vif, plus emporté, d'un jet plus large, avec une couleur rutilante qui lui appartient en propre ; Céard est plus châtié, plus ordonné, étonnamment clair et rythmé ; Guy de Maupassant (superbe, sa *Boule de suif*) a le tour français, point trop surchargé, une belle tenue de prosateur, un récit preste et coupé de courtes descriptions ; Émile Zola, dans *L'Attaque du moulin*, montre un côté neuf de son étonnante organisation littéraire, la tranquillité d'une phrase simple et sobre appliquée aux violences d'une tragédie semi-paysanne et militaire [2].

Quelles que soient les attaques dont ils font l'objet, les Cinq ont gagné la partie qu'ils avaient engagée : ils ont

---

1. Daniel Bernard, *L'Union*, 29 juin 1880, article cité par René Dumesnil, *La Publication des Soirées de Médan*, Société française d'édition littéraire et technique, 1933, p. 184.

2. Camille Lemonnier, in *L'Europe politique, économique et financière*, cité par René Dumesnil, *La Publication des Soirées de Médan*, *op. cit.*, p. 179. Voir aussi le Dossier, p. 316.

réussi à faire parler d'eux. Leur groupe existe, bien visible. Même s'ils donnent ainsi de quoi nourrir la verve des caricaturistes qui ne se privent pas de jouer sur une image métaphorique illustrée à satiété par la presse de l'époque, celle de la « queue de Zola [1] »...

UN RÉCIT NATURALISTE

Les réactions des critiques du XIXe siècle en témoignent : le recueil des *Soirées de Médan* offre un condensé du récit naturaliste. De fait, il se trouve, par son contenu, à l'intersection de deux séries narratives que le naturalisme a privilégiées : le roman des « filles », illustré par *L'Assommoir* (1877) et *Nana* (1880) de Zola, par *La Fille Élisa* d'Edmond de Goncourt (1877), ou *Marthe* de Huysmans (1876) ; et le roman militaire qui met en scène des personnages de soldats confrontés à la guerre (*Le Calvaire* d'Octave Mirbeau, 1886 ; *La Débâcle* de Zola, 1892) ou soumis aux servitudes de la caserne (*Le Cavalier Miserey* d'Abel Hermant, 1887 ; *Sous-Offs* de Lucien Descaves, 1889). Il s'inscrit dans la première série, dont il exploite des thèmes déjà bien installés. Et il se trouve à l'origine de la seconde, dont il annonce le développement futur.

De la guerre, les auteurs ne peuvent livrer qu'une vision fragmentaire, correspondant à la multiplicité des points de vue qu'autorise la forme du recueil. Sur cette question il faudra attendre plusieurs années encore pour qu'une synthèse romanesque d'une véritable ampleur soit possible : elle sera proposée par *La Débâcle*, en 1892, ou

1. Voir, par exemple, Paul Perret : « Il est temps de la couper, cette queue, et je vous le dis, en vérité, ou le prophète la coupera, ou s'allongeant en replis perfides et tortueux, elle finira par l'étouffer quelque jour. Pour le moment, si elle n'est pas encore à ce point menaçante, déjà elle devient incommode » (« La queue de M. Zola », *Le Moniteur universel*, 11 mars 1879).

encore par le cycle romanesque que les frères Margueritte publieront à partir de 1897, sous le titre *Une époque* (*Le Désastre*, 1897 ; *Les Tronçons du glaive*, 1901 ; *Les Braves Gens*, 1901 ; *La Commune*, 1904). On notera que la nouvelle de Zola, « L'Attaque du moulin », est la seule qui décrive véritablement un engagement militaire. La sortie au-delà des remparts, évoquée à la fin de « La Saignée », est traitée de façon elliptique, en quelques lignes à peine, où sont notées seulement les conséquences tragiques de l'événement, « les morts et les blessés de la garde nationale écharpée, qui là-haut, dans les bois, saignait à pleines veines ». Les autres nouvelles, qui situent leur action avant ou « après la bataille » (pour reprendre le titre choisi par Alexis), ne livrent qu'une vision parodique de la guerre. « L'Affaire du Grand 7 » montre un affrontement militaire réduit au cadre misérable d'une maison close. Le seul combat auquel se livre Eugène Lejantel, dans « Sac au dos », est celui qui le met aux prises avec un aliéné à qui il lance « un vigoureux coup de pied dans l'estomac », après l'avoir frappé à l'œil gauche à l'aide d'une serviette. Et dans « Boule de suif », l'intelligence de la stratégie militaire n'est envisagée que lorsqu'il s'agit de forcer, par toutes sortes de « manœuvres » savantes, la résistance qu'offre la courtisane convoitée par l'officier allemand.

Bien qu'ils aient pris part au conflit en tant que soldats, Maupassant, Huysmans, Hennique, Céard et Alexis se montrent incapables de représenter la guerre d'une manière directe. À l'instar de leurs personnages, ils se tiennent à la périphérie du combat. La seule image qu'ils livrent est celle d'une invasion arrivée par surprise, où la France s'est trouvée vaincue avec le sentiment de n'avoir pu livrer bataille. Leur récit est celui d'une débandade, physique et morale, sous toutes ses formes : « lambeaux d'armée en déroute » et lâcheté des Rouennais, dans « Boule de suif » ; relâchement des corps minés par la dysenterie, dans « Sac au dos » ; abandon de toute discipline, dans « L'Affaire du Grand 7 » ; perte du sens du commandement, dans « La Saignée » ; levée de tous les interdits, dans « Après la bataille ».

Situation paradoxale : dans ces récits qui, en principe, ne devraient faire intervenir que des hommes, les figures féminines surgissent en grand nombre – de l'amoureuse innocente de « L'Attaque du moulin » aux passagères de la diligence dans « Boule de suif », de la maîtresse envahissante de « La Saignée » à l'épouse égarée d'« Après la bataille », des filles terrorisées de « L'Affaire du Grand 7 » à la religieuse angélique de « Sac au dos ». Toutes saisies à différents âges, sur un laps de temps limité, elles voient leur existence bouleversée par la guerre. Certaines d'entre elles transgressent les limites qui leur sont imposées en choisissant d'occuper un territoire original. Elles se manifestent là où on ne les attendait pas – qu'il s'agisse de la bataille elle-même (« L'Attaquc du moulin » à laquelle est mêlée Françoise), ou des routes périlleuses qu'emprunte l'héroïne d'« Après la bataille ». Le personnage de Mme de Pahauën, passant du camp prussien au camp français en traversant la Seine, est à cet égard emblématique :

> Pendant que la France et la Prusse, enragées dans la destruction et inventives dans la mort, suspendent leurs colères et font faire silence à leur haine, Mme de Pahauën, debout, dans un bateau, avec une apothéotique allure, traverse la Seine ensanglantée. Elle sourit aux rameurs pliés sur les avirons. Des officiers, sur la rive devenue allemande, lui font avec la main des signes d'adieu amicaux ; des officiers sur la rive française l'appellent avec des gestes d'intime familiarité, et dans l'immense désastre des rives ruinées, elle passe, affirmant ainsi au milieu des tueries la toute-puissance invincible de sa chair, le triomphe insolent de son sexe.

Liée à la figure de la femme, l'idée de la transgression peut prendre la forme de l'adultère : en témoigne la nouvelle de Paul Alexis qui prend soin, cependant, de renouveler les données du problème en offrant un cadre inattendu à une situation tant de fois traitée. Mais elle est surtout développée à travers l'importance qui est accordée au personnage de la prostituée. Illustrant la place éminente qu'a décidé de leur accorder le récit naturaliste, les « filles » sont partout dans le recueil des *Soirées de Médan*. Elles sont représentées à tous les stades d'une condition professionnelle dont les formes d'exercice sont extrêmement variées dans la seconde moitié du XIXe siècle [1]. Ce sont les pensionnaires de la maison close que décrit « L'Affaire du Grand 7 », ou les deux filles en carte, travaillant en indépendantes, que l'on aperçoit fugitivement dans « Sac au dos ». Ce sont surtout les courtisanes aux destins parallèles que mettent en scène Maupassant et Céard : Élisabeth Rousset, la provinciale, et Huberte de Pahauën, la Parisienne. L'une et l'autre couchent avec un officier prussien, mais leur acte ne possède pas la même signification dans les deux nouvelles. Dans la relation qu'elles entretiennent avec l'occupant, elles incarnent deux choix opposés. Si Boule de suif peut apparaître comme une « résistante » courageuse dont on contraint la volonté [2], Mme de Pahauën, en revanche, se présente comme un personnage ambigu, patriote enflammée, mais vite transformée, par son inconscience, en « collaboratrice » manipulée par l'ennemi.

Ce sont ainsi des tranches de vie saisissantes que nous offrent les nouvelles des *Soirées de Médan*. Leur force

---

1. Sur cette question, on se reportera notamment à l'ouvrage d'Alain Corbin, *Les Filles de noce. Misère sexuelle et prostitution au XIXe siècle*, Flammarion, « Champs Histoire », 2010 (1re éd. 1978). L'analyse d'Alain Corbin part de l'ouvrage d'Alexandre Parent-Duchâtelet, *De la prostitution dans la ville de Paris considérée sous le rapport de l'hygiène publique, de la morale et de l'administration* (1836), que connaissaient tous les romanciers du XIXe siècle qui ont abordé ce problème.

2. Maupassant reprendra ce thème de la prostituée résistante dans « Mademoiselle Fifi » (1882) et dans « Le Lit 29 » (1884). En 1944, le cinéaste américain Robert Wise combinera les intrigues de « Boule de suif » et de « Mademoiselle Fifi » pour réaliser un film qui, dans le contexte de la Seconde Guerre mondiale, exalte le rôle des résistants français : Élisabeth Rousset – présentée non comme une prostituée, mais comme une blanchisseuse – devient une patriote luttant contre l'occupant.

tient dans l'efficacité de leurs intrigues comme dans la vérité des tableaux sociologiques qu'elles livrent. Les visions les plus désespérées se trouvent chez Huysmans et Hennique, tandis que Zola et Alexis font preuve de plus d'optimisme en choisissant de célébrer, en dépit des obstacles, la force de l'élan amoureux. Le projet le plus ambitieux est porté par Céard qui a voulu peindre, sur une longue période, la situation de la population parisienne pendant le siège de Paris. La nouvelle la plus fouillée est sans doute celle de Maupassant, car elle parvient à rassembler, dans l'espace restreint d'une diligence, des personnages qui symbolisent toutes les couches de la société – du « grand monde » de l'aristocratie au « monde à part » de la religion et de la prostitution [1].

LE LANGAGE DE L'IRONIE

Bien qu'elle n'ait pas été affichée dans le titre finalement retenu, l'idée d'une « invasion » traitée sur le mode « comique » constitue bien le fil directeur du recueil. De ce point de vue, l'écriture des *Soirées de Médan* illustre parfaitement la diversité des modes de l'ironie qui forment une composante essentielle du récit naturaliste [2]. Le discours ironique consiste à montrer la distance qui existe entre les représentations imaginaires et la réalité des faits ; il repose sur la mise en évidence d'un écart.

1. « Il y a quatre mondes. Peuple (ouvrier, militaire). Commerçants (spéculateur sur les démolitions et haut commerce – *industrie*). Bourgeoisie (fils de parvenus). Grand monde (fonctionnaires officiels avec personnages du grand monde, *politique*). Et un monde à part (putain, meurtrier, prêtre – *religion*, artiste – *art*) » (Zola, « Notes générales sur la marche de l'œuvre », *La Fabrique des Rougon-Macquart*, t. I, éd. C. Becker, Honoré Champion, 2003, p. 50).

2. C'est ce qu'a montré David Baguley dans *Le Naturalisme et ses genres* (Nathan, « Le texte à l'œuvre », 1995). Les remarques qui suivent s'inspirent en partie de ses analyses (chap. VI, « Dans les modes ironiques. – *Les Soirées de Médan* », p. 112-120).

Dans *Les Soirées de Médan*, ce discours vise d'abord à détacher les valeurs de l'héroïsme de ceux qui devraient en être, en principe, les porteurs. Il passe par la dévalorisation de la figure des chefs dont il décline les échecs successifs. Héroïsme inutile du capitaine de « L'Attaque du moulin » qui, à l'issue du combat, n'a réussi à reprendre que des ruines. Héroïsme refusé au jeune lieutenant « imberbe » de « L'Affaire du Grand 7 », tué d'une manière stupide et privé ainsi, comme l'indique le texte, d'une mort glorieuse devant l'ennemi (à quoi s'oppose le cynisme de son commandant qui refuse de sévir contre les mutins, parce qu'il a « besoin du troupier »). Héroïsme proclamé, limité au domaine de la parole, chez le général de « La Saignée » qui ne souhaite l'emporter sur les Prussiens que pour dominer sa maîtresse, et dont les rêves ridicules sont soulignés (« Déjà, il se voit vainqueur, dictant aux Prussiens les conditions de la paix, au pinacle de ses rêves et de ses désirs, acclamé, planant au milieu des admirations humaines et, par-dessus tout, couchant avec Mme de Pahauën »). À l'inverse, dans « Boule de suif », c'est à une prostituée, c'est-à-dire à une marginale dans l'ordre social, qu'est confiée la fonction d'incarner les valeurs de la résistance patriotique.

Une deuxième forme de l'ironie est produite par la structure des nouvelles et par les leçons qu'elles impliquent. Elle se manifeste à travers l'effet de surprise qui accompagne les dénouements : destruction finale dans « L'Attaque du moulin » ; renversement de la situation initiale dans « Boule de suif », montrant la courtisane privée du repas qu'elle avait généreusement offert à ses compagnons de voyage ; impunité des soldats rebelles dans « L'Affaire du Grand 7 » ; vision scatologique de « Sac au dos », célébrant « la solitude des endroits où l'on met culotte bas, à l'aise » ; retour à la banalité de l'existence pour les amants d'« Après la bataille » (bien qu'il ait violé ses vœux de chasteté, l'abbé Marty est récompensé par son évêque, tandis qu'Édith de Plémoran, renonçant à tout prestige nobiliaire, choisit le confort d'un mariage bourgeois avec un agent de change). L'ironie s'entend dans les paroles mêmes qui marquent la chute de certaines nouvelles : dans les déclarations militaires, absurdes ou cyniques, de la fin de « L'Attaque du moulin » et de « L'Affaire du Grand 7 » (« Victoire ! victoire ! » – « Plus bêtes que des enfants tous ces clampins-là !... Ils ont brisé leur joujou ») ; ou dans les couplets de *La Marseillaise* associés aux pleurs de la courtisane, à la clôture de « Boule de suif ».

La troisième forme d'ironie consiste à montrer comment la référence héroïque peut se transformer en une légende nourrissant les fantasmes populaires. Observateur attentif du discours collectif, Céard insiste sur cette idée quand il analyse le mythe qui se construit autour de la figure de Mme de Pahauën :

> Du Moulin-Sacquet au Mont-Valérien, de Bobigny à Bagneux, les imaginations militaires déréglées par de vieux souvenirs de romans-feuilletons, s'ingéniaient à la comparer à quelque héroïne des temps passés, à quelque Jeanne d'Arc, ou Jeanne Hachette, venue au milieu des camps pour exciter les courages et assurer la victoire.
>
> Les journaux aussi parlèrent de Mme de Pahauën. Ils évoquèrent autour de son désœuvrement les souvenirs des femmes romaines, les dévouements des épouses de Lacédémone ; un poète l'appela : l'Ange des avant-postes [...].

Maupassant lui fait écho lorsqu'il montre, dans la même perspective, les voyageurs retenus dans l'auberge multiplier les références à l'histoire antique pour tenter de convaincre la malheureuse Boule de suif :

> On cita des exemples anciens : Judith et Holopherne, puis, sans aucune raison, Lucrèce avec Sextus, Cléopâtre faisant passer par sa couche tous les généraux ennemis, et les y réduisant à des servilités d'esclave. Alors se déroula une histoire fantaisiste, éclose dans l'imagination de ces millionnaires ignorants, où les citoyennes de Rome allaient endormir à Capoue Annibal entre leurs bras, et, avec lui, ses

lieutenants, et les phalanges des mercenaires. On cita toutes les femmes qui ont arrêté des conquérants, fait de leur corps un champ de bataille, un moyen de dominer, une arme, qui ont vaincu par leurs caresses héroïques des êtres hideux ou détestés, et sacrifié leur chasteté à la vengeance et au dévouement.

Ajoutons enfin que le terme « ironie » prend une valeur métalinguistique particulière dans la nouvelle de Céard où il est répété à plusieurs reprises, comme un *leitmotiv*. La qualification ironique se diffuse dans l'ensemble du texte, s'appliquant au général (dont on note le « léger sourire d'ironie » qui « plisse sa lèvre moustachue »), à Mme de Pahauën (« cédant à un intime besoin d'ironie » ou riant « avec une insistance d'ironie »), à la foule protestataire (qui lance un « hurrah ironique ») et, d'une manière plus globale, à la situation que vivent les habitants de la capitale : « sanglantes ironies de Paris quotidiennement vaincu », « ironie finement cruelle » des obus touchant la population, et non les soldats…

*

Il faut lire le recueil des *Soirées de Médan* non seulement à cause de l'exemple qu'il offre, en quelques pages, d'un abrégé de l'écriture naturaliste, mais aussi pour la réflexion si moderne qu'il propose, au-delà du thème de la guerre, sur la question de l'occupation et de la résistance, annonçant certaines des représentations littéraires ou cinématographiques que fera surgir la Seconde Guerre mondiale. Il faut le lire pour mesurer, sur le plan moral, le pouvoir subversif de nouvelles qui montrent l'impuissance des pères, incapables de dire la loi et d'affirmer leur autorité, dans un monde où tous les repères ont disparu [1]. Il faut le lire, évidemment, comme

1. Nous renvoyons à l'interprétation psychanalytique proposée par Antonia Fonyi dans « *Les Soirées de Médan* : un livre à lire », article cité.

le témoignage de l'aventure collective exceptionnelle qui a réuni Zola et ses amis aux alentours de l'année 1880.

Les Soirées de Médan sont loin d'être ce « pique-nique d'histoires plus ou moins militaires » dont parlait plaisamment Edmond Lepelletier dans un article du *Temps* en 1893 [1]. Les liens thématiques et narratifs qui unissent les différentes nouvelles montrent, au contraire, la cohérence de la vision politique et sociale qui est proposée. Mais cela n'empêche pas que s'expriment différentes manières d'appréhender le monde, qui vont de la sobriété stylistique pratiquée par Zola, Maupassant ou Alexis à l'impressionnisme descriptif préféré par Huysmans, Hennique ou Céard. « Le naturalisme, déclare Zola, est purement une formule, la méthode analytique et expérimentale. [...] Il ne s'enferme pas dans la rhétorique d'un homme ni dans le coup de folie d'un groupe. Il est la littérature ouverte à tous les efforts personnels, il réside dans l'évolution de l'intelligence humaine à notre époque [2]. »

Alain PAGÈS

1. « Au jour le jour. – Guy de Maupassant et *Les Soirées de Médan* », *Le Temps*, 8 juillet 1893.

2. « Lettre à la jeunesse », *Le Roman expérimental*, *op. cit.*, p. 119.

le témoignage de l'homme comme une exception telle que [illegible] Zola et ses amis [illegible] au cours de l'année 1880. [illegible] *Les Soirées de Médan* sont loin d'être cette [illegible] historique. Elles ont marqué une influence dont parlait plus [illegible] Brunetière dans un article [illegible] en 1880. Les liens thématiques et partis qui unissent les différentes nouvelles [illegible] la [illegible] de la vision [illegible] Mais [illegible] que [illegible] et [illegible] qui vont de [illegible] stylistique [illegible] par Zola. Maupassant [illegible] l'impressionnisme [illegible] par Huysmans, Hennique ou Céard. Le naturalisme de Zola [illegible] que [illegible] la méthode analytique et expérimentale. [illegible] Il ne [illegible] pas dans la [illegible] d'un [illegible] dans le coup de [illegible] d'un groupe. Il est la littérature [illegible] tous les [illegible] de [illegible] l'intelligence humaine [illegible] propre.

Alain PAGÈS

[illegible]

[illegible]

Les Soirées de Médan

Les nouvelles qui suivent ont été publiées, les unes en France, les autres à l'étranger. Elles nous ont paru procéder d'une idée unique, avoir une même philosophie : nous les réunissons.

Nous nous attendons à toutes les attaques, à la mauvaise foi et à l'ignorance dont la critique courante nous a déjà donné tant de preuves. Notre seul souci a été d'affirmer publiquement nos véritables amitiés et, en même temps, nos tendances littéraires.

Médan, 1er mars 1880 [1]

---

1. La rédaction de cette brève préface peut être attribuée à Henry Céard, comme l'indique une carte de visite de quelques lignes, adressée par Zola à son ami (« À demain jeudi. Apportez la préface des *Soirées de Médan*. Mille amitiés. Zola », *Correspondance*, sous la dir. de B. Bakker, Montréal-Paris, Presses de l'université de Montréal & Éditions du CNRS, t. III, 1982, p. 439). Mais il est possible que le texte ait été revu par Zola : on trouve une référence à la « mauvaise foi » de la critique à la fin de la préface de la deuxième édition de *Thérèse Raquin*, où Zola déclare qu'il entend répondre à « des attaques irritantes par leur naïve mauvaise foi » (*Thérèse Raquin*, éd. H. Mitterand, GF-Flammarion, 2008, p. 46).

L'ATTAQUE DU MOULIN [1]

par Émile Zola

I

Le moulin du père Merlier, par cette belle soirée d'été, était en grande fête. Dans la cour, on avait mis trois tables, placées bout à bout, et qui attendaient les convives. Tout le pays savait qu'on devait fiancer, ce jour-là, la fille Merlier, Françoise, avec Dominique, un garçon qu'on accusait de fainéantise, mais que les femmes, à trois lieues à la ronde, regardaient avec des yeux luisants, tant il avait bon air.

Ce moulin du père Merlier était une vraie gaieté. Il se trouvait juste au milieu de Rocreuse [2], à l'endroit où la grand-route fait un coude. Le village n'a qu'une rue, deux files de masures, une file à chaque bord de la route ; mais là, au coude, des prés s'élargissent, de grands arbres, qui

1. La nouvelle parut initialement dans *Le Messager de l'Europe* en juillet 1877, puis dans le journal *La Réforme* en août 1878. Le premier titre donné par Zola était *Un épisode de l'invasion de 1870*. Dans *Le Messager de l'Europe*, il avait ajouté cette courte note : « Cette fois-ci, je vous raconterai une histoire vécue, une véridique histoire que j'ai entendue d'un témoin. Il s'agit d'un épisode de l'invasion de 1870. À l'heure actuelle, la voix de la guerre couvre tout en Europe, c'est pourquoi je vais parler de la guerre, afin qu'on consente à m'écouter. Une étude littéraire, une chronique de la vie parisienne, tout ceci paraîtrait, c'est vrai, bien fade à la minute où les canons tonnent. »

2. Il existe un château de Rocreuse dans la Vienne, mais la commune semble imaginaire.

suivent le cours de la Morelle [1], couvrent le fond de la vallée d'ombrages magnifiques. Il n'y a pas, dans toute la Lorraine, un coin de nature plus adorable. À droite et à gauche, des bois épais, des futaies séculaires montent des pentes douces, emplissent l'horizon d'une mer de verdure ; tandis que, vers le midi, la plaine s'étend, d'une fertilité merveilleuse, déroulant à l'infini des pièces de terre coupées de haies vives. Mais ce qui fait surtout le charme de Rocreuse, c'est la fraîcheur de ce trou de verdure, aux journées les plus chaudes de juillet et d'août [2]. La Morelle descend des bois de Gagny [3], et il semble qu'elle prenne le froid des feuillages sous lesquels elle coule pendant des lieues ; elle apporte les bruits murmurants, l'ombre glacée et recueillie des forêts. Et elle n'est point la seule fraîcheur : toutes sortes d'eaux courantes chantent sous les bois ; à chaque pas, des sources jaillissent ; on sent, lorsqu'on suit les étroits sentiers, comme des lacs souterrains qui percent sous la mousse et profitent des moindres fentes, au pied des arbres, entre les roches, pour s'épancher en fontaines cristallines. Les voix chuchotantes de ces ruisseaux s'élèvent si nombreuses et si hautes, qu'elles couvrent le chant des bouvreuils. On se croirait dans quelque parc enchanté, avec des cascades tombant de toutes parts.

En bas, les prairies sont trempées. Des marronniers gigantesques font des ombres noires. Au bord des prés, de longs rideaux de peupliers alignent leurs tentures bruissantes. Il y a deux avenues d'énormes platanes qui

1. Malgré sa proximité phonétique avec « Moselle », le nom de cette rivière est une invention de Zola.

2. Zola donne une importance toute particulière aux lieux dans lesquels l'amour va s'épanouir. Il les représente souvent sous la forme d'un nid, comme dans la nouvelle « Souvenirs XIII » (*Nouveaux Contes à Ninon*, 1874), d'un paysage, comme dans *La Faute de l'Abbé Mouret* ou, comme ici, d'un « trou de verdure ».

3. Commune de l'est parisien sans lien avec la Lorraine, où se déroule l'intrigue de cette nouvelle. Zola joue avec l'onomastique pour éviter une localisation trop précise.

montent, à travers champs, vers l'ancien château de Gagny, aujourd'hui en ruines. Dans cette terre continuellement arrosée, les herbes grandissent démesurément. C'est comme un fond de parterre entre les deux coteaux boisés, mais de parterre naturel, dont les prairies sont les pelouses, et dont les arbres géants dessinent les colossales corbeilles. Quand le soleil, à midi, tombe d'aplomb, les ombres bleuissent, les herbes allumées dorment dans la chaleur, tandis qu'un frisson glacé passe sous les feuillages.

Et c'était là que le moulin du père Merlier égayait de son tic-tac un coin de verdures folles. La bâtisse, faite de plâtre et de planches, semblait vieille comme le monde. Elle trempait à moitié dans la Morelle, qui arrondit à cet endroit un clair bassin. Une écluse était ménagée, la chute tombait de quelques mètres sur la roue du moulin, qui craquait en tournant, avec la toux asthmatique d'une fidèle servante vieillie dans la maison. Quand on conseillait au père Merlier de la changer, il hochait la tête en disant qu'une jeune roue serait plus paresseuse et ne connaîtrait pas si bien le travail ; et il raccommodait l'ancienne avec tout ce qui lui tombait sous la main, des douves [1] de tonneau, des ferrures rouillées, du zinc, du plomb. La roue en paraissait plus gaie, avec son profil devenu étrange, tout empanachée d'herbes et de mousses. Lorsque l'eau la battait de son flot d'argent, elle se couvrait de perles, on voyait passer son étrange carcasse sous une parure éclatante de colliers de nacre.

La partie du moulin qui trempait ainsi dans la Morelle avait l'air d'une arche barbare, échouée là. Une bonne moitié du logis était bâtie sur des pieux. L'eau entrait sous le plancher, il y avait des trous, bien connus dans le pays pour les anguilles et les écrevisses énormes qu'on y prenait. En dessous de la chute, le bassin était limpide comme un miroir, et lorsque la roue ne le troublait pas

1. Les douves sont les planches dont on se sert pour fabriquer les tonneaux.

de son écume, on apercevait des bandes de gros poissons qui nageaient avec des lenteurs d'escadre. Un escalier rompu descendait à la rivière, près d'un pieu où était amarrée une barque. Une galerie de bois passait au-dessus de la roue. Des fenêtres s'ouvraient, percées irrégulièrement. C'était un pêle-mêle d'encoignures, de petites murailles, de constructions ajoutées après coup, de poutres et de toitures qui donnaient au moulin un aspect d'ancienne citadelle démantelée. Mais des lierres avaient poussé, toutes sortes de plantes grimpantes bouchaient les crevasses trop grandes et mettaient un manteau vert à la vieille demeure. Les demoiselles qui passaient dessinaient sur leurs albums le moulin du père Merlier.

Du côté de la route, la maison était plus solide. Un portail en pierre s'ouvrait sur la grande cour, que bordaient à droite et à gauche des hangars et des écuries. Près d'un puits, un orme immense couvrait de son ombre la moitié de la cour. Au fond, la maison alignait les quatre fenêtres de son premier étage, surmonté d'un colombier. La seule coquetterie du père Merlier était de faire badigeonner cette façade tous les dix ans. Elle venait justement d'être blanchie, et elle éblouissait le village, lorsque le soleil l'allumait, au milieu du jour.

Depuis vingt ans, le père Merlier était maire de Rocreuse. On l'estimait pour la fortune qu'il avait su faire. On lui donnait quelque chose comme quatre-vingt mille francs, amassés sou à sou. Quand il avait épousé Madeleine Guillard, qui lui apportait en dot le moulin, il ne possédait guère que ses deux bras. Mais Madeleine ne s'était jamais repentie de son choix, tant il avait su mener gaillardement les affaires du ménage. Aujourd'hui, la femme était défunte, il restait veuf avec sa fille Françoise. Sans doute, il aurait pu se reposer, laisser la roue du moulin dormir dans la mousse ; mais il se serait trop ennuyé, et la maison lui aurait semblé morte. Il travaillait toujours, pour le plaisir. Le père Merlier était alors un grand vieillard, à longue figure silencieuse, qui ne riait jamais, mais qui était tout de même très gai en dedans. On l'avait choisi pour maire, à cause de son argent, et aussi pour le bel air qu'il savait prendre, lorsqu'il faisait un mariage.

Françoise Merlier venait d'avoir dix-huit ans. Elle ne passait pas pour une des belles filles du pays, parce qu'elle était chétive. Jusqu'à quinze ans, elle avait même été laide. On ne pouvait pas comprendre, à Rocreuse, comment la fille du père et de la mère Merlier, tous deux si bien plantés, poussait mal et d'un air de regret. Mais à quinze ans, tout en restant délicate, elle prit une petite figure, la plus jolie du monde. Elle avait des cheveux noirs, des yeux noirs, et elle était toute rose avec ça ; une bouche qui riait toujours, des trous dans les joues, un front clair où il y avait comme une couronne de soleil. Quoique chétive pour le pays, elle n'était pas maigre, loin de là ; on voulait dire simplement qu'elle n'aurait pas pu lever un sac de blé ; mais elle devenait toute potelée avec l'âge, elle devait finir par être ronde et friande comme une caille. Seulement, les longs silences de son père l'avaient rendue raisonnable très jeune. Si elle riait toujours, c'était pour faire plaisir aux autres. Au fond, elle était sérieuse.

Naturellement, tout le pays la courtisait, plus encore pour ses écus que pour sa gentillesse. Et elle avait fini par faire un choix, qui venait de scandaliser la contrée. De l'autre côté de la Morelle, vivait un grand garçon, que l'on nommait Dominique Penquer. Il n'était pas de Rocreuse. Dix ans auparavant, il était arrivé de Belgique, pour hériter d'un oncle, qui possédait un petit bien, sur la lisière même de la forêt de Gagny, juste en face du moulin, à quelques portées de fusil. Il venait pour vendre ce bien, disait-il, et retourner chez lui. Mais le pays le charma, paraît-il, car il n'en bougea plus. On le vit cultiver son bout de champ, récolter quelques légumes dont il vivait. Il pêchait, il chassait ; plusieurs fois, les gardes faillirent le prendre et lui dresser des procès-verbaux. Cette existence libre, dont les paysans ne s'expliquaient pas bien les ressources, avait fini par lui donner un mauvais renom. On le traitait vaguement de braconnier. En tout cas, il était paresseux, car on le trouvait souvent endormi dans l'herbe, à des heures où il aurait dû travailler. La masure qu'il habitait, sous les derniers arbres de la forêt, ne semblait pas non plus la demeure d'un honnête garçon. Il aurait eu un commerce avec les loups des ruines de Gagny, que cela n'aurait point surpris les vieilles femmes. Pourtant, les jeunes filles, parfois, se hasardaient à le défendre, car il était superbe, cet homme louche, souple et grand comme un peuplier, très blanc de peau, avec une barbe et des cheveux blonds qui semblaient de l'or au soleil. Or, un beau matin, Françoise avait déclaré au père Merlier qu'elle aimait Dominique et que jamais elle ne consentirait à épouser un autre garçon.

On pense quel coup de massue le père Merlier reçut ce jour-là ! Il ne dit rien, selon son habitude. Il avait son visage réfléchi ; seulement, sa gaieté intérieure ne luisait plus dans ses yeux. On se bouda pendant une semaine. Françoise, elle aussi, était toute grave. Ce qui tourmentait le père Merlier, c'était de savoir comment ce gredin de braconnier avait bien pu ensorceler sa fille. Jamais Dominique n'était venu au moulin. Le meunier guetta et il aperçut le galant, de l'autre côté de la Morelle, couché dans l'herbe et feignant de dormir. Françoise, de sa chambre, pouvait le voir. La chose était claire, ils avaient dû s'aimer, en se faisant les doux yeux par-dessus la roue du moulin.

Cependant, huit autres jours s'écoulèrent, Françoise devenait de plus en plus grave. Le père Merlier ne disait toujours rien. Puis, un soir, silencieusement, il amena lui-même Dominique. Françoise, justement, mettait la table. Elle ne parut pas étonnée, elle se contenta d'ajouter un couvert ; seulement les petits trous de ses joues venaient de se creuser de nouveau, et son rire avait reparu. Le matin, le père Merlier était allé trouver Dominique dans sa masure, sur la lisière du bois. Là, les deux hommes avaient causé pendant trois heures, les portes et les fenêtres fermées. Jamais personne n'a su ce qu'ils avaient pu se dire. Ce qu'il y a de certain, c'est que le père Merlier en sortant traitait déjà Dominique comme son fils. Sans doute, le vieillard avait trouvé le garçon qu'il était allé chercher, un brave garçon, dans ce paresseux qui se couchait sur l'herbe pour se faire aimer des filles.

Tout Rocreuse clabauda [1]. Les femmes, sur les portes, ne tarissaient pas au sujet de la folie du père Merlier, qui introduisait ainsi chez lui un garnement. Il laissa dire. Peut-être s'était-il souvenu de son propre mariage. Lui non plus ne possédait pas un sou vaillant, lorsqu'il avait épousé Madeleine et son moulin ; cela pourtant ne l'avait point empêché de faire un bon mari. D'ailleurs, Dominique coupa court aux cancans, en se mettant si rudement à la besogne, que le pays en fut émerveillé. Justement le garçon du moulin était tombé au sort [2], et jamais Dominique ne voulut qu'on en engageât un autre. Il porta les sacs, conduisit la charrette, se battit avec la vieille roue, quand elle se faisait prier pour tourner, tout cela d'un tel cœur, qu'on venait le voir par plaisir. Le père Merlier avait son rire silencieux. Il était très fier d'avoir deviné ce garçon. Il n'y a rien comme l'amour pour donner du courage aux jeunes gens.

Au milieu de toute cette grosse besogne, Françoise et Dominique s'adoraient. Ils ne se parlaient guère, mais ils se regardaient avec une douceur souriante. Jusque-là, le père Merlier n'avait pas dit un seul mot au sujet du mariage ; et tous deux respectaient ce silence, attendant la volonté du vieillard. Enfin, un jour, vers le milieu de juillet, il avait fait mettre trois tables dans la cour, sous le grand orme, en invitant ses amis de Rocreuse à venir le soir boire un coup avec lui. Quand la cour fut pleine et que tout le monde eut le verre en main, le père Merlier leva le sien très haut en disant :

---

1. Clabauder : médire.
2. Un tirage au sort désignait les jeunes hommes qui devaient effectuer leur service militaire.

« C'est pour avoir le plaisir de vous annoncer que Françoise épousera ce gaillard-là dans un mois, le jour de la Saint-Louis [1]. »

Alors, on trinqua bruyamment. Tout le monde riait. Mais le père Merlier, haussant la voix, dit encore :

« Dominique, embrasse ta promise. Ça se doit. »

Et ils s'embrassèrent, très rouges, pendant que l'assistance riait plus fort. Ce fut une vraie fête. On vida un petit tonneau. Puis, quand il n'y eut là que les amis intimes, on causa d'une façon calme. La nuit était tombée, une nuit étoilée et très claire. Dominique et Françoise, assis sur un banc, l'un près de l'autre, ne disaient rien. Un vieux paysan parlait de la guerre que l'empereur avait déclarée à la Prusse [2]. Tous les gars du village étaient déjà partis. La veille, des troupes avaient encore passé. On allait se cogner dur.

« Bah ! dit le père Merlier avec l'égoïsme d'un homme heureux. Dominique est étranger, il ne partira pas... Et si les Prussiens venaient, il serait là pour défendre sa femme. »

Cette idée que les Prussiens pouvaient venir parut une bonne plaisanterie. On allait leur flanquer une raclée soignée, et ce serait vite fini.

« Je les ai déjà vus, je les ai déjà vus », répéta d'une voix sourde le vieux paysan.

Il y eut un silence. Puis, on trinqua une fois encore. Françoise et Dominique n'avaient rien entendu ; ils s'étaient pris doucement la main, derrière le banc, sans qu'on pût les voir, et cela leur semblait si bon, qu'ils restaient là, les yeux perdus au fond des ténèbres.

Quelle nuit tiède et superbe ! Le village s'endormait aux deux bords de la route blanche, dans une tranquillité d'enfant. On n'entendait plus, de loin en loin, que le chant de quelque coq éveillé trop tôt. Des grands bois voisins, descendaient de longues haleines qui passaient

1. La Saint-Louis tombe le 25 août.
2. La guerre fut en effet déclarée par la France le 19 juillet 1870.

sur les toitures comme des caresses. Les prairies, avec leurs ombrages noirs, prenaient une majesté mystérieuse et recueillie, tandis que toutes les sources, toutes les eaux courantes qui jaillissaient dans l'ombre, semblaient être la respiration fraîche et rythmée de la campagne endormie. Par instants, la vieille roue du moulin, ensommeillée, paraissait rêver comme ces vieux chiens de garde qui aboient en ronflant ; elle avait des craquements, elle causait toute seule, bercée par la chute de la Morelle, dont la nappe rendait le son musical et continu d'un tuyau d'orgues. Jamais une paix plus large n'était descendue sur un coin plus heureux de nature.

II

Un mois plus tard, jour pour jour, juste la veille de la Saint-Louis, Rocreuse était dans l'épouvante. Les Prussiens avaient battu l'empereur et s'avançaient à marches forcées vers le village [1]. Depuis une semaine, des gens qui passaient sur la route annonçaient les Prussiens : « Ils sont à Lormière, ils sont à Novelles » ; et, à entendre dire qu'ils se rapprochaient si vite, Rocreuse, chaque matin, croyait les voir descendre par les bois de Gagny. Ils ne venaient point cependant, cela effrayait davantage. Bien sûr qu'ils tomberaient sur le village pendant la nuit et qu'ils égorgeraient tout le monde.

La nuit précédente, un peu avant le jour, il y avait eu une alerte. Les habitants s'étaient réveillés, en entendant un grand bruit d'hommes sur la route. Les femmes déjà

1. Aux alentours du 20 août 1870, la plupart des villes de l'est de la France (Bar-le-Duc, Metz) étaient en état de siège. La défaite définitive eut lieu le 1er septembre 1870 à Sedan et Napoléon III capitula le 2 septembre.

se jetaient à genoux et faisaient des signes de croix, lorsqu'on avait reconnu des pantalons rouges [1], en entrouvrant prudemment les fenêtres. C'était un détachement français. Le capitaine avait tout de suite demandé le maire du pays, et il était resté au moulin, après avoir causé avec le père Merlier.

Le soleil se levait gaiement, ce jour-là. Il ferait chaud, à midi. Sur les bois, une clarté blonde flottait, tandis que dans les fonds, au-dessus des prairies, montaient des vapeurs blanches. Le village, propre et joli, s'éveillait dans la fraîcheur, et la campagne, avec sa rivière et ses fontaines, avait des grâces mouillées de bouquet. Mais cette belle journée ne faisait rire personne. On venait de voir le capitaine tourner autour du moulin, regarder les maisons voisines, passer de l'autre côté de la Morelle, et de là, étudier le pays avec une lorgnette ; le père Merlier, qui l'accompagnait, semblait donner des explications. Puis, le capitaine avait posté des soldats derrière des murs, derrière des arbres, dans des trous. Le gros du détachement campait dans la cour du moulin. On allait donc se battre ? Et quand le père Merlier revint, on l'interrogea. Il fit un long signe de tête, sans parler. Oui, on allait se battre.

Françoise et Dominique étaient là, dans la cour, qui le regardaient. Il finit par ôter sa pipe de la bouche, et dit cette simple phrase :

« Ah ! mes pauvres petits, ce n'est pas demain que je vous marierai ! »

Dominique, les lèvres serrées, avec un pli de colère au front, se haussait parfois, restait les yeux fixés sur les bois de Gagny, comme s'il eût voulu voir arriver les Prussiens. Françoise, très pâle, sérieuse, allait et venait, fournissant aux soldats ce dont ils avaient besoin. Ils faisaient la soupe dans un coin de la cour, et plaisantaient, en attendant de manger.

---

1. Le rouge garance, particulièrement visible, était la couleur du pantalon des fantassins français.

Cependant, le capitaine paraissait ravi. Il avait visité les chambres et la grande salle du moulin donnant sur la rivière. Maintenant, assis près du puits, il causait avec le père Merlier.

« Vous avez là une vraie forteresse, disait-il. Nous tiendrons bien jusqu'à ce soir… Les bandits sont en retard. Ils devraient être ici. »

Le meunier restait grave. Il voyait son moulin flamber comme une torche. Mais il ne se plaignait pas, jugeant cela inutile. Il ouvrit seulement la bouche, pour dire :

« Vous devriez faire cacher la barque derrière la roue. Il y a là un trou où elle tient… Peut-être qu'elle pourra servir. »

Le capitaine donna un ordre. Ce capitaine était un bel homme d'une quarantaine d'années, grand et de figure aimable. La vue de Françoise et de Dominique semblait le réjouir. Il s'occupait d'eux, comme s'il avait oublié la lutte prochaine. Il suivait Françoise des yeux, et son air disait clairement qu'il la trouvait charmante. Puis, se tournant vers Dominique :

« Vous n'êtes donc pas à l'armée, mon garçon ? lui demanda-t-il brusquement.

– Je suis étranger », répondit le jeune homme.

Le capitaine parut goûter médiocrement cette raison. Il cligna les yeux et sourit. Françoise était plus agréable à fréquenter que le canon. Alors, en le voyant sourire, Dominique ajouta :

« Je suis étranger, mais je loge une balle dans une pomme à cinq cents mètres… Tenez, mon fusil de chasse est là, derrière vous.

– Il pourra vous servir », répliqua simplement le capitaine.

Françoise s'était approchée, un peu tremblante. Et, sans se soucier du monde qui était là, Dominique prit et serra dans les siennes les deux mains qu'elle lui tendait, comme pour se mettre sous sa protection. Le capitaine avait souri de nouveau, mais il n'ajouta pas une parole.

Il demeurait assis, son épée entre les jambes, les yeux perdus, paraissant rêver.

Il était déjà dix heures. La chaleur devenait très forte. Un lourd silence se faisait. Dans la cour, à l'ombre des hangars, les soldats s'étaient mis à manger la soupe. Aucun bruit ne venait du village, dont les habitants avaient tous barricadé leurs maisons, portes et fenêtres. Un chien, resté seul sur la route, hurlait. Des bois et des prairies voisines, pâmés par la chaleur, sortait une voix lointaine, prolongée, faite de tous les souffles épars. Un coucou chanta. Puis, le silence s'élargit encore.

Et, dans cet air endormi, brusquement, un coup de feu éclata. Le capitaine se leva vivement, les soldats lâchèrent leurs assiettes de soupe, encore à moitié pleines. En quelques secondes, tous furent à leur poste de combat ; de bas en haut, le moulin se trouvait occupé. Cependant, le capitaine, qui s'était porté sur la route, n'avait rien vu ; à droite, à gauche, la route s'étendait, vide et toute blanche. Un deuxième coup de feu se fit entendre, et toujours rien, pas une ombre. Mais, en se retournant, il aperçut du côté de Gagny, entre deux arbres, un léger flocon de fumée qui s'envolait, pareil à un fil de la Vierge. Le bois restait profond et doux.

« Les gredins se sont jetés dans la forêt, murmura-t-il. Ils nous savent ici. »

Alors, la fusillade continua, de plus en plus nourrie, entre les soldats français, postés autour du moulin, et les Prussiens, cachés derrière les arbres. Les balles sifflaient au-dessus de la Morelle, sans causer de pertes ni d'un côté ni de l'autre. Les coups étaient irréguliers, partaient de chaque buisson ; et l'on n'apercevait toujours que les petites fumées, balancées mollement par le vent. Cela dura près de deux heures. L'officier chantonnait d'un air indifférent. Françoise et Dominique, qui étaient restés dans la cour, se haussaient et regardaient par-dessus une muraille basse. Ils s'intéressaient surtout à un petit soldat, posté au bord de la Morelle, derrière la carcasse d'un vieux bateau ; il était à plat ventre, guettait, lâchait son coup de feu, puis se laissait glisser dans un fossé, un peu en arrière, pour recharger son fusil ; et ses mouvements étaient si drôles, si rusés, si souples, qu'on se laissait aller à sourire en le voyant. Il dut apercevoir quelque tête de Prussien, car il se leva vivement et épaula ; mais, avant qu'il eût tiré, il jeta un cri, tourna sur lui-même et roula dans le fossé, où ses jambes eurent un instant le roidissement convulsif des pattes d'un poulet qu'on égorge. Le petit soldat venait de recevoir une balle en pleine poitrine. C'était le premier mort. Instinctivement, Françoise avait saisi la main de Dominique et la lui serrait, dans une crispation nerveuse.

« Ne restez pas là, dit le capitaine. Les balles viennent jusqu'ici. »

En effet, un petit coup sec s'était fait entendre dans le vieil orme, et un bout de branche tombait en se balançant. Mais les deux jeunes gens ne bougèrent pas, cloués par l'anxiété du spectacle. À la lisière du bois, un Prussien était brusquement sorti de derrière un arbre comme d'une coulisse, battant l'air de ses bras et tombant à la renverse. Et rien ne bougea plus, les deux morts semblaient dormir au grand soleil, on ne voyait toujours personne dans la campagne alourdie. Le pétillement de la fusillade lui-même cessa. Seule, la Morelle chuchotait avec son bruit clair.

Le père Merlier regarda le capitaine d'un air de surprise, comme pour lui demander si c'était fini.

« Voilà le grand coup, murmura celui-ci. Méfiez-vous. Ne restez pas là. »

Il n'avait pas achevé qu'une décharge effroyable eut lieu. Le grand orme fut comme fauché, une volée de feuilles tournoya. Les Prussiens avaient heureusement tiré trop haut. Dominique entraîna, emporta presque Françoise, tandis que le père Merlier les suivait, en criant :

« Mettez-vous dans le petit caveau, les murs sont solides. »

Mais ils ne l'écoutèrent pas, ils entrèrent dans la grande salle, où une dizaine de soldats attendaient en silence, les volets fermés, guettant par des fentes. Le capitaine était resté seul dans la cour, accroupi derrière la petite muraille, pendant que des décharges furieuses continuaient. Au-dehors, les soldats qu'il avait postés ne cédaient le terrain que pied à pied. Pourtant, ils rentraient un à un en rampant, quand l'ennemi les avait délogés de leurs cachettes. Leur consigne était de gagner du temps, de ne point se montrer, pour que les Prussiens ne pussent savoir quelles forces ils avaient devant eux. Une heure encore s'écoula. Et, comme un sergent arrivait, disant qu'il n'y avait plus dehors que deux ou trois hommes, l'officier tira sa montre, en murmurant :

« Deux heures et demie… Allons, il faut tenir quatre heures. »

Il fit fermer le grand portail de la cour, et tout fut préparé pour une résistance énergique. Comme les Prussiens se trouvaient de l'autre côté de la Morelle, un assaut immédiat n'était pas à craindre. Il y avait bien un pont à deux kilomètres, mais ils ignoraient sans doute son existence, et il était peu croyable qu'ils tenteraient de passer à gué la rivière. L'officier fit donc simplement surveiller la route. Tout l'effort allait porter du côté de la campagne.

La fusillade de nouveau avait cessé. Le moulin semblait mort sous le grand soleil. Pas un volet n'était ouvert, aucun bruit ne sortait de l'intérieur. Peu à peu, cependant, des Prussiens [1] se montraient à la lisière du bois de Gagny. Ils allongeaient la tête, s'enhardissaient. Dans le moulin, plusieurs soldats épaulaient déjà ; mais le capitaine cria :

« Non, non, attendez… Laissez-les s'approcher. »

Ils y mirent beaucoup de prudence, regardant le moulin d'un air méfiant. Cette vieille demeure, silencieuse et morne, avec ses rideaux de lierre, les inquiétait.

---

1. Certaines éditions donnent « les Prussiens ». Nous conservons le déterminant « des » tel qu'il apparaît dans l'édition originale et dans celle du cinquantenaire des *Soirées de Médan*.

Pourtant, ils avançaient. Quand ils furent une cinquantaine dans la prairie, en face, l'officier dit un seul mot :

« Allez ! »

Un déchirement se fit entendre, des coups isolés suivirent. Françoise, agitée d'un tremblement, avait porté malgré elle les mains à ses oreilles. Dominique, derrière les soldats, regardait ; et, quand la fumée se fut un peu dissipée, il aperçut trois Prussiens étendus sur le dos au milieu du pré. Les autres s'étaient jetés derrière les saules et les peupliers. Et le siège commença.

Pendant plus d'une heure, le moulin fut criblé de balles. Elles en fouettaient les vieux murs comme une grêle. Lorsqu'elles frappaient sur de la pierre, on les entendait s'écraser et retomber à l'eau. Dans le bois, elles s'enfonçaient avec un bruit sourd. Parfois, un craquement annonçait que la roue venait d'être touchée. Les soldats, à l'intérieur, ménageaient leurs coups, ne tiraient que lorsqu'ils pouvaient viser. De temps à autre, le capitaine consultait sa montre. Et, comme une balle fendait un volet et allait se loger dans le plafond :

« Quatre heures, murmura-t-il. Nous ne tiendrons jamais. »

Peu à peu, en effet, cette fusillade terrible ébranlait le vieux moulin. Un volet tomba à l'eau, troué comme une dentelle, et il fallut le remplacer par un matelas. Le père Merlier, à chaque instant, s'exposait pour constater les avaries de sa pauvre roue, dont les craquements lui allaient au cœur. Elle était bien finie cette fois ; jamais il ne pourrait la raccommoder. Dominique avait supplié Françoise de se retirer, mais elle voulait rester avec lui ; elle s'était assise derrière une grande armoire de chêne, qui la protégeait. Une balle pourtant arriva dans l'armoire, dont les flancs rendirent un son grave. Alors, Dominique se plaça devant Françoise. Il n'avait pas encore tiré, il tenait son fusil à la main, ne pouvant approcher des fenêtres dont les soldats tenaient toute la largeur. À chaque décharge, le plancher tressaillait.

« Attention ! Attention ! » cria tout d'un coup le capitaine.

Il venait de voir sortir du bois toute une masse sombre. Aussitôt s'ouvrit un formidable feu de peloton. Ce fut comme une trombe qui passa sur le moulin. Un autre volet partit, et par l'ouverture béante de la fenêtre, les balles entrèrent. Deux soldats roulèrent sur le carreau. L'un ne remua plus ; on le poussa contre le mur, parce qu'il encombrait. L'autre se tordit en demandant qu'on l'achevât ; mais on ne l'écoutait point, les balles entraient toujours, chacun se garait et tâchait de trouver une meurtrière pour riposter. Un troisième soldat fut blessé ; celui-là ne dit pas une parole, il se laissa couler au bord d'une table, avec des yeux fixes et hagards. En face de ces morts, Françoise, prise d'horreur, avait repoussé machinalement sa chaise, pour s'asseoir à terre, contre le mur ; elle se croyait la plus petite et moins en danger. Cependant, on était allé prendre tous les matelas de la maison, on avait rebouché à moitié la fenêtre. La salle s'emplissait de débris, d'armes rompues, de meubles éventrés.

« Cinq heures, dit le capitaine. Tenez bon… Ils vont chercher à passer l'eau. »

À ce moment, Françoise poussa un cri. Une balle, qui avait ricoché, venait de lui effleurer le front. Quelques gouttes de sang parurent. Dominique la regarda ; puis, s'approchant de la fenêtre, il lâcha son premier coup de feu, et il ne s'arrêta plus. Il chargeait, tirait, sans s'occuper de ce qui se passait près de lui ; de temps à autre seulement, il jetait un coup d'œil sur Françoise. D'ailleurs, il ne se pressait pas, visait avec soin. Les Prussiens, longeant les peupliers, tentaient le passage de la Morelle, comme le capitaine l'avait prévu ; mais, dès qu'un d'entre eux se hasardait, il tombait frappé à la tête par une balle de Dominique. Le capitaine, qui suivait ce jeu, était émerveillé. Il complimenta le jeune homme, en lui disant qu'il serait heureux d'avoir beaucoup de tireurs de sa force. Dominique ne l'entendait pas. Une balle lui entama l'épaule, une autre lui contusionna le bras. Et il tirait toujours.

Il y eut deux nouveaux morts. Les matelas, déchiquetés, ne bouchaient plus les fenêtres. Une dernière décharge semblait devoir emporter le moulin. La position n'était plus tenable. Cependant, l'officier répétait :

« Tenez bon… Encore une demi-heure. »

Maintenant, il comptait les minutes. Il avait promis à ses chefs d'arrêter l'ennemi là jusqu'au soir, et il n'aurait pas reculé d'une semelle avant l'heure qu'il avait fixée pour la retraite. Il gardait son air aimable, souriait à Françoise, afin de la rassurer. Lui-même venait de ramasser le fusil d'un soldat mort et faisait le coup de feu.

Il n'y avait plus que quatre soldats dans la salle. Les Prussiens se montraient en masse sur l'autre bord de la Morelle, et il était évident qu'ils allaient passer la rivière d'un moment à l'autre. Quelques minutes s'écoulèrent encore. Le capitaine s'entêtait, ne voulait pas donner l'ordre de la retraite, lorsqu'un sergent accourut, en disant :

« Ils sont sur la route, ils vont nous prendre par-derrière. »

Les Prussiens devaient avoir trouvé le pont. Le capitaine tira sa montre.

« Encore cinq minutes, dit-il. Ils ne seront pas ici avant cinq minutes. »

Puis, à six heures précises, il consentit enfin à faire sortir ses hommes par une petite porte qui donnait sur une ruelle. De là, ils se jetèrent dans un fossé, ils gagnèrent la forêt de Sauval. Le capitaine avait, avant de partir, salué très poliment le père Merlier, en s'excusant. Et il avait même ajouté :

« Amusez-les… Nous reviendrons. »

Cependant, Dominique était resté seul dans la salle. Il tirait toujours, n'entendant rien, ne comprenant rien. Il n'éprouvait que le besoin de défendre Françoise. Les soldats étaient partis, sans qu'il s'en doutât le moins du monde. Il visait et tuait son homme à chaque coup. Brusquement, il y eut un grand bruit. Les Prussiens, par-derrière, venaient d'envahir la cour. Il lâcha un dernier coup, et ils tombèrent sur lui, comme son fusil fumait encore.

Quatre hommes le tenaient. D'autres vociféraient autour de lui, dans une langue effroyable. Ils faillirent l'égorger tout de suite. Françoise s'était jetée en avant, suppliante. Mais un officier entra et se fit remettre le prisonnier. Après quelques phrases qu'il échangea en allemand avec les soldats, il se tourna vers Dominique et lui dit rudement, en très bon français :

« Vous serez fusillé dans deux heures. »

III

C'était une règle posée par l'état-major allemand : tout Français n'appartenant pas à l'armée régulière et pris les armes à la main devait être fusillé. Les compagnies franches [1] elles-mêmes n'étaient pas reconnues comme belligérantes. En faisant ainsi de terribles exemples sur les paysans qui défendaient leurs foyers, les Allemands voulaient empêcher la levée en masse, qu'ils redoutaient.

L'officier, un homme grand et sec, d'une cinquantaine d'années, fit subir à Dominique un bref interrogatoire. Bien qu'il parlât le français très purement, il avait une raideur toute prussienne.

« Vous êtes de ce pays ?

– Non, je suis Belge.

– Pourquoi avez-vous pris les armes ?… Tout ceci ne doit pas vous regarder. »

Dominique ne répondit pas. À ce moment, l'officier aperçut Françoise debout et très pâle, qui écoutait ; sur son front blanc, sa légère blessure mettait une barre

1. Détachements spéciaux qui ne sont incorporés à aucun régiment.

rouge. Il regarda les jeunes gens l'un après l'autre, parut comprendre, et se contenta d'ajouter :

« Vous ne niez pas avoir tiré ?

– J'ai tiré tant que j'ai pu », répondit tranquillement Dominique.

Cet aveu était inutile, car il était noir de poudre, couvert de sueur, taché de quelques gouttes de sang qui avaient coulé de l'éraflure de son épaule.

« C'est bien, répéta l'officier. Vous serez fusillé dans deux heures. »

Françoise ne cria pas. Elle joignit les mains et les éleva dans un geste de muet désespoir. L'officier remarqua ce geste. Deux soldats avaient emmené Dominique dans une pièce voisine, où ils devaient le garder à vue. La jeune fille était tombée sur une chaise, les jambes brisées ; elle ne pouvait pleurer, elle étouffait. Cependant, l'officier l'examinait toujours. Il finit par lui adresser la parole :

« Ce garçon est votre frère ? » demanda-t-il.

Elle dit non de la tête. Il resta raide, sans un sourire. Puis, au bout d'un silence :

« Il habite le pays depuis longtemps ? »

Elle dit oui, d'un nouveau signe.

« Alors il doit très bien connaître les bois voisins ? »

Cette fois, elle parla.

« Oui, monsieur », dit-elle en le regardant avec quelque surprise.

Il n'ajouta rien et tourna sur ses talons, en demandant qu'on lui amenât le maire du village. Mais Françoise s'était levée, une légère rougeur au visage, croyant avoir saisi le but de ses questions et reprise d'espoir. Ce fut elle-même qui courut pour trouver son père.

Le père Merlier, dès que les coups de feu avaient cessé, était vivement descendu par la galerie de bois, pour visiter sa roue. Il adorait sa fille, il avait une solide amitié pour Dominique, son futur gendre ; mais sa roue tenait aussi une large place dans son cœur. Puisque les deux petits, comme il les appelait, étaient sortis sains et saufs de la bagarre, il songeait à son autre tendresse, qui avait singulièrement souffert, celle-là. Et, penché sur la grande carcasse de bois, il en étudiait les blessures d'un air navré. Cinq palettes étaient en miettes, la charpente centrale était criblée. Il fourrait les doigts dans les trous des balles, pour en mesurer la profondeur ; il réfléchissait à la façon dont il pourrait réparer toutes ces avaries. Françoise le trouva qui bouchait déjà des fentes avec des débris et de la mousse.

« Père, dit-elle, ils vous demandent. »

Et elle pleura enfin, en lui contant ce qu'elle venait d'entendre. Le père Merlier hocha la tête. On ne fusillait pas les gens comme ça. Il fallait voir. Et il rentra dans le moulin, de son air silencieux et paisible. Quand l'officier lui eut demandé des vivres pour ses hommes, il répondit que les gens de Rocreuse n'étaient pas habitués à être brutalisés, et qu'on n'obtiendrait rien d'eux si l'on employait la violence. Il se chargeait de tout, mais à la condition qu'on le laissât agir seul. L'officier parut se fâcher d'abord de ce ton tranquille ; puis, il céda, devant les paroles brèves et nettes du vieillard. Même il le rappela, pour lui demander :

« Ces bois-là, en face, comment les nommez-vous ?

– Les bois de Sauval.

– Et quelle est leur étendue ? »

Le meunier le regarda fixement.

« Je ne sais pas », répondit-il.

Et il s'éloigna. Une heure plus tard, la contribution de guerre en vivres et en argent, réclamée par l'officier, était dans la cour du moulin. La nuit venait, Françoise suivait avec anxiété les mouvements des soldats. Elle ne s'éloignait pas de la pièce dans laquelle était enfermé Dominique. Vers sept heures, elle eut une émotion poignante ; elle vit l'officier entrer chez le prisonnier, et, pendant un quart d'heure, elle entendit leurs voix qui s'élevaient. Un instant, l'officier reparut sur le seuil pour donner un ordre en allemand, qu'elle ne comprit pas ; mais, lorsque douze hommes furent venus se ranger dans la cour, le fusil au bras, un tremblement la saisit, elle se sentit mourir. C'en était donc fait ; l'exécution allait avoir lieu. Les douze hommes restèrent là dix minutes, la voix de Dominique continuait à s'élever sur un ton de refus violent. Enfin, l'officier sortit, en fermant brutalement la porte et en disant :

« C'est bien, réfléchissez… Je vous donne jusqu'à demain matin. »

Et, d'un geste, il fit rompre les rangs aux douze hommes. Françoise restait hébétée. Le père Merlier, qui avait continué de fumer sa pipe, en regardant le peloton d'un air simplement curieux, vint la prendre par le bras, avec une douceur paternelle. Il l'emmena dans sa chambre.

« Tiens-toi tranquille, lui dit-il, tâche de dormir… Demain, il fera jour, et nous verrons. »

En se retirant, il l'enferma par prudence. Il avait pour principe que les femmes ne sont bonnes à rien, et qu'elles gâtent tout, lorsqu'elles s'occupent d'une affaire sérieuse. Cependant, Françoise ne se coucha pas. Elle demeura longtemps assise sur son lit, écoutant les rumeurs de la maison. Les soldats allemands, campés dans la cour, chantaient et riaient ; ils durent manger et boire jusqu'à onze heures, car le tapage ne cessa pas un instant. Dans le moulin même, des pas lourds résonnaient de temps à autre, sans doute des sentinelles qu'on relevait. Mais, ce qui l'intéressait surtout, c'étaient les bruits qu'elle pouvait saisir dans la pièce qui se trouvait sous sa chambre. Plusieurs fois elle se coucha par terre, elle appliqua son oreille contre le plancher. Cette pièce était justement celle où l'on avait enfermé Dominique. Il devait marcher du mur à la fenêtre, car elle entendit longtemps la cadence régulière de sa promenade ; puis, il se fit un grand silence, il s'était sans doute assis. D'ailleurs, les rumeurs cessaient, tout s'endormait. Quand la maison lui parut s'assoupir, elle ouvrit sa fenêtre le plus doucement possible, elle s'accouda.

Au-dehors, la nuit avait une sérénité tiède. Le mince croissant de la lune, qui se couchait derrière les bois de

Sauval, éclairait la campagne d'une lueur de veilleuse. L'ombre allongée des grands arbres barrait de noir les prairies, tandis que l'herbe, aux endroits découverts, prenait une douceur de velours verdâtre. Mais Françoise ne s'arrêtait guère au charme mystérieux de la nuit. Elle étudiait la campagne, cherchant les sentinelles que les Allemands avaient dû poster de ce côté. Elle voyait parfaitement leurs ombres s'échelonner le long de la Morelle. Une seule se trouvait devant le moulin, de l'autre côté de la rivière, près d'un saule dont les branches trempaient dans l'eau. Françoise la distinguait parfaitement. C'était un grand garçon qui se tenait immobile, la face tournée vers le ciel, de l'air rêveur d'un berger.

Alors, quand elle eut ainsi inspecté les lieux avec soin, elle revint s'asseoir sur son lit. Elle y resta une heure, profondément absorbée. Puis elle écouta de nouveau : la maison n'avait plus un souffle. Elle retourna à la fenêtre, jeta un coup d'œil ; mais sans doute une des cornes de la lune qui apparaissait encore derrière les arbres lui parut gênante, car elle se remit à attendre. Enfin, l'heure lui sembla venue. La nuit était toute noire, elle n'apercevait plus la sentinelle en face, la campagne s'étalait comme une mare d'encre. Elle tendit l'oreille un instant et se décida. Il y avait là, passant près de la fenêtre, une échelle de fer, des barres scellées dans le mur, qui montait de la roue au grenier, et qui servait autrefois aux meuniers pour visiter certains rouages ; puis, le mécanisme avait été modifié, depuis longtemps l'échelle disparaissait sous les lierres épais qui couvraient ce côté du moulin.

Françoise, bravement, enjamba la balustrade de sa fenêtre, saisit une des barres de fer et se trouva dans le vide. Elle commença à descendre. Ses jupons l'embarrassaient beaucoup. Brusquement, une pierre se détacha de la muraille et tomba dans la Morelle avec un rejaillissement sonore. Elle s'était arrêtée, glacée d'un frisson. Mais elle comprit que la chute d'eau, de son ronflement continu, couvrait à distance tous les bruits qu'elle pouvait faire, et elle descendit alors plus hardiment, tâtant le lierre du pied, s'assurant des échelons. Lorsqu'elle fut à la hauteur de la chambre qui servait de prison à Dominique, elle s'arrêta. Une difficulté imprévue faillit lui faire perdre tout son courage : la fenêtre de la pièce du bas n'était pas régulièrement percée au-dessous de la fenêtre de sa chambre, elle s'écartait de l'échelle, et lorsqu'elle allongea la main, elle ne rencontra que la muraille. Lui faudrait-il donc remonter, sans pousser son projet jusqu'au bout ? Ses bras se lassaient, le murmure de la Morelle, au-dessous d'elle, commençait à lui donner des vertiges. Alors, elle arracha du mur de petits fragments de plâtre et les lança dans la fenêtre de Dominique. Il n'entendait pas, peut-être dormait-il. Elle émietta encore la muraille, elle s'écorchait les doigts. Et elle était à bout de force, elle se sentait tomber à la renverse, lorsque Dominique ouvrit enfin doucement.

« C'est moi, murmura-t-elle. Prends-moi vite, je tombe. »

C'était la première fois qu'elle le tutoyait. Il la saisit, en se penchant, et l'apporta dans la chambre. Là, elle eut une crise de larmes, étouffant ses sanglots, pour qu'on ne l'entendît pas. Puis, par un effort suprême, elle se calma.

« Vous êtes gardé ? » demanda-t-elle à voix basse.

Dominique, encore stupéfait de la voir ainsi, fit un simple signe, en montrant sa porte. De l'autre côté, on entendait un ronflement ; la sentinelle, cédant au sommeil, avait dû se coucher par terre, contre la porte, en se disant que, de cette façon, le prisonnier ne pouvait bouger.

« Il faut fuir, reprit-elle vivement. Je suis venue pour vous supplier de fuir et pour vous dire adieu. »

Mais lui ne paraissait pas l'entendre. Il répétait :

« Comment, c'est vous, c'est vous… Oh ! que vous m'avez fait peur ! Vous pouviez vous tuer. »

Il lui prit les mains, il les baisa.

« Que je vous aime, Françoise !… Vous êtes aussi courageuse que bonne. Je n'avais qu'une crainte, c'était de mourir sans vous avoir revue… Mais vous êtes là, et maintenant ils peuvent me fusiller. Quand j'aurai passé un quart d'heure avec vous, je serai prêt. »

Peu à peu, il l'avait attirée à lui, et elle appuyait sa tête sur son épaule. Le danger les rapprochait. Ils oubliaient tout dans cette étreinte.

« Ah ! Françoise, reprit Dominique d'une voix caressante, c'est aujourd'hui la Saint-Louis, le jour si longtemps attendu de notre mariage. Rien n'a pu nous séparer, puisque nous voilà tous les deux seuls, fidèles au rendez-vous… N'est-ce pas ? c'est à cette heure le matin des noces.

– Oui, oui, répéta-t-elle, le matin des noces. »

Ils échangèrent un baiser en frissonnant. Mais, tout d'un coup, elle se dégagea, la terrible réalité se dressait devant elle.

« Il faut fuir, il faut fuir, bégaya-t-elle. Ne perdons pas une minute. »

Et comme il tendait les bras dans l'ombre pour la reprendre, elle le tutoya de nouveau :

« Oh ! je t'en prie, écoute-moi… Si tu meurs, je mourrai. Dans une heure, il fera jour. Je veux que tu partes tout de suite. »

Alors, rapidement, elle expliqua son plan. L'échelle de fer descendait jusqu'à la roue ; là, il pourrait s'aider des palettes et entrer dans la barque qui se trouvait dans un enfoncement. Il lui serait facile ensuite de gagner l'autre bord de la rivière et de s'échapper.

« Mais il doit y avoir des sentinelles ? dit-il.

– Une seule, en face, au pied du premier saule.

– Et si elle m'aperçoit, si elle veut crier ? »

Françoise frissonna. Elle lui mit dans la main un couteau qu'elle avait descendu. Il y eut un silence.

« Et votre père, et vous ? reprit Dominique. Mais non, je ne puis fuir… Quand je ne serai plus là, ces soldats vous massacreront peut-être… Vous ne les connaissez pas. Ils m'ont proposé de me faire grâce, si je consentais à les guider dans la forêt de Sauval. Lorsqu'ils ne me trouveront plus, ils sont capables de tout. »

La jeune fille ne s'arrêta pas à discuter. Elle répondit simplement à toutes les raisons qu'il donnait :

« Par amour pour moi, fuyez… Si vous m'aimez, Dominique, ne restez pas ici une minute de plus. »

Puis, elle promit de remonter dans sa chambre. On ne saurait pas qu'elle l'avait aidé. Elle finit par le prendre dans ses bras, par l'embrasser, pour le convaincre, avec un élan de passion extraordinaire. Lui, était vaincu. Il ne posa plus qu'une question.

« Jurez-moi que votre père connaît votre démarche et qu'il me conseille la fuite ?

– C'est mon père qui m'a envoyée », répondit hardiment Françoise.

Elle mentait. Dans ce moment, elle n'avait qu'un besoin immense, le savoir en sûreté, échapper à cette abominable pensée que le soleil allait être le signal de sa mort. Quand il serait loin, tous les malheurs pouvaient fondre sur elle ; cela lui paraîtrait doux, du moment où il vivrait. L'égoïsme de sa tendresse le voulait vivant, avant toutes choses.

« C'est bien, dit Dominique, je ferai comme il vous plaira. »

Alors, ils ne parlèrent plus. Dominique alla rouvrir la fenêtre. Mais, brusquement, un bruit les glaça. La porte fut ébranlée, et ils crurent qu'on l'ouvrait. Évidemment, une ronde [1] avait entendu leurs voix. Et tous deux debout, serrés l'un contre l'autre, attendaient dans une angoisse indicible. La porte fut de nouveau secouée ; mais elle ne s'ouvrit pas. Ils eurent chacun un soupir étouffé ; ils venaient de comprendre, ce devait être le soldat couché en travers du seuil, qui s'était retourné. En effet, le silence se fit, les ronflements recommencèrent.

---

1. La « ronde » désigne ici les soldats chargés de l'inspection nocturne.

Dominique voulut absolument que Françoise remontât d'abord chez elle. Il la prit dans ses bras, il lui dit un muet adieu. Puis, il l'aida à saisir l'échelle et se cramponna à son tour. Mais il refusa de descendre un seul échelon avant de la savoir dans sa chambre. Quand Françoise fut rentrée, elle laissa tomber d'une voix légère comme un souffle :

« Au revoir, je t'aime ! »

Elle resta accoudée, elle tâcha de suivre Dominique. La nuit était toujours très noire. Elle chercha la sentinelle et ne l'aperçut pas ; seul, le saule faisait une tache pâle, au milieu des ténèbres. Pendant un instant, elle entendit le frôlement du corps de Dominique le long du lierre. Ensuite la roue craqua, et il y eut un léger clapotement qui lui annonça que le jeune homme venait de trouver la barque. Une minute plus tard, en effet, elle distingua la silhouette sombre de la barque sur la nappe grise de la Morelle. Alors, une angoisse terrible la reprit à la gorge. À chaque instant, elle croyait entendre le cri d'alarme de la sentinelle ; les moindres bruits, épars dans l'ombre, lui semblaient des pas précipités de soldats, des froissements d'armes, des bruits de fusils qu'on armait. Pourtant, les secondes s'écoulaient, la campagne gardait sa paix souveraine. Dominique devait aborder à l'autre rive. Françoise ne voyait plus rien. Le silence était majestueux. Et elle entendit un piétinement, un cri rauque, la chute sourde d'un corps. Puis, le silence se fit plus profond. Alors, comme si elle eût senti la mort passer, elle resta toute froide, en face de l'épaisse nuit.

IV

Dès le petit jour, des éclats de voix ébranlèrent le moulin. Le père Merlier était venu ouvrir la porte de Françoise. Elle descendit dans la cour, pâle et très calme.

Mais là, elle ne put réprimer un frisson, en face du cadavre d'un soldat prussien, qui était allongé près du puits, sur un manteau étalé.

Autour du corps, des soldats gesticulaient, criaient sur un ton de fureur. Plusieurs d'entre eux montraient les poings au village. Cependant, l'officier venait de faire appeler le père Merlier, comme maire de la commune.

« Voici, lui dit-il d'une voix étranglée par la colère, un de nos hommes que l'on a trouvé assassiné sur le bord de la rivière… Il nous faut un exemple éclatant, et je compte que vous allez nous aider à découvrir le meurtrier.

– Tout ce que vous voudrez, répondit le meunier avec son flegme. Seulement, ce ne sera pas commode. »

L'officier s'était baissé pour écarter un pan du manteau, qui cachait la figure du mort. Alors apparut une horrible blessure. La sentinelle avait été frappée à la gorge, et l'arme était restée dans la plaie. C'était un couteau de cuisine à manche noir.

« Regardez ce couteau, dit l'officier au père Merlier, peut-être nous aidera-t-il dans nos recherches. »

Le vieillard avait eu un tressaillement. Mais il se remit aussitôt, il répondit, sans qu'un muscle de sa face bougeât :

« Tout le monde a des couteaux pareils, dans nos campagnes… Peut-être que votre homme s'ennuyait de se battre et qu'il se sera fait son affaire lui-même. Ça se voit.

– Taisez-vous ! cria furieusement l'officier, je ne sais ce qui me retient de mettre le feu aux quatre coins du village. »

La colère heureusement l'empêchait de remarquer la profonde altération du visage de Françoise. Elle avait dû s'asseoir sur le banc de pierre, près du puits. Malgré elle, ses regards ne quittaient plus ce cadavre, étendu à terre, presque à ses pieds. C'était un grand et beau garçon, qui ressemblait à Dominique, avec des cheveux blonds et des yeux bleus. Cette ressemblance lui retournait le cœur. Elle pensait que le mort avait peut-être laissé là-bas, en Allemagne, quelque amoureuse qui allait pleurer. Et elle reconnaissait son couteau dans la gorge du mort. Elle l'avait tué.

Cependant, l'officier parlait de frapper Rocreuse de mesures terribles, lorsque des soldats accoururent. On venait de s'apercevoir seulement de l'évasion de Dominique. Cela causa une agitation extrême. L'officier se rendit sur les lieux, regarda par la fenêtre laissée ouverte, comprit tout, et revint exaspéré.

Le père Merlier parut très contrarié de la fuite de Dominique.

« L'imbécile ! murmura-t-il, il gâte tout. »

Françoise, qui l'entendit, fut prise d'angoisse. Son père, d'ailleurs, ne soupçonnait pas sa complicité. Il hocha la tête, en lui disant à demi-voix :

« À présent, nous voilà propres !

– C'est ce gredin ! c'est ce gredin ! criait l'officier. Il aura gagné les bois… Mais il faut qu'on nous le retrouve, ou le village paiera pour lui. »

Et, s'adressant au meunier :

« Voyons, vous devez savoir où il se cache ? »

Le père Merlier eut son rire silencieux, en montrant la large étendue des coteaux boisés.

« Comment voulez-vous trouver un homme là-dedans ? dit-il.

– Oh ! il doit y avoir des trous que vous connaissez. Je vais vous donner dix hommes. Vous les guiderez.

– Je veux bien. Seulement, il nous faudra huit jours pour battre tous les bois des environs. »

La tranquillité du vieillard enrageait l'officier. Il comprenait en effet le ridicule de cette battue. Ce fut alors qu'il aperçut sur le banc Françoise pâle et tremblante. L'attitude anxieuse de la jeune fille le frappa. Il se tut un instant, examinant tour à tour le meunier et Françoise.

« Est-ce que cet homme, finit-il par demander brutalement au vieillard, n'est pas l'amant de votre fille ? »

Le père Merlier devint livide, et l'on put croire qu'il allait se jeter sur l'officier pour l'étrangler. Il se raidit, il ne répondit pas. Françoise avait mis son visage entre ses mains.

« Oui, c'est cela, continua le Prussien, vous ou votre fille l'avez aidé à fuir. Vous êtes son complice… Une dernière fois, voulez-vous nous le livrer ? »

Le meunier ne répondit pas. Il s'était détourné, regardant au loin d'un air indifférent, comme si l'officier ne s'adressait pas à lui. Cela mit le comble à la colère de ce dernier.

« Eh bien ! déclara-t-il, vous allez être fusillé à sa place. »

Et il commanda une fois encore le peloton d'exécution. Le père Merlier garda son flegme. Il eut à peine un léger haussement d'épaules, tout ce drame lui semblait d'un goût médiocre. Sans doute il ne croyait pas qu'on fusillât un homme si aisément. Puis, quand le peloton fut là, il dit avec gravité :

« Alors, c'est sérieux ?… Je veux bien. S'il vous en faut un absolument, moi autant qu'un autre. »

Mais Françoise s'était levée, affolée, bégayant :

« Grâce, monsieur, ne faites pas du mal à mon père. Tuez-moi à sa place… C'est moi qui ai aidé Dominique à fuir. Moi seule suis coupable.

– Tais-toi, fillette, s'écria le père Merlier. Pourquoi mens-tu ?… Elle a passé la nuit enfermée dans sa chambre, monsieur. Elle ment, je vous assure.

– Non, je ne mens pas, reprit ardemment la jeune fille. Je suis descendue par la fenêtre, j'ai poussé Dominique à s'enfuir… C'est la vérité, la seule vérité… »

Le vieillard était devenu très pâle. Il voyait bien dans ses yeux qu'elle ne mentait pas, et cette histoire l'épouvantait. Ah ! ces enfants, avec leurs cœurs, comme ils gâtaient tout ! Alors, il se fâcha.

« Elle est folle, ne l'écoutez pas. Elle vous raconte des histoires stupides… Allons, finissons-en. »

Elle voulut protester encore. Elle s'agenouilla, elle joignit les mains. L'officier, tranquillement, assistait à cette lutte douloureuse.

« Mon Dieu ! finit-il par dire, je prends votre père, parce que je ne tiens plus l'autre... Tâchez de retrouver l'autre, et votre père sera libre. »

Un moment, elle le regarda, les yeux agrandis par l'atrocité de cette proposition.

« C'est horrible, murmura-t-elle. Où voulez-vous que je retrouve Dominique, à cette heure ? Il est parti, je ne sais plus.

– Enfin, choisissez. Lui ou votre père.

– Oh ! mon Dieu ! est-ce que je puis choisir ? Mais je saurais où est Dominique, que je ne pourrais pas choisir !... C'est mon cœur que vous coupez... J'aimerais mieux mourir tout de suite. Oui, ce serait plus tôt fait. Tuez-moi, je vous en prie, tuez-moi... »

Cette scène de désespoir et de larmes finissait par impatienter l'officier. Il s'écria :

« En voilà assez ! Je veux être bon, je consens à vous donner deux heures... Si, dans deux heures, votre amoureux n'est pas là, votre père paiera, pour lui. »

Et il fit conduire le père Merlier dans la chambre qui avait servi de prison à Dominique. Le vieux demanda du tabac et se mit à fumer. Sur son visage impassible on ne lisait aucune émotion. Seulement, quand il fut seul, tout en fumant, il pleura deux grosses larmes qui coulèrent lentement sur ses joues. Sa pauvre et chère enfant, comme elle souffrait !

Françoise était restée au milieu de la cour. Des soldats prussiens passaient en riant. Certains lui jetaient des mots, des plaisanteries qu'elle ne comprenait pas. Elle regardait la porte par laquelle son père venait de disparaître. Et, d'un geste lent, elle portait la main à son front, comme pour l'empêcher d'éclater.

L'officier tourna sur ses talons, en répétant :

« Vous avez deux heures. Tâchez de les utiliser. »

Elle avait deux heures. Cette phrase bourdonnait dans sa tête. Alors, machinalement, elle sortit de la cour, elle marcha devant elle. Où aller ? Que faire ? Elle n'essayait même pas de prendre un parti, parce qu'elle sentait bien l'inutilité de ses efforts. Pourtant, elle aurait voulu voir Dominique. Ils se seraient entendus tous les deux, ils auraient peut-être trouvé un expédient. Et, au milieu de la confusion de ses pensées, elle descendit au bord de la Morelle, qu'elle traversa en dessous de l'écluse, à un endroit où il y avait de grosses pierres. Ses pieds la conduisirent sous le premier saule, au coin de la prairie. Comme elle se baissait, elle aperçut une mare de sang qui la fit pâlir. C'était bien là. Et elle suivit les traces de Dominique dans l'herbe foulée ; il avait dû courir, on voyait une ligne de grands pas coupant la prairie de biais. Puis, au-delà, elle perdit ces traces. Mais, dans un pré voisin, elle crut les retrouver. Cela la conduisit à la lisière de la forêt, où toute indication s'effaçait.

Françoise s'enfonça quand même sous les arbres. Cela la soulageait d'être seule. Elle s'assit un instant. Puis, en songeant que l'heure s'écoulait, elle se remit debout. Depuis combien de temps avait-elle quitté le moulin ? Cinq minutes ? Une demi-heure ? Elle n'avait plus conscience du temps. Peut-être Dominique était-il allé se cacher dans un taillis qu'elle connaissait, et où ils avaient, une après-midi, mangé des noisettes ensemble. Elle se rendit au taillis, le visita. Un merle seul s'envola, en sifflant sa phrase douce et triste. Alors, elle pensa qu'il s'était réfugié dans un creux de roches [1], où il se mettait parfois à l'affût ; mais le creux de roches était vide. À quoi bon le chercher ? elle ne le trouverait pas ; et peu à peu le désir de le découvrir la passionnait, elle marchait plus vite. L'idée qu'il avait dû monter dans un arbre lui vint brusquement. Elle avança dès lors, les yeux levés, et pour qu'il la sût près de lui, elle l'appelait tous les quinze

1. Expression à rapprocher du nom du village de « Rocreuse ».

à vingt pas. Des coucous répondaient, un souffle qui passait dans les branches lui faisait croire qu'il était là et qu'il descendait. Une fois même, elle s'imagina le voir ; elle s'arrêta, étranglée, avec l'envie de fuir. Qu'allait-elle lui dire ? Venait-elle donc pour l'emmener et le faire fusiller ? Oh ! non, elle ne parlerait point de ces choses. Elle lui crierait de se sauver, de ne pas rester dans les environs. Puis, la pensée de son père qui l'attendait lui causa une douleur aiguë. Elle tomba sur le gazon, en pleurant, en répétant tout haut :

« Mon Dieu ! mon Dieu ! pourquoi suis-je là ! »

Elle était folle d'être venue. Et, comme prise de peur, elle courut, elle chercha à sortir de la forêt. Trois fois, elle se trompa, et elle croyait qu'elle ne retrouverait plus le moulin, lorsqu'elle déboucha dans une prairie, juste en face de Rocreuse. Dès qu'elle aperçut le village, elle s'arrêta. Est-ce qu'elle allait rentrer seule ?

Elle restait debout, quand une voix l'appela doucement :

« Françoise ! Françoise ! »

Et elle vit Dominique qui levait la tête, au bord d'un fossé. Juste Dieu ! elle l'avait trouvé ! Le ciel voulait donc sa mort ? Elle retint un cri, elle se laissa glisser dans le fossé.

« Tu me cherchais ? demanda-t-il.

– Oui, répondit-elle, la tête bourdonnante, ne sachant ce qu'elle disait.

– Ah ! que se passe-t-il ? »

Elle baissa les yeux, elle balbutia :

« Mais, rien, j'étais inquiète, je désirais te voir. »

Alors, tranquillisé, il lui expliqua qu'il n'avait pas voulu s'éloigner. Il craignait pour eux. Ces gredins de Prussiens étaient très capables de se venger sur les femmes et sur les vieillards. Enfin, tout allait bien, et il ajouta en riant :

« La noce sera pour dans huit jours, voilà tout. »

Puis, comme elle restait bouleversée, il redevint grave.

« Mais, qu'as-tu ? Tu me caches quelque chose.

– Non, je te jure. J'ai couru pour venir. »

Il l'embrassa, en disant que c'était imprudent pour elle et pour lui de causer davantage ; et il voulut remonter le fossé, afin de rentrer dans la forêt. Elle le retint. Elle tremblait.

« Écoute, tu ferais peut-être bien tout de même de rester là… Personne ne te cherche, tu ne crains rien.

– Françoise, tu me caches quelque chose », répéta-t-il.

De nouveau, elle jura qu'elle ne lui cachait rien. Seulement, elle aimait mieux le savoir près d'elle. Et elle bégaya encore d'autres raisons. Elle lui parut si singulière, que maintenant lui-même aurait refusé de s'éloigner. D'ailleurs, il croyait au retour des Français. On avait vu des troupes du côté de Sauval.

« Ah ! qu'ils se pressent, qu'ils soient ici le plus tôt possible ! » murmura-t-elle avec ferveur.

À ce moment, onze heures sonnèrent au clocher de Rocreuse. Les coups arrivaient, clairs et distincts. Elle se leva, effarée ; il y avait deux heures qu'elle avait quitté le moulin.

« Écoute, dit-elle rapidement, si nous avons besoin de toi, je monterai dans ma chambre et j'agiterai mon mouchoir. »

Et elle partit en courant, pendant que Dominique, très inquiet, s'allongeait au bord du fossé, pour surveiller le moulin. Comme elle allait rentrer dans Rocreuse, Françoise rencontra un vieux mendiant, le père Bontemps, qui connaissait tout le pays. Il la salua, il venait de voir le meunier au milieu des Prussiens ; puis, en faisant des signes de croix et en marmottant des mots entrecoupés, il continua sa route.

« Les deux heures sont passées », dit l'officier quand Françoise parut.

Le père Merlier était là, assis sur le banc, près du puits. Il fumait toujours. La jeune fille, de nouveau, supplia, pleura, s'agenouilla. Elle voulait gagner du temps. L'espoir de voir revenir les Français avait grandi en elle, et tandis qu'elle se lamentait, elle croyait entendre au loin les pas cadencés d'une armée. Oh ! s'ils avaient paru, s'ils les avaient tous délivrés !

« Écoutez, monsieur, une heure, encore une heure… Vous pouvez bien nous accorder une heure ! »

Mais l'officier restait inflexible. Il ordonna même à deux hommes de s'emparer d'elle et de l'emmener, pour qu'on procédât à l'exécution du vieux tranquillement. Alors, un combat affreux se passa dans le cœur de Françoise. Elle ne pouvait laisser ainsi assassiner son père. Non, non, elle mourrait plutôt avec Dominique ; et elle s'élançait vers sa chambre, lorsque Dominique lui-même entra dans la cour.

L'officier et les soldats poussèrent un cri de triomphe. Mais lui, comme s'il n'y avait eu là que Françoise, s'avança vers elle, tranquille, un peu sévère.

« C'est mal, dit-il. Pourquoi ne m'avez-vous pas ramené ? Il a fallu que le père Bontemps me contât les choses… Enfin, me voilà. »

V

Il était trois heures. De grands nuages noirs avaient lentement empli le ciel, la queue de quelque orage voisin. Ce ciel jaune, ces haillons cuivrés changeaient la vallée de Rocreuse, si gaie au soleil, en un coupe-gorge plein d'une ombre louche. L'officier prussien s'était contenté de faire enfermer Dominique, sans se prononcer sur le sort qu'il lui réservait. Depuis midi, Françoise agonisait dans une angoisse abominable. Elle ne voulait pas quitter la cour, malgré les instances de son père. Elle attendait les Français. Mais les heures s'écoulaient, la nuit allait venir, et elle souffrait d'autant plus, que tout ce temps gagné ne paraissait pas devoir changer l'affreux dénouement.

Cependant, vers trois heures, les Prussiens firent leurs préparatifs de départ. Depuis un instant, l'officier s'était, comme la veille, enfermé avec Dominique. Françoise avait compris que la vie du jeune homme se décidait. Alors, elle joignit les mains, elle pria. Le père Merlier, à côté d'elle, gardait son attitude muette et rigide de vieux paysan, qui ne lutte pas contre la fatalité des faits.

– Oh ! mon Dieu ! Oh ! mon Dieu ! balbutiait Françoise, ils vont le tuer… »

Le meunier l'attira près de lui et la prit sur ses genoux comme un enfant.

À ce moment, l'officier sortait, tandis que, derrière lui, deux hommes amenaient Dominique.

« Jamais, jamais ! criait ce dernier. Je suis prêt à mourir.

– Réfléchissez bien, reprit l'officier. Ce service que vous me refusez, un autre nous le rendra. Je vous offre la vie, je suis généreux… Il s'agit simplement de nous conduire à Montredon, à travers bois. Il doit y avoir des sentiers. »

Dominique ne répondait plus.

« Alors, vous vous entêtez ?

– Tuez-moi, et finissons-en », répondit-il.

Françoise, les mains jointes, le suppliait de loin. Elle oubliait tout, elle lui aurait conseillé une lâcheté. Mais le père Merlier lui saisit les mains, pour que les Prussiens ne vissent pas son geste de femme affolée.

« Il a raison, murmura-t-il, il vaut mieux mourir. »

Le peloton d'exécution était là. L'officier attendait une faiblesse de Dominique. Il comptait toujours le décider. Il y eut un silence. Au loin, on entendait de violents coups de tonnerre. Une chaleur lourde écrasait la campagne. Et ce fut dans ce silence qu'un cri retentit :

« Les Français ! Les Français ! »

C'étaient eux, en effet. Sur la route de Sauval, à la lisière du bois, on distinguait la ligne des pantalons rouges. Ce fut, dans le moulin, une agitation extraordinaire. Les soldats prussiens couraient, avec des exclamations gutturales. D'ailleurs, pas un coup de feu n'avait encore été tiré.

« Les Français ! Les Français ! » cria Françoise en battant des mains.

Elle était comme folle. Elle venait de s'échapper de l'étreinte de son père, et elle riait, les bras en l'air. Enfin, ils arrivaient donc, et ils arrivaient à temps, puisque Dominique était encore là, debout !

Un feu de peloton terrible, qui éclata comme un coup de foudre à ses oreilles, la fit se retourner. L'officier venait de murmurer :

« Avant tout, réglons cette affaire. »

Et, poussant lui-même Dominique contre le mur d'un hangar, il avait commandé le feu. Quand Françoise se tourna, Dominique était par terre, la poitrine trouée de douze balles.

Elle ne pleura pas, elle resta stupide. Ses yeux devinrent fixes, et elle alla s'asseoir sous le hangar, à quelques pas du corps. Elle le regardait, elle avait par moments un geste vague et enfantin de la main. Les Prussiens s'étaient emparés du père Merlier comme d'un otage.

Ce fut un beau combat. Rapidement, l'officier avait posté ses hommes, comprenant qu'il ne pouvait battre en retraite, sans se faire écraser. Autant valait-il vendre chèrement sa vie. Maintenant, c'étaient les Prussiens qui défendaient le moulin, et les Français qui l'attaquaient. La fusillade commença avec une violence inouïe. Pendant une demi-heure, elle ne cessa pas. Puis, un éclat sourd se fit entendre, et un boulet cassa une maîtresse branche de l'orme séculaire. Les Français avaient du canon. Une batterie, dressée juste au-dessus du fossé, dans lequel s'était caché Dominique, balayait la grande rue de Rocreuse. La lutte, désormais, ne pouvait être longue.

Ah ! le pauvre moulin ! Des boulets le perçaient de part en part. Une moitié de la toiture fut enlevée. Deux murs s'écroulèrent. Mais c'était surtout du côté de la Morelle que le désastre devint lamentable. Les lierres, arrachés des murailles ébranlées, pendaient comme des guenilles ; la rivière emportait des débris de toutes sortes, et l'on voyait, par une brèche, la chambre de Françoise, avec son lit, dont les rideaux blancs étaient soigneusement tirés. Coup sur coup, la vieille roue reçut deux boulets, et elle eut un gémissement suprême : les palettes furent charriées dans le courant, la carcasse s'écrasa. C'était l'âme du gai moulin qui venait de s'exhaler [1].

Puis, les Français donnèrent l'assaut. Il y eut un furieux combat à l'arme blanche. Sous le ciel couleur de rouille, le coupe-gorge de la vallée s'emplissait de morts. Les larges prairies semblaient farouches, avec leurs grands arbres isolés, leurs rideaux de peupliers qui les tachaient d'ombre. À droite et à gauche, les forêts étaient comme les murailles d'un cirque qui enfermaient les combattants, tandis que les sources, les fontaines et les eaux courantes prenaient des bruits de sanglots, dans la panique de la campagne.

Sous le hangar, Françoise n'avait pas bougé, accroupie en face du corps de Dominique. Le père Merlier venait d'être tué raide par une balle perdue. Alors, comme les Prussiens étaient exterminés et que le moulin brûlait, le capitaine français entra le premier dans la cour. Depuis le commencement de la campagne, c'était l'unique succès qu'il remportait. Aussi, tout enflammé, grandissant sa haute taille, riait-il de son air aimable de beau cavalier. Et, apercevant Françoise imbécile entre les cadavres de son mari et de son père, au milieu des ruines fumantes du moulin, il la salua galamment de son épée, en criant :

« Victoire ! Victoire ! »

---

1. Dans *La Débâcle* (1892), roman des *Rougon-Macquart* consacré à la guerre de 1870, Zola développe le thème de la maison devenue la cible des Prussiens : « En effet, le siège de la petite maison continuait, s'éternisait. Vingt fois elle avait paru devoir être emportée dans la tempête de fer dont elle était battue ; et, sous les rafales, au milieu de la fumée, elle se montrait de nouveau debout, trouée, déchiquetée, crachant quand même des balles par chacune de ses fentes » (*La Débâcle*, in *Les Rougon-Macquart*, t. V, Gallimard, « Bibliothèque de la Pléiade », 1967, p. 635).

BOULE DE SUIF

par Guy de Maupassant

Pendant plusieurs jours de suite des lambeaux d'armée en déroute avaient traversé la ville[1]. Ce n'était point de la troupe, mais des hordes débandées. Les hommes avaient la barbe longue et sale, des uniformes en guenilles, et ils avançaient d'une allure molle, sans drapeau, sans régiment. Tous semblaient accablés, éreintés, incapables d'une pensée ou d'une résolution, marchant seulement par habitude, et tombant de fatigue sitôt qu'ils s'arrêtaient. On voyait surtout des mobilisés, gens pacifiques, rentiers tranquilles, pliant sous le poids du fusil ; des petits moblots[2] alertes, faciles à l'épouvante et prompts à l'enthousiasme, prêts à l'attaque comme à la fuite ; puis, au milieu d'eux, quelques culottes rouges[3], débris d'une division moulue dans une grande bataille ; des artilleurs sombres alignés avec ces fantassins divers ; et, parfois, le casque brillant d'un dragon[4] au pied

1. Une partie de l'armée, fuyant l'ennemi, s'était repliée vers Rouen début décembre 1870. La ville fut investie par les Prussiens le 6 décembre.

2. Les « moblots », ou « mobiles », c'est-à-dire les soldats de la garde nationale mobile. Créée en 1868, la garde nationale mobile avait pour mission de soutenir l'action de l'armée régulière. Elle était composée des soldats qui avaient bénéficié d'un tirage au sort favorable et avaient ainsi échappé au service militaire normal.

3. Voir « L'Attaque du moulin », p. 58, note 1.

4. Militaire appartenant à un régiment de cavalerie et qui pouvait servir à cheval ou à pied.

pesant qui suivait avec peine la marche plus légère des lignards[1].

Des légions de francs-tireurs[2] aux appellations héroïques : « les Vengeurs de la Défaite – les Citoyens de la Tombe – les Partageurs de la Mort » – passaient à leur tour, avec des airs de bandits.

Leurs chefs, anciens commerçants en draps ou en graines, ex-marchands de suif[3] ou de savon, guerriers de circonstance, nommés officiers pour leurs écus ou la longueur de leurs moustaches, couverts d'armes, de flanelle et de galons, parlaient d'une voix retentissante, discutaient plans de campagne, et prétendaient soutenir seuls la France agonisante sur leurs épaules de fanfarons ; mais ils redoutaient parfois leurs propres soldats, gens de sac et de corde, souvent braves à outrance, pillards et débauchés.

Les Prussiens allaient entrer dans Rouen[4], disait-on.

La Garde nationale[5] qui, depuis deux mois, faisait des reconnaissances très prudentes dans les bois voisins, fusillant parfois ses propres sentinelles, et se préparant

---

1. Familièrement, officiers ou soldats d'infanterie de ligne.

2. Groupes de soldats n'appartenant pas aux régiments réguliers, mais qui étaient à la disposition de l'autorité militaire. Dans son *Dictionnaire des idées reçues*, Flaubert indique : « Franc-tireur : plus terrible que l'ennemi. » Voir p. 66, note 1.

3. Le suif est la graisse de certains animaux, qui sert à confectionner des chandelles.

4. Tous les lieux évoqués par l'auteur sont réels. La plupart se rapportent à des communes proches de Rouen comme Pont-Audemer, Bourg-Achard, Darnétal, Bois-Guillaume ou encore Dieppedalle et Biessart. Il est question un peu plus loin de Croisset, allusion à Flaubert qui y demeurait, et de Tôtes, où Flaubert a situé un épisode de *Madame Bovary* (1857).

5. C'est-à-dire la garde nationale sédentaire, par opposition à la garde nationale mobile : elle était composée de citoyens, âgés de vingt-cinq à cinquante ans, capables de payer leur propre équipement. – Nous laissons au mot « garde » sa majuscule, qui est notée dans le manuscrit de la nouvelle (conservé à la Pierpont Morgan Library de New York). Dans la suite du recueil, en revanche, nous supprimons cette majuscule, conformément à la graphie usuelle.

au combat quand un petit lapin remuait sous des broussailles, était rentrée dans ses foyers. Ses armes, ses uniformes, tout son attirail meurtrier dont elle épouvantait naguère les bornes des routes nationales à trois lieues à la ronde avaient subitement disparu.

Les derniers soldats français venaient enfin de traverser la Seine pour gagner Pont-Audemer par Saint-Sever [1] et Bourg-Achard ; et, marchant après tous, le général désespéré, ne pouvant rien tenter avec ces loques disparates, éperdu lui-même dans la grande débâcle d'un peuple habitué à vaincre et désastreusement battu malgré sa bravoure légendaire, s'en allait à pied, entre deux officiers d'ordonnance.

Puis un calme profond, une attente épouvantée et silencieuse avaient plané sur la cité. Beaucoup de bourgeois bedonnants, émasculés par le commerce, attendaient anxieusement les vainqueurs, tremblant qu'on ne considérât comme une arme leurs broches à rôtir ou leurs grands couteaux de cuisine.

La vie semblait arrêtée, les boutiques étaient closes, la rue muette. Quelquefois un habitant, intimidé par ce silence, filait rapidement le long des murs.

L'angoisse de l'attente faisait désirer la venue de l'ennemi.

Dans l'après-midi du jour qui suivit le départ des troupes françaises, quelques uhlans [2], sortis on ne sait d'où, traversèrent la ville avec célérité. Puis, un peu plus tard, une masse noire descendit de la côte Sainte-Catherine [3], tandis que deux autres flots envahisseurs apparaissaient par les routes de Darnétal et de Bois-Guillaume. Les avant-gardes des trois corps, juste au même moment, se joignirent sur la place de l'Hôtel-de-Ville ; et, par

1. Quartier sud de Rouen.

2. Cavaliers de l'armée prussienne munis de lances. Les uhlans apparaissent dans d'autres nouvelles de Maupassant consacrées à la guerre de 1870, comme *Le Père Milon*.

3. Colline au sud-est de la commune de Rouen.

toutes les rues voisines, l'armée allemande arrivait, déroulant ses bataillons qui faisaient sonner les pavés sous leur pas dur et rythmé.

Des commandements criés d'une voix inconnue et gutturale montaient le long des maisons qui semblaient mortes et désertes, tandis que, derrière les volets fermés, des yeux guettaient ces hommes victorieux, maîtres de la cité, des fortunes et des vies de par le « droit de la guerre ». Les habitants, dans leurs chambres assombries, avaient l'affolement que donnent les cataclysmes, les grands bouleversements meurtriers de la terre, contre lesquels toute sagesse et toute force sont inutiles. Car la même sensation reparaît chaque fois que l'ordre établi des choses est renversé, que la sécurité n'existe plus, que tout ce que protégeaient les lois des hommes ou celles de la nature, se trouve à la merci d'une brutalité inconsciente et féroce. Le tremblement de terre écrasant sous les maisons croulantes un peuple entier ; le fleuve débordé qui roule les paysans noyés avec les cadavres des bœufs et les poutres arrachées aux toits, ou l'armée glorieuse massacrant ceux qui se défendent, emmenant les autres prisonniers, pillant au nom du Sabre et remerciant un Dieu au son du canon, sont autant de fléaux effrayants qui déconcertent toute croyance à la justice éternelle, toute la confiance qu'on nous enseigne en la protection du ciel et la raison de l'homme.

Mais à chaque porte des petits détachements frappaient, puis disparaissaient dans les maisons. C'était l'occupation après l'invasion. Le devoir commençait pour les vaincus de se montrer gracieux envers les vainqueurs.

Au bout de quelque temps, une fois la première terreur disparue, un calme nouveau s'établit. Dans beaucoup de familles l'officier prussien mangeait à table. Il était parfois bien élevé, et, par politesse, plaignait la France, disait sa répugnance en prenant part à cette guerre. On lui était reconnaissant de ce sentiment ; puis on pouvait, un jour ou l'autre, avoir besoin de sa protection. En le ménageant on obtiendrait peut-être quelques hommes de moins à nourrir. Et pourquoi blesser quelqu'un dont on dépendait tout à fait ? Agir ainsi serait moins de la bravoure que de la témérité. – Et la témérité n'est plus un défaut des bourgeois de Rouen, comme au temps des défenses héroïques où s'illustra leur cité. – On se disait enfin, raison suprême tirée de l'urbanité française, qu'il demeurait bien permis d'être poli dans son intérieur pourvu qu'on ne se montrât pas familier en public, avec le soldat étranger. Au-dehors on ne se connaissait plus, mais dans la maison on causait volontiers, et l'Allemand demeurait plus longtemps, chaque soir, à se chauffer au foyer commun.

La ville même reprenait peu à peu de son aspect ordinaire. Les Français ne sortaient guère encore, mais les soldats prussiens grouillaient dans les rues. Du reste, les officiers de hussards [1] bleus, qui traînaient avec arrogance leurs grands outils de mort sur le pavé, ne semblaient pas avoir pour les simples citoyens énormément plus de mépris que les officiers de chasseurs, qui, l'année d'avant, buvaient aux mêmes cafés.

Il y avait cependant quelque chose dans l'air, quelque chose de subtil et d'inconnu, une atmosphère étrangère intolérable, comme une odeur répandue, l'odeur de l'invasion. Elle emplissait les demeures et les places publiques, changeait le goût des aliments, donnait l'impression d'être en voyage, très loin, chez des tribus barbares et dangereuses.

Les vainqueurs exigeaient de l'argent, beaucoup d'argent. Les habitants payaient toujours ; ils étaient riches d'ailleurs. Mais plus un négociant normand devient opulent et plus il souffre de tout sacrifice, de toute parcelle de sa fortune qu'il voit passer aux mains d'un autre.

---

1. Soldats d'un corps de cavalerie. La couleur bleue évoque leur uniforme caractéristique (pantalon ou pelisse d'hiver).

Cependant, à deux ou trois lieues sous la ville, en suivant le cours de la rivière, vers Croisset [1], Dieppedalle ou Biessart, les mariniers et les pêcheurs ramenaient souvent du fond de l'eau quelque cadavre d'Allemand gonflé dans son uniforme, tué d'un coup de couteau ou de savate, la tête écrasée par une pierre, ou jeté à l'eau d'une poussée du haut d'un pont. Les vases du fleuve ensevelissaient ces vengeances obscures, sauvages et légitimes, héroïsmes inconnus, attaques muettes, plus périlleuses que les batailles au grand jour et sans le retentissement de la gloire.

Car la haine de l'Étranger arme toujours quelques Intrépides prêts à mourir pour une Idée.

Enfin, comme les envahisseurs, bien qu'assujettissant la ville à leur inflexible discipline, n'avaient accompli aucune des horreurs que la renommée leur faisait commettre tout le long de leur marche triomphale, on s'enhardit, et le besoin du négoce travailla de nouveau le cœur des commerçants du pays. Quelques-uns avaient de gros intérêts engagés au Havre que l'armée française occupait, et ils voulurent tenter de gagner ce port en allant par terre à Dieppe où ils s'embarqueraient.

On employa l'influence des officiers allemands dont on avait fait la connaissance, et une autorisation de départ fut obtenue du général en chef.

Donc, une grande diligence à quatre chevaux ayant été retenue pour ce voyage, et dix personnes s'étant fait inscrire chez le voiturier, on résolut de partir un mardi matin, avant le jour, pour éviter tout rassemblement.

Depuis quelque temps déjà la gelée avait durci la terre, et le lundi, vers trois heures, de gros nuages noirs venant du nord apportèrent la neige qui tomba sans interruption pendant toute la soirée et toute la nuit.

---

1. Commune proche de Rouen, sur la rive droite de la Seine. Flaubert y avait une maison ; c'est là qu'il écrivit la plus grande partie de son œuvre et qu'il y mourut, le 8 mai 1880.

À quatre heures et demie du matin les voyageurs se réunirent dans la cour de l'Hôtel de Normandie, où l'on devait monter en voiture.

Ils étaient encore pleins de sommeil, et grelottaient de froid sous leurs couvertures. On se voyait mal dans l'obscurité ; et l'entassement des lourds vêtements d'hiver faisait ressembler tous ces corps à des curés obèses avec leurs longues soutanes. Mais deux hommes se reconnurent, un troisième les aborda, ils causèrent : « J'emmène ma femme, dit l'un. – J'en fais autant. – Et moi aussi. » Le premier ajouta : « Nous ne reviendrons pas à Rouen, et si les Prussiens approchent du Havre nous gagnerons l'Angleterre. » Tous avaient les mêmes projets, étant de complexion semblable.

Cependant, on n'attelait pas la voiture. Une petite lanterne que portait un valet d'écurie, sortait de temps à autre d'une porte obscure pour disparaître immédiatement dans une autre. Des pieds de chevaux frappaient la terre, amortis par le fumier des litières ; et une voix d'homme parlant aux bêtes et jurant s'entendait au fond du bâtiment. Un léger murmure de grelots annonça qu'on maniait les harnais ; ce murmure devint bientôt un frémissement clair et continu, rythmé par le mouvement de l'animal, s'arrêtant parfois, puis reprenant dans une brusque secousse qu'accompagnait le bruit mat d'un sabot ferré battant le sol.

La porte subitement se ferma. Tout bruit cessa. Les bourgeois gelés s'étaient tus ; ils demeuraient immobiles et roidis.

Un rideau de flocons blancs ininterrompu miroitait sans cesse en descendant vers la terre ; il effaçait les formes, poudrait les choses d'une mousse de glace ; et l'on n'entendait plus, dans le grand silence de la ville calme et ensevelie sous l'hiver, que ce froissement vague, innommable et flottant de la neige qui tombe, plutôt sensation que bruit, entremêlement d'atomes légers qui semblaient emplir l'espace, couvrir le monde.

L'homme reparut, avec sa lanterne, tirant au bout d'une corde un cheval triste qui ne venait pas volontiers. Il le plaça contre le timon [1], attacha les traits [2], tourna longtemps autour pour assurer les harnais, car il ne pouvait se servir que d'une main, l'autre portant sa lumière. Comme il allait chercher la seconde bête, il remarqua tous ces voyageurs immobiles, déjà blancs de neige, et leur dit : « Pourquoi ne montez-vous pas dans la voiture ? vous serez à l'abri, au moins. »

Ils n'y avaient pas songé, sans doute, et ils se précipitèrent. Les trois hommes installèrent leurs femmes dans le fond, montèrent ensuite ; puis les autres formes indécises et voilées prirent à leur tour les dernières places sans échanger une parole.

Le plancher était couvert de paille où les pieds s'enfoncèrent. Les dames du fond, ayant apporté des petites chaufferettes en cuivre avec un charbon chimique, allumèrent ces appareils, et, pendant quelque temps, à voix basse, elles en énumérèrent les avantages, se répétant des choses qu'elles savaient déjà depuis longtemps.

Enfin, la diligence étant attelée avec six chevaux au lieu de quatre à cause du tirage plus pénible, une voix du dehors demanda : « Tout le monde est-il monté ? » Une voix du dedans répondit : « Oui. » On partit.

La voiture avançait lentement, lentement, à tous petits pas. Les roues s'enfonçaient dans la neige ; le coffre entier geignait avec des craquements sourds ; les bêtes glissaient, soufflaient, fumaient, et le fouet gigantesque du cocher claquait sans repos, voltigeait de tous les côtés, se nouant et se déroulant comme un serpent mince, et cinglant brusquement quelque croupe rebondie qui se tendait alors sous un effort plus violent.

Mais le jour imperceptiblement grandissait. Ces flocons légers qu'un voyageur, Rouennais pur sang, avait

1. Pièce de bois située à l'avant d'une voiture à laquelle on attelle un ou plusieurs animaux de trait.

2. Lanières utilisées dans un attelage et servant à tirer le véhicule.

comparés à une pluie de coton, ne tombaient plus. Une lueur sale filtrait à travers de gros nuages obscurs et lourds qui rendaient plus éclatante la blancheur de la campagne où apparaissaient tantôt une ligne de grands arbres vêtus de givre, tantôt une chaumière avec un capuchon de neige.

Dans la voiture on se regardait curieusement, à la triste clarté de cette aurore.

Tout au fond, aux meilleures places, sommeillaient, en face l'un de l'autre, M. et Mme Loiseau, des marchands de vin en gros de la rue Grand-Pont[1].

Ancien commis d'un patron ruiné dans les affaires, Loiseau avait acheté le fonds et fait fortune. Il vendait à très bon marché de très mauvais vin aux petits débitants des campagnes, et passait parmi ses connaissances et ses amis pour un fripon madré, un vrai Normand plein de ruses et de jovialité.

Sa réputation de filou était si bien établie, qu'un soir, à la préfecture, M. Tournel[2], auteur de fables et de chansons, esprit mordant et fin, une gloire locale, ayant proposé aux dames qu'il voyait un peu somnolentes de faire une partie de « Loiseau vole », le mot lui-même vola à travers les salons du préfet, puis, gagnant ceux de la ville, avait fait rire pendant un mois toutes les mâchoires de la province.

Loiseau était en outre célèbre par ses farces de toute nature, ses plaisanteries bonnes ou mauvaises ; et personne ne pouvait parler de lui sans ajouter immédiatement : « Il est impayable, ce Loiseau. »

De taille exiguë, il présentait un ventre en ballon surmonté d'une face rougeaude entre deux favoris grisonnants.

Sa femme, grande, forte, résolue, avec la voix haute et la décision rapide, était l'ordre et l'arithmétique de la

---

1. On trouvait de nombreux commerces de luxe dans cette rue de Rouen, proche de la Seine.

2. Le « tournel » est l'autre nom du sansonnet, sorte d'étourneau.

maison de commerce qu'il animait par son activité joyeuse.

À côté d'eux se tenait, plus digne, appartenant à une caste supérieure, M. Carré-Lamadon [1], homme considérable, posé dans les cotons, propriétaire de trois filatures, officier de la Légion d'honneur et membre du Conseil général. Il était resté tout le temps de l'Empire chef de l'opposition bienveillante, uniquement pour se faire payer plus cher son ralliement à la cause qu'il combattait avec des armes courtoises, selon sa propre expression. Mme Carré-Lamadon, beaucoup plus jeune que son mari, demeurait la consolation des officiers de bonne famille envoyés à Rouen en garnison.

Elle faisait vis-à-vis à son époux, toute petite, toute mignonne, toute jolie, pelotonnée dans ses fourrures, et regardait d'un œil navré l'intérieur lamentable de la voiture.

Ses voisins, le comte et la comtesse Hubert de Bréville, portaient un des noms les plus anciens et les plus nobles de Normandie. Le comte, vieux gentilhomme de grande tournure, s'efforçait d'accentuer, par les artifices de sa toilette, sa ressemblance naturelle avec le roy Henri IV qui, suivant une légende glorieuse pour la famille, avait rendu grosse une dame de Bréville dont le mari, pour ce fait, était devenu comte et gouverneur de province.

Collègue de M. Carré-Lamadon au Conseil général, le comte Hubert représentait le parti orléaniste [2] dans le département. L'histoire de son mariage avec la fille d'un petit armateur de Nantes était toujours demeurée mystérieuse. Mais comme la comtesse avait grand air, recevait mieux que personne, passait même pour avoir été aimée par un des fils de Louis-Philippe [3], toute la noblesse lui

---

1. Un certain Pouyer-Quertier (1820-1891), propriétaire d'une usine de coton et notable bien connu des Rouennais, a servi de modèle à ce personnage.

2. Parti politique qui prônait le rétablissement d'un prince de la maison d'Orléans sur le trône de France.

3. Il s'agit du duc d'Orléans, devenu Louis-Philippe Ier, roi des Français de 1830 à 1848.

faisait fête, et son salon demeurait le premier du pays, le seul où se conservât la vieille galanterie, et dont l'entrée fût difficile.

La fortune des Bréville, toute en biens-fonds [1], atteignait, disait-on, cinq cent mille livres de revenu.

Ces six personnes formaient le fond de la voiture, le côté de la société rentée, sereine et forte, des honnêtes gens autorisés qui ont de la Religion et des Principes.

Par un hasard étrange toutes les femmes se trouvaient sur le même banc ; et la comtesse avait encore pour voisines deux bonnes sœurs qui égrenaient de longs chapelets en marmottant des *Pater* et des *Ave* [2]. L'une était vieille avec une face défoncée par la petite vérole comme si elle eût reçu à bout portant une bordée de mitraille en pleine figure. L'autre, très chétive, avait une tête jolie et maladive sur une poitrine de phtisique rongée par cette foi dévorante qui fait les martyrs et les illuminés.

En face des deux religieuses un homme et une femme attiraient les regards de tous.

L'homme, bien connu, était Cornudet [3], le démoc, la terreur des gens respectables. Depuis vingt ans il trempait sa grande barbe rousse dans les bocks [4] de tous les cafés démocratiques. Il avait mangé avec les frères et amis une assez belle fortune qu'il tenait de son père, ancien confiseur, et il attendait impatiemment la République pour obtenir enfin la place méritée par tant de consommations révolutionnaires. Au quatre septembre [5], par suite d'une farce peut-être, il s'était cru nommé préfet, mais quand il voulut entrer en fonctions, les garçons de bureau,

1. Biens immobiliers.

2. Prières consacrées, dans la religion chrétienne, à Dieu le Père (« *Pater* ») et à la Vierge Marie (« *Ave* »).

3. Sous les traits de Cornudet se dissimule l'oncle de Maupassant, Charles Cord'homme, qui passait pour être un démocrate et un libre penseur.

4. Verres à bière contenant un quart de litre de liquide.

5. Date de la proclamation de la IIIe République.

demeurés seuls maîtres de la place, refusèrent de le reconnaître, ce qui le contraignit à la retraite. Fort bon garçon du reste, inoffensif et serviable, il s'était occupé avec une ardeur incomparable d'organiser la défense. Il avait fait creuser des trous dans les plaines, coucher tous les jeunes arbres des forêts voisines, semer des pièges sur toutes les routes, et, à l'approche de l'ennemi, satisfait de ses préparatifs, il s'était vivement replié vers la ville. Il pensait maintenant se rendre plus utile au Havre, où de nouveaux retranchements allaient être nécessaires.

La femme, une de celles appelées galantes [1], était célèbre par son embonpoint précoce qui lui avait valu le surnom de Boule de suif [2]. Petite, ronde de partout, grasse à lard, avec des doigts bouffis, étranglés aux phalanges, pareils à des chapelets de courtes saucisses, avec une peau luisante et tendue, une gorge énorme qui saillait sous sa robe, elle restait cependant appétissante et courue, tant sa fraîcheur faisait plaisir à voir. Sa figure était une pomme rouge, un bouton de pivoine prêt à fleurir, et là-dedans s'ouvraient, en haut, deux yeux noirs magnifiques, ombragés de grands cils épais qui mettaient une ombre dedans ; en bas, une bouche charmante, étroite, humide pour le baiser, meublée de quenottes luisantes et microscopiques.

Elle était de plus, disait-on, pleine de qualités inappréciables.

---

1. Femmes de mœurs légères, courtisanes ou prostituées.

2. Maupassant s'inspire de la réalité rouennaise pour créer son personnage. Le modèle de Boule de suif est une courtisane du nom d'Adrienne Legay. Née en 1842, celle-ci vécut à Rouen, où elle était la maîtresse d'un officier de cavalerie ; pendant la période de la guerre, elle fit souvent le trajet en diligence de Rouen au Havre pour rejoindre son amant qui se trouvait mobilisé au Havre. La péripétie centrale de la nouvelle, cependant, est inspirée d'un événement réel qui est arrivé non à Adrienne Legay, mais à une jeune actrice, appartenant à la troupe du théâtre de Rouen. Il avait été rapporté dans *Le Journal du Havre*, le 5 janvier 1871, sous le titre « Une nouvelle atrocité des Prussiens » (voir Maupassant, *Boule de suif et autres histoires de guerre*, éd. A. Fonyi, GF-Flammarion, 2009, p. 279-280 ; Marlo Johnston, *Guy de Maupassant*, Fayard, 2012, p. 100-101).

Aussitôt qu'elle fut reconnue, des chuchotements coururent parmi les femmes honnêtes, et les mots de « prostituée », de « honte publique » furent chuchotés si haut qu'elle leva la tête. Alors elle promena sur ses voisins un regard tellement provocant et hardi qu'un grand silence aussitôt régna, et tout le monde baissa les yeux à l'exception de Loiseau, qui la guettait d'un air émoustillé.

Mais bientôt la conversation reprit entre les trois dames que la présence de cette fille avait rendues subitement amies, presque intimes. Elles devaient faire, leur semblait-il, comme un faisceau de leurs dignités d'épouses en face de cette vendue sans vergogne ; car l'amour légal le prend toujours de haut avec son libre confrère.

Les trois hommes aussi, rapprochés par un instinct de conservateurs à l'aspect de Cornudet, parlaient argent d'un certain ton dédaigneux pour les pauvres. Le comte Hubert disait les dégâts que lui avaient fait subir les Prussiens, les pertes qui résulteraient du bétail volé et des récoltes perdues, avec une assurance de grand seigneur dix fois millionnaire que ces ravages gêneraient à peine une année. M. Carré-Lamadon, fort éprouvé dans l'industrie cotonnière, avait eu soin d'envoyer six cent mille francs en Angleterre, une poire pour la soif qu'il se ménageait à toute occasion. Quant à Loiseau, il s'était arrangé pour vendre à l'Intendance française tous les vins communs qui lui restaient en cave, de sorte que l'État lui devait une somme formidable qu'il comptait bien toucher au Havre.

Et tous les trois se jetaient des coups d'œil rapides et amicaux. Bien que de conditions différentes, ils se sentaient frères par l'argent, de la grande franc-maçonnerie de ceux qui possèdent, qui font sonner de l'or en mettant la main dans la poche de leur culotte.

La voiture allait si lentement qu'à dix heures du matin on n'avait pas fait quatre lieues. Les hommes descendirent trois fois pour monter des côtes à pied. On commençait à s'inquiéter, car on devait déjeuner à Tôtes [1] et l'on désespérait maintenant d'y parvenir avant la nuit. Chacun guettait pour apercevoir un cabaret sur la route, quand la diligence sombra dans un amoncellement de neige, et il fallut deux heures pour la dégager.

L'appétit grandissait, troublait les esprits, et aucune gargote, aucun marchand de vin ne se montraient, l'approche des Prussiens et le passage des troupes françaises affamées ayant effrayé toutes les industries.

Les messieurs coururent aux provisions dans les fermes au bord du chemin, mais ils n'y trouvèrent pas même de pain, car le paysan défiant cachait ses réserves dans la crainte d'être pillé par les soldats qui, n'ayant rien à se mettre sous la dent, prenaient par force ce qu'ils découvraient.

Vers une heure de l'après-midi, Loiseau annonça que décidément il se sentait un rude creux dans l'estomac. Tout le monde souffrait comme lui depuis longtemps ; et le violent besoin de manger, augmentant toujours, avait tué les conversations.

De temps en temps quelqu'un bâillait ; un autre presque aussitôt l'imitait ; et chacun, à tour de rôle, suivant son caractère, son savoir-vivre et sa position sociale, ouvrait la bouche avec fracas ou modestement en portant vite sa main devant le trou béant d'où sortait une vapeur.

Boule de suif, à plusieurs reprises, se pencha comme si elle cherchait quelque chose sous ses jupons. Elle hésitait une seconde, regardait ses voisins, puis se redressait tranquillement. Les figures étaient pâles et crispées. Loiseau affirma qu'il payerait mille francs un jambonneau. Sa femme fit un geste comme pour protester ; puis elle se calma. Elle souffrait toujours en entendant parler d'argent gaspillé, et ne comprenait même pas les plaisanteries sur ce sujet. « Le fait est que je ne me sens pas

---

1. C'est dans cette commune de l'Eure que Flaubert, dans *Madame Bovary*, situe le début de la carrière de Charles Bovary qui s'y marie et y vit avant de rencontrer Emma Rouault, future Madame Bovary.

bien, dit le comte ; comment n'ai-je pas songé à apporter des provisions ? » Chacun se faisait le même reproche.

Cependant Cornudet avait une gourde pleine de rhum ; il en offrit ; on refusa froidement. Loiseau seul en accepta deux gouttes, et, lorsqu'il rendit la gourde, il remercia : « C'est bon tout de même, ça réchauffe et ça trompe l'appétit. » L'alcool le mit en belle humeur et il proposa de faire comme sur le petit navire de la chanson : de manger le plus gras des voyageurs. Cette allusion indirecte à Boule de suif choqua les gens bien élevés. On ne répondit pas ; Cornudet seul eut un sourire. Les deux bonnes sœurs avaient cessé de marmotter leur rosaire, et, les mains enfoncées dans leurs grandes manches, elles se tenaient immobiles, baissant obstinément les yeux, offrant sans doute au ciel la souffrance qu'il leur envoyait.

Enfin, à trois heures, comme on se trouvait au milieu d'une plaine interminable, sans un seul village en vue, Boule de suif, se baissant vivement, retira de sous la banquette un large panier couvert d'une serviette blanche.

Elle en sortit d'abord une petite assiette de faïence, une fine timbale en argent, puis une vaste terrine dans laquelle deux poulets entiers, tout découpés, avaient confit sous leur gelée ; et l'on apercevait encore dans le panier d'autres bonnes choses enveloppées, des pâtés, des fruits, des friandises, les provisions préparées pour un voyage de trois jours afin de ne point toucher à la cuisine des auberges. Quatre goulots de bouteilles passaient entre les paquets de nourriture. Elle prit une aile de poulet et, délicatement, se mit à la manger avec un de ces petits pains qu'on appelle « Régence » en Normandie.

Tous les regards étaient tendus vers elle. Puis l'odeur se répandit, élargissant les narines, faisant venir aux bouches une salive abondante avec une contraction douloureuse de la mâchoire sous les oreilles. Le mépris des dames pour cette fille devenait féroce, comme une envie de la tuer, ou de la jeter en bas de la voiture, dans la neige, elle, sa timbale, son panier et ses provisions.

Mais Loiseau dévorait des yeux la terrine de poulet. Il dit : « À la bonne heure, madame a eu plus de précaution que nous. Il y a des personnes qui savent toujours penser à tout. » Elle leva la tête vers lui : « Si vous en désirez, monsieur ? C'est dur de jeûner depuis le matin. » Il salua : « Ma foi, franchement, je ne refuse pas, je n'en peux plus. À la guerre comme à la guerre, n'est-ce pas, madame ? » Et, jetant un regard circulaire, il ajouta : « Dans des moments comme celui-ci, on est bien aise de trouver des gens qui vous obligent. » Il avait un journal qu'il étendit pour ne point tacher son pantalon, et sur la pointe d'un couteau toujours logé dans sa poche, il enleva une cuisse toute vernie de gelée, la dépeça des dents, puis la mâcha avec une satisfaction si évidente qu'il y eut dans la voiture un grand soupir de détresse.

Mais Boule de suif, d'une voix humble et douce, proposa aux bonnes sœurs de partager sa collation. Elles acceptèrent toutes les deux instantanément, et, sans lever les yeux, se mirent à manger très vite après avoir balbutié des remerciements. Cornudet ne refusa pas non plus les offres de sa voisine, et l'on forma avec les religieuses une sorte de table en développant des journaux sur les genoux.

Les bouches s'ouvraient et se fermaient sans cesse, avalaient, mastiquaient, engloutissaient férocement. Loiseau, dans son coin, travaillait dur, et, à voix basse, il engageait sa femme à l'imiter. Elle résista longtemps, puis, après une crispation qui lui parcourut les entrailles, elle céda. Alors son mari, arrondissant sa phrase, demanda à leur « charmante compagne » si elle lui permettait d'offrir un petit morceau à Mme Loiseau. Elle dit : « Mais oui, certainement, monsieur », avec un sourire aimable, et tendit la terrine.

Un embarras se produisit lorsqu'on eut débouché la première bouteille de bordeaux : il n'y avait qu'une timbale. On se la passa après l'avoir essuyée. Cornudet seul, par galanterie sans doute, posa ses lèvres à la place humide encore des lèvres de sa voisine.

Alors, entourés de gens qui mangeaient, suffoqués par les émanations de nourritures, le comte et la comtesse de Bréville, ainsi que M. et Mme Carré-Lamadon souffrirent ce supplice odieux qui a gardé le nom de Tantale [1]. Tout d'un coup la jeune femme du manufacturier poussa un soupir qui fit retourner les têtes ; elle était aussi blanche que la neige du dehors ; ses yeux se fermèrent, son front tomba ; elle avait perdu connaissance. Son mari, affolé, implorait le secours de tout le monde. Chacun perdait l'esprit, quand la plus âgée des bonnes sœurs, soutenant la tête de la malade, glissa entre ses lèvres la timbale de Boule de suif et lui fit avaler quelques gouttes de vin. La jolie dame remua, ouvrit les yeux, sourit, et déclara d'une voix mourante qu'elle se sentait fort bien maintenant. Mais afin que cela ne se renouvelât plus, la religieuse la contraignit à boire un plein verre de bordeaux, et elle ajouta : « C'est la faim, pas autre chose. »

Alors Boule de suif, rougissante et embarrassée, balbutia en regardant les quatre voyageurs restés à jeun : « Mon Dieu, si j'osais offrir à ces messieurs et à ces dames… » Elle se tut, craignant un outrage. Loiseau prit la parole : « Eh, parbleu, dans des cas pareils tout le monde est frère et doit s'aider. Allons, mesdames, pas de cérémonie, acceptez, que diable ! Savons-nous si nous trouverons seulement une maison où passer la nuit ? Du train dont nous allons, nous ne serons pas à Tôtes avant demain midi. » On hésitait, personne n'osant assumer la responsabilité du « oui ». Mais le comte trancha la question. Il se tourna vers la grosse fille intimidée, et, prenant son grand air de gentilhomme, il lui dit : « Nous acceptons avec reconnaissance, madame. »

---

1. Supplice de Tantale : souffrance de quelqu'un qui ne peut satisfaire ses désirs, alors que leur objet est à sa portée. Dans la mythologie, Tantale avait été condamné à la soif et à la faim éternelles pour avoir livré son fils en repas aux dieux.

Le premier pas seul coûtait. Une fois le Rubicon [1] passé on s'en donna carrément. Le panier fut vidé. Il contenait encore un pâté de foie gras, un pâté de mauviettes [2], un morceau de langue fumée, des poires de Crassane, un pavé de pont-l'évêque, des petits-fours et une tasse pleine de cornichons et d'oignons au vinaigre : Boule de suif, comme toutes les femmes, adorant les crudités.

On ne pouvait manger les provisions de cette fille sans lui parler. Donc on causa, avec réserve d'abord, puis, comme elle se tenait fort bien, on s'abandonna davantage. Mmes de Bréville et Carré-Lamadon, qui avaient un grand savoir-vivre, se firent gracieuses avec délicatesse. La comtesse surtout montra cette condescendance aimable des très nobles dames qu'aucun contact ne peut salir, et fut charmante. Mais la forte Mme Loiseau, qui avait une âme de gendarme, resta revêche, parlant peu et mangeant beaucoup.

On s'entretint de la guerre naturellement. On raconta des faits horribles des Prussiens, des traits de bravoure des Français ; et tous ces gens qui fuyaient rendirent hommage au courage des autres. Les histoires personnelles commencèrent bientôt, et Boule de suif raconta, avec une émotion vraie, avec cette chaleur de parole qu'ont parfois les filles [3] pour exprimer leurs emportements naturels, comment elle avait quitté Rouen : « J'ai cru d'abord que je pourrais rester, disait-elle. J'avais ma maison pleine de provisions, et j'aimais mieux nourrir quelques soldats que m'expatrier je ne sais où. Mais quand je les ai vus, ces Prussiens, ce fut plus fort que moi ! Ils m'ont tourné le sang de colère ; et j'ai pleuré de honte toute la journée. Oh ! si j'étais un homme, allez ! Je les regardais de ma fenêtre, ces gros porcs avec leur casque à pointe, et ma bonne me tenait les mains pour

---

1. Fleuve romain du nord de l'Italie que l'armée avait interdiction de franchir. Jules César le traversa en lançant : « *Alea jacta est* » (« le sort en est jeté »).
2. Alouettes devenues grasses, bonnes à manger.
3. Prostituées.

m'empêcher de leur jeter mon mobilier sur le dos. Puis il en est venu pour loger chez moi ; alors j'ai sauté à la gorge du premier. Ils ne sont pas plus difficiles à étrangler que d'autres ! Et je l'aurais terminé, celui-là, si l'on ne m'avait pas tirée par les cheveux. Il a fallu me cacher après ça. Enfin, quand j'ai trouvé une occasion, je suis partie, et me voici [1]. »

On la félicita beaucoup. Elle grandissait dans l'estime de ses compagnons qui ne s'étaient pas montrés si crânes ; et Cornudet, en l'écoutant, gardait un sourire approbateur et bienveillant d'apôtre ; de même un prêtre entend un dévot louer Dieu, car les démocrates à longue barbe ont le monopole du patriotisme comme les hommes en soutane ont celui de la religion. Il parla à son tour d'un ton doctrinaire, avec l'emphase apprise dans les proclamations qu'on collait chaque jour aux murs, et il finit par un morceau d'éloquence où il étrillait magistralement cette « crapule de Badinguet [2] ».

Mais Boule de suif aussitôt se fâcha, car elle était bonapartiste. Elle devenait plus rouge qu'une guigne [3] et, bégayant d'indignation : « J'aurais bien voulu vous voir à sa place, vous autres. Ça aurait été du propre, ah oui ! C'est vous qui l'avez trahi, cet homme ! On n'aurait plus qu'à quitter la France si l'on était gouverné par des polissons comme vous ! » Cornudet, impassible, gardait un sourire dédaigneux et supérieur, mais on sentait que les gros mots allaient arriver quand le comte s'interposa et

1. On raconte que, lors de l'entrée des Prussiens dans Rouen, Adrienne Legay fit partie des habitants de la ville qui mirent un drapeau noir à leur fenêtre. Les autorités prussiennes punirent les protestataires en les obligeant à héberger un grand nombre de soldats dans leurs domiciles (voir Maupassant, *Boule de suif et autres histoires de guerre*, GF-Flammarion, 2009, p. 281).

2. Il s'agit du surnom méprisant donné à Napoléon III en souvenir, dit-on, du maçon qui lui avait prêté ses vêtements lors de son évasion du fort de Ham (1846) où il avait été enfermé comme opposant à Louis-Philippe. Dans « Sac au dos », on trouve également l'abréviation « Badingue » (voir *infra*, p. 163, note 3).

3. Petite cerise.

calma, non sans peine, la fille exaspérée, en proclamant avec autorité que toutes les opinions sincères étaient respectables. Cependant la comtesse et la manufacturière, qui avaient dans l'âme la haine irraisonnée des gens comme il faut pour la République, et cette instinctive tendresse que nourrissent toutes les femmes pour les gouvernements à panache et despotiques, se sentaient, malgré elles, attirées vers cette prostituée pleine de dignité, dont les sentiments ressemblaient si fort aux leurs.

Le panier était vide. À dix on l'avait tari sans peine, en regrettant qu'il ne fût pas plus grand. La conversation continua quelque temps, un peu refroidie néanmoins depuis qu'on avait fini de manger.

La nuit tombait, l'obscurité peu à peu devint profonde, et le froid, plus sensible pendant les digestions, faisait frissonner Boule de suif, malgré sa graisse. Alors Mme de Bréville lui proposa sa chaufferette dont le charbon depuis le matin avait été plusieurs fois renouvelé, et l'autre accepta tout de suite, car elle se sentait les pieds gelés. Mmes Carré-Lamadon et Loiseau donnèrent les leurs aux religieuses.

Le cocher avait allumé ses lanternes. Elles éclairaient d'une lueur vive un nuage de buée au-dessus de la croupe en sueur des timoniers, et, des deux côtés de la route, la neige qui semblait se dérouler sous le reflet mobile des lumières.

On ne distinguait plus rien dans la voiture ; mais tout à coup un mouvement se fit entre Boule de suif et Cornudet ; et Loiseau, dont l'œil fouillait l'ombre, crut voir l'homme à la grande barbe s'écarter vivement comme s'il eût reçu quelque bon coup lancé sans bruit.

Des petits points de feu parurent en avant sur la route. C'était Tôtes. On avait marché onze heures, ce qui, avec les deux heures de repos laissées en quatre fois aux chevaux pour manger l'avoine et souffler, faisait quatorze [1].

---

1. Maupassant fait ici une erreur de calcul : onze et deux font treize.

On entra dans le bourg et devant l'Hôtel du Commerce on s'arrêta.

La portière s'ouvrit ! Un bruit bien connu fit tressaillir tous les voyageurs ; c'étaient les heurts d'un fourreau de sabre sur le sol. Aussitôt la voix d'un Allemand cria quelque chose.

Bien que la diligence fût immobile, personne ne descendait, comme si l'on se fût attendu à être massacré à la sortie. Alors le conducteur apparut tenant à la main une de ses lanternes qui éclaira subitement jusqu'au fond de la voiture les deux rangs de têtes effarées, dont les bouches étaient ouvertes et les yeux écarquillés de surprise et d'épouvante.

À côté du cocher se tenait, en pleine lumière, un officier allemand, un grand jeune homme excessivement mince et blond, serré dans son uniforme comme une fille en son corset, et portant sur le côté sa casquette plate et cirée qui le faisait ressembler au chasseur d'un hôtel anglais. Sa moustache démesurée, à longs poils droits, s'amincissant indéfiniment de chaque côté et terminée par un seul fil blond si mince qu'on n'en apercevait pas la fin, semblait peser sur les coins de sa bouche, et, tirant la joue, imprimait aux lèvres un pli tombant.

Il invita en français d'Alsacien les voyageurs à sortir, disant d'un ton raide : « Foulez-fous tescentre, messieurs et tames ? »

Les deux bonnes sœurs obéirent les premières avec une docilité de saintes filles habituées à toutes les soumissions. Le comte et la comtesse parurent ensuite, suivis du manufacturier et de sa femme, puis de Loiseau poussant devant lui sa grande moitié. Celui-ci, en mettant pied à terre, dit à l'officier : « Bonjour, monsieur », par un sentiment de prudence bien plus que de politesse. L'autre, insolent comme les gens tout-puissants, le regarda sans répondre.

Boule de suif et Cornudet, bien que près de la portière, descendirent les derniers, graves et hautains devant l'ennemi. La grosse fille tâchait de se dominer et d'être calme : le démoc tourmentait d'une main tragique et un peu tremblante sa longue barbe roussâtre. Ils voulaient garder de la dignité, comprenant qu'en ces rencontres-là chacun représente un peu son pays ; et pareillement révoltés par la souplesse de leurs compagnons, elle, tâchait de se montrer plus fière que ses voisines les femmes honnêtes, tandis que lui, sentant bien qu'il devait l'exemple, continuait en toute son attitude sa mission de résistance commencée au défoncement des routes.

On entra dans la vaste cuisine de l'auberge, et l'Allemand, s'étant fait présenter l'autorisation de départ signée par le général en chef et où étaient mentionnés les noms, le signalement et la profession de chaque voyageur, examina longuement tout ce monde, comparant les personnes aux renseignements écrits.

Puis il dit brusquement : « C'est pien », et il disparut.

Alors on respira. On avait faim encore ; le souper fut commandé. Une demi-heure était nécessaire pour l'apprêter ; et, pendant que deux servantes avaient l'air de s'en occuper, on alla visiter les chambres. Elles se trouvaient toutes dans un long couloir que terminait une porte vitrée marquée d'un numéro parlant [1].

Enfin on allait se mettre à table, quand le patron de l'auberge parut lui-même. C'était un ancien marchand de chevaux, un gros homme asthmatique, qui avait toujours des sifflements, des enrouements, des chants de glaires dans le larynx. Son père lui avait transmis le nom de Follenvie.

Il demanda :

« Mademoiselle Élisabeth Rousset ? »

Boule de suif tressaillit, se retourna :

« C'est moi.

– Mademoiselle, l'officier prussien veut vous parler immédiatement.

– À moi ?

1. Il s'agit des toilettes dont les portes étaient, en général, affectées du numéro 100 dans les hôtels..

– Oui, si vous êtes bien mademoiselle Élisabeth Rousset. »

Elle se troubla, réfléchit une seconde, puis déclara carrément :

« C'est possible, mais je n'irai pas. »

Un mouvement se fit autour d'elle ; chacun discutait, cherchait la cause de cet ordre. Le comte s'approcha :

« Vous avez tort, madame, car votre refus peut amener des difficultés considérables, non seulement pour vous, mais même pour tous vos compagnons. Il ne faut jamais résister aux gens qui sont les plus forts. Cette démarche assurément ne peut présenter aucun danger ; c'est sans doute pour quelque formalité oubliée. »

Tout le monde se joignit à lui, on la pria, on la pressa, on la sermonna, et l'on finit par la convaincre ; car tous redoutaient les complications qui pourraient résulter d'un coup de tête. Elle dit enfin :

« C'est pour vous que je le fais, bien sûr ! »

La comtesse lui prit la main :

« Et nous vous en remercions. »

Elle sortit. On l'attendit pour se mettre à table. Chacun se désolait de n'avoir pas été demandé à la place de cette fille violente et irascible, et préparait mentalement des platitudes pour le cas où on l'appellerait à son tour.

Mais au bout de dix minutes elle reparut, soufflant, rouge à suffoquer, exaspérée. Elle balbutiait : « Oh la canaille ! la canaille ! »

Tous s'empressaient pour savoir, mais elle ne dit rien ; et, comme le comte insistait, elle répondit avec une grande dignité : « Non, cela ne vous regarde pas, je ne peux pas parler. »

Alors on s'assit autour d'une haute soupière d'où sortait un parfum de choux. Malgré cette alerte, le souper fut gai. Le cidre était bon, le ménage Loiseau et les bonnes sœurs en prirent, par économie. Les autres demandèrent du vin ; Cornudet réclama de la bière. Il avait une façon particulière de déboucher la bouteille, de faire mousser le liquide, de le considérer en penchant le verre, qu'il élevait ensuite entre la lampe et son œil pour bien apprécier la couleur. Quand il buvait, sa grande barbe, qui avait gardé la nuance de son breuvage aimé, semblait tressaillir de tendresse ; ses yeux louchaient pour ne point perdre de vue sa chope, et il avait l'air de remplir l'unique fonction pour laquelle il était né. On eût dit qu'il établissait en son esprit un rapprochement et comme une affinité entre les deux grandes passions qui occupaient toute sa vie : le Pale-Ale [1] et la Révolution ; et assurément il ne pouvait déguster l'un sans songer à l'autre.

M. et Mme Follenvie dînaient tout au bout de la table. L'homme, râlant comme une locomotive crevée, avait trop de tirage dans la poitrine pour pouvoir parler en mangeant ; mais la femme ne se taisait jamais. Elle raconta toutes ses impressions à l'arrivée des Prussiens, ce qu'ils faisaient, ce qu'ils disaient, les exécrant d'abord parce qu'ils lui coûtaient de l'argent, et, ensuite, parce qu'elle avait deux fils à l'armée. Elle s'adressait surtout à la comtesse, flattée de causer avec une dame de qualité.

Puis elle baissait la voix pour dire les choses délicates, et son mari, de temps en temps, l'interrompait : « Tu ferais mieux de te taire, madame Follenvie. » Mais elle n'en tenait aucun compte, et continuait :

« Oui, madame, ces gens-là, ça ne fait que manger des pommes de terre et du cochon, et puis du cochon et des pommes de terre. Et il ne faut pas croire qu'ils sont propres. – Oh non ! – Ils ordurent partout, sauf le respect que je vous dois. Et si vous les voyiez faire l'exercice pendant des heures et des jours ; ils sont là tous dans un champ : – Et marche en avant, et marche en arrière, et tourne par-ci, et tourne par-là. – S'ils cultivaient la terre au moins, ou s'ils travaillaient aux routes dans leur pays ! – Mais non, madame, ces militaires, ça n'est profitable à personne ! Faut-il que le pauvre peuple les nourrisse pour n'apprendre rien qu'à massacrer ! – Je ne suis qu'une

1. Bière blonde.

vieille femme sans éducation, c'est vrai, mais en les voyant qui s'esquintent le tempérament à piétiner du matin au soir, je me dis : – Quand il y a des gens qui font tant de découvertes pour être utiles, faut-il que d'autres se donnent tant de mal pour être nuisibles ? Vraiment, n'est-ce pas une abomination de tuer des gens, qu'ils soient Prussiens, ou bien Anglais, ou bien Polonais, ou bien Français ? – Si l'on se revenge sur quelqu'un qui vous a fait tort, c'est mal, puisqu'on vous condamne ; mais quand on extermine nos garçons comme du gibier, avec des fusils, c'est donc bien, puisqu'on donne des décorations à celui qui en détruit le plus ? – Non, voyez-vous, je ne comprendrai jamais cela ! »

Cornudet éleva la voix :

« La guerre est une barbarie quand on attaque un voisin paisible ; c'est un devoir sacré quand on défend la patrie. »

La vieille femme baissa la tête :

« Oui, quand on se défend, c'est autre chose ; mais si l'on ne devrait pas plutôt tuer tous les rois qui font ça pour leur plaisir ? »

L'œil de Cornudet s'enflamma :

« Bravo citoyenne », dit-il.

M. Carré-Lamadon réfléchissait profondément. Bien qu'il fût fanatique des illustres capitaines, le bon sens de cette paysanne le faisait songer à l'opulence qu'apporteraient dans un pays tant de bras inoccupés et par conséquent ruineux, tant de forces qu'on entretient improductives, si on les employait aux grands travaux industriels qu'il faudra des siècles pour achever.

Mais Loiseau, quittant sa place, alla causer tout bas avec l'aubergiste. Le gros homme riait, toussait, crachait ; son énorme ventre sautillait de joie aux plaisanteries de son voisin, et il lui acheta six feuillettes[1] de bordeaux pour le printemps, quand les Prussiens seraient partis.

1. Tonneaux.

Le souper à peine achevé, comme on était brisé de fatigue, on se coucha.

Cependant Loiseau, qui avait observé les choses, fit mettre au lit son épouse, puis colla tantôt son oreille et tantôt son œil au trou de la serrure, pour tâcher de découvrir ce qu'il appelait : « les mystères du corridor ».

Au bout d'une heure environ, il entendit un frôlement, regarda bien vite, et aperçut Boule de suif qui paraissait plus replète encore sous un peignoir de cachemire bleu [1], bordé de dentelles blanches. Elle tenait un bougeoir à la main et se dirigeait vers le gros numéro [2] tout au fond du couloir. Mais une porte, à côté, s'entrouvrit, et, quand elle revint au bout de quelques minutes, Cornudet, en bretelles, la suivait. Ils parlaient bas, puis ils s'arrêtèrent. Boule de suif semblait défendre l'entrée de sa chambre avec énergie. Loiseau, malheureusement, n'entendait pas les paroles, mais à la fin, comme ils élevaient la voix, il put en saisir quelques-unes. Cornudet insistait avec vivacité. Il disait :

« Voyons, vous êtes bête, qu'est-ce que ça vous fait ? »

Elle avait l'air indignée et répondit :

« Non, mon cher, il y a des moments où ces choses-là ne se font pas ; et puis, ici, ce serait une honte. »

Il ne comprenait point, sans doute, et demanda pourquoi. Alors elle s'emporta, élevant encore le ton :

« Pourquoi ? Vous ne comprenez pas pourquoi ? Quand il y a des Prussiens dans la maison, dans la chambre à côté peut-être ? »

Il se tut. Cette pudeur patriotique de catin qui ne se laissait point caresser près de l'ennemi, dut réveiller en

---

1. Le manuscrit indique : « Boule de suif dont le ventre et les tétons se mêlaient sous un peignoir de cachemire bleu… » Dans la lettre qu'il lui écrivit le 1er février 1880, en partie reproduite dans notre Dossier (*infra*, p. 320), Flaubert conseilla à Maupassant de supprimer le mot « tétons » qui risquait de « faire crier les imbéciles » (voir Maupassant, *Boule de suif et autres histoires de guerre*, GF-Flammarion, 2009, p. 281, note 49).

2. Voir p. 107, note 1.

son cœur sa dignité défaillante, car, après l'avoir seulement embrassée, il regagna sa porte à pas de loup.

Loiseau, très allumé, quitta la serrure, battit un entrechat dans sa chambre, mit son madras, souleva le drap sous lequel gisait la dure carcasse de sa compagne qu'il réveilla d'un baiser en murmurant : « M'aimes-tu, chérie ? »

Alors toute la maison devint silencieuse. Mais bientôt s'éleva quelque part, dans une direction indéterminée qui pouvait être la cave aussi bien que le grenier, un ronflement puissant, monotone, régulier, un bruit sourd et prolongé, avec des tremblements de chaudière sous pression. M. Follenvie dormait.

Comme on avait décidé qu'on partirait à huit heures le lendemain, tout le monde se trouva dans la cuisine ; mais la voiture, dont la bâche avait un toit de neige, se dressait solitaire au milieu de la cour, sans chevaux et sans conducteur. On chercha en vain celui-ci dans les écuries, dans les fourrages, dans les remises. Alors tous les hommes se résolurent à battre le pays et ils sortirent. Ils se trouvèrent sur la place, avec l'église au fond et, des deux côtés, des maisons basses où l'on apercevait des soldats prussiens. Le premier qu'ils virent épluchait des pommes de terre. Le second, plus loin, lavait la boutique du coiffeur. Un autre, barbu jusqu'aux yeux, embrassait un mioche qui pleurait et le berçait sur ses genoux pour tâcher de l'apaiser ; et les grosses paysannes dont les hommes étaient à « l'armée de la guerre », indiquaient par signes à leurs vainqueurs obéissants le travail qu'il fallait entreprendre : fendre du bois, tremper la soupe, moudre le café ; un d'eux même lavait le linge de son hôtesse, une aïeule toute impotente.

Le comte, étonné, interrogea le bedeau qui sortait du presbytère. Le vieux rat d'église lui répondit : « Oh ! ceux-là ne sont pas méchants ; c'est pas des Prussiens, à ce qu'on dit. Ils sont de plus loin ; je ne sais pas bien d'où ; et ils ont tous laissé une femme et des enfants au pays ; ça ne les amuse pas, la guerre, allez ! Je suis sûr qu'on pleure bien aussi là-bas après les hommes ; et ça fournira une fameuse misère chez eux comme chez nous. Ici, encore, on n'est pas trop malheureux pour le moment, parce qu'ils ne font pas de mal et qu'ils travaillent comme s'ils étaient dans leurs maisons. Voyez-vous, monsieur, entre pauvres gens, faut bien qu'on s'aide… C'est les grands qui font la guerre. »

Cornudet, indigné de l'entente cordiale établie entre les vainqueurs et les vaincus, se retira, préférant s'enfermer dans l'auberge. Loiseau eut un mot pour rire : « Ils repeuplent. » M. Carré-Lamadon eut un mot grave : « Ils réparent. » Mais on ne trouvait pas le cocher. À la fin on le découvrit dans le café du village, attablé fraternellement avec l'ordonnance de l'officier. Le comte l'interpella :

« Ne vous avait-on pas donné l'ordre d'atteler pour huit heures ?

– Ah bien oui, mais on m'en a donné un autre depuis.

– Lequel ?

– De ne pas atteler du tout.

– Qui vous a donné cet ordre ?

– Ma foi ! le commandant prussien.

– Pourquoi ?

– Je n'en sais rien. Allez lui demander. On me défend d'atteler, moi je n'attelle pas. – Voilà.

– C'est lui-même qui vous a dit cela ?

– Non, monsieur, c'est l'aubergiste qui m'a donné l'ordre de sa part.

– Quand ça ?

– Hier soir, comme j'allais me coucher. »

Les trois hommes rentrèrent fort inquiets.

On demanda M. Follenvie, mais la servante répondit que Monsieur, à cause de son asthme, ne se levait jamais avant dix heures. Il avait même formellement défendu de le réveiller plus tôt, excepté en cas d'incendie.

On voulut voir l'officier, mais cela était impossible absolument, bien qu'il logeât dans l'auberge. M. Follenvie seul était autorisé à lui parler pour les affaires civiles.

Alors on attendit. Les femmes remontèrent dans leurs chambres, et des futilités les occupèrent.

Cornudet s'installa sous la haute cheminée de la cuisine, où flambait un grand feu. Il se fit apporter là une des petites tables de café, une canette, et il tira sa pipe qui jouissait parmi les démocrates d'une considération presque égale à la sienne, comme si elle avait servi la patrie en servant à Cornudet. C'était une superbe pipe en écume admirablement culottée, aussi noire que les dents de son maître, mais parfumée, recourbée, luisante, familière à sa main, et complétant sa physionomie. Et il demeura immobile, les yeux tantôt fixés sur la flamme du foyer, tantôt sur la mousse qui couronnait sa chope ; et chaque fois qu'il avait bu, il passait d'un air satisfait ses longs doigts maigres dans ses longs cheveux gras pendant qu'il humait sa moustache frangée d'écume.

Loiseau, sous prétexte de se dégourdir les jambes, alla placer du vin aux débitants du pays. Le comte et le manufacturier se mirent à causer politique. Ils prévoyaient l'avenir de la France. L'un croyait aux d'Orléans, l'autre à un sauveur inconnu, un héros qui se révélerait quand tout serait désespéré ; un du Guesclin [1], une Jeanne d'Arc peut-être ? ou un autre Napoléon Ier ? Ah ! si le prince impérial [2] n'était pas si jeune ! Cornudet, les écoutant, souriait en homme qui sait le mot des destinées. Sa pipe embaumait la cuisine.

Comme dix heures sonnaient, M. Follenvie parut. On l'interrogea bien vite ; mais il ne put que répéter deux ou trois fois, sans une variante, ces paroles : « L'officier m'a dit comme ça : "Monsieur Follenvie, vous défendrez qu'on attelle demain la voiture de ces voyageurs. Je ne veux pas qu'ils partent sans mon ordre. Vous entendez. Ça suffit." »

---

1. Grande figure de la guerre de Cent Ans.
2. Eugène Louis Napoléon (1856-1879), fils de l'empereur, avait quatorze ans en 1870. Il fut tué en Afrique du Sud le 1er juin 1879. Au moment où Maupassant écrit, les lecteurs ont sa disparition présente à l'esprit.

Alors on voulut voir l'officier. Le comte lui envoya sa carte où M. Carré-Lamadon ajouta son nom et tous ses titres. Le Prussien fit répondre qu'il admettrait ces deux hommes à lui parler quand il aurait déjeuné, c'est-à-dire vers une heure.

Les dames reparurent et l'on mangea quelque peu, malgré l'inquiétude. Boule de suif semblait malade et prodigieusement troublée.

On achevait le café quand l'ordonnance vint chercher ces messieurs.

Loiseau se joignit aux deux premiers ; comme on essayait d'entraîner Cornudet pour donner plus de solennité à leur démarche, il déclara fièrement qu'il entendait n'avoir jamais aucun rapport avec les Allemands ; et il se remit dans sa cheminée, demandant une autre canette.

Les trois hommes montèrent et furent introduits dans la plus belle chambre de l'auberge où l'officier les reçut, étendu dans un fauteuil, les pieds sur la cheminée, fumant une longue pipe de porcelaine, et enveloppé par une robe de chambre flamboyante, dérobée sans doute dans la demeure abandonnée de quelque bourgeois de mauvais goût. Il ne se leva pas, ne les salua pas, ne les regarda pas. Il présentait un magnifique échantillon de la goujaterie naturelle au militaire victorieux.

Au bout de quelques instants il dit enfin :

« Qu'est-ce que fous foulez ? »

Le comte prit la parole : « Nous désirons partir, monsieur.

– Non.

– Oserai-je vous demander la cause de ce refus ?

– Parce que che ne feux pas.

– Je vous ferai respectueusement observer, monsieur, que votre général en chef nous a délivré une permission de départ pour gagner Dieppe ; et je ne pense pas que nous ayons rien fait pour mériter vos rigueurs.

– Che ne feux pas… foilà tout… Fous poufez tescentre. »

S'étant inclinés tous les trois ils se retirèrent.

L'après-midi fut lamentable. On ne comprenait rien à ce caprice d'Allemand ; et les idées les plus singulières troublaient les têtes. Tout le monde se tenait dans la cuisine, et l'on discutait sans fin, imaginant des choses invraisemblables. On voulait peut-être les garder comme otages – mais dans quel but ? – ou les emmener prisonniers ? ou, plutôt, leur demander une rançon considérable ? À cette pensée une panique les affola. Les plus riches étaient les plus épouvantés, se voyant déjà contraints, pour racheter leur vie, de verser des sacs pleins d'or entre les mains de ce soldat insolent. Ils se creusaient la cervelle pour découvrir des mensonges acceptables, dissimuler leurs richesses, se faire passer pour pauvres, très pauvres. Loiseau enleva sa chaîne de montre et la cacha dans sa poche. La nuit qui tombait augmenta les appréhensions. La lampe fut allumée, et comme on avait encore deux heures avant le dîner, Mme Loiseau proposa une partie de trente-et-un [1]. Ce serait une distraction. On accepta. Cornudet lui-même, ayant éteint sa pipe par politesse, y prit part.

Le comte battit les cartes – donna – Boule de suif avait trente-et-un d'emblée ; et bientôt l'intérêt de la partie apaisa la crainte qui hantait les esprits. Mais Cornudet s'aperçut que le ménage Loiseau s'entendait pour tricher.

Comme on allait se mettre à table, M. Follenvie reparut ; et de sa voix graillonnante il prononça : « L'officier prussien fait demander à Mlle Élisabeth Rousset si elle n'a pas encore changé d'avis. »

Boule de suif resta debout, toute pâle ; puis, devenant subitement cramoisie, elle eut un tel étouffement de colère qu'elle ne pouvait plus parler. Enfin elle éclata : « Vous lui direz à cette crapule, à ce saligaud, à cette charogne de Prussien, que jamais je ne voudrai ; vous entendez bien, jamais, jamais, jamais. »

---

1. Jeu de cartes dont le but est de constituer un ensemble de trente et un points avec des cartes de même couleur.

Le gros aubergiste sortit. Alors Boule de suif fut entourée, interrogée, sollicitée par tout le monde de dévoiler le mystère de sa visite. Elle résista d'abord ; mais l'exaspération l'emporta bientôt : « Ce qu'il veut ?... ce qu'il veut ?... Il veut coucher avec moi ! » cria-t-elle. Personne ne se choqua du mot, tant l'indignation fut vive. Cornudet brisa sa chope en la reposant violemment sur la table. C'était une clameur de réprobation contre ce soudard ignoble, un souffle de colère, une union de tous pour la résistance, comme si l'on eût demandé à chacun une partie du sacrifice exigé d'elle. Le comte déclara avec dégoût que ces gens-là se conduisaient à la façon des anciens barbares. Les femmes surtout témoignèrent à Boule de suif une commisération énergique et caressante. Les bonnes sœurs, qui ne se montraient qu'aux repas, avaient baissé la tête et ne disaient rien.

On dîna néanmoins lorsque la première fureur fut apaisée ; mais on parla peu, on songeait.

Les dames se retirèrent de bonne heure ; et les hommes, tout en fumant, organisèrent un écarté [1] auquel fut convié M. Follenvie qu'on avait l'intention d'interroger habilement sur les moyens à employer pour vaincre la résistance de l'officier. Mais il ne songeait qu'à ses cartes, sans rien écouter, sans rien répondre ; et il répétait sans cesse : « Au jeu, messieurs, au jeu. » Son attention était si tendue qu'il en oubliait de cracher, ce qui lui mettait parfois des points d'orgue dans la poitrine. Ses poumons sifflants donnaient toute la gamme de l'asthme, depuis les notes graves et profondes jusqu'aux enrouements aigus des jeunes coqs essayant de chanter.

Il refusa même de monter quand sa femme, qui tombait de sommeil, vint le chercher. Alors elle partit toute seule, car elle était « du matin », toujours levée avec le soleil, tandis que son homme était « du soir », toujours

---

1. Jeu de cartes qui consiste à opposer deux joueurs qui procèdent à des écarts afin de cumuler des points.

prêt à passer la nuit avec des amis. Il lui cria : « Tu placeras mon lait de poule devant le feu », et se remit à sa partie. Quand on vit bien qu'on n'en pourrait rien tirer on déclara qu'il était temps de s'en aller, et chacun gagna son lit.

On se leva encore d'assez bonne heure le lendemain, avec un espoir indéterminé, un désir plus grand de s'en aller, une terreur du jour à passer dans cette horrible petite auberge.

Hélas ! les chevaux restaient à l'écurie, le cocher demeurait invisible. On alla, par désœuvrement, tourner autour de la voiture.

Le déjeuner fut bien triste ; et il s'était produit comme un refroidissement vis-à-vis de Boule de suif, car la nuit, qui porte conseil, avait un peu modifié les jugements. On en voulait presque à cette fille, maintenant, de n'avoir pas été trouver secrètement le Prussien, afin de ménager, au réveil, une bonne surprise à ses compagnons. Quoi de plus simple ? Qui l'eût su d'ailleurs ? Elle aurait pu sauver les apparences en faisant dire à l'officier qu'elle prenait en pitié leur détresse. Pour elle ça avait si peu d'importance !

Mais personne n'avouait encore ces pensées.

Dans l'après-midi, comme on s'ennuyait à périr, le comte proposa de faire une promenade aux alentours du village. Chacun s'enveloppa avec soin et la petite société partit, à l'exception de Cornudet, qui préférait rester près du feu, et des bonnes sœurs, qui passaient leurs journées dans l'église ou chez le curé.

Le froid, plus intense de jour en jour, piquait cruellement le nez et les oreilles ; les pieds devenaient si douloureux que chaque pas était une souffrance ; et lorsque la campagne se découvrit, elle leur apparut si effroyablement lugubre sous cette blancheur illimitée que tout le monde aussitôt retourna, l'âme glacée et le cœur serré.

Les quatre femmes marchaient devant, les trois hommes suivaient, un peu derrière.

Loiseau, qui comprenait la situation, demanda tout à coup si cette « garce-là » allait les faire rester longtemps encore dans un pareil endroit. Le comte, toujours courtois, dit qu'on ne pouvait exiger d'une femme un sacrifice aussi pénible, et qu'il devait venir d'elle-même. M. Carré-Lamadon remarqua que si les Français faisaient, comme il en était question, un retour offensif par Dieppe, la rencontre ne pourrait avoir lieu qu'à Tôtes. Cette réflexion rendit les deux autres soucieux. « Si l'on se sauvait à pied », dit Loiseau. Le comte haussa les épaules : « Y songez-vous, dans cette neige ? avec nos femmes ? Et puis nous serions tout de suite poursuivis, rattrapés en dix minutes, et ramenés prisonniers à la merci des soldats. » C'était vrai ; on se tut.

Les dames parlaient toilette ; mais une certaine contrainte semblait les désunir.

Tout à coup, au bout de la rue, l'officier parut. Sur la neige qui fermait l'horizon il profilait sa grande taille de guêpe en uniforme, et marchait, les genoux écartés, de ce mouvement particulier aux militaires qui s'efforcent de ne point maculer leurs bottes soigneusement cirées.

Il s'inclina en passant près des dames, et regarda dédaigneusement les hommes qui eurent, du reste, la dignité de ne se point découvrir, bien que Loiseau ébauchât un geste pour retirer sa coiffure.

Boule de suif était devenue rouge jusqu'aux oreilles ; et les trois femmes mariées ressentaient une grande humiliation d'être ainsi rencontrées par ce soldat, dans la compagnie de cette fille qu'il avait si cavalièrement traitée.

Alors on parla de lui, de sa tournure, de son visage. Mme Carré-Lamadon, qui avait connu beaucoup d'officiers et qui les jugeait en connaisseur, trouvait celui-là pas mal du tout ; elle regrettait même qu'il ne fût pas Français, parce qu'il ferait un fort joli hussard dont toutes les femmes assurément raffoleraient.

Une fois rentrés, on ne sut plus que faire. Des paroles aigres furent mêmes échangées à propos de choses insignifiantes. Le dîner silencieux dura peu, et chacun monta se coucher, espérant dormir pour tuer le temps.

On descendit le lendemain avec des visages fatigués et des cœurs exaspérés. Les femmes parlaient à peine à Boule de suif.

Une cloche tinta. C'était pour un baptême. La grosse fille avait un enfant élevé chez des paysans d'Yvetot [1]. Elle ne le voyait pas une fois l'an, et n'y songeait jamais ; mais la pensée de celui qu'on allait baptiser lui jeta au cœur une tendresse subite et violente pour le sien, et elle voulut absolument assister à la cérémonie.

Aussitôt qu'elle fut partie, tout le monde se regarda, puis on rapprocha les chaises, car on sentait bien qu'à la fin il fallait décider quelque chose. Loiseau eut une inspiration : il était d'avis de proposer à l'officier de garder Boule de suif toute seule, et de laisser partir les autres.

M. Follenvie se chargea encore de la commission, mais il redescendit presque aussitôt. L'Allemand, qui connaissait la nature humaine, l'avait mis à la porte. Il prétendait retenir tout le monde tant que son désir ne serait pas satisfait.

Alors le tempérament populacier de Mme Loiseau éclata : « Nous n'allons pourtant pas mourir de vieillesse ici. Puisque c'est son métier, à cette gueuse, de faire ça avec tous les hommes, je trouve qu'elle n'a pas le droit de refuser l'un plutôt que l'autre. Je vous demande un peu, ça a pris tout ce qu'elle a trouvé dans Rouen, même des cochers ! oui, madame, le cocher de la préfecture ! Je le sais bien, moi, il achète son vin à la maison. Et aujourd'hui qu'il s'agit de nous tirer d'embarras, elle fait la mijaurée, cette morveuse !... Moi, je trouve qu'il se conduit très bien, cet officier. Il est peut-être privé depuis

1. Commune située à une trentaine de kilomètres de Rouen. « Voir Yvetot et mourir », écrit Flaubert dans le *Dictionnaire des idées reçues.*

longtemps ; et nous étions là trois qu'il aurait sans doute préférées. Mais non, il se contente de celle à tout le monde. Il respecte les femmes mariées. Songez donc, il est le maître. Il n'avait qu'à dire : "Je veux", et il pouvait nous prendre de force avec ses soldats. »

Les deux femmes eurent un petit frisson. Les yeux de la jolie Mme Carré-Lamadon brillaient, et elle était un peu pâle, comme si elle se sentait déjà prise de force par l'officier.

Les hommes, qui discutaient à l'écart, se rapprochèrent. Loiseau, furibond, voulait livrer « cette misérable » pieds et poings liés à l'ennemi. Mais le comte, issu de trois générations d'ambassadeurs, et doué d'un physique de diplomate, était partisan de l'habileté : « Il faudrait la décider », dit-il.

Alors on conspira.

Les femmes se serrèrent, le ton de la voix fut baissé, et la discussion devint générale, chacun donnant son avis. C'était fort convenable du reste. Ces dames surtout trouvaient des délicatesses de tournures, des subtilités d'expression charmantes, pour dire les choses les plus scabreuses. Un étranger n'aurait rien compris tant les précautions du langage étaient observées. Mais la légère tranche de pudeur dont est bardée toute femme du monde ne recouvrant que la surface, elles s'épanouissaient dans cette aventure polissonne, s'amusaient follement au fond, se sentant dans leur élément, tripotant de l'amour avec la sensualité d'un cuisinier gourmand qui prépare le souper d'un autre.

La gaieté revenait d'elle-même, tant l'histoire leur semblait drôle à la fin. Le comte trouva des plaisanteries un peu risquées, mais si bien dites qu'elles faisaient sourire. À son tour Loiseau lâcha quelques grivoiseries plus raides dont on ne se blessa point ; et la pensée brutalement exprimée par sa femme dominait tous les esprits : « Puisque c'est son métier à cette fille, pourquoi refuserait-elle celui-là plus qu'un autre ? » La gentille Mme Carré-Lamadon semblait même penser qu'à sa place elle refuserait celui-là moins qu'un autre.

On prépara longuement le blocus, comme pour une forteresse investie. Chacun convint du rôle qu'il jouerait, des arguments dont il s'appuierait, des manœuvres qu'il devrait exécuter. On régla le plan des attaques, les ruses à employer, et les surprises de l'assaut, pour forcer cette citadelle vivante à recevoir l'ennemi dans la place.

Cornudet cependant restait à l'écart, complètement étranger à cette affaire.

Une attention si profonde tendait les esprits, qu'on n'entendit point rentrer Boule de suif. Mais le comte souffla un léger : « Chut » qui fit relever tous les yeux. Elle était là. On se tut brusquement, et un certain embarras empêcha d'abord de lui parler. La comtesse, plus assouplie que les autres aux duplicités des salons, l'interrogea : « Était-ce amusant, ce baptême ? »

La grosse fille, encore émue, raconta tout, et les figures, et les attitudes, et l'aspect même de l'église. Elle ajouta : « C'est si bon de prier quelquefois. »

Cependant, jusqu'au déjeuner, ces dames se contentèrent d'être aimables avec elle, pour augmenter sa confiance et sa docilité à leurs conseils.

Aussitôt à table, on commença les approches. Ce fut d'abord une conversation vague sur le dévouement. On cita des exemples anciens : Judith et Holopherne [1], puis, sans aucune raison, Lucrèce avec Sextus [2], Cléopâtre

---

1. Lors du siège de la ville de Béthulie en Palestine, l'héroïne biblique Judith se dévoua pour séduire Holopherne, général assyrien de Nabuchodonosor, et lui coupa la tête durant son sommeil ; à la suite de ce meurtre, les Assyriens levèrent le siège.

2. Outragée par Sextus, le fils du roi de Rome, Lucrèce, la belle Romaine, se suicida. Sa mort déclencha le soulèvement qui fut à l'origine de l'instauration de la république à Rome (509 av. J.-C.). Peut-être Maupassant fait-il ici une confusion avec l'histoire d'une autre Lucrèce, liée à l'épisode des « délices de Capoue », au moment de la marche d'Hannibal sur Rome, en 216 avant J.-C. : cette Lucrèce, épouse du consul romain, alla à la rencontre d'Hannibal, à Capoue, et s'offrit à lui, par patriotisme, pour empêcher les soldats carthaginois de conquérir Rome (l'anecdote est rapportée par Zola dans l'une de ses chroniques de *L'Événement illustré*, publiée le 20 juillet 1868).

faisant passer par sa couche tous les généraux ennemis, et les y réduisant à des servilités d'esclave [1]. Alors se déroula une histoire fantaisiste, éclose dans l'imagination de ces millionnaires ignorants, où les citoyennes de Rome allaient endormir à Capoue Annibal [2] entre leurs bras, et, avec lui, ses lieutenants, et les phalanges [3] des mercenaires. On cita toutes les femmes qui ont arrêté des conquérants, fait de leur corps un champ de bataille, un moyen de dominer, une arme, qui ont vaincu par leurs caresses héroïques des êtres hideux ou détestés, et sacrifié leur chasteté à la vengeance et au dévouement.

On parla même en termes voilés de cette Anglaise de grande famille qui s'était laissé inoculer une horrible et contagieuse maladie pour la transmettre à Bonaparte sauvé miraculeusement, par une faiblesse subite, à l'heure du rendez-vous fatal [4].

Et tout cela était raconté d'une façon convenable et modérée, où parfois éclatait un enthousiasme voulu propre à exciter l'émulation.

On aurait pu croire, à la fin, que le seul rôle de la femme, ici-bas, était un perpétuel sacrifice de sa personne, un abandon continu aux caprices des soldatesques.

Les deux bonnes sœurs ne semblaient point entendre, perdues en des pensées profondes. Boule de suif ne disait rien.

---

1. Par la passion qu'elle inspira à différents hommes politiques romains (César, Antoine), Cléopâtre (69-30 av. J.-C.), reine d'Égypte, préserva les intérêts de son royaume.

2. Au moment de sa marche sur Rome, en 216 avant J.-C., le général carthaginois Hannibal s'arrêta à Capoue – une ville dont on dit qu'elle offrit aux soldats carthaginois de nombreux plaisirs, qui eurent pour effet de les rendre moins combatifs.

3. Corps de troupes.

4. Maupassant reprendra ce thème, sous une autre forme, dans l'une de ses nouvelles, « Le Lit 29 » (publiée dans le *Gil Blas* du 8 juillet 1884), qui raconte l'histoire d'une prostituée choisissant de transmettre volontairement la syphilis aux soldats prussiens avec qui elle couche.

Pendant toute l'après-midi on la laissa réfléchir. Mais, au lieu de l'appeler « madame » comme on avait fait jusque-là, on lui disait simplement « mademoiselle », sans que personne sût bien pourquoi, comme si l'on avait voulu la faire descendre d'un degré dans l'estime qu'elle avait escaladée, lui faire sentir sa situation honteuse.

Au moment où l'on servit le potage, M. Follenvie reparut, répétant sa phrase de la veille : « L'officier prussien fait demander à Mlle Élisabeth Rousset si elle n'a point encore changé d'avis. »

Boule de suif répondit sèchement : « Non, monsieur. »

Mais au dîner la coalition faiblit. Loiseau eut trois phrases malheureuses. Chacun se battait les flancs pour découvrir des exemples nouveaux et ne trouvait rien, quand la comtesse, sans préméditation peut-être, éprouvant un vague besoin de rendre hommage à la Religion, interrogea la plus âgée des bonnes sœurs sur les grands faits de la vie des saints. Or beaucoup avaient commis des actes qui seraient des crimes à nos yeux ; mais l'Église absout sans peine ces forfaits quand ils sont accomplis pour la gloire de Dieu, ou pour le bien du prochain. C'était un argument puissant ; la comtesse en profita. Alors, soit par une de ces ententes tacites, de ces complaisances voilées, où excelle quiconque porte un habit ecclésiastique, soit simplement par l'effet d'une inintelligence heureuse, d'une secourable bêtise, la vieille religieuse apporta à la conspiration un formidable appui. On la croyait timide, elle se montra hardie, verbeuse, violente. Celle-là n'était pas troublée par les tâtonnements de la casuistique ; sa doctrine semblait une barre de fer ; sa foi n'hésitait jamais ; sa conscience n'avait point de scrupules. Elle trouvait tout simple le sacrifice d'Abraham [1], car elle aurait immédiatement tué père et mère sur un ordre venu d'en haut ; et rien, à son avis, ne pouvait

1. Selon l'Ancien Testament, Dieu, pour éprouver sa foi, ordonna à Abraham de sacrifier son fils. Alors que ce dernier s'apprêtait à obéir, il fut arrêté par un ange.

déplaire au Seigneur quand l'intention était louable. La comtesse, mettant à profit l'autorité sacrée de sa complice inattendue, lui fit faire comme une paraphrase édifiante de cet axiome de morale : « La fin justifie les moyens. »

Elle l'interrogeait :

« Alors, ma sœur, vous pensez que Dieu accepte toutes les voies, et pardonne le fait quand le motif est pur ?

– Qui pourrait en douter, madame ? Une action blâmable en soi devient souvent méritoire par la pensée qui l'inspire. »

Et elles continuaient ainsi, démêlant les volontés de Dieu, prévoyant ses décisions, le faisant s'intéresser à des choses qui, vraiment, ne le regardaient guère.

Tout cela était enveloppé, habile, discret. Mais chaque parole de la sainte fille en cornette [1] faisait brèche dans la résistance indignée de la courtisane. Puis, la conversation se détournant un peu, la femme aux chapelets pendants parla des maisons de son ordre, de sa supérieure, d'elle-même, et de sa mignonne voisine la chère sœur Saint-Nicéphore. On les avait demandées au Havre pour soigner dans les hôpitaux des centaines de soldats atteints de la petite vérole. Elle les dépeignit, ces misérables, détailla leur maladie. Et tandis qu'elles étaient arrêtées en route par les caprices de ce Prussien, un grand nombre de Français pouvaient mourir qu'elles auraient sauvés peut-être ! C'était sa spécialité, à elle, de soigner les militaires ; elle avait été en Crimée, en Italie, en Autriche [2], et, racontant ses campagnes, elle se révéla tout à coup une de ces religieuses à tambours et à trompettes qui semblent faites pour suivre les camps, ramasser des blessés dans les remous des batailles, et, mieux qu'un

1. Coiffure ample des religieuses.

2. Allusion aux conflits dans lesquels fut impliquée la France impériale : la Crimée en 1853-1856, au côté de l'Angleterre contre la Russie ; la construction de l'unité italienne en 1859, qui se solda par un traité avec l'Autriche.

chef, dompter d'un mot les grands soudards indisciplinés ; une vraie bonne sœur Ran-tan-plan dont la figure ravagée, crevée de trous sans nombre, paraissait une image des dévastations de la guerre.

Personne ne dit rien après elle, tant l'effet semblait excellent.

Aussitôt le repas terminé on remonta bien vite dans les chambres pour ne descendre, le lendemain, qu'assez tard dans la matinée.

Le déjeuner fut tranquille. On donnait à la graine semée la veille le temps de germer et de pousser ses fruits.

La comtesse proposa de faire une promenade dans l'après-midi ; alors le comte, comme il était convenu, prit le bras de Boule de suif, et demeura derrière les autres, avec elle.

Il lui parla de ce ton familier, paternel, un peu dédaigneux, que les hommes posés emploient avec les filles, l'appelant : « ma chère enfant », la traitant du haut de sa position sociale, de son honorabilité indiscutée. Il pénétra tout de suite au vif de la question :

« Donc vous préférez nous laisser ici, exposés comme vous-même à toutes les violences qui suivraient un échec des troupes prussiennes, plutôt que de consentir à une de ces complaisances que vous avez eues si souvent en votre vie ? »

Boule de suif ne répondit rien.

Il la prit par la douceur, par le raisonnement, par les sentiments. Il sut rester « monsieur le comte », tout en se montrant galant quand il le fallut, complimenteur, aimable enfin. Il exalta le service qu'elle leur rendrait, parla de leur reconnaissance ; puis soudain, la tutoyant gaiement : « Et tu sais, ma chère, il pourrait se vanter d'avoir goûté d'une jolie fille comme il n'en trouvera pas beaucoup dans son pays. »

Boule de suif ne répondit pas et rejoignit la société.

Aussitôt rentrée, elle monta chez elle et ne reparut plus. L'inquiétude était extrême. Qu'allait-elle faire ? Si elle résistait, quel embarras !

L'heure du dîner sonna ; on l'attendit en vain. M. Follenvie, entrant alors, annonça que Mlle Rousset se sentait indisposée, et qu'on pouvait se mettre à table. Tout le monde dressa l'oreille. Le comte s'approcha de l'aubergiste, et, tout bas : « Ça y est ? – Oui. » Par convenance, il ne dit rien à ses compagnons, mais il leur fit seulement un léger signe de la tête. Aussitôt un grand soupir de soulagement sortit de toutes les poitrines, une allégresse parut sur les visages. Loiseau cria : « Saperlipopette ! je paye du champagne si l'on en trouve dans l'établissement » ; et Mme Loiseau eut une angoisse lorsque le patron revint avec quatre bouteilles aux mains. Chacun était devenu subitement communicatif et bruyant ; une joie égrillarde emplissait les cœurs. Le comte parut s'apercevoir que Mme Carré-Lamadon était charmante, le manufacturier fit des compliments à la comtesse. La conversation fut vive, enjouée, pleine de traits.

Tout à coup, Loiseau, la face anxieuse et levant les bras, hurla : « Silence ! » Tout le monde se tut, surpris, presque effrayé déjà. Alors il tendit l'oreille en faisant « Chut » des deux mains, leva les yeux vers le plafond, écouta de nouveau, et reprit, de sa voix naturelle : « Rassurez-vous, tout va bien. »

On hésitait à comprendre, mais bientôt un sourire passa.

Au bout d'un quart d'heure il recommença la même farce, la renouvela souvent dans la soirée ; et il faisait semblant d'interpeller quelqu'un à l'étage au-dessus, en lui donnant des conseils à double sens puisés dans son esprit de commis voyageur. Par moments il prenait un air triste pour soupirer : « Pauvre fille ! » ou bien il murmurait entre ses dents d'un air rageur : « Gueux de Prussien, va ! » Quelquefois, au moment où l'on n'y songeait plus, il poussait d'une voix vibrante plusieurs : « Assez ! assez ! » et ajoutait, comme se parlant à lui-même : « Pourvu que nous la revoyions ; qu'il ne l'en fasse pas mourir, le misérable ! »

Bien que ces plaisanteries fussent d'un goût déplorable, elles amusaient et ne blessaient personne, car l'indignation dépend des milieux comme le reste, et l'atmosphère qui s'était peu à peu créée autour d'eux était chargée de pensées grivoises.

Au dessert, les femmes elles-mêmes firent des allusions spirituelles et discrètes. Les regards luisaient ; on avait bu beaucoup. Le comte, qui conservait même en ses écarts sa grande apparence de gravité, trouva une comparaison fort goûtée sur la fin des hivernages au pôle et la joie des naufragés qui voient s'ouvrir une route vers le sud.

Loiseau, lancé, se leva, un verre de champagne à la main : « Je bois à notre délivrance ! » Tout le monde fut debout ; on l'acclamait. Les deux bonnes sœurs, elles-mêmes, sollicitées par ces dames, consentirent à tremper leurs lèvres dans ce vin mousseux dont elles n'avaient jamais goûté. Elles déclarèrent que cela ressemblait à la limonade gazeuse, mais que c'était plus fin cependant.

Loiseau résuma la situation.

« C'est malheureux de ne pas avoir de piano parce qu'on pourrait pincer un quadrille [1]. »

Cornudet n'avait pas dit un mot, pas fait un geste ; il paraissait même plongé dans des pensées très graves, et tirait parfois, d'un geste furieux, sa grande barbe qu'il semblait vouloir allonger encore. Enfin, vers minuit, comme on allait se séparer, Loiseau, qui titubait, lui tapa soudain sur le ventre et lui dit en bredouillant : « Vous n'êtes pas farce, vous, ce soir ; vous ne dites rien, citoyen ? » Mais Cornudet releva brusquement la tête, et parcourant la société d'un regard luisant et terrible : « Je vous dis à tous que vous venez de faire une infamie ! » Il se leva, gagna la porte, répéta encore une fois : « Une infamie ! » et disparut.

Cela jeta un froid d'abord. Loiseau interloqué restait bête ; mais il reprit son aplomb, puis, tout à coup, se tordit en répétant : « Ils sont trop verts mon vieux, ils

1. Exécuter une danse.

sont trop verts[1]. » Comme on ne comprenait pas, il raconta les « mystères du corridor ». Alors il y eut une reprise de gaieté formidable. Ces dames s'amusaient comme des folles. Le comte et M. Carré-Lamadon pleuraient à force de rire. Ils ne pouvaient croire.

« Comment. Vous êtes sûr ? Il voulait…

– Je vous dis que je l'ai vu.

– Et, elle a refusé…

– Parce que le Prussien était dans la chambre à côté.

– Pas possible ?

– Je vous le jure. »

Le comte étouffait. L'industriel se comprimait le ventre à deux mains. Loiseau continuait :

« Et, vous comprenez, ce soir, il ne la trouve pas drôle, mais pas du tout. »

Et tous les trois repartaient, malades, essoufflés, toussant.

On se sépara là-dessus. Mais Mme Loiseau, qui était de la nature des orties, fit remarquer à son mari, au moment où ils se couchaient, que « cette chipie » de petite Carré-Lamadon avait ri jaune toute la soirée : « Tu sais, les femmes, quand ça en tient pour l'uniforme, qu'il soit Français ou bien Prussien ça leur est, ma foi, bien égal. Si ce n'est pas une pitié, Seigneur Dieu ! »

Et toute la nuit, dans l'obscurité du corridor coururent comme des frémissements, des bruits légers, à peine sensibles, pareils à des souffles, des effleurements de pieds nus, d'imperceptibles craquements. Et l'on ne dormit que très tard, assurément, car des filets de lumière glissèrent longtemps sous les portes. Le champagne a de ces effets-là ; il trouble, dit-on, le sommeil.

Le lendemain, un clair soleil d'hiver rendait la neige éblouissante. La diligence, attelée enfin, attendait devant

1. Allusion à la fable de La Fontaine intitulée « Le Renard et les Raisins » (III, 11). Celle-ci met en scène un renard qui, ne pouvant atteindre des raisins dont il aimerait bien faire son repas, s'exclame, pour se consoler : « Ils sont trop verts. »

la porte, tandis qu'une armée de pigeons blancs, rengorgés dans leurs plumes épaisses, avec un œil rose, taché, au milieu, d'un point noir, se promenaient gravement entre les jambes des six chevaux, et cherchaient leur vie dans le crottin fumant qu'ils éparpillaient.

Le cocher, enveloppé dans sa peau de mouton, grillait une pipe sur le siège, et tous les voyageurs radieux faisaient rapidement empaqueter des provisions pour le reste du voyage.

On n'attendait plus que Boule de suif. Elle parut.

Elle semblait un peu troublée, honteuse ; et elle s'avança timidement vers ses compagnons, qui, tous, d'un même mouvement, se détournèrent comme s'ils ne l'avaient pas aperçue. Le comte prit avec dignité le bras de sa femme et l'éloigna de ce contact impur.

La grosse fille s'arrêta, stupéfaite ; alors, ramassant tout son courage, elle aborda la femme du manufacturier d'un « bonjour, madame » humblement murmuré. L'autre fit de la tête seule un petit salut impertinent qu'elle accompagna d'un regard de vertu outragée. Tout le monde semblait affairé, et l'on se tenait loin d'elle comme si elle eût apporté une infection dans ses jupes. Puis on se précipita vers la voiture, où elle arriva seule, la dernière, et reprit en silence la place qu'elle avait occupée pendant la première partie de la route.

On semblait ne pas la voir, ne pas la connaître ; mais Mme Loiseau, la considérant de loin avec indignation, dit à mi-voix à son mari : « Heureusement que je ne suis pas à côté d'elle. »

La lourde voiture s'ébranla, et le voyage recommença.

On ne parla point d'abord. Boule de suif n'osait pas lever les yeux. Elle se sentait en même temps indignée contre tous ses voisins, et humiliée d'avoir cédé, souillée par les baisers de ce Prussien entre les bras duquel on l'avait hypocritement jetée.

Mais la comtesse, se tournant vers Mme Carré-Lamadon, rompit bientôt ce pénible silence.

« Vous connaissez, je crois, Mme d'Etrelles ?

– Oui, c'est une de mes amies.

– Quelle charmante femme !

– Ravissante ! Une vraie nature d'élite, fort instruite d'ailleurs, et artiste jusqu'au bout des doigts ; elle chante à ravir et dessine dans la perfection. »

Le manufacturier causait avec le comte, et au milieu du fracas des vitres un mot parfois jaillissait : « Coupon – échéance – prime – à terme. »

Loiseau, qui avait chipé le vieux jeu de cartes de l'auberge engraissé par cinq ans de frottement sur les tables mal essuyées, attaqua un bésigue [1] avec sa femme.

Les bonnes sœurs prirent à leur ceinture le long rosaire qui pendait, firent ensemble le signe de la croix, et tout à coup leurs lèvres se mirent à remuer vivement, se hâtant de plus en plus, précipitant leur vague murmure comme pour une course d'*oremus* [2] ; et de temps en temps elles baisaient une médaille, se signaient de nouveau, puis recommençaient leur marmottement rapide et continu.

Cornudet songeait, immobile.

Au bout de trois heures de route, Loiseau ramassa ses cartes : « Il fait faim », dit-il.

Alors sa femme atteignit un paquet ficelé d'où elle fit sortir un morceau de veau froid. Elle le découpa proprement par tranches minces et fermes, et tous deux se mirent à manger.

« Si nous en faisions autant », dit la comtesse. On y consentit et elle déballa les provisions préparées pour les deux ménages. C'était, dans un de ces vases allongés dont le couvercle porte un lièvre en faïence, pour indiquer qu'un lièvre en pâté gît au-dessous, une charcuterie succulente, où de blanches rivières de lard traversaient la chair brune du gibier, mêlée à d'autres viandes hachées fin. Un beau carré de gruyère, apporté dans un journal, gardait imprimé : « faits divers » sur sa pâte onctueuse.

1. Jeu de cartes.
2. Synonyme de prières.

Les deux bonnes sœurs développèrent un rond de saucisson qui sentait l'ail ; et Cornudet, plongeant les deux mains en même temps dans les vastes poches de son paletot sac, tira de l'une quatre œufs durs et de l'autre le croûton d'un pain. Il détacha la coque, la jeta sous ses pieds dans la paille et se mit à mordre à même les œufs, faisant tomber sur sa vaste barbe des parcelles de jaune clair qui semblaient, là-dedans, des étoiles.

Boule de suif, dans la hâte et l'effarement de son lever, n'avait pu songer à rien ; et elle regardait, exaspérée, suffoquant de rage, tous ces gens qui mangeaient placidement. Une colère tumultueuse la crispa d'abord, et elle ouvrit la bouche pour leur crier leur fait avec un flot d'injures qui lui montait aux lèvres ; mais elle ne pouvait pas parler tant l'exaspération l'étranglait.

Personne ne la regardait, ne songeait à elle. Elle se sentait noyée dans le mépris de ces gredins honnêtes qui l'avaient sacrifiée d'abord, rejetée ensuite, comme une chose malpropre et inutile. Alors elle songea à son grand panier tout plein de bonnes choses qu'ils avaient goulûment dévorées, à ses deux poulets luisants de gelée, à ses pâtés, à ses poires, à ses quatre bouteilles de bordeaux ; et sa fureur tombant soudain, comme une corde trop tendue qui casse, elle se sentit prête à pleurer. Elle fit des efforts terribles, se raidit, avala ses sanglots comme les enfants, mais les pleurs montaient, luisaient au bord de ses paupières, et bientôt deux grosses larmes se détachant des yeux roulèrent lentement sur ses joues. D'autres les suivirent plus rapides, coulant comme les gouttes d'eau qui filtrent d'une roche, et tombant régulièrement sur la courbe rebondie de sa poitrine. Elle restait droite, le regard fixe, la face rigide et pâle, espérant qu'on ne la verrait pas.

Mais la comtesse s'en aperçut et prévint son mari d'un signe. Il haussa les épaules comme pour dire : « Que voulez-vous, ce n'est pas ma faute. » Mme Loiseau eut un rire muet de triomphe et murmura : « Elle pleure sa honte. »

Les deux bonnes sœurs s'étaient remises à prier après avoir roulé dans un papier le reste de leur saucisson.

Alors Cornudet, qui digérait ses œufs, étendit ses longues jambes sous la banquette d'en face, se renversa, croisa ses bras, sourit comme un homme qui vient de trouver une bonne farce, et se mit à siffloter *La Marseillaise.*

Toutes les figures se rembrunirent. Le chant populaire, assurément, ne plaisait point à ses voisins. Ils devinrent nerveux, agacés, et avaient l'air prêts à hurler comme des chiens qui entendent un orgue de barbarie [1]. Il s'en aperçut, ne s'arrêta plus. Parfois même il fredonnait les paroles :

> Amour sacré de la patrie,
> Conduis, soutiens, nos bras vengeurs,
> Liberté, liberté chérie,
> Combats avec tes défenseurs !

On fuyait plus vite, la neige étant plus dure ; et jusqu'à Dieppe, pendant les longues heures mornes du voyage, à travers les cahots du chemin, par la nuit tombante, puis dans l'obscurité profonde de la voiture, il continua, avec une obstination féroce, son sifflement vengeur et monotone, contraignant les esprits las et exaspérés à suivre le chant d'un bout à l'autre, à se rappeler chaque parole qu'ils appliquaient sur chaque mesure.

Et Boule de suif pleurait toujours ; et parfois un sanglot qu'elle n'avait pu retenir passait, entre deux couplets, dans les ténèbres.

---

1. À l'époque des faits racontés, *La Marseillaise* n'était pas encore l'hymne national. Elle ne le devint qu'en 1879. À comparer avec les évocations de *La Marseillaise* que l'on trouve dans « Sac au dos » (p. 136) ou dans « La Saignée » (p. 171, 173, 174 et 178).

SAC AU DOS [1]

par Joris-Karl Huysmans

Aussitôt que j'eus achevé mes études, mes parents jugèrent utile de me faire comparoir [2] devant une table habillée de drap vert et surmontée de bustes de vieux messieurs qui s'inquiétèrent de savoir si j'avais appris assez de langue morte pour être promu au grade de bachelier.

L'épreuve fut satisfaisante. – Un dîner où tout l'arrière-ban de ma famille fut convoqué, célébra mes succès, s'inquiéta de mon avenir, et résolut enfin que je ferais mon droit.

Je passai tant bien que mal le premier examen et je mangeai l'argent de mes inscriptions de deuxième année avec une blonde qui prétendait avoir de l'affection pour moi, à certaines heures.

Je fréquentai assidûment le Quartier latin et j'y appris beaucoup de choses, entre autres à m'intéresser à des étudiants qui crachaient, tous les soirs, dans des bocks, leurs idées sur la politique, puis à goûter aux œuvres de George Sand et de Heine, d'Edgard Quinet et d'Henri Mürger [3].

---

1. La nouvelle de Huysmans avait paru une première fois dans la revue *L'Artiste* de Théodore Hannon, dans les numéros des 19 et 26 août, 9 et 30 septembre, 7 et 21 octobre 1877. Il rédigea une deuxième version pour *Les Soirées de Médan*.
2. Terme juridique vieilli, synonyme de comparaître.
3. Ces auteurs célèbres du XIXe siècle ont constitué des repères littéraires importants pour une jeunesse lettrée et bohème.

La puberté de la sottise m'était venue.

Cela dura bien un an ; je mûrissais peu à peu, les luttes électorales de la fin de l'Empire [1] me laissèrent froid ; je n'étais le fils ni d'un sénateur ni d'un proscrit, je n'avais qu'à suivre sous n'importe quel régime les traditions de médiocrité et de misère depuis longtemps adoptées par ma famille.

Le droit ne me plaisait guère. Je pensais que le Code avait été mal rédigé exprès pour fournir à certaines gens l'occasion d'ergoter, à perte de vue, sur ses moindres mots ; aujourd'hui encore, il me semble qu'une phrase clairement écrite ne peut raisonnablement comporter des interprétations aussi diverses.

Je me sondais, cherchant un état que je pusse embrasser sans trop de dégoût, quand feu l'Empereur m'en trouva un ; il me fit soldat de par la maladresse de sa politique.

La guerre avec la Prusse éclata. À vrai dire, je ne compris pas les motifs qui rendaient nécessaires ces boucheries d'armées. Je n'éprouvais ni le besoin de tuer les autres, ni celui de me faire tuer par eux. Quoi qu'il en fût, incorporé dans la garde mobile de la Seine, je reçus l'ordre, après être allé chercher une vêture [2] et des godillots, de passer chez un perruquier et de me trouver à sept heures du soir à la caserne de la rue de Lourcine [3].

Je fus exact au rendez-vous. Après l'appel des noms, une partie du régiment se jeta sur les portes et emplit la rue. Alors la chaussée houla et les zincs [4] furent pleins.

---

1. Des élections eurent lieu en mai et juin 1869, lors desquelles de nombreux républicains furent élus en tant que députés. La campagne avait entraîné des combats de rue.

2. Ensemble des vêtements du militaire. On parlerait aujourd'hui du « paquetage ».

3. La caserne Lourcine, située dans le XIIIe arrondissement de Paris, accueillait les régiments de ligne. C'est là que Huysmans fut incorporé, le 26 juillet 1870. Il fut affecté au 6e bataillon de la garde mobile. Son régiment partit pour le camp de Châlons le 30 juillet.

4. Comptoirs des débits de boisson et, par extension, les débits de boisson eux-mêmes.

Pressés les uns contre les autres, des ouvriers en sarrau, des ouvrières en haillons, des soldats sanglés et guêtrés, sans armes, scandaient, avec le cliquetis des verres, *La Marseillaise* qu'ils s'époumonaient à chanter faux. Coiffés de képis d'une profondeur incroyable et ornés de visières d'aveugles et de cocardes tricolores en fer-blanc, affublés d'une jaquette d'un bleu-noir avec col et parements garance, culottes d'un pantalon bleu de lin traversé d'une bande rouge, les mobiles de la Seine hurlaient à la lune avant que d'aller faire la conquête de la Prusse. C'était un hourvari[1] assourdissant chez les mastroquets[2], un vacarme de verres, de bidons, de cris, coupé, çà et là, par le grincement des fenêtres que le vent battait. Soudain un roulement de tambour couvrit toutes ces clameurs. Une nouvelle colonne sortait de la caserne ; alors ce fut une noce, une godaille[3] indescriptible. Ceux des soldats qui buvaient dans les boutiques s'élancèrent dehors, suivis de leurs parents et de leurs amis qui se disputaient l'honneur de porter leur sac ; les rangs étaient rompus, c'était un pêle-mêle de militaires et de bourgeois ; des mères pleuraient, des pères plus calmes suaient le vin, des enfants sautaient de joie et braillaient, de toute leur voix aiguë, des chansons patriotiques !

On traversa tout Paris à la débandade, à la lueur des éclairs qui flagellaient de blancs zigzags les nuages en tumulte. La chaleur était écrasante, le sac était lourd, on buvait à chaque coin de rue, on arriva enfin à la gare d'Aubervilliers. Il y eut un moment de silence rompu par des bruits de sanglots, dominés encore par une hurlée de *La Marseillaise*, puis on nous empila comme des bestiaux dans des wagons. « Bonsoir, Jules ! à bientôt ! sois raisonnable ! écris-moi surtout ! » – On se serra la main une dernière fois, le train siffla, nous avions quitté la gare.

1. Terme de vénerie, ici synonyme de tumulte.
2. Marchands de vin.
3. Excès de nourriture et de boisson.

Nous étions bien une pelletée de cinquante hommes dans la boîte qui nous roulait. Quelques-uns pleuraient à grosses gouttes, hués par d'autres qui, soûls perdus, plantaient des chandelles allumées dans leur pain de munition et gueulaient à tue-tête : « À bas Badinguet [1] et vive Rochefort [2] ! » Plusieurs à l'écart dans un coin, regardaient, silencieux et mornes, le plancher qui trépidait dans la poussière. Tout à coup le convoi fait halte, – je descends. – Nuit complète, – minuit vingt-cinq minutes.

De tous côtés, s'étendent des champs, et au loin, éclairés par les feux saccadés des éclairs, une maisonnette, un arbre, dessinent leur silhouette sur un ciel gonflé d'orage. On n'entend que le grondement de la machine dont les gerbes d'étincelles filant du tuyau s'éparpillent comme un bouquet d'artifice le long du train. Tout le monde descend, remonte jusqu'à la locomotive qui grandit dans la nuit et devient immense. L'arrêt dura bien deux heures. Les disques flambaient rouges [3], le mécanicien attendait qu'ils tournassent. Ils redevinrent blancs ; nous remontons dans les wagons, mais un homme qui arrive en courant et en agitant une lanterne, dit quelques mots au conducteur qui recule tout de suite jusqu'à une voie de garage où nous reprenons notre immobilité. Nous ne savions, ni les uns ni les autres, où nous étions. Je redescends de voiture et, assis sur un talus, je grignotais un morceau de pain et buvais un coup, quand un vacarme d'ouragan souffla au loin, s'approcha, hurlant et crachant des flammes, et un interminable train d'artillerie passa à toute vapeur, charriant des chevaux, des hommes, des canons dont les cous de bronze étincelaient

---

1. Voir « Boule de suif », p. 104, note 2.

2. Henri Rochefort (1831-1913) : pseudonyme de Victor Henri de Rochefort-Luçay. Journaliste, fondateur de *La Lanterne* (1868) et de *L'Intransigeant* (1880), il se singularisait par une vive opposition à l'Empire et par un anticléricalisme militant.

3. Les disques étaient un moyen de signalisation sur les voies qui, en fonction de leur couleur, indiquaient si le passage était libre ou non.

dans un tumulte de lumières. Cinq minutes après, nous reprîmes notre marche lente, interrompue par des haltes de plus en plus longues. Le jour finit par se lever et, penché à la portière du wagon, fatigué par les secousses de la nuit, je regarde la campagne qui nous environne : une enfilade de plaines crayeuses et fermant l'horizon, une bande d'un vert pâle comme celui des turquoises malades, un pays plat, triste, grêle, la Champagne pouilleuse [1] !

Peu à peu le soleil s'allume, nous roulions toujours ; nous finîmes pourtant bien par arriver ! Partis le soir à huit heures, nous étions rendus le lendemain à trois heures de l'après-midi à Châlons [2]. Deux mobiles étaient restés en route, l'un qui avait piqué une tête du haut d'un wagon dans une rivière ; l'autre qui s'était brisé la tête au rebord d'un pont. Le reste, après avoir pillé les cahutes et les jardins rencontrés sur la route, aux stations du train, bâillait, les lèvres bouffies de vin et les yeux gros, ou bien jouait, se jetant d'un bout de la voiture à l'autre des tiges d'arbustes et des cages à poulets qu'ils avaient volées.

Le débarquement s'opéra avec le même ordre que le départ. Rien n'était prêt : ni cantine, ni paille, ni manteaux, ni armes, rien, absolument rien. Des tentes seulement pleines de fumier et de poux, quittées à l'instant par des troupes parties à la frontière. Trois jours durant, nous vécûmes au hasard de Mourmelon [3], mangeant un cervelas un jour, buvant un bol de café au lait un autre, exploités à outrance par les habitants, couchant n'importe comment, sans paille et sans couverture. Tout

1. Région pauvre de l'est de la France, ainsi nommée en raison de son sol calcaire où poussait en abondance le « pouillot », ou serpolet. Jugée péjorative, l'expression a été remplacée par « Champagne crayeuse ».

2. Capitale régionale de la Champagne.

3. Petite commune de la Marne, en Champagne, proche de Châlons, connue pour son camp militaire d'entraînement. Ce camp avait été créé par Napoléon III en 1856 afin d'accueillir jusqu'à 100 000 soldats en cas de guerre avec l'Allemagne.

cela n'était vraiment pas fait pour nous engager à prendre goût au métier qu'on nous infligeait.

Une fois installées, les compagnies se scindèrent ; les ouvriers s'en furent dans les tentes habitées par leurs semblables, et les bourgeois firent de même. La tente où je me trouvais n'était pas mal composée, car nous étions parvenus à expulser, à la force des litres, deux gaillards dont la puanteur de pieds native s'aggravait d'une incurie prolongée et volontaire.

Un jour ou deux s'écoulent ; on nous faisait monter la garde avec des piquets, nous buvions beaucoup d'eau-de-vie, et les claquedents [1] de Mourmelon étaient sans cesse pleins, quand subitement Canrobert [2] nous passe en revue sur le front de bandière [3]. Je le vois encore, sur un grand cheval, courbé en deux sur la selle, les cheveux au vent, les moustaches cirées dans un visage blême. Une révolte éclate. Privés de tout, et mal convaincus par ce maréchal que nous ne manquions de rien, nous beuglâmes en chœur, lorsqu'il parla de réprimer par la force nos plaintes : « Ran, plan, plan ! cent mille hommes par terre, à Paris ! à Paris ! »

Canrobert devint livide et il cria, en plantant son cheval au milieu de nous : « Chapeau bas devant un maréchal de France ! » De nouvelles huées partirent des rangs ; alors tournant bride, suivi de son état-major en déroute, il nous menaça du doigt, sifflant entre ses dents serrées : « Vous me le payerez cher, messieurs les Parisiens ! »

Deux jours après cet épisode, l'eau glaciale du camp me rendit tellement malade que je dus entrer d'urgence à l'hôpital. Je boucle mon sac après la visite du médecin, et sous la garde d'un caporal me voilà parti clopin-clopant, traînant la jambe et suant sous mon harnais.

1. Tripots mal fréquentés.

2. François Certain Canrobert (1809-1895) : maréchal de France. Il remporta une victoire importante à Saint-Privat (Moselle) le 18 août 1870.

3. Alignement des drapeaux en tête d'une armée rangée en bataille.

L'hôpital regorgeait de monde, on me renvoie. Je vais alors à l'une des ambulances les plus voisines, un lit restait vide, je suis admis. Je dépose enfin mon sac, et en attendant que le major m'interdise de bouger, je vais me promener dans le petit jardin qui relie le corps des bâtiments. Soudain surgit d'une porte un homme à la barbe hérissée et aux yeux glauques. Il plante ses mains dans les poches d'une longue robe couleur de cachou et me crie du plus loin qu'il m'aperçoit :

« Eh ! l'homme ! qu'est-ce que vous foutez là ? »

Je m'approche, je lui explique le motif qui m'amène. Il secoue les bras et hurle :

« Rentrez ! vous n'aurez le droit de vous promener dans le jardin que lorsqu'on vous aura donné un costume. »

Je rentre dans la salle, un infirmier arrive et m'apporte une capote, un pantalon, des savates et un bonnet. Je me regarde ainsi fagoté dans ma petite glace. Quelle figure et quel accoutrement, bon Dieu ! avec mes yeux culottés et mon teint hâve, avec mes cheveux coupés ras et mon nez dont les bosses luisent, avec ma grande robe gris souris, ma culotte d'un roux pisseux, mes savates immenses et sans talons, mon bonnet de coton gigantesque, je suis prodigieusement laid. Je ne puis m'empêcher de rire. Je tourne la tête du côté de mon voisin de lit, un grand garçon au type juif, qui crayonne mon portrait sur un calepin. Nous devenons tout de suite amis ; je lui dis m'appeler Eugène Lejantel, il me répond se nommer Francis Émonot [1]. Nous connaissons l'un et l'autre tel et tel peintre, nous entamons des discussions d'esthétique et oublions nos infortunes. Le soir arrive, on nous distribue un plat de bouilli perlé de noir par quelques lentilles, on nous verse à pleins verres du coco clairet [2] et je me déshabille, ravi de m'étendre dans un lit sans garder mes hardes et mes bottes.

1. Le nom d'Émonot réapparaîtra dans *L'Oblat*, roman de Huysmans paru en 1903.

2. Vin de qualité médiocre, léger et clair.

Le lendemain matin je suis réveillé vers six heures par un grand fracas de porte et par des éclats de voix. Je me mets sur mon séant, je me frotte les yeux et j'aperçois le monsieur de la veille, toujours vêtu de sa houppelande couleur de cachou, qui s'avance majestueux, suivi d'un cortège d'infirmiers. C'était le major.

À peine entré, il roule de droite à gauche et de gauche à droite ses yeux d'un vert morne, enfonce ses mains dans ses poches et braille :

« Numéro 1, montre ta jambe… ta sale jambe. Eh ! elle va mal, cette jambe, cette plaie coule comme une fontaine ; lotion d'eau blanche, charpie, demi-ration, bonne tisane de réglisse.

– Numéro 2, montre ta gorge… ta sale gorge. Elle va de plus en plus mal cette gorge ; on lui coupera demain les amygdales.

– Mais, docteur…

– Eh ! je ne te demande rien, à toi ; si tu dis un mot, je te fous à la diète.

– Mais enfin…

– Vous foutrez cet homme à la diète. Écrivez : diète, gargarisme, bonne tisane de réglisse. »

Il passa ainsi la revue des malades, prescrivant à tous, vénériens et blessés, fiévreux et dysentériques, sa bonne tisane de réglisse.

Il arriva devant moi, me dévisagea, m'arracha les couvertures, me bourra le ventre de coups de poing, m'ordonna de l'eau albuminée, l'inévitable tisane et sortit, reniflant et traînant les pieds.

La vie était difficile avec les gens qui nous entouraient. Nous étions vingt et un dans la chambrée. À ma gauche couchait mon ami, le peintre, à ma droite un grand diable de clairon, grêlé comme un dé à coudre et jaune comme un verre de bile. Il cumulait deux professions, celle de savetier pendant le jour et celle de souteneur de filles pendant la nuit. C'était, au demeurant, un garçon cocasse, qui gambadait sur la tête, sur les mains, vous racontant le plus naïvement du monde la façon dont il activait à coups de souliers le travail de ses marmites [1], ou bien qui entonnait d'une voix touchante des chansons sentimentales :

> Je n'ai gardé dans mon malheur-heur,
> Que l'amitié d'une hirondelle [2] !

Je conquis ses bonnes grâces en lui donnant vingt sous pour acheter un litre, et bien nous prit de n'être pas mal avec lui, car le reste de la chambrée, composée en partie de procureurs de la rue Maubuée [3], était fort disposé à nous chercher noise.

Un soir, entre autres, le 15 août, Francis Émonot menaça de gifler deux hommes qui lui avaient pris une serviette. Ce fut un charivari formidable dans le dortoir. Les injures pleuvaient, nous étions traités de « roule-en-cul » et de « duchesses » [4]. Étant deux contre dix-neuf, nous avions la chance de recevoir une soigneuse raclée quand le clairon intervint, prit à part les plus acharnés, les amadoua et fit rendre l'objet volé. Pour fêter la réconciliation qui suivit cette scène, Francis et moi nous donnâmes trois francs chacun, et il fut entendu que le clairon, avec l'aide de ses camarades, tâcherait de se faufiler au-dehors de l'ambulance et rapporterait de la viande et du vin.

La lumière avait disparu à la fenêtre du major, le pharmacien éteignit enfin la sienne, nous rampons en dehors du fourré, examinons les alentours, prévenons les hommes qui se glissent le long des murs, ne rencontrent pas de sentinelles sur leur route, se font la courte échelle et sautent dans la campagne. Une heure après ils étaient de retour, chargés de victuailles ; ils nous les passent,

1. Terme d'argot : prostituées qui travaillent pour un souteneur.
2. Deux vers extraits de « L'Amitié d'une hirondelle », chanson très populaire dans les années 1870. Elle avait été composée en 1867 par Alfred Hack sur des paroles de Philippe Théolier.
3. Rue située dans le IVe arrondissement de Paris, qui avait la réputation d'être particulièrement mal famée. Elle a aujourd'hui disparu.
4. Injures à caractère homophobe.

rentrent avec nous dans le dortoir ; nous supprimons les deux veilleuses, allumons des bouts de bougie par terre, et autour de mon lit, en chemise, nous formons le cercle. Nous avions absorbé trois ou quatre litres et dépecé la bonne moitié d'un gigotin [1], quand un énorme bruit de bottes se fait entendre : je souffle les bouts de bougie à coups de savate, chacun se sauve sous les lits. La porte s'ouvre, le major paraît, pousse un formidable « Nom de Dieu ! », trébuche dans l'obscurité, sort et revient avec un falot [2] et l'inévitable cortège des infirmiers. Je profite du moment de répit pour faire disparaître les reliefs du festin ; le major traverse au pas accéléré le dortoir, sacrant, menaçant de nous faire tous empoigner et coller au bloc.

Nous nous tordons de rire sous nos couvertures, des fanfares éclatent à l'autre bout du dortoir. Le major nous met tous à la diète, puis il s'en va, nous prévenant que nous connaîtrons dans quelques instants le bois dont il se chauffe.

Une fois parti nous nous esclaffons à qui mieux mieux ; des roulements, des fusées de rire grondent et pétillent ; le clairon fait la roue dans le dortoir, un de ses amis lui fait vis-à-vis, un troisième saute sur sa couche comme sur un tremplin et bondit et rebondit, les bras flottants, la chemise envolée ; son voisin entame un cancan triomphal [3] ; le major rentre brusquement, ordonne à quatre lignards [4] qu'il amène d'empoigner les danseurs et nous annonce qu'il va rédiger un rapport et l'envoyer à qui de droit.

Le calme est enfin rétabli ; le lendemain nous faisons acheter des mangeailles par les infirmiers. Les jours s'écoulent sans autres incidents. Nous commencions à crever d'ennui dans cette ambulance, quand à cinq heures, un jour, le médecin se précipite dans la salle, nous

---

1. Petit gigot. Il s'agit vraisemblablement d'un néologisme propre à Huysmans.
2. Grande lanterne.
3. Une danse triomphale.
4. Voir « Boule de suif », p. 87, note 1.

ordonne de reprendre nos vêtements de troupiers et de boucler nos sacs.

Nous apprenons, dix minutes après, que les Prussiens marchent sur Châlons.

Une morne stupeur règne dans la chambrée. Jusque-là nous ne nous doutions pas des événements qui se passaient. Nous avions appris la trop célèbre victoire de Sarrebrück [1], nous ne nous attendions pas aux revers qui nous accablaient. Le major examine chaque homme ; aucun n'est guéri, tout le monde a été trop longtemps gorgé d'eau de réglisse et privé de soins. Il renvoie néanmoins dans leurs corps les moins malades et il ordonne aux autres de coucher tout habillés et le sac prêt.

Francis et moi nous étions au nombre de ces derniers. La journée se passe, la nuit se passe, rien, mais j'ai toujours la colique et je souffre ; enfin vers neuf heures du matin apparaît une longue file de cacolets [2] conduits par des tringlots [3]. Nous grimpons à deux sur l'appareil. Francis et moi nous étions hissés sur le même mulet, seulement, comme le peintre était très gras et moi très maigre, le système bascula ; je montai dans les airs tandis qu'il descendait en bas sous la panse de la bête qui, tirée par-devant, poussée par-derrière, gigota et rua furieusement. Nous courions dans un tourbillon de poussière, aveuglés, ahuris, secoués, nous cramponnant à la barre du cacolet, fermant les yeux, riant et geignant. Nous arrivâmes à Châlons plus morts que vifs ; nous tombâmes comme un bétail harassé sur le sable, puis on nous empila dans des wagons et nous quittâmes la ville pour aller où ?… personne ne le savait.

---

1. Le 19 juillet 1870, jour de la déclaration de guerre, l'armée française prit la ville de Sarrebrück aux Prussiens. Ceux-ci la reprirent en perdant un nombre impressionnant de soldats, ce qui apparut pour la presse française comme une seconde victoire. Rimbaud est l'auteur d'un poème satirique intitulé « L'éclatante victoire de Sarrebrück » (octobre 1870).

2. Petits sièges installés sur le dos d'un mulet ou d'un cheval et destinés au transport des blessés.

3. Soldats du train, en argot militaire.

Il faisait nuit ; nous volions sur les rails. Les malades étaient sortis des wagons et se promenaient sur les plates-formes. La machine siffle, ralentit son vol et s'arrête dans une gare, celle de Reims, je suppose, mais je ne pourrais l'affirmer. Nous mourions de faim, l'Intendance n'avait oublié qu'une chose : nous donner un pain pour la route. Je descends et j'aperçois un buffet ouvert. J'y cours, mais d'autres m'avaient devancé. On se battait alors que j'y arrivai. Les uns s'emparaient de bouteilles, les autres de viandes, ceux-ci de pain, ceux-là de cigares. Affolé, furieux, le restaurateur défendait sa boutique à coups de broc. Poussé par leurs camarades qui venaient en bande, le premier rang des mobiles se rue sur le comptoir qui s'abat, entraînant dans sa chute le patron du buffet et ses garçons. Ce fut alors un pillage réglé ; tout y passa, depuis les allumettes jusqu'aux cure-dents. Pendant ce temps une cloche sonne et le train part. Aucun de nous ne se dérange, et, tandis qu'assis sur la chaussée, j'explique au peintre que ses bronches travaillent, la contexture du sonnet, le train recule sur ses rails pour nous chercher.

Nous remontons dans nos compartiments, et nous passons la revue du butin conquis. À vrai dire, les mets étaient peu variés : de la charcuterie, et rien que de la charcuterie ! Nous avions six rouelles de cervelas à l'ail, une langue écarlate, deux saucissons, une superbe tranche de mortadelle, une tranche au liséré d'argent, aux chairs d'un rouge sombre marbrées de blanc, quatre litres de vin, une demi-bouteille de cognac et des bouts de bougie. Nous fichâmes les lumignons [1] dans le col de nos gourdes qui se balancèrent, retenues aux parois du wagon par des ficelles. C'était, par instants, quand le train sautait sur les aiguilles des embranchements, une pluie de gouttes chaudes qui se figeaient presque aussitôt en de larges plaques, mais nos habits en avaient vu bien d'autres !

1. Lampes de très faible luminosité.

Nous commençâmes immédiatement le repas qu'interrompaient les allées et venues de ceux des mobiles qui, courant sur les marchepieds, tout le long du train, venaient frapper au carreau et nous demandaient à boire. Nous chantions à tue-tête, nous buvions, nous trinquions ; jamais malades ne firent autant de bruit et ne gambadèrent ainsi sur un train en marche ! On eût dit d'une cour des Miracles roulante ; les estropiés sautaient à pieds joints, ceux dont les intestins brûlaient les arrosaient de lampées de cognac, les borgnes ouvraient les yeux, les fiévreux cabriolaient, les gorges malades beuglaient et pintaient, c'était inouï !

Cette turbulence finit cependant par se calmer. Je profite de cet apaisement pour passer le nez à la fenêtre. Il n'y avait pas une étoile, pas même un bout de lune, le ciel et la terre ne semblaient faire qu'un, et dans cette intensité d'un noir d'encre clignotaient comme des yeux de couleur différentes des lanternes attachées à la tôle des disques. Le mécanicien jetait ses coups de sifflet, la machine fumait et vomissait sans relâche de flammèches. Je referme le carreau et je regarde mes compagnons. Les uns ronflaient ; les autres, gênés par les cahots du coffre, ronchonnaient et juraient, se retournant sans cesse, cherchant une place pour étendre leurs jambes, pour caler leur tête qui vacillait à chaque secousse.

À force de les regarder, je commençais à m'assoupir, quand l'arrêt complet du train me réveilla. Nous étions dans une gare, et le bureau du chef flamboyait comme un feu de forge dans la sombreur de la nuit. J'avais une jambe engourdie, je frissonnais de froid, je descends pour me réchauffer un peu. Je me promène de long en large sur la chaussée, je vais regarder la machine que l'on dételle et que l'on remplace par une autre, et, longeant le bureau, j'écoute la sonnerie et le tic-tac du télégraphe. L'employé, me tournant le dos, était un peu penché sur la droite, de sorte que, du point où j'étais placé, je ne voyais que le derrière de sa tête et le bout de son nez qui brillait, rose et perlé de sueur, tandis que le reste de la figure disparaissait dans l'ombre que projetait l'abat-jour d'un bec de gaz.

On m'invite à remonter en voiture, et je retrouve mes camarades tels que je les ai laissés. Cette fois, je m'endors pour tout de bon. Depuis combien de temps mon sommeil durait-il ? Je ne sais, quand un grand cri me réveille : Paris ! Paris ! Je me précipite à la portière. Au loin, sur une bande d'or pâle se détachent, en noir, des tuyaux de fabriques et d'usines. Nous étions à Saint-Denis ; la nouvelle court de wagon en wagon. Tout le monde est sur pied. La machine accélère le pas. La gare du Nord se dessine au loin, nous y arrivons, nous descendons, nous nous jetons sur les portes, une partie d'entre nous parvient à s'échapper, l'autre est arrêtée par les employés du chemin de fer et par les troupes, on nous fait remonter de force dans un train qui chauffe, et nous revoilà partis Dieu sait pour où !

Nous roulons derechef, toute la journée. Je suis las de regarder ces ribambelles de maisons et d'arbres qui filent devant mes yeux, et puis j'ai toujours la colique et je souffre. Vers quatre heures de l'après-midi, la machine ralentit son essor et s'arrête dans un débarcadère où nous attendait un vieux général autour duquel s'ébattait une volée de jeunes gens, coiffés de képis roses, culottés de rouge et chaussés de bottes à éperons jaunes. Le général nous passe en revue et nous divise en deux escouades ; l'une part pour le séminaire, l'autre est dirigée sur l'hôpital. Nous sommes, paraît-il, à Arras. Francis et moi, nous faisions partie de la première escouade. On nous hisse sur des charrettes bourrées de paille, et nous arrivons devant un grand bâtiment qui farde [1] et semble vouloir s'abattre dans la rue. Nous montons au deuxième étage, dans une pièce qui contient une trentaine de lits ; chacun déboucle son sac, se peigne et s'assied. Un médecin arrive.

« Qu'avez-vous ? dit-il au premier.

1. Farder : s'affaisser sous son propre poids.

– Un anthrax.
– Ah ! Et vous ?
– Une dysenterie.
– Ah ! Et vous ?
– Un bubon [1].
– Mais alors vous n'avez pas été blessés pendant la guerre ?
– Pas le moins du monde.
– Eh bien ! vous pouvez reprendre vos sacs. L'archevêque ne donne les lits des séminaristes qu'aux blessés. »

Je remets dans mon sac les bibelots que j'en avais tirés, et nous repartons, cahin-caha, pour l'hospice de la ville. Il n'y avait plus de place. En vain les sœurs s'ingénient à rapprocher les lits de fer, les salles sont pleines. Fatigué de toutes ces lenteurs, j'empoigne un matelas, Francis en prend un autre, et nous allons nous étendre dans le jardin, sur une grande pelouse.

Le lendemain matin, je cause avec le directeur, un homme affable et charmant. Je lui demande pour le peintre et pour moi la permission de sortir dans la ville. Il y consent, la porte s'ouvre, nous sommes libres ! nous allons enfin déjeuner ! manger de la vraie viande, boire du vrai vin ! Ah ! nous n'hésitons pas, nous allons au plus bel hôtel de la ville. On nous sert un succulent repas. Il y a des fleurs sur la table, de magnifiques bouquets de roses et de fuchsias qui s'épanouissent dans des cornets de verre ! Le garçon nous apporte une entrecôte qui saigne dans un lac de beurre ; le soleil se met de la fête, fait étinceler les couverts et les lames des couteaux, blute [2] sa poudre d'or au travers des carafes, et, lutinant [3]

1. Un anthrax est une infection qui prend la forme d'un énorme furoncle ; la dysenterie est une inflammation des voies digestives ; un bubon est l'inflammation d'un ganglion. Les trois cas évoqués indiquent tous un état infectieux et non des blessures de guerre.

2. Bluter : littéralement, passer la farine au travers d'un tamis.

3. Lutiner : caresser sensuellement. Ici, les rayons du soleil passent au travers du verre et caressent le vin : un pommard.

le pommard qui se balance doucement dans les verres, pique d'une étoile sanglante la nappe damassée.

Ô sainte joie des bâfres [1] ! j'ai la bouche pleine, et Francis est soûl ! Le fumet des rôtis se mêle au parfum des fleurs, la pourpre des vins lutte d'éclat avec la rougeur des roses, le garçon qui nous sert a l'air d'un idiot, nous, nous avons l'air de goinfres, ça nous est bien égal. Nous nous empiffrons rôtis sur rôtis, nous nous ingurgitons bordeaux sur bourgogne, chartreuse sur cognac. Au diable les vinasses et les trois-six [2] que nous buvons depuis notre départ de Paris ! au diable ces ratas [3] sans nom, ces gargotailles [4] inconnues dont nous nous sommes si maigrement gavés depuis près d'un mois ! Nous sommes méconnaissables ; nos mines de faméliques rougeoient comme des trognes, nous braillons, le nez en l'air, nous allons à la dérive ! Nous parcourons ainsi toute la ville.

Le soir arrive, il faut pourtant rentrer ! La sœur qui surveillait la salle des vieux nous dit avec sa petite voix flûtée :

« Messieurs les militaires, vous avez eu bien froid la nuit dernière, mais vous allez avoir un bon lit. »

Et elle nous emmène dans une grande salle où fignolent [5] au plafond trois veilleuses mal allumées. J'ai un lit blanc, je m'enfonce avec délices dans les draps qui sentent encore la bonne odeur de la lessive. On n'entend plus que le souffle ou le ronflement des dormeurs. J'ai bien chaud, mes yeux se ferment, je ne sais plus où je suis, quand un gloussement prolongé me réveille. J'ouvre un œil et j'aperçois, au pied de mon lit, un individu qui me contemple. Je me dresse sur mon séant. J'ai devant moi un vieillard, long, sec, l'œil hagard, les lèvres bavant

1. Nourritures abondantes. Le nom « bâfre » (issu, par dérivation régressive, du verbe « bâfrer ») est un néologisme, forgé par Huysmans.
2. Eau-de-vie (en argot).
3. Sorte de ragoût grossier et peu appétissant.
4. Mets de mauvaise qualité.
5. Achèvent de brûler.

dans une barbe pas faite. Je lui demande ce qu'il me veut. – Pas de réponse. – Je lui crie :

« Allez-vous-en, laissez-moi dormir ! »

Il me montre le poing. Je le soupçonne d'être un aliéné ; je roule une serviette au bout de laquelle je tortille sournoisement un nœud ; il avance d'un pas, je saute sur le parquet, je pare le coup de poing qu'il m'envoie, et lui assène en riposte, sur l'œil gauche, un coup de serviette à toute volée. Il en voit trente-six chandelles, se rue sur moi ; je me recule et lui décoche un vigoureux coup de pied dans l'estomac. Il culbute, entraîne dans sa chute une chaise qui rebondit ; le dortoir est réveillé ; Francis accourt en chemise pour me prêter main-forte, la sœur arrive, les infirmiers s'élancent sur le fou qu'ils fessent et parviennent à grand-peine à recoucher.

L'aspect du dortoir était éminemment cocasse. Aux lueurs d'un rose vague qu'épandaient autour d'elles les veilleuses mourantes, avait succédé le flamboiement de trois lanternes. Le plafond noir avec ses ronds de lumière qui dansaient au-dessus des mèches en combustion éclatait maintenant avec ses teintes de plâtre fraîchement crépi. Les malades, une réunion de Guignols hors d'âge, avaient empoigné le morceau de bois qui pendait au bout d'une ficelle au-dessus de leurs lits, s'y cramponnaient d'une main, et faisaient de l'autre des gestes terrifiés. À cette vue, ma colère tombe, je me tords de rire, le peintre suffoque, il n'y a que la sœur qui garde son sérieux et arrive, à force de menaces et de prières, à rétablir l'ordre dans la chambrée.

La nuit s'achève tant bien que mal ; le matin, à six heures, un roulement de tambour nous réunit, le directeur fait l'appel des hommes. Nous partons pour Rouen.

Arrivés dans cette ville, un officier dit au malheureux qui nous conduisait que l'hospice était plein et ne pouvait nous loger. En attendant, nous avons une heure d'arrêt. Je jette mon sac dans un coin de la gare, et bien que mon ventre grouille, nous voilà partis, Francis et moi, errant à l'aventure, nous extasiant devant l'église de

Saint-Ouen, nous ébahissant devant les vieilles maisons. Nous admirons tant et tant, que l'heure s'était écoulée depuis longtemps avant même que nous eussions songé à retrouver la gare.

« Il y a beau temps que vos camarades sont partis, nous dit un employé du chemin de fer ; ils sont à Évreux ! »

Diable ! le premier train ne part plus qu'à neuf heures. – Allons dîner ! – Quand nous arrivâmes à Évreux, la pleine nuit était venue. Nous ne pouvions nous présenter à pareille heure dans un hospice, nous aurions eu l'air de malfaiteurs. La nuit est superbe, nous traversons la ville, et nous nous trouvons en rase campagne. C'était le temps de la fenaison, les gerbes étaient en tas. Nous avisons une petite meule dans un champ, nous y creusons deux niches confortables, et je ne sais si c'est l'odeur troublante de notre couche ou le parfum pénétrant des bois qui nous émeuvent, mais nous éprouvons le besoin de parler de nos amours défuntes. Le thème était inépuisable ! Peu à peu, cependant, les paroles deviennent plus rares, les enthousiasmes s'affaiblissent, nous nous endormons. « Sacrebleu ! crie mon voisin qui s'étire, quelle heure peut-il bien être ? » Je me réveille à mon tour. Le soleil ne va pas tarder à se lever, car le grand rideau bleu se galonne à l'horizon de franges roses. Quelle misère ! il va falloir aller frapper à la porte de l'hospice, dormir dans des salles imprégnées de cette senteur fade sur laquelle revient, comme une ritournelle obstinée, l'âcre fleur de la poudre d'iodoforme [1] !

Nous reprenons tout tristes le chemin de l'hôpital. On nous ouvre, mais hélas ! un seul de nous est admis, Francis, – et moi on m'envoie au lycée.

La vie n'était plus possible, je méditais une évasion, quand un jour l'interne de service descend dans la cour. Je lui montre ma carte d'étudiant en droit ; il connaît

1. Composé chimique, utilisé en chirurgie comme antiseptique : il dégage une odeur insupportable.

Paris, le Quartier latin. Je lui explique ma situation. « Il faut absolument, lui dis-je, ou que Francis vienne au lycée, ou que j'aille le rejoindre à l'hôpital. » Il réfléchit, et le soir, arrivant près de mon lit, me glisse ces mots dans l'oreille : « Dites, demain matin, que vous souffrez davantage. » Le lendemain, en effet, vers sept heures, le médecin fait son entrée ; un brave et excellent homme, qui n'avait que deux défauts : celui de puer des dents et celui de vouloir se débarrasser de ses malades, coûte que coûte. Tous les matins, la scène suivante avait lieu :

« Ah ! ah ! le gaillard, criait-il, quelle mine il a ! bon teint, pas de fièvre ; levez-vous et allez prendre une bonne tasse de café ; mais pas de bêtises, vous savez, ne courez pas après les jupes, je vais vous signer votre *exeat* [1], vous retournerez demain à votre régiment. »

Malades ou pas malades, il en renvoyait trois par jour. Ce matin-là, il s'arrête devant moi et dit :

« Ah ! saperlotte, mon garçon, vous avez meilleure mine ! »

Je me récrie, jamais je n'ai tant souffert ! Il me tâte le ventre. « Mais ça va mieux, murmure-t-il, le ventre est moins dur. » – Je proteste. – Il semble étonné, l'interne lui dit alors tout bas :

« Il faudrait peut-être lui donner un lavement, et nous n'avons ici ni seringue ni clysopompe [2] ; si nous l'envoyions à l'hôpital ?

– Tiens, mais c'est une idée », dit le brave homme, enchanté de se débarrasser de moi, et séance tenante, il signe mon billet d'admission ; je boucle radieux mon sac, et sous la garde d'un servant du lycée, je fais mon entrée à l'hôpital. Je retrouve Francis ! Par une chance incroyable, le corridor Saint-Vincent où il couche, faute de place dans les salles, contient un lit vide près du sien ! Nous sommes enfin réunis ! En sus de nos deux lits, cinq

1. Permission de sortie donnée à un malade dans un hôpital.
2. Instrument utilisé lors de l'administration de lavements intestinaux.

grabats longent à la queue leu leu les murs enduits de jaune. Ils ont pour habitants un soldat de la ligne, deux artilleurs, un dragon et un hussard. Le reste de l'hôpital se compose de quelques vieillards fêlés et gâteux, de quelques jeunes hommes, rachitiques ou bancroches [1], et d'un grand nombre de soldats, épaves de l'armée de Mac-Mahon [2], qui, après avoir roulé d'ambulances en ambulances, étaient venus échouer sur cette berge. Francis et moi, nous sommes les seuls qui portions l'uniforme de la mobile de la Seine ; nos voisins de lit étaient d'assez gentils garçons, plus insignifiants, à vrai dire, les uns que les autres ; c'étaient, pour la plupart, des fils de paysans ou de fermiers rappelés sous les drapeaux lors de la déclaration de guerre.

Tandis que j'enlève ma veste, arrive une sœur, si frêle, si jolie, que je ne puis me lasser de la regarder ; les beaux grands yeux ! les longs cils blonds ! les jolies dents ! – Elle me demande pourquoi j'ai quitté le lycée ; je lui explique en des phrases nébuleuses comment l'absence d'une pompe foulante [3] m'a fait renvoyer du collège. Elle sourit doucement et me dit :

« Oh ! monsieur le militaire, vous auriez pu nommer la chose par son nom, nous sommes habituées à tout. »

Je crois bien qu'elle devait être habituée à tout, la malheureuse, car les soldats ne se gênaient guère pour se livrer à d'indiscrètes propretés devant elle. Jamais d'ailleurs je ne la vis rougir ; elle passait entre eux, muette, les yeux baissés, semblait ne pas entendre les grossières facéties qui se débitaient autour d'elle.

Dieu ! m'a-t-elle gâté ! Je la vois encore, le matin, alors que le soleil cassait sur les dalles l'ombre des barreaux de fenêtres, s'avancer lentement, au fond du corridor, les

1. Qui ont les jambes tordues ou qui sont bancals.

2. Mac-Mahon (1808-1893) : maréchal de France. Il participa à la guerre de 1870, réprima la Commune et fut le second président de la IIIe République de 1873 à 1879.

3. Pompe qui permet d'élever un liquide à l'aide d'un piston.

grandes ailes de son bonnet battant sur son visage. Elle arrivait près de mon lit avec une assiette qui fumait et sur le bord de laquelle luisait son ongle bien taillé. « La soupe est un peu claire ce matin, disait-elle, avec son joli sourire, je vous apporte du chocolat ; mangez vite pendant qu'il est chaud ! »

Malgré les soins qu'elle me prodiguait, je m'ennuyais à mourir dans cet hôpital. Mon ami et moi nous étions arrivés à ce degré d'abrutissement qui vous jette sur un lit, s'essayant à tuer, dans une somnolence de bête, les longues heures des insupportables journées. Les seules distractions qui nous fussent offertes, consistaient en un déjeuner et un dîner composés de bœuf bouilli, de pastèque, de pruneaux et d'un doigt de vin, le tout en insuffisante quantité pour nourrir un homme.

Grâce à ma simple politesse vis-à-vis des sœurs et aux étiquettes de pharmacie que j'écrivais pour elles, j'obtenais heureusement une côtelette de temps à autre et une poire cueillie dans le verger de l'hôpital. J'étais donc, en somme, le moins à plaindre de tous les soldats entassés pêle-mêle dans les salles, mais, les premiers jours, je ne parvenais même point à avaler ma pitance le matin. C'était l'heure de la visite et le docteur choisissait ce moment pour faire ses opérations. Le second jour après mon arrivée, il fendit une cuisse du haut en bas ; j'entendis un cri déchirant ; je fermai les yeux, pas assez cependant pour que je ne visse une pluie rouge s'éparpiller en larges gouttes sur son tablier. Ce matin-là, je ne pus manger. Peu à peu, cependant, je finis par m'aguerrir ; bientôt, je me contentai de détourner la tête et de préserver ma soupe.

En attendant, la situation devenait intolérable. Nous avions essayé, mais en vain, de nous procurer des journaux et des livres, nous en étions réduits à nous déguiser, à mettre pour rire la veste du hussard ; mais cette gaieté puérile s'éteignait vite et nous nous étirions, toutes les vingt minutes, échangeant quelques mots, nous renfonçant la tête dans le traversin.

Il n'y avait pas grande conversation à tirer de nos camarades. Les deux artilleurs et le hussard étaient trop malades pour causer. Le dragon jurait des « Nom de Dieu » sans parler, se levait à tout instant, enveloppé dans son grand manteau blanc et allait aux latrines dont il rapportait l'ordure gâchée par ses pieds nus. L'hôpital manquait de thomas[1] ; quelques-uns des plus malades avaient cependant sous leur lit une vieille casserole que les convalescents faisaient sauter comme des cuisinières, offrant, par plaisanterie, le ragoût aux sœurs.

Restait donc seulement le soldat de la ligne : un malheureux garçon épicier, père d'un enfant, rappelé sous les drapeaux, battu constamment par la fièvre, grelottant sous ses couvertures.

Assis en tailleur sur nos lits, nous l'écoutions raconter la bataille où il s'était trouvé.

Jeté près de Frœschwiller[2], dans une plaine entourée de bois, il avait vu des lueurs rouges filer dans des bouquets de fumée blanche, et il avait baissé la tête, tremblant, ahuri par la canonnade, effaré par le sifflet des balles. Il avait marché, mêlé aux régiments, dans de la terre grasse, ne voyant aucun Prussien, ne sachant où il était, entendant à ses côtés des gémissements traversés par des cris brefs, puis les rangs des soldats placés devant lui s'étaient tout à coup retournés et dans la bousculade d'une fuite, il avait été, sans savoir comment, jeté par terre. Il s'était relevé, s'était sauvé, abandonnant son fusil et son sac, et à la fin, épuisé par les marches forcées subies depuis huit jours, exténué par la peur et affaibli par la faim, il s'était assis dans un fossé. Il était resté là, hébété, inerte, assourdi par le vacarme des obus, résolu à ne plus se défendre, à ne plus bouger ; puis il avait songé à sa femme, et pleurant, se demandant ce qu'il

---

1. Pots de chambre. Le mot appartient au vocabulaire des casernes.
2. Commune du Bas-Rhin où eut lieu, le 6 août 1870, une bataille qui se solda par la défaite sans appel des Français, placés sous les ordres de Mac-Mahon.

avait fait pour qu'on le fît ainsi souffrir, il avait ramassé, sans savoir pourquoi une feuille d'arbre qu'il avait gardée et à laquelle il tenait, car il nous la montrait souvent, séchée et ratatinée dans le fond de ses poches.

Un officier était passé, sur ces entrefaites, le revolver au poing, l'avait traité de lâche et menacé de lui casser la tête s'il ne marchait pas. Il avait dit : « J'aime mieux ça ; ah ! que ça finisse ! » Mais l'officier, au moment où il le secouait pour le remettre sur ses jambes, s'était étalé, giclant le sang par la nuque. Alors, la peur l'avait repris, il s'était enfui et avait pu rejoindre une lointaine route, inondée de fuyards, noire de troupes, sillonnée d'attelages dont les chevaux emportés crevaient et broyaient les rangs.

On était enfin parvenu à se mettre à l'abri. Le cri de trahison s'élevait des groupes. De vieux soldats paraissaient résolus encore, mais les recrues se refusaient à continuer. « Qu'ils aillent se faire tuer, disaient-ils, en désignant les officiers, c'est leur métier à eux ! Moi, j'ai des enfants, c'est pas l'État qui les nourrira si je suis mort ! » Et l'on enviait le sort des gens un peu blessés et des malades qui pouvaient se réfugier dans les ambulances.

« Ah ! ce qu'on a peur et puis ce qu'on garde dans l'oreille la voix des gens qui appellent leur mère et demandent à boire », ajoutait-il, tout frissonnant. Il se taisait, et regardant le corridor d'un air ravi, il reprenait : « C'est égal, je suis bien heureux d'être ici ; et puis, comme cela, ma femme peut m'écrire », et il tirait de sa culotte des lettres, disant avec satisfaction : « Le petit a écrit, voyez », et il montrait au bas du papier, sous l'écriture pénible de sa femme, des bâtons formant une phrase dictée où il y avait des « J'embrasse papa » dans des pâtés d'encre.

Nous écoutâmes vingt fois au moins cette histoire, et nous dûmes subir pendant de mortelles heures les rabâchages de cet homme enchanté de posséder un fils. Nous finissions par nous boucher les oreilles et par tâcher de dormir pour ne plus l'entendre.

Cette déplorable vie menaçait de se prolonger, quand un matin Francis qui, contrairement à son habitude, avait rôdé toute la journée de la veille dans la cour, me dit : « Eh ! Eugène, viens-tu respirer un peu l'air des champs ? » Je dresse l'oreille. « Il y a un préau réservé aux fous, poursuit-il ; ce préau est vide ; en grimpant sur le toit des cabanons, et c'est facile, grâce aux grilles qui garnissent les fenêtres, nous atteignons la crête du mur, nous sautons et nous tombons dans la campagne. À deux pas de ce mur s'ouvre l'une des portes d'Évreux. Qu'en dis-tu ?

– Je dis… je dis que je suis tout disposé à sortir ; mais comment ferons-nous pour rentrer ?

– Je n'en sais rien ; partons d'abord, nous aviserons ensuite. Lève-toi, on va servir la soupe, nous sautons sur le mur après. »

Je me lève. L'hôpital manquait d'eau, de sorte que j'en étais réduit à me débarbouiller avec de l'eau de Seltz [1] que la sœur m'avait fait avoir. Je prends mon siphon [2], je vise le peintre qui crie feu, je presse la détente, la décharge lui arrive en pleine figure ; je me pose à mon tour devant lui, je reçois le jet dans la barbe, je me frotte le nez avec la mousse, je m'essuie. Nous sommes prêts, nous descendons. Le préau est désert ; nous escaladons le mur. Francis prend son élan et saute. Je suis assis à califourchon sur la crête, je jette un regard rapide autour de moi ; en bas, un fossé et de l'herbe ; à droite, une des portes de la ville ; au loin, une forêt qui moutonne et enlève ses déchirures d'or rouge sur une bande de bleu pâle. Je suis debout ; j'entends du bruit dans la cour, je saute ; nous rasons les murailles, nous sommes dans Évreux !

---

1. Eau gazeuse.
2. Bouteille contenant du liquide et du gaz sous pression (souvent de l'eau de Seltz).

« Si nous mangions ?

– Adopté. »

Chemin faisant, à la recherche d'un gîte, nous apercevons deux petites femmes qui tortillent des hanches ; nous les suivons et leur offrons à déjeuner ; elles refusent ; nous insistons, elles répondent non plus mollement ; nous insistons encore, elles disent oui. Nous allons chez elles, avec un pâté, des bouteilles, des œufs, un poulet froid. Ça nous paraît drôle de nous trouver dans une chambre claire, tendue de papier moucheté de fleurs lilas et feuillé de vert ; il y a, aux croisées, des rideaux en damas groseille, une glace sur la cheminée, une gravure représentant un Christ embêté par des Pharisiens [1], six chaises en merisier, une table ronde avec une toile cirée montrant les rois de France, un lit pourvu d'un édredon de percale rose. Nous dressons la table, nous regardons d'un œil goulu les filles qui tournent autour ; le couvert est long à mettre, car nous les arrêtons au passage pour les embrasser ; elles sont laides et bêtes, du reste. Mais, qu'est-ce que ça nous fait ? il y a si longtemps que nous n'avons flairé de la bouche de femme !

Je découpe le poulet, les bouchons sautent, nous buvons comme des chantres et bâfrons comme des ogres. Le café fume dans les tasses, nous le dorons avec du cognac ; ma tristesse s'envole, le punch s'allume, les flammes bleues du kirsch voltigent dans le saladier qui crépite, les filles rigolent, les cheveux dans les yeux et les seins fouillés ; soudain quatre coups sonnent lentement au cadran de l'église. Il est quatre heures. Et l'hôpital, Seigneur Dieu ! nous l'avions oublié ! Je deviens pâle, Francis me regarde avec effroi, nous nous arrachons des bras de nos hôtesses, nous sortons au plus vite.

« Comment rentrer ? dit le peintre.

---

1. Dans la Bible, les Pharisiens, aux mœurs dissolues, se liguèrent contre le Christ et contribuèrent à sa condamnation au supplice de la croix.

– Hélas ! nous n'avons pas le choix ; nous arriverons à grand-peine pour l'heure de la soupe. À la grâce de Dieu, filons par la grande porte ! »

Nous arrivons, nous sonnons ; la sœur concierge vient nous ouvrir et reste ébahie. Nous la saluons, et je dis assez haut pour être entendu d'elle :

« Sais-tu, dis donc, qu'ils ne sont pas aimables à l'Intendance, le gros surtout nous a reçus plus ou moins poliment… »

La sœur ne souffle mot ; nous courons au galop vers la chambrée ; il était temps, j'entendais la voix de sœur Angèle qui distribuait les rations. Je me couche au plus vite sur mon lit, je dissimule avec la main un suçon que ma belle m'a posé le long du cou ; la sœur me regarde, trouve à mes yeux un éclat inaccoutumé et me dit avec intérêt :

« Souffrez-vous davantage ? »

Je la rassure et lui réponds :

« Au contraire, je vais mieux, ma sœur, mais cette oisiveté et cet emprisonnement me tuent. »

Quand je lui exprimais l'effroyable ennui que j'éprouvais, perdu dans cette troupe, au fond d'une province, loin des miens, elle ne répondait pas, mais ses lèvres se serraient, ses yeux prenaient une indéfinissable expression de mélancolie et de pitié. Un jour pourtant elle m'avait dit d'un ton sec : « Oh ! la liberté ne vous vaudrait rien », faisant allusion à une conversation qu'elle avait surprise entre Francis et moi, discutant sur les joyeux appas des Parisiennes ; puis elle s'était adoucie et avait ajouté avec sa petite moue charmante :

« Vous n'êtes vraiment pas sérieux, monsieur le militaire. »

Le lendemain matin nous convenons, le peintre et moi, qu'aussitôt la soupe avalée nous escaladerons de nouveau les murs. À l'heure dite, nous rôdons autour du préau, la porte est fermée ! « Bast, tant pis ! dit Francis, en avant ! » et il se dirige vers la grande porte de l'hôpital. Je le suis. La sœur tourière nous demande où nous allons. « À l'Intendance. » La porte s'ouvre, nous sommes dehors.

Arrivés sur la grande place de la ville, en face de l'église, j'avise, tandis que nous contemplions les sculptures du porche, un gros monsieur, une face de lune rouge hérissée de moustaches blanches, qui nous regardait avec étonnement. Nous le dévisageons à notre tour, effrontément, et nous poursuivons notre route. Francis mourait de soif, nous entrons dans un café, et, tout en dégustant ma demi-tasse, je jette les yeux sur le journal du pays, et j'y trouve un nom qui me fait rêver. Je ne connaissais pas, à vrai dire, la personne qui le portait, mais ce nom rappelait en moi des souvenirs effacés depuis longtemps. Je me rappelais que l'un de mes amis avait un parent haut placé dans la ville d'Évreux. « Il faut absolument que je le voie », dis-je au peintre ; je demande son adresse au cafetier, il l'ignore ; je sors et je vais chez tous les boulangers et chez tous les pharmaciens que je rencontre. Tout le monde mange du pain et boit des potions ; il est impossible que l'un de ces industriels ne connaisse pas l'adresse de M. de Fréchêde. Je la trouve, en effet ; j'époussette ma vareuse, j'achète une cravate noire, des gants et je vais sonner doucement, rue Chartraine, à la grille d'un hôtel qui dresse ses façades de brique et ses toitures d'ardoise dans le fouillis ensoleillé d'un parc. Un domestique m'introduit. M. de Fréchêde est absent, mais Madame est là. J'attends, pendant quelques secondes, dans un salon ; la portière se soulève et une vieille dame paraît. Elle a l'air si affable que je suis rassuré. Je lui explique, en quelques mots, qui je suis.

« Monsieur, me dit-elle, avec un bon sourire, j'ai beaucoup entendu parler de votre famille ; je crois même avoir vu chez Mme Lezant, madame votre mère, lors de mon dernier voyage à Paris ; vous êtes ici le bienvenu. »

Nous causons longuement ; moi, un peu gêné, dissimulant avec mon képi, le suçon de mon cou ; elle, cherchant à me faire accepter de l'argent que je refuse.

« Voyons, me dit-elle enfin, je désire de tout mon cœur vous être utile ; que puis-je faire ? »

Je lui réponds :

« Mon Dieu ! madame, si vous pouviez obtenir qu'on me renvoie à Paris, vous me rendriez un grand service ; les communications vont être prochainement interceptées, si j'en crois les journaux ; on parle d'un nouveau coup d'État ou du renversement de l'Empire ; j'ai grand besoin de retrouver ma mère, et surtout de ne pas me laisser faire prisonnier ici, si les Prussiens y viennent. »

Sur ces entrefaites rentre M. de Fréchêde. Il est mis, en deux mots, au courant de la situation.

« Si vous voulez venir avec moi chez le médecin de l'hospice, me dit-il, nous n'avons pas de temps à perdre. »

Chez le médecin ! bon Dieu ! et comment lui expliquer ma sortie de l'hôpital ? Je n'ose souffler mot ; je suis mon protecteur, me demandant comment tout cela va finir. Nous arrivons, le docteur me regarde d'un air stupéfait. Je ne lui laisse pas le temps d'ouvrir la bouche, et je lui débite avec une prodigieuse volubilité un chapelet de jérémiades sur ma triste position.

M. de Fréchêde prend à son tour la parole et lui demande, en ma faveur, un congé de convalescence de deux mois.

« Monsieur est, en effet, assez malade, dit le médecin, pour avoir droit à deux mois de repos ; si mes collègues et si le général partagent ma manière de voir, votre protégé pourra, sous peu de jours, retourner à Paris.

– C'est bien, réplique M. de Fréchêde ; je vous remercie, docteur ; je parlerai ce soir même au général. »

Nous sommes dans la rue, je pousse un soupir de soulagement, je serre la main de l'excellent homme qui veut bien s'intéresser à moi, je cours à la recherche de Francis. Nous n'avons que bien juste le temps de rentrer, nous arrivons à la grille de l'hôpital ; Francis sonne, je salue la sœur. Elle m'arrête :

« Ne m'aviez-vous pas dit, ce matin, que vous alliez à l'Intendance ?

– Mais certainement, ma sœur.

– Eh bien ! le général sort d'ici. Allez voir le directeur et la sœur Angèle, ils vous attendent ; vous leur expliquerez, sans doute, le but de vos visites à l'Intendance. »

Nous remontons, tout penauds, l'escalier du dortoir. Sœur Angèle est là qui m'attend et qui me dit :

« Jamais je n'aurais cru pareille chose ; vous avez couru par toute la ville, hier et aujourd'hui, et Dieu sait la vie que vous avez menée !

– Oh ! par exemple, m'écriai-je. »

Elle me regarda si fixement que je ne soufflai plus mot.

« Toujours est-il, poursuivit-elle, que le général vous a rencontrés aujourd'hui même sur la Grand-Place. J'ai nié que vous fussiez sortis, et je vous ai cherchés par tout l'hôpital. Le général avait raison, vous n'étiez pas ici. Il m'a demandé vos noms ; j'ai donné celui de l'un d'entre vous, j'ai refusé de livrer l'autre, et j'ai eu tort, bien certainement, car vous ne le méritez pas !

– Oh ! combien je vous remercie, ma sœur !... » Mais sœur Angèle ne m'écoutait pas, elle était indignée de ma conduite ! Je n'avais qu'un parti à prendre, me taire et recevoir l'averse sans même tenter de me mettre à l'abri. Pendant ce temps, Francis était appelé chez le directeur, et comme, je ne sais pourquoi, on le soupçonnait de me débaucher, et qu'il était d'ailleurs, à cause de ses gouailleries, au plus mal avec le médecin et avec les sœurs, il lui fut annoncé qu'il partirait le lendemain pour rejoindre son corps.

« Les drôlesses chez lesquelles nous avons déjeuné hier sont des filles en carte [1] qui nous ont vendus, m'affirmait-il, furieux. C'est le directeur lui-même qui me l'a dit. »

Tandis que nous maudissions ces coquines et que nous déplorions notre uniforme qui nous faisait si facilement reconnaître, le bruit court que l'Empereur est prisonnier

1. Prostituées déclarées à la Préfecture de police : titulaires d'une carte, elles étaient astreintes à des visites médicales régulières.

et que la République est proclamée à Paris [1] ; je donne 1 franc à un vieillard qui pouvait sortir et qui me rapporte un numéro du *Gaulois* [2]. La nouvelle est vraie. L'hôpital exulte. « Enfoncé Badingue [3] ! c'est pas trop tôt, v'là la guerre qui est enfin finie ! » Le lendemain matin, Francis et moi, nous nous embrassons, et il part. « À bientôt, me crie-t-il en fermant la grille, et rendez-vous à Paris ! »

Oh ! les journées qui suivirent ce jour-là ! quelles souffrances ! quel abandon ! Impossible de sortir de l'hôpital ; une sentinelle se promenait, en mon honneur, de long en large, devant la porte. J'eus cependant le courage de ne pas m'essayer à dormir ; je me promenais comme une bête encagée, dans le préau. Je rôdai ainsi douze heures durant. Je connaissais ma prison dans ses moindres coins. Je savais les endroits où les pariétaires [4] et la mousse poussaient, les pans de muraille qui fléchissaient en se lézardant. Le dégoût de mon corridor, de mon grabat [5] aplati comme une galette, de mon geigneux [6], de mon linge pourri de crasse, m'était venu. Je vivais, isolé, ne parlant à personne, battant à coups de pied les cailloux de la cour, errant comme une âme en peine sous les arcades badigeonnées d'ocre jaune ainsi que les salles, revenant à la grille d'entrée surmontée d'un drapeau, montant au premier où était ma couche, descendant au bas où la cuisine étincelait, mettant les éclairs de son cuivre rouge dans la nudité blafarde de la pièce. Je me rongeais les poings d'impatience, regardant, à certaines heures, les allées et venues des civils et des soldats mêlés, passant et repassant à tous les étages, emplissant les galeries de leur marche lente.

---

1. La IIIe République fut proclamée le 4 septembre 1870.
2. Journal quotidien, fondé en 1867 : Maupassant fut l'un de ses collaborateurs.
3. Badingue ou Badinguet : voir « Boule de suif », p. 104, note 2.
4. Plantes aux vertus diurétiques qui croissent sur les murs.
5. Mauvais lit, peu confortable.
6. Petit pot cylindrique équipé d'une anse.

Je n'avais plus la force de me soustraire aux poursuites des sœurs, qui nous rabattaient le dimanche dans la chapelle. Je devenais monomane ; une idée fixe me hantait : fuir au plus vite cette lamentable geôle. Avec cela, des ennuis d'argent m'opprimaient. Ma mère m'avait adressé cent francs à Dunkerque, où je devais me trouver, paraît-il. Cet argent ne revenait point. Je vis le moment où je n'aurais plus un sou pour acheter du tabac ou du papier.

En attendant, les jours se suivaient. Les de Fréchêde semblaient m'avoir oublié et j'attribuais leur silence à mes escapades, qu'ils avaient sans doute apprises. Bientôt à toutes ces angoisses vinrent s'ajouter d'horribles douleurs : mal soignées et exaspérées par les prétentaines que j'avais courues, mes entrailles flambaient. Je souffris tellement que j'en vins à craindre de ne plus pouvoir supporter le voyage. Je dissimulais mes souffrances, craignant que le médecin ne me forçât à demeurer plus longtemps à l'hôpital. Je gardai le lit quelques jours ; puis, comme je sentais mes forces diminuer, je voulus me lever quand même et je descendis dans la cour. Sœur Angèle ne me parlait plus, et le soir, alors qu'elle faisait sa ronde dans les corridors et les chambrées, se détournant pour ne point voir le point de feu des pipes qui scintillait dans l'ombre, elle passait devant moi, indifférente, froide, détournant les yeux.

Une matinée, cependant, comme je me traînais dans la cour et m'affaissais sur tous les bancs, elle me vit si changé, si pâle, qu'elle ne put se défendre d'un mouvement de compassion. Le soir, après qu'elle eut terminé sa visite des dortoirs, je m'étais accoudé sur mon traversin et, les yeux grands ouverts, je regardais les traînées bleuâtres que la lune jetait par les fenêtres du couloir, quand la porte du fond s'ouvrit de nouveau, et j'aperçus, tantôt baignée de vapeurs d'argent, tantôt sombre et comme vêtue d'un crêpe noir, selon qu'elle passait devant les croisées ou devant les murs, sœur Angèle qui venait à moi. Elle souriait doucement. « Demain matin, me dit-elle, vous passerez la visite des médecins. J'ai vu Mme de Fréchêde aujourd'hui, il est probable que vous partirez dans deux ou trois jours pour Paris. » Je fais un saut dans mon lit, ma figure s'éclaire, je voudrais pouvoir sauter et chanter ; jamais je ne fus plus heureux. Le matin se lève, je m'habille et inquiet cependant, je me dirige vers la salle où siège une réunion d'officiers et de médecins.

Un à un, les soldats étalaient des torses creusés de trous ou bouquetés de poils. Le général se grattait un ongle, le colonel de la gendarmerie s'éventait avec un papier, les praticiens causaient en palpant les hommes. Mon tour arrive enfin : on m'examine des pieds à la tête, on me pèse sur le ventre qui est gonflé et tendu comme un ballon, et, à l'unanimité des voix, le conseil m'accorde un congé de convalescence de soixante jours. Je vais enfin revoir ma mère ! retrouver mes bibelots, mes livres ! Je ne sens plus ce fer rouge qui me brûle les entrailles, je saute comme un cabri !

J'annonce à ma famille la bonne nouvelle. Ma mère m'écrit lettres sur lettres, s'étonnant que je n'arrive point. Hélas ! mon congé doit être visé à la Division de Rouen. Il revient après cinq jours ; je suis en règle, je vais trouver sœur Angèle, je la prie de m'obtenir, avant l'heure fixée pour mon départ, une permission de sortie afin d'aller remercier les de Fréchêde qui ont été si bons pour moi. Elle va trouver le directeur et me la rapporte ; je cours chez ces braves gens, qui me forcent à accepter un foulard et cinquante francs pour la route ; je vais chercher ma feuille à l'Intendance, je rentre à l'hospice, je n'ai plus que quelques minutes à moi. Je me mets en quête de sœur Angèle que je trouve dans le jardin, et je lui dis, tout ému :

« Ô chère sœur, je pars ; comment pourrai-je jamais m'acquitter envers vous ? »

Je lui prends la main qu'elle veut retirer, et je la porte à mes lèvres. Elle devient rouge. – « Adieu ! » murmure-t-elle, et me menaçant du doigt, elle ajoute gaiement : « Soyez sage, et surtout ne faites pas de mauvaises rencontres en route !

– Oh ! ne craignez rien, ma sœur, je vous le promets ! »

L'heure sonne, la porte s'ouvre, je me précipite vers la

gare, je saute dans un wagon, le train s'ébranle, j'ai quitté Évreux.

La voiture est à moitié pleine, mais j'occupe heureusement l'une des encoignures. Je mets le nez à la fenêtre, je vois quelques arbres écimés, quelques bouts de collines qui serpentent au loin et un pont enjambant une grande mare qui scintille au soleil comme un éclat de vitre. Tout cela n'est pas bien joyeux. Je me renfonce dans mon coin, regardant parfois les fils du télégraphe qui règlent l'outremer de leurs lignes noires, quand le train s'arrête, les voyageurs qui m'entourent descendent, la portière se ferme, puis s'ouvre à nouveau et livre passage à une jeune femme.

Tandis qu'elle s'assied et défripe sa robe, j'entrevois sa figure sous l'envolée du voile. Elle est charmante, avec ses yeux pleins de bleu de ciel, ses lèvres tachées de pourpre, ses dents blanches, ses cheveux couleur de maïs mûr.

J'engage la conversation ; elle s'appelle Reine et brode des fleurs : nous causons en amis. Soudain elle devient pâle et va s'évanouir ; j'ouvre les lucarnes, je lui tends un flacon de sels[1] que j'ai emporté, lors de mon départ de Paris, à tout hasard ; elle me remercie, ce ne sera rien, dit-elle, et elle s'appuie sur mon sac pour tâcher de dormir. Heureusement que nous sommes seuls dans le compartiment, mais la barrière de bois qui sépare, en tranches égales, la caisse de la voiture ne s'élève qu'à mi-corps, et l'on voit et surtout on entend les clameurs et les gros rires des paysans et des paysannes. Je les aurais battus de bon cœur, ces imbéciles qui troublaient son sommeil ! Je me contentai d'écouter les médiocres aperçus qu'ils échangeaient sur la politique. J'en ai vite assez ; je me bouche les oreilles ; j'essaye, moi aussi, de dormir ; mais cette phrase qui a été dite par le chef de la dernière station : « Vous n'arriverez pas à Paris, la voie est coupée à Mantes », revient dans toutes mes rêveries comme un

1. Produit à base d'ammoniaque qui aidait une personne évanouie à reprendre conscience.

refrain entêté. J'ouvre les yeux, ma voisine se réveille elle aussi ; je ne veux pas lui faire partager mes craintes : nous causons à voix basse, elle m'apprend qu'elle va rejoindre sa mère à Sèvres. « Mais, lui dis-je, le train n'entrera guère dans Paris avant onze heures du soir, vous n'aurez jamais le temps de regagner l'embarcadère de la rive gauche. – Comment faire, dit-elle, si mon frère n'est pas en bas, à l'arrivée ? »

Ô misère, je suis sale comme un peigne et mon ventre brûle ! je ne puis songer à l'emmener dans mon logement de garçon, et puis, je veux avant tout aller chez ma mère. Que faire ? Je regarde Reine avec angoisse, je prends sa main ; à ce moment, le train change de voie, la secousse la jette en avant, nos lèvres sont proches, elles se touchent, j'appuie les miennes bien vite, elle devient rouge. Seigneur Dieu ! sa bouche remue imperceptiblement, elle me rend mon baiser ; un long frisson me court sur l'échine, au contact de ces braises adentes je me sens défaillir : Ah ! sœur Angèle, sœur Angèle, on ne peut se refaire !

Et le train rugit et roule sans ralentir sa marche, nous filons à toute vapeur sur Mantes ; mes craintes sont vaines, la voie est libre. Reine ferme à demi ses yeux, sa tête tombe sur mon épaule, ses petits frisons s'emmêlent dans ma barbe et me chatouillent les lèvres, je soutiens sa taille qui ploie et je la berce. Paris n'est pas loin, nous passons devant les docks à marchandises, devant les rotondes où grondent, dans une vapeur rouge, les machines en chauffe ; le train s'arrête, on prend les billets. Tout bien réfléchi, je conduirai d'abord Reine dans mon logement de garçon. Pourvu que son frère ne l'attende pas à l'arrivée ! Nous descendons des voitures, son frère est là. Dans cinq jours, me dit-elle, dans un baiser, et le bel oiseau s'envole ! Cinq jours après j'étais dans mon lit atrocement malade, et les Prussiens occupaient Sèvres. Jamais plus depuis je ne l'ai revue.

J'ai le cœur serré, je pousse un gros soupir ; ce n'est pourtant pas le moment d'être triste ! Je cahote maintenant dans un fiacre, je reconnais mon quartier, j'arrive devant la maison de ma mère, je grimpe les escaliers, quatre à quatre, je sonne précipitamment, la bonne ouvre. « C'est Monsieur ! » et elle court prévenir ma mère qui s'élance à ma rencontre, devient pâle, m'embrasse, me regarde des pieds à la tête, s'éloigne un peu, me regarde encore et m'embrasse de nouveau. Pendant ce temps, la bonne a dévalisé le buffet. « Vous devez avoir faim, monsieur Eugène ? – Je crois bien que j'ai faim ! » Je dévore tout ce qu'on me donne, j'avale de grands verres de vin ; à vrai dire, je ne sais ce que je mange et ce que je bois !

Je retourne enfin chez moi pour me coucher ! – Je retrouve mon logement tel que je l'ai laissé. Je le parcours, radieux, puis je m'assieds sur le divan et je reste là, extasié, béat, m'emplissant les yeux de la vue de mes bibelots et de mes livres. Je me déshabille pourtant, je me nettoie à grande eau, songeant que pour la première fois depuis des mois, je vais entrer dans un lit propre avec des pieds blancs et des ongles faits. Je saute sur le sommier qui bondit, je m'enfouis la tête dans la plume, mes yeux se ferment, je vogue à pleines voiles dans le pays du rêve.

Il me semble voir Francis qui allume sa vaste pipe de bois, sœur Angèle qui me considère avec sa petite moue, puis Reine s'avance vers moi, je me réveille en sursaut, je me traite d'imbécile et me renfonce dans les oreillers, mais les douleurs d'entrailles un moment domptées se réveillent maintenant que les nerfs sont moins tendus et je me frotte doucement le ventre, pensant que toute l'horreur de la dysenterie qu'on traîne dans des lieux où tout le monde opère, sans pudeur, ensemble, n'est enfin plus ! Je suis chez moi, dans des cabinets à moi ! et je me dis qu'il faut avoir vécu dans la promiscuité des hospices et des camps pour apprécier la valeur d'une cuvette d'eau, pour savourer la solitude des endroits où l'on met culotte bas, à l'aise.

LA SAIGNÉE [1]

par Henry Céard

I

Dix heures du matin, un jour de la fin d'octobre, à Paris, pendant le siège [2]. La veille, on s'est battu avec acharnement, là-bas, du côté de Saint-Denis, dans la boue. Les nouvelles sont mauvaises, les dépêches télégraphiques obscures, et dans les affiches blanches que vient de faire poser le gouvernement, on sent je ne sais quelle indécision, je ne sais quels mensonges. Les phrases sont confuses, ne disent rien. Sous l'apparente confiance des proclamations, on devine l'aveu involontaire d'un insuccès, la confession d'un désastre. Dans le brouillard, sous les crêpes mous d'un ciel en deuil, les marchands de journaux, comme de coutume, sont passés, criant les escarmouches [3], annonçant les rencontres, et leurs voix montent sinistrement le long des maisons noyées de brume. Encore une reculade, encore une défaite. Des canons sans gargousses [4], des renforts qui ne viennent pas, des avant-postes qu'on abandonne, des positions qu'on s'étonne d'avoir emportées et

1. La nouvelle fut publiée initialement en septembre 1879 dans le *Slovo* de Saint-Pétersbourg, sous le titre *L'Armistice.*

2. Le 17 septembre 1870, Paris était encerclé par les Prussiens : le siège commençait. À la fin du mois d'octobre 1870, les militaires se limitaient à quelques combats d'arrière-garde, souvent violents.

3. Combats localisés et de courte durée entre éléments français isolés et détachements ennemis.

4. Enveloppes cylindriques contenant une charge de poudre à canon.

qu'on n'a pas l'air de s'être soucié de garder ; « Demandez la prise du Bourget par les Prussiens ! cinq centimes, un sou [1] ». Et les femmes que la maigre espérance de 250 grammes de viande pour deux jours met en queue, les pieds dans l'eau, à la porte encombrée des boucheries ; les gardes nationaux qui rentrent des remparts, courbaturés, crachant noir, les yeux cernés par une nuit d'insomnie et de faction montée, tout ce qui passe dans la rue achète et dévore le laconique renseignement du rapport officiel : les francs-tireurs [2] repoussés, le village définitivement au pouvoir de l'ennemi qui s'y fortifie, un bataillon de mobiles des Batignolles fait prisonnier, tout entier. Les journaux donnent d'autres détails plus circonstanciés, et leurs récits particuliers aggravent le récit atténué des états-majors. Les troupes se sont bien battues, mais elles n'étaient pas assez nombreuses. Les régiments engagés n'ont pas été soutenus par les réserves, et le feu de l'ennemi les a décimés. On ne donne pas le chiffre des morts, pas davantage le chiffre des blessés, mais l'un et l'autre, on estime qu'il est considérable. D'effrayants racontars circulent. La défense est désormais impossible. On parle de capitulation. Dans les carrefours, des gens soi-disant bien renseignés affirment que la nuit dernière M. Thiers est entré à Paris, porteur de propositions de paix. De bouche en bouche un mot court, un mot de désespérance et d'accusation : « Nous sommes trahis », et Paris tout entier le répète avec un accent farouche, au milieu du brouillard qui s'accroît [3].

---

1. Le 28 octobre 1870, considérant que le village du Bourget était trop exposé, le gouverneur de Paris n'envoya pas de renforts aux gardes mobiles et au 28e régiment de ligne qui, seuls, tentaient de défendre la place contre les attaques des Prussiens. Le 31 octobre, la foule et certains gardes nationaux, qui se sentaient trahis et floués, manifestèrent sur la place de l'Hôtel-de-Ville. Celui-ci fut envahi, même si Céard ne le raconte pas (il évoque toutefois l'épisode à la fin du chapitre).

2. Voir « Boule de suif », p. 87, note 2.

3. Des rumeurs de négociations secrètes couraient à cette époque : Thiers aurait en effet entamé des tractations de paix à Versailles. Le sentiment de trahison éprouvé par la population était vif.

L'émotion a gagné le général en chef[1]. Des rapports de police lui ont appris tout à l'heure que là-haut, dans les faubourgs, l'émeute menace, et que les tambours parcourent les rues, battant la générale, de Belleville à Montmartre. Il a réuni ses officiers, tous sont là, ils écoutent. Avec lui, ils sont d'accord que tout a été fait de ce qu'on pouvait faire, ils jugent aussi que des discours suffiraient sans doute à calmer l'effervescence de la population. On propose d'afficher une nouvelle proclamation, et longtemps, dans la grande salle des séances, à l'hôtel de l'état-major, une plume a grincé, courant sur le papier. Au-dehors, l'obscurité augmente. De lointaines clameurs, des sonneries de clairon que domine le retentissant : « Aux armes citoyens ! » du refrain de *La Marseillaise*, traversent l'air plein d'humidité et, battant un instant les carreaux tremblants dans leur rainure de mastic, viennent mourir au milieu de la salle pleine d'ombre.

L'homme chamarré qui vient d'écrire, relève la tête. Il demande une lampe, et haussant l'abat-jour, il tousse légèrement, parle de sa responsabilité personnelle. Puis, prenant une à une les feuilles de son manuscrit qu'il numérote avec soin, il dit :

« Ainsi, messieurs, voici ce que je propose de faire afficher dans Paris. »

Le général s'accoude et, lentement, détaillant ses phrases, soignant ses intonations, détachant les mots comme un acteur, il lit un long discours dans lequel il explique les sages raisons de ses temporisations, exalte ses retards, énumère les difficultés sans nombre, les chances possibles de la résistance. Quand il parle d'espoir, de succès définitif, de triomphe futur, un léger sourire

1. On a pu identifier ce général en chef sous les traits du général Trochu (1815-1896), grand militaire, mais, disait-on, au caractère hésitant. Il était surnommé par les Parisiens « le général *De Profundis* ». Dans *L'Année terrible* (1872), Hugo fait de lui un portrait sans concession : « Participe passé du verbe tropchoir, homme/ De toutes les vertus dont la somme/ Est zéro » (*L'Année terrible*, XVII).

d'ironie plisse sa lèvre moustachue. Devant lui, autour d'une grande table, l'état-major, par politesse ou reste inconscient de discipline, écoute, s'étudie à prendre de grands airs attentifs. Mais des mains distraites jouent avec des képis, des dragonnes [1] de sabre, tourmentent sur les poitrines les rubans des décorations, la tresse d'or des aiguillettes [2], ou bien tournent et retournent sans fin, sur le tapis de drap vert, les plumes d'oie éparses et comme en déroute autour d'un gros encrier. Quelques-uns auxquels la patience échappe tordent rudement leur barbiche et, tour à tour, croisent et décroisent leurs jambes bottées dont les éperons mettent au milieu du silence un petit cri d'acier, le bruissement aigu d'une coccinelle. Dans un coin, debout, l'air railleur, le calepin à la main comme s'il prenait des notes, un jeune officier de mobiles croque au galop la charge de cette scène.

La proclamation est longue, interminablement. De temps en temps, le lecteur reprend haleine, et alors, malgré les fenêtres closes, les clameurs du dehors entrent plus violentes. Sur la place, des attelages roulent, des clairons sonnent, des commandements s'entrecroisent, une symphonie de cris et de piétinements s'élève hurlante, tandis que, là-bas, les lointaines canonnades des forts lui font une basse formidable, continue. Un instant l'état-major semble prêter l'oreille, puis la lecture reprend somnolente et morne, berçant d'une torpeur vague ces gens en uniforme qui s'efforcent de donner de la gravité à leur ennui, de l'expression et de l'intelligence à leurs visages de chiens battus. Bientôt, le général s'interrompt brusquement. Les vociférations montent plus terribles et comme portées par un vent de haine. Dix mille voix exaspérées hurlent à l'unisson et, à travers les notes

---

1. Courroies attachées aux poignées des sabres.
2. Cordons ferrés aux deux bouts et qui ornent la partie haute des costumes de certains officiers.

braillantes de *La Marseillaise*, sur l'air des *Lampions*[1], un cri est répété, un cri de prière et de menace : La sortie ! la sortie[2] !

Un officier se lève, d'un geste impatienté ouvre la fenêtre, et fait deux pas sur le balcon. Alors, au-dessous de lui, de toute la place de l'Hôtel-de-Ville bondée de képis, hérissée de baïonnettes dont les pointes d'acier étincellent vaguement en trouant le brouillard, et débordent à droite dans la rue de Rivoli ; en face, dans l'avenue Victoria où les arbres dépouillés mettent de fantastiques silhouettes ; à gauche, sur les quais bourrés de monde jusqu'aux parapets, un hurrah ironique éclate suivi d'une marée d'insultes. Certains, prenant l'officier pour le général en chef, l'injurient, et, l'interpellant avec des tutoiements, l'invitent à cacher « cette binette-là ». Dans la confusion, des voix rauques sont entendues qui demandent des armes ; d'autres veulent aller en avant, réclament la sortie en masse ; d'autres, croyant à un discours, hurlent pour imposer silence. Quelques-uns répètent « Délégués, Délégués », proposent d'envoyer une députation qui s'entendrait avec le gouvernement, tandis que des enthousiastes agitent fiévreusement leurs képis, et crient : « bravo », de toutes leurs forces, au hasard, sans savoir pourquoi. Le calme n'arrive pas à se rétablir, et, comme l'officier, un peu pâle, se retire sans rien dire, un cri unique, plus menaçant et plus fort, déchire l'air brumeux, résumant toutes les colères et toutes les fièvres de la foule : « Capitulards ! Capitulards[3] ! »

---

1. Allusion à un air chanté par les Parisiens en 1848 afin de demander plus d'éclairage dans Paris. Par la suite, l'expression désigna toute demande scandée en trois syllabes : « La sor-tie ! »

2. Conséquences de l'émeute du 31 octobre, quelques « sorties » eurent lieu : Villiers-Champigny, Le Bourget, Garches et Buzenval. Toutes se soldèrent par de lourdes et cuisantes défaites.

3. L'expression désigne les militaires, accusés en 1870 d'avoir abandonné la patrie.

« Ces bons escargots de rempart, dit l'officier en fermant la fenêtre, il faudra qu'on finisse par leur faire une saignée, autrement, ils ne seront jamais contents [1]. »

Et, ramenant entre ses jambes le sabre qui lui bat au côté, il se rassied tranquillement. Autour de lui un sourire court, le mot est trouvé très spirituel. Le général même l'approuve d'un signe de tête, puis, il remonte la lampe qui fume, hausse la mèche, et ânonnant entre ses dents la dernière phrase, celle où il a dû s'interrompre, il se dispose à reprendre sa lecture.

Soudain des petits coups discrets sont frappés à la porte, un murmure de voix est entendu, comme la vague querelle d'un importun qu'un huissier refuse de laisser entrer. Bientôt, les coups recommencent, l'état-major écoute : « Aux armes, citoyens ! formez vos bataillons ! », chante la foule sur la place, avec un accent de désespoir que n'assourdissent ni les boiseries, ni les tentures ; « Marchons ! marchons ! Qu'un sang impur abreuve nos sillons ! », et dans l'éclat suprême que les voix prennent, sur les dernières notes du refrain, la porte s'est ouverte, curieusement :

« Peut-on entrer ? Entre-t-on ? Bah ! tant pis, j'entre. »

Alors, des talons de bottines résonnent sur le parquet au milieu d'un froufrou de jupons empesés, et une femme fait irruption dans la salle, souriante.

Son chapeau noir, de forme très simple, est orné d'une cocarde en rubans tricolores, et sous un voile de tulle blanc, très serré sur le nez, les traits de sa figure s'atténuent, la font paraître jeune. Elle est de haute taille, et marche d'un pas hardi, vêtue d'un grand manteau de

---

1. Car les gardes nationaux manifestaient leur volonté d'affronter l'ennemi. Ils souhaitaient se battre, comme le souligne Francisque Sarcey dans son ouvrage sur le siège de Paris. Ce que les journaux de l'époque avaient traduit par cette formule : « La Garde nationale veut une saignée, nous allons la lui faire faire » (*Le Siège de Paris*, Marpon et Flammarion, 1871, p. 277).

fourrure qui porte au bras gauche l'insigne de la convention de Genève : la croix des ambulances, rouge sur un fond blanc.

« Salut, mon général. »

Et, portant à son front sa main droite finement gantée, elle imite le salut militaire, gravement.

Puis, plus familière :

« Bonjour, vous tous, la coterie. »

Alors, marchant autour de la table, gracieuse et délurée, elle fait aux uns un simple salut, aux autres elle donne de grandes poignées de main hommasses, suivant les connaissances, les sympathies, les amitiés. Et, à l'extrémité de la manche où blondit un bout de fourrure fauve, le petit gant de Suède jaune va, vient, se démène, quitte une main, en reprend une autre, disparaît tout entier dans la peau rude d'un gros gant d'ordonnance, réapparaît, puis disparaît à nouveau sous de grosses et galantes moustaches qui l'effleurent d'un baiser cérémonieux, tandis que, derrière lui, la robe remuée met une traînée d'odeur voluptueuse et d'élégance provocatrice.

« Hein ? Vous ne trouvez pas ? Comme c'est ennuyeux ce siège ? Je sors des ambulances. Ah ! mes enfants, vous n'avez pas l'idée de ce que ça sent mauvais là-dedans ! Vous permettez, n'est-ce pas ? »

Sans attendre la réponse, elle envoie d'un geste son chapeau sur un fauteuil. Sa chevelure apparaît alors coiffée comme pour un bal, une étonnante chevelure d'un roux faux jusqu'à l'extravagance qui tire-bouchonne sur son dos, et frise sur son front, avec des entortillements de copeaux d'acajou. Puis, la face blanche de poudre de riz, les lèvres rouges de fard, les yeux avivés par le khôl, de son vêtement tombé, elle jaillit en robe de soie noire, pleine de volants et décolletée. Dans la large échancrure d'un corsage où s'attache aussi une cocarde de rubans aux couleurs nationales, les seins se montrent maintenus haut par le corset, veinés de bleu sous la dentelle, et du creux de sa poitrine nue, de ses bras qui passent nus au bout des manches où la croix de Genève [1] éclate encore rouge et blanche au milieu des ruchés [2], des effilés [3] et des dentelles, un fumet de femme mûre se dégage et de chair amoureuse délicieusement faisandée.

« Eh bien ! hein ? Quoi de neuf ? Toujours rien ? »

Et apercevant la proclamation sur la table :

« Ah ! mais si, j'aurais dû m'en douter ! Des bavardages toujours ! Qu'est-ce que vous leur racontez encore aux Parisiens ? Vrai, il faut qu'ils aient bon caractère. Leur en faites-vous assez gober de ces blagues ! Voyons voir la nouvelle tartine ? »

Penchée sur la table, le corps plié en deux, dans la féline attitude d'un sphinx, elle commence à lire. Au loin, le canon, par salves lentes, gronde à courts intervalles. L'émeute essoufflée, tait ses clameurs, étouffe ses chants, semble reprendre haleine. Mais aux incessants bruits de pas, aux commandements nombreux qui retentissent, au frissonnement humain qui s'agite sous les fenêtres dans l'humidité du brouillard, on devine que la foule augmente démesurément. De tous les coins de Paris en angoisse, de Montmartre impatient à Montrouge exaspéré, de Bercy qui gronde aux Ternes qui s'encolèrent, le populaire s'est mis en marche derrière le rappel des tambours et, recevant sans relâche des renforts, l'insurrection grandissante n'attend plus pour éclater que le commandement d'un chef, un mot d'ordre, ou simplement un hasard.

L'élégante femme lit toujours, puis soudain, lasse de tourner les feuillets qui s'accumulent :

« Et patati et patata. *Et cætera* pantoufle ! »

D'un geste de gaminerie elle jette tous les papiers, les fait voler en l'air, et elle chantonne le refrain de la chanson à la mode :

---

1. La Croix-Rouge.
2. Plis de l'étoffe.
3. Frange de fils de soie.

C'est le sire de Fich-ton-khan
Qui s'en va-t-en guerre [1].

L'état-major stupéfait regarde. Le général, interdit, tord fiévreusement sa moustache : il est si interloqué qu'il ne trouve pas une parole. Autour de la table, sous la lueur charbonnante de la lampe, tout le monde se tait, accablé par cette débauche d'inconvenance.

« Eh bien ! quoi ? c'est pour tout ça que vous êtes réunis ? Merci, là vrai, si vous vous croyez rigolos. Tenez, voulez-vous que je vous dise, vous vous courbaturez à faire semblant de prendre au sérieux des choses qui vous embêtent. Suffit, en place, repos ! Rompez les rangs ! »

Et prenant sur la table, au hasard, un képi galonné qui traîne, elle s'en coiffe audacieusement, et d'une voix grave de président, déclare la séance levée.

Le général en chef bondit ; il est tout pâle d'humiliation. Il marche vers l'envahissante visiteuse, les poings fermés, avec une colère blanche. Elle se recule, tourne autour de la table et lui rit au nez d'un rire clair, communicatif, qui commence à gagner l'état-major sérieux.

« M'attrapera, m'attrapera pas !

– Madame, dit le général d'une voix courroucée, madame.

– Oh ! va, tu peux m'appeler Huberte, ces messieurs ont beau être là, ils ne nous gênent pas.

– Madame, répète le général. »

Il va la saisir. Déjà ses mains, qu'agitent un frisson de colère, un besoin de brutalité, ont effleuré le bras qui porte le brassard de Genève, rouge sur un fond blanc, quand d'un brusque mouvement d'épaules elle lui échappe, et se retranchant derrière un fauteuil comme derrière une barricade :

---

1. Paroles d'une chanson composée en 1870 par Paul Burani et Antonin Louis. La suite en est : « En deux temps et trois mouv'ments/ Badinguet, fich'ton camp. » Rappelons que Badinguet est le surnom donné à Napoléon III (voir « Boule de suif », p. 104, note 2).

« Messieurs, crie-t-elle, messieurs, je vous en prie, laissez-nous seuls ; vous ne voyez donc pas, il a envie de me faire une scène. »

Et s'adressant au général :

« Allons ! vas-y, mon ami, vas-y. »

Les officiers consultent du regard leur chef qui tremble sous ses décorations, puis se lèvent, sortent silencieusement et, par la porte ouverte, dominant le cliquetis des éperons, le bondissement métallique des sabres sonnant sur les marches de l'escalier, *La Marseillaise*, chantée à plein gosier par les voix du dehors, dans une reprise formidable, emplit d'une bouffée de colère la salle déserte, où les jupons de la jeune femme bruissent, tout raides d'empois.

Elle s'est approchée du général, et les lèvres tendues, avec un mouvement du torse qui l'offre tout entière, elle essaye de l'embrasser. Il la repousse durement. Elle devient intolérable à la fin. Toujours elle se mêle de tout. Qu'est-ce qu'elle est venue faire au milieu du conseil ? Le compromettre, n'est-ce pas ? Exprès. Quel respect voulait-elle qu'il inspirât maintenant ? Ses officiers allaient rire de lui, il n'aurait plus d'influence sur ses subordonnés. Un jour ou l'autre, elle entendait, il faudrait bien que ces plaisanteries finissent, il y était décidé.

« Toi, fit-elle avec un mouvement de tête étonné et incrédule, toi, décidé ? »

Oui, elle tombait là, comme une bombe, au milieu des délibérations les plus graves, dérangeant tout, bousculant tout. Passe encore quand, dans l'intimité, elle l'assommait de conseils stratégiques et prétendait lui imposer d'invraisemblables plans de campagne. Personne n'en savait rien. Mais là, devant tout le monde, venir s'afficher ! Ah ! il avait eu bien tort de lui passer si complaisamment tous ses caprices.

Il parle en essayant de mettre des sévérités dans sa voix. Au fond, il a beau s'irriter et s'en défendre, il trouve la situation comique et l'idée d'une fantaisie adorable. Cette diablesse de Mme de Pahauën, on ne sait vraiment pas quelle folie lui coule dans les veines. Est-elle amusante cette guenon-là ! Sans doute il ne demandait pas mieux que de lui pardonner encore cette escapade ; mais vraiment, avec certains membres du conseil, elle s'est montrée d'une familiarité ! Ça lui déplaît, ça, et il ne le souffrira plus. Elle a compris, n'est-ce pas ?

Mme de Pahauën part d'un grand éclat de rire qui la secoue du haut en bas, fait bondir ses seins dans son corset, agite sa chaîne de montre et remue jusqu'à la dentelle de son jupon.

« Est-ce que tu serais jaloux, par hasard ? »

Il ne répond pas, mais son attitude est telle que son silence a l'air d'un acquiescement.

« Toi ? Ah ! mon pauvre ami. Eh bien ! il ne te manquait plus que cela, tu les as tous, maintenant, les ridicules. »

Ridicule ! Qui ? Lui ! Il était ridicule, et pourquoi, s'il vous plaît ? Ce mot-là, il ne voulait pas l'entendre, même de la bouche d'une femme. Ridicule ! Quel ridicule avait-il ? Où ? Pourquoi ? Comment ? Il était un brave officier, tout le monde le savait, les journaux même qui l'attaquaient n'avaient jamais mis sa valeur en doute. Les généraux inspecteurs l'avaient souvent constaté dans leurs rapports particuliers ; il avait des notes superbes, des états de services magnifiques, et, vaniteusement, une à une, il citait ses campagnes, montrait ses décorations, énumérait ses citations à l'ordre du jour. L'armée tout entière le respectait ; il avait publié sur les questions militaires des livres fort remarqués, étant bon écrivain. Et elle prétendait qu'il passait pour ridicule ! Ce mot, il le répétait sans cesse, il revenait obstinément comme une obsession, servait de conclusion à tous ses raisonnements. Ridicule !

Mais Mme de Pahauën, d'une voix flûtée, en femme qui sait ce qu'elle dit, et dont l'opinion personnelle est soutenue de l'avis général :

« Ah ! mon Dieu oui, ridicule ! quand tu diras. »

Il fit un geste d'emportement et de dénégation suprême.

« Mais voyou, tu ne vois donc rien ? tu ne lis donc rien ? tu n'entends donc rien ? »

Alors, avec une taquinerie cruelle, avec des mouvements de main qui coupaient l'air, sèchement, et appuyaient ses affirmations, elle lui rappela ses impuissances, elle exagéra sa mauvaise chance, ses échecs qu'elle aggravait, en les mettant férocement sur le compte de son incapacité et de sa prétention. Elle lui dit toutes les misères qu'il se défendait de prendre au sérieux : les combattants sans ordres, l'armée sans organisation, les batailles livrées au hasard et finissant en défaites, toujours, les équipages en retard, les munitions qui manquaient, les ponts trop courts. Elle lui montra Paris où toutes les bonnes volontés en armes étaient immobilisées par son hésitation, paralysées par ses défiances, et la garde nationale inutile derrière des fortifications où elle mourait d'ennui dans l'impatience et le désœuvrement. Les accusations défilaient serrées et terribles, un réquisitoire indigné et moqueur qu'elle détaillait avec une petite voix aigre-douce, tranquillement. À mesure qu'elle parlait, comme si elle se lassait elle-même, elle avait abandonné ses gestes d'autorité, et ses doigts, dégantés, jouaient avec ses bagues qu'elle faisait passer de l'une à l'autre main, avec un petit travail de dextérité très délicat. Elle en vint à lui reprocher la mort des soldats tombés dans les escarmouches, les combats sérieux qu'elle qualifia de boucheries organisées, les pauvres mobiles qu'elle voyait dans les hôpitaux saigner dans les pansements et crier sous l'acier des opérations. Même, elle l'accusa comme d'un crime personnel de la mort d'un jeune capitaine d'état-major, tué lors de la dernière affaire. Elle le connaissait, ils s'étaient rencontrés, très souvent, dans le monde.

« Un de tes amants, sans doute ? »

Jusque-là il n'avait rien dit, baissant la tête, rageant au-dedans de lui devant ces récriminations brutales, dont, intimement, il sentait la justesse.

« Quand ce serait », répondit-elle, effrontément.

Au fait, ça ne l'étonnait pas ! avec qui n'avait-elle pas couché ? Son lit était une vraie guérite [1] dont on relevait les sentinelles toutes les heures. Alors éclatant en mots furieux, donnant libre cours à l'amertume de son cœur, un à un, il lui nommait ses amants. Il y en avait de toutes les armes : des cavaliers, des fantassins, des artilleurs, et jusqu'à des soldats de la mobile. Il citait les corps, les grades, d'une voix dépitée, avec emportement, car il mettait de la hiérarchie dans l'amour, et se croyait compromis non pas tant par ses infidélités que parce qu'elle les avait commises avec des inférieurs.

Très calme, Mme de Pahauën écoutait cet orageux défilé d'accusations, et doucement, comme par distraction, elle s'éventait le bas des jambes avec ses jupes qu'elle remuait. De temps en temps, une date lui arrachait un grand éclat de rire narquois. Elle avait imaginé de répondre : « Présent ! » à chaque nom qui passait, et à certains, son visage vicieux s'illuminait. Sans doute ils évoquaient des luxures compliquées, dont le souvenir même lui causait un ravissement.

Le général s'était arrêté, haletant, avec la sourde colère de l'homme dont la puissance est méconnue, la force inutile. Elle se moquait de lui, cette femme ! Ne pouvant se résigner à la battre, il était obligé de subir ses sarcasmes, lui, qui pour une simple désobéissance pouvait faire fusiller un homme et décimer un régiment ! Et afin de résister au besoin de brutalité qui le prenait, il crispait les poings pour ne pas la gifler grossièrement, sur les deux joues, comme on corrige l'impertinence d'une gamine mal élevée.

Maintenant, c'était elle qui parlait, c'était elle qui, dans une confession ironique, lui jetait des noms au

1. Petite loge où s'abrite la sentinelle.

hasard, pêle-mêle. Même, pour ajouter à son exaspération, elle exagérait, s'attribuait des amants qu'elle n'avait jamais eus, des tendresses auxquelles elle n'avait jamais pensé, et, prenant un temps, avec une négligence préméditée, elle affecta même d'avoir cédé à un membre du gouvernement. Clairement, elle le lui désigna, sachant qu'il était son ennemi mortel.

« Lui ! cria-t-il avec un accent indigné, lui !

– Un peu, mon neveu. »

Renversée dans son fauteuil, elle se passa la langue sur les lèvres et balança sa tête avec un air de profonde satisfaction, en femme qui savoure à nouveau une ancienne bonne fortune.

« Lui ! répétait-il avec égarement, lui !

– Eh bien ! oui, et puis après ? »

En ce moment une clameur plus haute domina toutes les clameurs de la matinée. Dix mille voix d'un enrouement formidable ébranlèrent la salle, confondues dans un cri unique et prolongé. Des portraits de généraux en tremblèrent sur les murs, dans leurs cadres ; les girandoles de cristal des lustres s'entrechoquèrent et rendirent un tintement d'harmonica, tandis que les boiseries des portes, comme sous une poussée invisible, craquaient. Et cependant, au milieu du vacarme, des mots très distincts étaient entendus, toujours répétés : « À bas ! à bas ! Démission ! démission ! »

Mme de Pahauën eut un grand geste de mépris. Étendant magistralement la main vers la fenêtre, désignant vaguement le populaire qui grondait en bas, dans le brouillard, avec un port de tête hautain et un dédaigneux plissement de lèvres qui lui venait d'un début fait jadis sur une scène théâtrale de dernier ordre :

« Ainsi, dit-elle, ton autorité, la voilà ; ni le peuple, ni les femmes… »

Il ne la laissa pas achever. Esprit indécis, aux résolutions lentes, il n'agissait jamais que sous la pression immédiate des faits. Effrayé de la brutalité soudaine de la réalité, comme un homme brusquement tiré de son sommeil, de la tranquillité de ses hypothèses et du calme de ses rêveries, il sursautait à des décisions emportées et à des actes violents.

« Vous partirez demain, madame », dit-il, avec un accent d'autorité.

Sa voix n'avait plus de colère, elle était rassérénée, et il parlait d'un ton de commandement, le verbe tranchant, d'une sécheresse hautaine qui d'avance faisait taire la réplique sur les lèvres du contradicteur.

« Vous me chassez, alors ?

– Parfaitement.

– Et j'irai ?

– Où vous voudrez, peu m'importe. » Il ajouta : « L'important, c'est que vous partiez. »

Elle le regarda fixement, dans les yeux, pour s'assurer qu'il disait bien vrai, pour voir s'il ne restait pas au-dedans de lui quelque chose d'un désir ou d'un regret qu'elle pourrait exploiter. Ses yeux étaient calmes, sans une lueur. Cependant, elle voulut essayer d'une dernière câlinerie, d'une de ces caresses qui, aux heures de leurs anciennes querelles, faisaient tomber les rancunes, étouffaient les récriminations ; mais il la prévint :

« Assez, n'est-ce pas ! Je ne veux pas de vos simagrées. »

Néanmoins elle se rapprochait avec des ondulations de chatte, les lèvres tendues et comme frémissantes d'une promesse de luxure. Penchée sur lui, elle essaya de l'embrasser. Mais d'un geste brusque il la repoussa.

« C'est moi le maître ! ici. Ce qui est dit est dit, foutez-moi la paix ! »

Ah ! c'était ainsi ! Secouée d'un continu frisson de colère, humiliée, elle mit son chapeau, avec des lenteurs calculées où le général trouvait encore des exaspérations. Ensuite, elle passa son manteau, mais ne trouvant pas la manche gauche, sans rien dire, elle s'approcha de lui, et, tout en maugréant, il dut l'aider à finir de s'habiller. Puis elle se ganta, longuement, sans se presser, avec des hochements de tête, appuyant une série de raisonnements muets et de rancunes qu'elle remuait en elle-même : le plan aigu, le complot mesquin et méchant d'une vengeance de femme. Comme elle n'arrivait pas à boutonner le gant droit, elle lui tendit la main. Dans l'ouverture de la manche, un peu de peau se montrait, d'un rose appétissant. Il la repoussait, inquiet de ce coin de nudité, détournant la tête comme devant une tentation trop forte.

« Allons, travaille, fit-elle d'un ton indifférent. Tu vois bien, moi je ne peux pas. »

Il dut se résigner à la complaisance, et un instant ses mains peinèrent, cassant leurs ongles dans le gros effort qu'elles faisaient pour accrocher les délicats boutons toujours fuyant sous la peau des boutonnières. Quand il eut fini :

« Ainsi on s'en va ? dit Mme de Pahauën. Vous me chassez ? »

Il répéta :

« Je vous chasse, certainement.

– Eh bien ! soit, on s'en va. Mais tu sais, mon petit, j'irai là. »

Elle avait marché vers la table, et du doigt, sur une carte déployée, au milieu des teintes plates, du compliqué fouillis des hachures et des lignes figurant les collines, les routes et les chemins de fer, elle indiqua Versailles [1], et elle répétait avec un ton de menace :

« J'irai là, là.

– À votre aise. »

Comme il n'avait pas l'air de s'indigner, elle appuya pour se donner la satisfaction de lui causer un dernier mouvement de colère. D'un mot suprême, elle insulta son patriotisme, ravala son habileté.

« Oui, chez les Prussiens. Ils sont plus malins que toi. En voilà des gens forts, au moins ! Tandis que toi et tes

---

1. Durant le siège de Paris, le commandement allemand s'était installé à Versailles. Le IIe Reich allemand fut proclamé à Versailles le 18 janvier 1871.

généraux, tiens, veux-tu que je te dise, vous me faites suer[1]. »

Puis, s'inclinant dans une gracieuse révérence, ainsi qu'elle avait coutume de faire quand elle sortait de visite :

« Allons, au revoir, cher. Bonne chance. »

Néanmoins, cédant à un intime besoin d'ironie, elle lui demanda :

« Hein ? tu n'as rien à faire dire.

– À qui ?

– À ces messieurs, là-bas. »

Mais déjà il n'écoutait plus. Derrière elle, il venait de fermer la porte, et tout seul, il respirait à pleins poumons, avec cette satisfaction que laissent après eux les ouvrages malaisés et les résolutions difficiles à exécuter. Maintenant que Mme de Pahauën était partie, maintenant qu'il s'était enfin trouvé le courage de rompre avec elle, il renaissait à des libertés, à des volontés qu'elle avait annihilées, par l'ensorcellement de sa grâce, qu'elle avait amollies par la tendresse de son sourire. Un moment cependant, comme pour se défendre contre lui-même au cas où l'envie la prendrait de remonter l'escalier et de venir implorer son pardon, il ferma la serrure à double tour. Alors, dans la solitude, il se sentit redevenir fort. Il regarda sur les meubles : rien d'elle n'y restait plus. Il avait eu peur d'y rencontrer, un nœud de ruban défait, une voilette oubliée, quelque chose d'un de ces ajustements féminins qui suffisent quelquefois pour raviver les désirs et réveiller les convoitises. Les fauteuils, vides, tendaient uniformément autour de la salle leurs sièges nus, leurs bras où des clous de cuivre fixaient l'étoffe verte de la moleskine. Seul, un léger parfum d'opopanax[2]

1. Dans son portrait de Mme de Pahauën, Céard introduit quelques traits de Thérèse Lachman, marquise de Païva (1819-1884), dite « la Païva ». Courtisane célèbre, née en Russie de parents polonais, elle devint en 1871 la maîtresse puis l'épouse d'un haut dignitaire prussien avec lequel elle gagna l'Allemagne.

2. Plante utilisée dans la confection de baume et en parfumerie.

échappé des dessous secrets de la toilette de Mme de Pahauën, traînait dans l'air lourd. Alors pour échapper à l'obsession de cet arôme aimé, le général ouvrit une fenêtre. La place, en bas, lui apparut avec son moutonnement de têtes, ses remuements d'émeute, ses baïonnettes serrées qu'un pâle rayon de soleil accrochait et qui luisaient au milieu des menaces et des poings tendus vers lui, de toutes parts. Et il resta là quelques instants, grisé par son impopularité, jouissant des injures, heureux dans sa vanité de pouvoir ainsi bouleverser un monde, exaspérer toute une ville ; des fiertés lui venaient en songeant que bon gré mal gré, ces fureurs-là, il saurait les faire taire, et qu'il n'avait qu'un mot à dire, un ordre à donner, pour faire obéir ces révoltes et contraindre ces indisciplines.

Il se retourna, flairant l'appartement. La délicate et troublante odeur de femme avait fui. La lampe point remontée charbonnait, dégageant une âcre senteur de mèche rance et d'huile chauffée. En ce moment, un craquement se fit entendre pareil au bruit d'une grande pièce de soie qu'on déchirerait d'un bout à l'autre. Pardessus les clameurs, serrée et crépitante, une fusillade éclata. Des balles ricochèrent sur les pierres de la façade qui s'effritaient en éclats secs, et tombaient comme des écailles, en bas, dans une fumée épaisse striée de flammes rouges, çà et là. Aussi calme que s'il eût été à la parade, le général ferma la fenêtre. Il tournait le bouton doré de la crémone, quand, auprès de lui, des morceaux de vitre dégringolèrent, sonnant à ses pieds, sur le parquet. Une balle traversant le carreau avait été se loger dans le mur en face, et un des portraits dans son cadre d'or montrait son uniforme percé d'un trou noir, en plein dans la poitrine. Alors, passant le bras à travers le châssis vide, le général montra le poing à la foule.

« À nous deux, maintenant. »

La voix résonna brutale dans le grand salon désolé.

Au loin, le canon des forts, par salves désespérées, tonnait sans discontinuer.

II

Le lendemain, l'émeute vaincue, les chefs emprisonnés, les journaux supprimés, Mme de Pahauën arrêtée, était conduite sous bonne escorte au-delà des lignes françaises.

Le général demeurait triste. Il accueillit sans satisfaction l'officier d'ordonnance qui vint lui annoncer l'exécution de ses ordres. Et malgré lui, à travers les routes défoncées, les villages occupés, le navrant paysage de ruine que l'invasion mettait autour de Paris, son esprit suivait obstinément l'élégante femme aux cheveux roux, dont la possession l'avait tant charmé. Maintenant, la colère passée, son départ le peinait. Il considérait que, volontairement, il avait amoindri son prestige et diminué sa toute-puissance. Quelque chose lui manquait qui gâtait son succès.

Jadis, mis à l'écart par les soupçons de l'Empire, boudeur, dans sa retraite irritée d'écrivain et de soldat, il avait fiellé des articles nombreux contre les turpitudes et les hontes du règne, mais cependant jamais il n'avait pu se défendre d'un mouvement d'émotion et d'une minute d'envie, quand les journaux apportaient jusqu'à lui les échos des grandes fêtes de Compiègne [1], les récits des grandes débauches de Saint-Cloud [2]. Ses désirs de jouissance le rongeaient dans l'austérité vaniteuse de son exil. Souvent même, dans les heures troubles que connaissent les plus forts, il avait senti vaciller sa conscience, faiblir son honnêteté. Plus d'une fois, il avait songé à faire sa soumission, décidé intérieurement par ces sophistiques raisons qui déterminent les lâchetés, convaincu qu'au

1. L'empereur Napoléon III avait fait du château de Compiègne sa résidence privilégiée. Durant son règne, il y organisa d'imposantes fêtes appelées les « séries », qui consistaient à inviter une centaine de convives durant huit jours d'affilée.

2. Le couple impérial établissait sa cour au château de Saint-Cloud au printemps et à l'automne. C'est de là que partit l'empereur le 28 juillet 1870, au début du conflit avec la Prusse.

milieu de l'excès des platitudes ambiantes, sa platitude, à lui, passerait inaperçue. Mais il avait été soutenu par son orgueil. Son ambition aussi l'avait empêché de tomber à des complaisances et à des servilités. Il s'était dit, que ceux-là seuls sont les maîtres un jour qui se raidissent dans une attitude et savent prendre, parmi les courants des hommes et les momentanés entraînements des faits, une position immobile et méprisante. Puis, par nature, les médiocrités lui répugnaient : il n'aurait trouvé aucun plaisir dans l'accomplissement des vilenies vulgaires. Se vendre, quoi ? lui aussi ! mais tout le monde s'était vendu, et avec une science de corruption qu'il ne fallait pas espérer pouvoir dépasser. Du reste, il aurait rougi d'être un plagiaire de bassesse, et si des capitulations lui semblaient désirables, c'étaient celles qui mettent leur auteur dans une apothéose et l'immortalisent par la grandeur de leur gloire ou la profondeur de leur infamie. Il se croyait né pour les avenirs éclatants, taillé pour les immenses célébrités, musclé pour les efforts considérables et, renfonçant ses besoins de domination, luttant contre ses appétits, il avait attendu, honnête par calcul, incorruptible par volonté. Si bien que le peuple, sans rien deviner de ses impatiences et de ses fièvres sourdes, l'admirait comme un martyr et, lui soupçonnant des capacités excessives ainsi que des talents méconnus, s'apprêtait à le saluer comme une puissance [1].

La chute de l'Empire, du jour au lendemain, l'avait fait sauter à une situation qui dépassait ses rêves. C'était entre ses mains que Paris, tremblant de l'approche des Prussiens, uniformément vainqueurs depuis un mois, remettait toute la puissance presque. De son obscurité lointaine, il montait bruyamment au poste de dictateur

---

1. L'ensemble du paragraphe s'inspire de l'histoire personnelle du général Trochu. Dans un livre publié en 1867, *L'Armée française en 1867*, ce dernier avait critiqué avec beaucoup de lucidité la politique militaire du pouvoir impérial, ce qui lui avait valu une disgrâce immédiate.

et, dès le début, les obéissances se faisaient faciles pour ce maître volontaire en qui se confiaient toutes les espérances de la patrie, désespérément. On ne lui demandait rien, sinon d'agir vite : les bonnes volontés, d'avance, souscrivaient à tout ce qu'il pourrait commander, pourvu que les ordres fussent brefs, les décisions rapides, les résultats sensibles, immédiats. Or, comme il arrive à tous les théoriciens dont la brusquerie des faits contrarie toujours la lenteur savante des combinaisons, il ne sut pas tirer le parti convenable des éléments nerveux qu'il trouvait autour de lui. Aux impatiences, aux grands élans de la foule, il opposait ses temporisations, et immobilisait par la sécheresse de ses calculs, les vibrants enthousiasmes qui ne demandaient qu'à marcher. Continuant dans son commandement militaire la pratique d'inertie à laquelle il devait la réussite de sa vie, il restait sans agir, dans Paris assiégé, attendant du hasard la chance d'une bonne fortune, comptant sur des secours du dehors, incapable de rien improviser, jugeant les situations nouvelles avec des idées préconçues et des points de vue anciens. Toute son autorité, il l'employait non pas à exciter les ardeurs ; au contraire, il la dépensait fiévreusement à maintenir les initiatives et à empêcher les audaces. Correct, précis, mais savant sans profondeur, intelligent sans élévation, et tenace jusqu'à la sottise, il se détendait seulement dans l'intimité avec Mme de Pahauën, dont les remuements, les gentillesses, les gamineries d'écureuil échappé, fouettaient ses sens lassés par la fatigue de plusieurs campagnes, contrastaient le plus avec la mathématique lourdeur de son cerveau.

Mme de Pahauën avait été mariée, plusieurs fois, à des individus dont aucun ne lui avait laissé son nom. Dans la galanterie du monde impérial, dont elle avait fait l'éclat, les mieux renseignés affirmaient que le nom qu'elle portait n'était qu'un nom de guerre, ramassé dans un roman, ou trouvé parmi les personnages secondaires d'un drame du boulevard. Ses maris n'avaient guère été que des passants, lesquels n'encombraient guère son lit, et si peu gênants qu'ils ne dérangeaient même pas son état civil de fantaisie. C'étaient ordinairement des Durand, des Bernard, des Dumont, employés de ministère aux figures louches, aux appétits voraces. Vieillards tout en vices, ou jeunes gens tout en ambitions, ils consentaient à la tirer enceinte des bras de son amant (un haut personnage qui s'engageait à les protéger), la voyaient quelque temps après la célébration du mariage, et puis une séparation à l'amiable survenait. Un jour, les deux époux s'en allaient chacun de son côté, et ne s'occupaient plus l'un de l'autre. L'employé donnait son nom à l'enfant, obtenait dans son bureau des gratifications nombreuses, des avancements rapides, et vieillissait décoré, ayant aux lèvres des phrases sur l'honnêteté, la bonne conduite, le travail qui mène à tout, le savoir qui élève et qui distingue. Pendant ce temps, Mme de Pahauën, indifférente et libre, courait les bals, les réceptions, était de tous les petits couchers, de tous les grands soupers. Amazone, les jours de chasse, elle galopait le voile au vent dans les taillis de Compiègne pleins des abois des chiens, du roulement des voitures et des fanfares des piqueurs. Dans les tableaux vivants [1], son maillot de soie couleur de chair, inondé de lumières oxhydriques [2], elle étalait la largeur de ses hanches, l'ampleur de sa gorge et, des talons jusqu'au sourire, la grasse et provocante impudeur de son corps de statue. Dame de charité, on avait l'occasion de la voir, les jours de vente au profit des pauvres, offrir volontiers tout ce que sa toilette laissait passer de peau aux baisers des messieurs dont ses complaisances vidaient les porte-monnaie. Puis, subitement, elle disparaissait. Ses meilleures amies disaient qu'elle s'enterrait ; d'autres prétendaient qu'elle tombait à de grandes dévotions, et qu'elle allait suivre,

1. Compositions théâtrales fondées le plus souvent sur des sujets religieux ou mythologiques ; ce divertissement, proche de la pantomime, connut un grand succès sous le Second Empire.

2. Lumières très vives.

dans des couvents bien famés, des retraites très austères. La vérité était qu'elle s'enfermait, par caprice de débauche blasée, avec des petits jeunes gens que son plaisir était de dépraver. Alors on la rencontrait promenant dans les églises un deuil mensonger et luxueux. Toujours accompagnée d'une bonne, elle rentrait dans une petite maison des Batignolles ou de Passy, et les fruitières, les concierges, toutes les commères qui s'asseyent sur le pas de leurs portes et surveillent le va-et-vient de la rue, avaient de hautes et profondes pitiés pour une pauvre jeune femme si subitement devenue veuve. Ses générosités servaient à dissimuler les écarts secrets de sa conduite, empêchaient les soupçons, au besoin même, faisaient taire les médisances. Quelquefois, quand les doutes devenaient trop forts, les affirmations trop précises, brusquement, elle donnait congé et déménageait à temps, ce qui empêchait les inductions de s'affermir et les preuves de se contrôler. Alors, elle partait, laissant encore derrière elle une suffisante odeur de sainteté, avec une longue traînée de bonnes œuvres.

C'était son plaisir de duper le public, en cachant des vices excessifs et des raffinements qui allaient jusqu'à la bestialité, sous l'apparence d'une petite existence de bourgeoise vertueuse et tranquille, puis de reprendre, en s'affichant avec un amant, le tumulte d'une vie affolée. La cour pendant ses absences se désolait. Elle seule jetait une gaieté envahissante dans ce monde d'aventuriers, toujours inquiet, au milieu de ses fêtes, comme des escrocs qui, en mangeant le produit de leur vol, tremblent à tout moment d'entendre frapper à la porte et de voir entrer le commissaire. Toutes les folies étaient les siennes. Son vice même prenait des grandeurs tellement il s'étalait sous la flamme des lustres, sans pudeur et sans hypocrisie. Certaines de ses excentricités étaient demeurées célèbres : un soir, dans un souper, elle était sortie absolument nue d'un pâté colossal dont la croûte gigantesque s'arrondissait sur la table ; la première elle avait pris ces bains de champagne qu'imitèrent depuis les cabotines en quête de fantaisie, à court d'imagination, et la démocratie ne lui avait jamais pardonné d'avoir, au théâtre, un soir de première représentation, pour mieux passer dans le premier rang des fauteuils de balcon, jeté effrontément son paquet empesé de jupons par-dessus la balustrade et d'avoir gagné sa place, marchant, devant les spectateurs, les jambes à l'air, les cuisses à nu.

Quand Paris avait été investi, elle était restée, par curiosité. Elle n'avait pu résister au désir de voir de près ce spectacle nouveau pour elle, une ville de deux cent mille âmes, enveloppée, affamée, réduite à ses propres ressources. Volontiers, elle avait accepté les difficultés probables de la vie du siège, afin de contempler ce drame extraordinaire, espérant des situations neuves qui égayeraient un peu son ennui de belle corrompue blasée. Dans les premiers jours du mois de septembre, tandis que ses amies, profitant des dernières voies laissées libres, emballaient leurs robes et se bousculaient aux guichets des gares encombrées pour aller attendre, soit à l'étranger, soit dans une province écartée, la fin des événements, elle, payant de sa personne, était bravement entrée dans ce personnel d'ambulances recruté spécialement parmi les femmes désœuvrées, et parmi celles-là surtout qui désiraient conserver leurs chevaux ; les autres, ceux du reste de la population, étant réquisitionnés pour les canons, les transports, la boucherie. Et la jolie, et coquette, et souriante ambulancière qu'elle était ! La souffrance, la mort, tout ce qui hurle et pue, tout ce qui suinte et salit dans les salles où les combats entassaient les blessés, où la dysenterie couchait les malades, tout cela n'était pour elle qu'un prétexte à élégances. Avec quelle joie, le matin, elle se contemplait dans la glace, décolletée, avec une toilette de ville si provocante qu'elle ressemblait à une toilette de bal. Comme jadis elle s'habillait pour le spectacle d'une première représentation, elle s'habillait, se faisait désirable pour le spectacle de la mort, promenait autour des lits empuantis et criants dans l'angoisse des agonies, l'éclair de ses diamants, le froufrou de ses dentelles, et les soldats expiraient, remerciant avec des paroles confuses et des balbutiements les tendresses de cette infirmière extraordinaire qui mettait dans leurs derniers moments toute la séduction d'une femme, tous les petits soins d'une garde-malade dévouée. Elle adoucissait les agonies, encourageait les convalescences. Point bégueule, elle retrouvait au milieu de ces hommes ces familiarités que les femmes du peuple ont naturellement pour les malades. Elle les appelait « mon vieux, ma vieille », gourmandait leurs défaillances avec des mots crus, des épiphonèmes [1] gras où perçaient de grosses bienveillances ; et les douleurs des pansements disparaissaient, emportées qu'elles étaient par les paroles canaillement câlines de son bagou d'ancienne modiste farceuse.

Fille des faubourgs, dans ce milieu d'ouvriers récemment enrôlés, elle respirait comme un relent de son air natal apporté là, par hasard, dans les vêtements, les habitudes, les conversations ; elle renaissait à sa vie d'ouvrière lâchée, se frottant aux hommes dans la promenade des nocturnes faubourgs ou les quadrilles des bastringues populaciers, et, très à l'aise, elle traitait d'égale à égal. Elle leur payait des liqueurs, du tabac, trinquait, fumait des cigarettes qu'ils lui offraient, volontiers. Même elle les tutoyait comme des camarades. Souvent aussi sa sympathie les suivait au-delà de l'hôpital, les accompagnait après leur guérison, dans les tranchées des ouvrages avancés, dans les grand-gardes [2] qui surveillaient l'ennemi.

Plus d'une fois, les officiers supérieurs avaient eu l'occasion de voir arriver dans leurs baraquements et dans leurs bivouacs une voiture qui levait toutes les consignes. Le cocher disait un mot, et quand la sentinelle hésitait, par la portière, une petite main frémissante et

1. Exclamations sentencieuses (le terme est emprunté au langage de la rhétorique).

2. Corps de cavalerie placés à la tête d'un camp pour empêcher que l'armée ne soit surprise.

bien gantée tendait un laissez-passer devant lequel tombaient les résistances et reculaient les disciplines. Mme de Pahauën descendait : un instant, entre elle et l'état-major, c'était un échange de saluts, de politesses. Elle minaudait, sans doute faisait à la faveur de son sourire des demandes impossibles, car les fronts des militaires se ridaient d'impatience, soudainement rembrunis et des mains coupaient l'air, sèchement, tandis que les képis, sur les têtes, remuaient de gauche à droite avec des insistances de refus. Mais la même petite main fouillait dans les poches de la robe, en tirait un mince portefeuille d'où un petit papier sortait et où il rentrait aussitôt. Alors les difficultés semblaient aplanies, la discussion continuait plus calme et comme indifférente, jusqu'au moment où, amené par un planton envoyé exprès, quelque simple soldat, ou chasseur à pied ou mobile, arrivait très gêné, et rougissant un peu sous la visière de son képi, saluait ses chefs. Mme de Pahauën lui sautait au cou, l'appelait son fils, l'embrassait avec un débordement de maternité, une exagération de tendresse. Un instant après, au milieu des fusillades, des crachements de mitrailleuses, du tintamarre meurtrier des avant-postes qu'on attaque, la voiture levant toujours les consignes d'un mot de son cocher, d'un geste de sa propriétaire, emportait vers Paris Mme de Pahauën, dont les jambes, sous la couverture, serraient d'une étreinte passionnée le pantalon d'ordonnance de son amant momentané. Derrière eux, dans l'état-major, des conversations s'élevaient, pleines de blâmes, lourdes de craintes.

Les officiers parlaient de Mme de Pahauën, en faisant précéder son nom du *la*, de cet article par lequel s'exhalent les mépris pour les filles bien en vue et les courtisanes trop célèbres. Ils l'appelaient la Pahauën, tout étonnés au-dedans d'eux par cette étrange et obscure puissance de la femme dont les sourires faisaient obéir les plus forts, et dont la grâce pouvait, au gré de son caprice, détruire les gouvernements et ruiner les villes. Dans l'accablement de leur stupéfaction, ils n'arrivaient pas à comprendre comment le général en chef avait pu s'acoquiner avec ces jupons désordonnés dont les dentelles, autour d'eux, apportaient invinciblement une menace de désastre.

Et c'était justement à cause de la frénésie de sa gaieté et de l'exubérance de sa fantaisie que le général avait choisi Mme de Pahauën. Avec ses envolées, ses gamineries sensuelles, ses bavardages de perruche lâchée, elle le délassait au milieu de la gravité de ses occupations, lui faisait oublier le poids de ses responsabilités. Et maintenant qu'elle est partie, négligeant les affaires urgentes, laissant s'accumuler devant lui les dépêches télégraphiques auxquelles il ne daigne pas faire une réponse, triste et grave, il songe. Il revoit les premiers jours de sa liaison, la douceur des premières rencontres, les attendrissements de sa lune de miel dans la ville en armes, leurs promenades dans ce Paris debout et frémissant sous les premières bordées du canon des forts.

Le hasard avait fait la présentation. Un jour, dans son cabinet, elle l'était venue trouver, brusquant les domestiques avec un bon mot, forçant les portes avec un sourire. Oh ! mon Dieu, oui, elle devenait solliciteuse. Mais ce qu'elle demandait ce n'était pas pour elle. Non, elle n'avait besoin de rien, seulement une de ses amies redoutait les extrémités d'un long investissement. Elle avait un bébé, il fallait des soins, du lait, alors elle avait songé à demander un sauf-conduit [1] pour aller à la campagne, vivre paisiblement. Une femme, voyons, ce n'est pas très utile dans une ville où l'on se bat. Mais elle ne connaissait personne. Comment faire ? Mme de Pahauën s'était dévouée, et le général n'avait pas su se défendre de l'ensorcellement qui montait de cette femme.

Sur le bureau, elle avait pris une feuille de papier, l'avait poussée devant lui, et trempant une plume dans l'encre, la lui avait mise entre les doigts. Et pendant que,

1. Autorisation délivrée par une autorité afin de pouvoir se déplacer librement dans des zones contrôlées par l'armée.

sous son regard, il rédigeait le précieux laissez-passer, de sa poitrine penchée qui frôlait un peu son uniforme des effluves sortaient puis l'envahissaient tout entier, il ne savait quelle chaude émanation de désir, si intense et si pénétrante que sa main tremblait, traçant sur le papier des lignes incorrectes. Avec son parfum, avec sa parole, elle entrait en lui par tous les pores. Une fascination se dégageait d'elle qui le remuait au plus profond de sa sensualité ; elle prenait possession de tout son être, s'imposait à sa chair.

Il n'ignorait point son histoire, ses aventures, en quelles grandes folies elle s'était dépensée dans la cour impériale. Alors une vanité s'éveillait qui faisait taire toutes les sagesses de l'homme : l'ambitieux paraissait, et c'était une âpre et délicieuse joie pour ce dictateur et pour ce tout-puissant, d'ajouter cette femme à sa domination, de joindre au pouvoir suprême une débauche qu'il jugeait considérable, et de compléter ses rêves en mordant à même dans ce vivant restant d'Empire.

Facilement Mme de Pahauën se rendait à ses sollicitations de vieux militaire amoureux. Par une complication savante, elle cédait, irritant encore ses désirs par des stratagèmes de fausse pudeur, et puis un beau jour devenait sa maîtresse, brusquement, comme si elle s'abandonnait.

À partir de ce moment, cet homme qui tenait dans sa main la destinée de toute une ville, qui pouvait décider du succès et changer la face de l'histoire, hautain et suprême pour tout le monde, était secrètement manié par la capricieuse et fantaisiste main d'une femme. Et il ne savait au juste quel plaisir était le plus grand, ou celui de donner des ordres à l'armée qui ne pouvait discuter ses décisions, ou d'obéir lui-même à cette déréglée petite cervelle de Mme de Pahauën, qui, dans le siège, ne voyait qu'un prétexte à amusement, et trouvait une satisfaction à faire joujou avec la guerre.

Partout elle l'accompagnait. Il était rare qu'on vît passer le général tout seul. Derrière lui, à une légère distance, un coupé discret s'avançait toujours, où ses cheveux rouges éclatant comme une énorme fleur sur les capitonnages de soie mauve, une femme sortait de l'engoncement de ses fourrures et passait, de temps en temps, à la portière une tête curieuse et des yeux interrogateurs. On la rencontrait dans tous les retranchements, partout où l'on remuait de la terre, partout où le génie essayait d'élever des redoutes et d'improviser une défense. On la connaissait, et, à la longue, des légendes se racontaient à son sujet. Du Moulin-Sacquet [1] au Mont-Valérien, de Bobigny à Bagneux, les imaginations militaires déréglées par de vieux souvenirs de romans-feuilletons, s'ingéniaient à la comparer à quelque héroïne des temps passés, à quelque Jeanne d'Arc, ou Jeanne Hachette, venue au milieu des camps pour exciter les courages et assurer la victoire.

Les journaux aussi parlèrent de Mme de Pahauën. Ils évoquèrent autour de son désœuvrement les souvenirs des femmes romaines, les dévouements des épouses de Lacédémone [2] ; un poète l'appela : l'Ange des avant-postes, et bien qu'au fond, les moins clairvoyants lui soupçonnassent quelque liaison amoureuse, bien que les sceptiques ne dissimulassent guère qu'elle étalait simplement une honte éclatante, son laisser-aller, sa bonhomie, sa blague avec les soldats, les rations de vin qu'elle faisait distribuer par-ci par-là, en supplément, lui gagnaient tous les cœurs. Des vivats souvent accompagnaient sa voiture au départ, et la mode de l'époque étant à l'exaltation des individus nés dans les provinces envahies, la garde nationale, se mêlant au concert de bénédictions qui montait des avant-postes et des forts, l'admirait comme une grande dame alsacienne. On en causait le long des remparts. La plupart ne doutaient pas qu'au jour de la bataille elle irait au feu, carrément, comme un homme. Du reste, il n'y avait pas à contester son tempérament

1. La redoute du Moulin-Sacquet fut le théâtre de violents combats au cours du siège de Paris.

2. Les femmes de Sparte étaient élevées dans le dévouement à leur patrie. Elles exhortaient souvent leurs fils au combat.

guerrier et ses qualités militaires. On avait pu la voir, un jour, grimpant hardiment le long des talus des bastions, sans demander le bras de personne, et près des pièces de canon qui tendaient leur cou de bronze dans la fente gazonnée des embrasures, longuement, elle s'était fait expliquer par les servants les détails de la manœuvre, avait paru s'intéresser vivement aux ailettes de zinc des obus, à la mathématique de la trajectoire. Un jour même elle avait poussé la bonne grâce jusqu'à jouer au bouchon [1]. Une heure tout entière, ses jupons ramenés entre ses jambes de façon à former culotte et à ne pas gêner ses mouvements, elle fit la partie avec une escouade de gardes nationaux. Autour d'elle les postes voisins quittant leurs baraquements s'étaient groupés, la pipe à la bouche, émerveillés de la générosité avec laquelle elle jouait vingt francs contre deux sous, à tous les coups. Par diplomatie, pour accroître sa popularité elle avait eu la malice de perdre et, le soir, avec l'argent de son enjeu, tant de bouteilles furent bues dans les cantines, tant de toasts furent portés en son honneur, des voix avinées répétèrent si bruyamment les paroles de patriotique encouragement qu'elle avait prononcées tout en jetant ses palets, que Mme de Pahauën, universellement, fut reconnue comme une sorte de divinité. Les courtes intelligences populaires, toujours portées à la glorification et au symbolisme, voyaient en elle on ne savait quel personnage extraordinaire incarnant dans la ville en armes la gaieté française résistant à tous les échecs, triomphant de tous les désastres, répondant ironiquement aux éclats d'obus par des éclats de rire. Maintenant cette prostitution glorieuse contrebalançait l'influence morale du képi même de M. Victor Hugo [2].

---

1. Jeu pratiqué à l'aide de deux palets que l'on jette devant soi pour atteindre un bouchon.

2. Le 14 juin 1871, le général Trochu déclarait à l'Assemblée nationale : « Il y avait dans les esprits une véritable exagération de la valeur, des facultés, de l'importance de la Garde nationale… Mon Dieu, vous avez vu le képi de M. Victor Hugo qui symbolisait cette situation » (rapporté par Victor Hugo, *L'Année terrible*, XVII). Trochu fait allu-

Aussi, les jours qui suivirent le départ de Mme de Pahauën, les bastions s'attristèrent. Il y avait moins d'entrain le long des remparts, et les gardes nationaux, en sentinelle, bâillaient, regardant désespérément si le chemin désert à perte de vue n'allait pas leur ramener la voiture armoriée d'où descendait autrefois l'élégante femme, au sourire de laquelle ils présentaient les armes, galamment, comme à une puissance. Seuls des caissons défilaient, le sinistre va-et-vient des ambulances. Ou bien encore c'étaient des canons, des convois cahotants, tirés avec lenteur par l'agonie trébuchante des rosses maigres, invraisemblablement.

Certains jours la tristesse désolée du chemin de ronde s'animait du brouhaha de nombreux bataillons en marche, du tumulte des sorties projetées. Les soldats passaient, bien alignés, suivis par des adieux. Il y avait dans l'air des claquements de baisers, des souhaits de victoire, et les régiments marchaient avec plus d'entrain, comme si un peu d'espérance leur revenait au cœur. Puis les mêmes efforts donnaient les mêmes résultats, toujours. Des coups de canon étaient entendus, longtemps, très loin. Des dépêches télégraphiques arrivaient, lentes, contradictoires ; l'angoisse à mesure envahissait Paris où l'ombre tombait comme une tenture de deuil. Puis aux clartés vacillantes des lampes de pétrole installées pour remplacer le gaz, les troupes rentraient, débandées, avec une défaite de plus et des canons de moins, tandis que derrière elles, à cheval, un peu en avant de son état-major, le général, pensif sous les galons de son képi, passait, désirant follement le retour de Mme de Pahauën, comme si son écervelée maîtresse pouvait, dans les plis de sa robe et les fossettes de ses joues, lui rapporter son énergie d'homme, exilée avec la gaieté de la courtisane, comme si ses baisers avaient dû consolider ce pouvoir qu'il sentait

---

sion au képi de garde national dont se coiffa Victor Hugo pendant le siège de Paris.

vaciller à mesure sous les sanglantes ironies de Paris quotidiennement vaincu.

III

À Versailles, Mme de Pahauën n'avait rien retrouvé de sa vie envolée des belles époques de l'Empire. Son récent prestige de maîtresse favorite disparaissait également. Sans autorité, presque sans argent, elle menait une existence maussade, vexée au plus profond de sa vanité d'être confondue avec la masse des femmes entretenues que la peur d'un bombardement, ou simplement un naturel espoir de gain facile avaient attirées au milieu des Prussiens.

Son arrivée avait été plus que modestie humble. Tout d'abord, elle avait été désorientée parmi le brouhaha guerrier de cette ville si majestueusement morte, à laquelle l'invasion donnait un mouvement extraordinaire et comme une résurrection d'un instant. Avenue de Saint-Cloud, dans un petit hôtel meublé plein d'officiers en casque, d'ordonnances au langage rude, aux éperons sonnant continuellement sur les marches des escaliers, elle avait eu assez de peine à se procurer une chambre étroite, avec un mesquin cabinet de toilette, où elle faisait coucher sa femme de chambre qui rechignait. La propriétaire, profitant de l'occasion, et tirant un lucratif parti des malheurs de ses compatriotes, lui avait loué ce campement un prix exagéré : 30 francs par jour, sans compter les frais journaliers du service. Et la bonne dame, sanglée dans son corset, éplorée sous son bonnet à larges rubans roses, avec des larmoiements d'usurier et des clignements d'yeux d'entremetteuse, lui avait fait remarquer qu'elle consentait à des concessions inouïes. Elle ne lui en faisait pas un reproche, mais là, vraiment, une location à ce prix-là, elle y perdait. Heureusement pour Mme de

Pahauën qu'elle était Française, sans quoi, elle n'aurait jamais conclu un marché à ce prix, qu'elle considérait comme tout à fait dérisoire. Songez donc, une chambre au troisième, à peine, car l'entresol n'était pas très haut, avec vue sur la rue, encore. Un officier prussien qui désirait y habiter en avait offert une somme double. Mais, il faut bien s'entraider les uns les autres, n'est-ce pas ? Elle, elle tenait pour le dévouement mutuel. Du reste, au rez-de-chaussée de sa maison, elle avait ouvert une petite boutique où elle débitait du vin, des liqueurs ; et vendant du champagne frelaté, des eaux-de-vie avariées qu'elle baptisait audacieusement du nom de cognac et de fine champagne, Mme Worimann, Alsacienne, rattrapait sur les ennemis qui venaient boire en sa maison, les soi-disant pertes qu'elle éprouvait, en logeant à des prix excessifs les Français ou Françaises, Parisiens ou Parisiennes que le bonheur d'un sauf-conduit [1] amenait à Versailles, cherchant un exil commode où l'on mangerait du pain blanc à l'abri des obus, sans cependant être trop loin des curiosités et des nouvelles de Paris assiégé.

À ces industries de logeuse en garni et de débitante de liqueurs, Mme Worimann, secrètement, joignait une profession dont les seuls revenus dépassaient de plus du triple les revenus déjà exagérés de ses commerces officiels. Ex-sage-femme qui s'était séparée de son mari et avait vendu sa maison avec son enseigne de fer-blanc peint, figurant un nourrisson qu'une dame bien mise découvrait dans un carré de choux et de roses trémières, après un procès en avortement, d'où elle était sortie acquittée faute de preuves suffisantes, Juliette Worimann, lors de l'arrivée des Prussiens, conçut immédiatement l'idée d'exploiter les vices de l'invasion. Après trois ans passés dans l'inaction, la conduite régulière et une hypocrite dévotion qui la menait tous les dimanches, à l'église Saint-Louis, écouter des messes, subir des sermons et faire brûler des cierges, l'ancienne matrone, au milieu du

1. Voir *supra*, p. 195, note 1.

désordre de la guerre et de la détente de la surveillance policière, se reprenait à ce métier d'entremetteuse où jadis elle avait trouvé les plus clairs bénéfices de sa maison d'accouchement. Avec les Prussiens, elle n'avait à craindre ni procureurs, ni poursuites, ni cour d'assises. Dégagée de préjugés, profitant de la profonde connaissance de cette langue allemande qu'elle avait parlée, longtemps à Strasbourg, dans sa jeunesse, elle fournissait aux officiers bien rentés, le logement, la nourriture et l'amour. Ainsi, familière avec les généraux, complaisante avec les états-majors, elle avait échappé aux réquisitions que les Prussiens imposaient aux habitants. Protégée, à cause des services particuliers qu'elle rendait par son industrie, dans le désastre général, elle amassait des rentes. Pour elle, le Prussien n'était plus un ennemi qu'on hait, un exploiteur dont on se défend : c'était un client qu'on accueille avec un sourire, un consommateur qui rapporte et qu'on tâche de retenir avec des bonnes grâces. Intimement, Mme Worimann souhaitait la perpétuité de l'invasion. Douce avec tout le monde, affable par nécessité, répandue en bonnes paroles, elle n'avait de dureté que pour ce Paris lointain dont les incessantes canonnades lui faisaient craindre une sortie victorieuse. Alors, c'étaient les Prussiens chassés, Versailles redevenant français, son commerce tué pour toujours. Aussi, elle affectait de ne pas croire à l'efficacité de la résistance et, tremblant pour son intérêt, elle donnait le change en accusant journellement le gouvernement de faire massacrer les gens sans raison.

« À quoi tout cela servait-il ? je vous demande un peu ? »

Sur le pas de sa porte, quand des blessés faits prisonniers passaient saignants, mutilés, criant dans les cahots des voitures d'ambulance, Mme Worimann exhalait des pitiés si bruyantes, plaignait tellement les pauvres enfants « envoyés à la boucherie », ou « sacrifiés pour une cause perdue », que, dans le quartier, sa réputation en profitait. Assurément, comme femme, c'était une pas grand-chose, on en tombait d'accord, oui, mais aussi, elle avait un cœur d'or. Cela était également indiscutable. Puis elle rentrait, et ces mêmes tendresses, elle les prodiguait aux consommateurs bavarois, saxons ou poméraniens, commercialement.

Les mêmes circonstances qui avaient été favorables à Mme Worimann, rendaient désastreuse la position de Mme de Pahauën. Les femmes n'étaient pas rares sur la place, à Versailles, et la notoriété qu'elle pouvait apporter dans sa prostitution, la célébrité qu'elle avait à Paris, cessaient là, dans cette ville où les officiers ne savaient rien de la splendeur de ses relations antérieures, ignoraient tout de ses excentricités et de la fantaisie de ses caprices. Pour la première fois, Mme de Pahauën s'aperçut qu'elle vieillissait.

Autour d'elle, à la promenade, les désirs ne parlaient pas bien haut. En vain quand elle rentrait, elle interrogeait sa femme de chambre : ni lettres d'amour, ni envois de bouquets. Personne n'était venu. Ils ne venaient pas davantage les billets poétiques et parfumés dissimulant la concupiscence secrète qu'ils expriment sous des formules de politesse et sous des exagérations du sentiment. Tous les matins, son lot d'hommages lui manquait, et le soir, elle restait seule au coin de son feu maigre, sans cour d'adorateurs, sans conversations d'amis, tandis qu'au loin les canons tonnaient, et qu'elle écoutait leurs décharges qui sonnaient dans la nuit, lugubrement d'accord avec ses pensées. Rien, pas même la lettre brutale, offrant de l'argent, sèche comme un calcul et brève comme un prospectus.

La vie se faisait dure à Mme de Pahauën. L'argent qu'elle avait emporté avec elle diminuait vite, et quand il serait épuisé, comment et où s'en procurer ? Jamais elle n'avait fait d'économies, elle n'avait de compte chez aucun banquier. Elle dut s'adresser à Mme Worimann. Celle-ci se montra bienveillante, et tout en l'exploitant et en lui prêtant à des taux invraisemblables, profita de l'occasion pour lui donner quelques conseils.

Pardieu, elle en avait connu d'autres, et des grandes dames encore, qui s'étaient trouvées dans des embarras aussi grands, et même plus. Eh bien ! elles s'en étaient tirées. L'important, par exemple, était de ne pas manquer d'initiative ou alors, si soi-même on n'osait pas, d'ailleurs elle comprenait ça, il y a des fois où la chose est assez difficile, eh bien ! on s'adressait à une personne de confiance qui se chargeait de...

Et, dans une fin de phrase où elle essayait de dissimuler avec des mots délicats l'énormité de sa proposition, elle offrit ses services. Du reste, elle demandait pardon à Madame, mais au fond, elle avait lieu d'être flattée, Madame avait été remarquée l'autre jour par un officier supérieur.

« Quel officier ? demanda Mme de Pahauën, je n'entends rien à ce que vous voulez dire. Expliquez-vous, voyons ?

– Un de ceux qui sont auprès de l'empereur Guillaume [1]. Ils ont un nom. Ma foi je ne sais plus comment.

– Eh bien ! ce monsieur, que veut-il ? »

Alors Mme Worimann, croyant d'avance au consentement de Mme de Pahauën, la voix basse, les yeux brillants, lui apprit ce qu'on désirait d'elle, et le prix qu'on était décidé à mettre pour la possession de sa personne.

Pour la première fois, Mme de Pahauën eut conscience de son infamie, sa vie tout entière à ces mots lui apparut méprisable et turpide. Tout le décor de luxe, l'apothéose de féerie dans lequel elle avait trôné, triomphante, accumulant les impudicités et compliquant les débauches, d'un coup, s'écroula. Dans une évocation soudaine, elle se revit passant au milieu des salles des Tuileries. Les orchestres, cachés, chantaient sous des fleurs ; on dansait et il y avait d'un bout à l'autre, sous l'éclatante lumière

1. Céard prend des libertés avec le titre d'empereur. Le roi de Prusse ne devint empereur qu'à la fin du siège de Paris, en janvier 1871.

des lustres, des ondoiements d'épaules blanches où ruisselaient des diamants. Des généraux, des diplomates, dont les noms jetés par les valets à l'entrée des salons, sonnaient majestueux et célèbres par-dessus tous les autres, inspirant le respect aux gens mêmes qui les prononçaient, s'empressaient autour d'elle, briguant la faveur d'un regard, heureux de pouvoir être admis à ramasser son éventail ; et ceux-là considéraient dans la suite avoir été l'objet d'une distinction suprême, qu'elle avait autorisés à faire, avec elle, un tour de valse, par hasard. On la consultait pour la conduite du cotillon, elle réglait les figures ; et quand l'envie lui en prenait, elle avait des inventions prodigieuses qui bouleversaient le bal et dont les retentissements étaient si lointains que des ministres même, dans la suite, en demeuraient ébranlés.

Elle s'apercevait encore rayonnant dans les feux d'artifice, chantée dans tous les *Te Deum* [1], et autour d'elle, comme autour de l'incarnation féerique de la corruption et du détraquement d'une époque, les chants des prêtres montaient, mêlant leurs hosannas aux flammes de Bengale. Puis, quand l'Empire croulait, par la toute-puissance de son sexe et l'omnipotence de sa dépravation, elle dominait encore !

Trois mois durant, elle avait été maîtresse de Paris, et jamais d'un bout à l'autre de la ville enserrée dans ses bastions, il n'y avait eu une volonté contre sa volonté. Elle avait commandé aux généraux, fait ployer les disciplines, et que de fois des ordres avaient été donnés qui obéissaient à ses caprices. C'était sa fantaisie qui tout à l'heure avait fait livrer des batailles ; quand il lui avait plu, elle avait fait de la gaieté ; quand il lui avait plu aussi, elle avait fait de la mort. Et maintenant voilà qu'on osait lui offrir le lit d'un Prussien, voici que la misère venait qui allait la forcer à toutes les soumissions. Alors elle se révolta. Elle consentait bien à être la courtisane

1. Hymnes religieux que l'on chante dans des circonstances solennelles.

éclatante que maudissaient les Juvénals [1], et qui, malgré tout, sent l'admiration des badauds soulevée autour d'elle avec la poussière de sa voiture, quand elle passe si majestueusement insolente que le doute vient aux honnêtes gens et qu'un désir mauvais gonfle le cœur des humbles. Mais quoi donc, maintenant, elle tombait à ce point qu'on la prenait pour une prostituée vulgaire et qu'on offrait de son sourire et de sa chair un prix déterminé, elle qui, jadis, sur la promesse d'un baiser, avait ruiné des familles et amené la faillite de banquiers !

Il lui sembla comprendre. Assurément quelque chose d'épouvantable s'était passé, quelque chose dont sa tête écervelée ne s'était pas rendu compte. Si elle était déchue ainsi, un cataclysme terrible avait certainement frappé autour d'elle, quelque part. Dans ses malheurs personnels, elle eut la notion d'infortunes générales : elle entrevit la misère de la catastrophe commune, et dans la déroute de son opulence elle devina des infinis de désastres, d'irréparables immensités de ruines. Ainsi, c'était donc ça l'invasion, c'était donc ça la guerre !

D'un bout à l'autre de la France, Mme de Pahauën rêva de femmes comme elle, abandonnées, sans le sou, s'endettant dans la nudité sale des chambres d'hôtel, au milieu du marchandage des luxures et du trafic des entremetteuses. La patrie envahie lui apparut comme un endroit de désolation où les courtisanes même n'avaient plus la liberté de leur corps et le choix de leurs amants. La douleur lui donna un peu d'intelligence. Un élan d'enthousiasme patriotique lui fit soudainement admirer ceux-là qu'elle n'avait pas remarqués d'abord, ces soldats improvisés, armés au hasard, et qui luttaient désespérément. Le spectacle qu'elle avait contemplé avec le laisser-aller d'une belle dame, s'éventant bien à l'aise dans sa loge, lui apparut alors dans toute l'horreur de son développement, dans toute la grandeur de son humanité

---

1. Les courtisanes étaient un des sujets des satires de Juvénal, poète latin du Ier siècle après J.-C.

féroce. Elle seule, jusqu'à présent, n'avait point souffert de la souffrance générale.

Elle était passée souriante au milieu des morts, et des pudeurs lui vinrent pour cette insouciance et cette tranquillité dans lesquelles elle avait vécu si longtemps. Elle sentit qu'à son tour l'heure du sacrifice était venue ; elle aussi voulut se dévouer comme la femme de Paris, qu'elle revoyait maintenant grelottant à la porte des boucheries, sur les boulevards, où tombaient des obus ; comme celles-là qui, dans les défenses de la ville, prenaient un fusil et faisaient le coup de feu. Alors, oubliant sa misère, ses poches vides, son train de maison réduit, sa femme de chambre grognant et réclamant sans cesse l'arriéré de ses gages, Mme de Pahauën repoussa avec dédain les offres de Mme Worimann. Elle, se vendre aux Prussiens ? Allons donc, jamais !

Mme Worimann insistant, elle éclata en injures, lui reprocha le métier qu'elle faisait : une Alsacienne !

« Il ne fallait pas être Française pour consentir à de pareils trafics.

– Ainsi vous refusez ! Pourquoi ? »

Mme de Pahauën prit un grand air de dignité. Et tandis que tout se mélangeait en elle, son amour pour Paris, ses exagérations de femme et ses gestes anciens appris quand elle jouait les grandes dames sur les planches d'un petit théâtre, elle répondit :

« Parce que je suis Parisienne, parbleu ! et que les Parisiennes ne font pas, comme vous, des lâchetés. »

Et tournant brusquement les talons, elle sortit. Derrière elle les portes claquaient. Mme Worimann, qui la regardait s'en aller d'un air de douce pitié, répétait :

« Ce n'est point la peine de faire tant d'embarras. Tu y viendras, ma petite, tu y viendras, et peut-être encore plus tôt que tu ne crois. »

En attendant, elle crut de sa dignité de ne plus échanger un mot avec sa locataire.

Des journées se passèrent, des journées, encore des journées. La vie de Mme de Pahauën s'écoulait morne et désolée. Maintenant elle était seule, sa femme de chambre l'avait quittée après une grande dispute. Elle éprouvait ce surcroît de tristesse d'être obligée de faire son ménage elle-même. Par vengeance, Mme Worimann refusait de l'aider, et tous les matins elle traînait dans sa chambre, en peignoir, les cheveux dénoués, s'y reprenant à deux ou trois fois pour faire son lit. Les matelas à remuer fatiguaient ses reins peu habitués aux fatigues domestiques ; elle avait des maladresses constantes et les précautions continuelles qu'elle prenait pour ne point salir la blancheur de ses mains, les gants qu'elle mettait pour les préserver, la rendaient si malhabile qu'elle cassait tous les menus objets fragiles auxquels elle touchait. Son élégance même l'abandonnait.

Jadis, elle avait été la vivante figure de la mode. Sur son dos, les toilettes doublaient de grâce, sur sa tête les chapeaux prenaient des imprévus de coquetterie. Maintenant, les costumes luxueux, les coiffures délicatement étranges dont elle avait fait la fortune et amené le succès, semblaient avoir perdu toute leur jeunesse et toute leur fraîcheur. Les rubans flottaient mous, sans éclat, avec des cassures de rubans fanés ; les traînes sur les trottoirs ondulaient avec un frou-frou mélancolique et fatigué, et les failles [1], les satins, les cachemires, tout le coûteux falbala apporté avec soin dans le papier de soie des malles, semblait, sous le ciel de Versailles, le déballage misérable d'une maison de confection vendue après faillite.

En même temps que sa toilette, Mme de Pahauën vieillissait : son âge apparaissait avec ses rides. Là, dans sa chambre d'hôtel, elle n'avait plus ces crayons, ces dentifrices, ces fards, ces poudres de riz, cette pharmacie d'ingrédients avec lesquels, tous les matins, une heure et demie durant, elle rechampissait [2] ses charmes et consolidait sa beauté. Depuis longtemps le carmin dont elle se

1. Étoffes de soie.

2. Rechampir (terme de peinture) : marquer les contours par un contraste de couleur pour les faire ressortir.

teignait les lèvres diminuait dans sa boîte, et, quotidiennement, elle l'économisait, faisant des prodiges d'invention pour se conserver longtemps encore le peu qui restait, épouvantée du jour, de plus en plus proche, où sa bouche éclaterait dans toute l'horreur de sa flétrissure, et où son sourire, derrière des lèvres gercées, découvrirait des dents jaunissantes et point poncées. Pourtant, c'était aujourd'hui son unique satisfaction : s'habiller.

Désœuvrée, rongée d'ennui, perdue d'inquiétudes, dérangée par des remords vagues, elle essayait de combattre la persistance de ses spleens par des ajustements de toilettes compliquées. Longuement elle se tenait devant sa glace étroite, un peu haussée sur la pointe de ses bottines, afin de se voir par-dessus le globe de verre dominant la pendule sur la cheminée. Par une recherche de coiffure, par un nœud de rubans, par un bijou retrouvé, elle essayait de revivre cette existence d'autrefois et de ressusciter pendant une demi-journée ce passé de luxe dont le souvenir la hantait. Puis, quand elle était prête, pimpante et correcte des bottines au chapeau, elle ne pouvait rester dans sa chambre. Tourmentée du besoin de sortir, du désir de se montrer, elle se promenait à pied, seule.

Alors dans la ville sinistre, aux fenêtres fermées, dans les rues où les habitants cédaient le pas aux uniformes et aux casques, tandis que les bourgeois ne mettaient le pied dehors que pour les courses indispensables, la toilette de Mme Pahauën prenait d'indéfinissables intensités de tristesse. Sa grâce devenait lugubre à faire pleurer, sa prétention tournait à l'épouvante. Les rares Versaillais qu'elle rencontrait se retournaient, riant sur son passage. Des quolibets suivaient le murmure empesé des jupons sales frissonnant sous la robe, l'incohérence malheureuse et savante de cette mise tapageuse. Des gouailleurs la comparaient au décrochez-moi-ça [1] des filles de maisons publiques, les jours de sortie. Et, à la vérité, c'était une

1. Vêtements d'occasion, issus d'une friperie.

chose comique et navrante que ce spectre de femme à la beauté fuyante, aux cheveux rouges redevenant noirs par suite du manque de la teinture périodique, qui, au milieu de la Prusse, au milieu de l'armée ennemie triomphante, semblait le spectre des élégances mondaines et comme le fantôme des splendeurs de Paris.

Bientôt Mme de Pahauën dut renoncer à ces promenades d'où elle revenait insultée, bernée comme une fille [1]. Elle enferma ses robes dans ses malles et, calfeutrée dans sa chambre, vêtue d'un simple peignoir, désespérée, elle attendit. Qui sait ? peut-être un jour la fortune des armes lui serait-elle favorable, peut-être à la fin, Paris vainqueur lui ouvrirait-il ses portes ? Et prise d'un accès de dévotion, elle pria, demandant à Dieu avec ferveur de donner aux Français une victoire qui lui rendrait sa tranquillité à elle, ses domestiques, son hôtel, et son train de maison, et son luxe ancien.

Mais la victoire était lente à venir pour les armes françaises. Chaque combat livré n'amenait que des défaites. Mme de Pahauën, navrée jusques au fond du cœur, frémissait de colère, quand, sous ses fenêtres, les Allemands défilaient avec des hurrahs répétés, célébrant leurs succès. L'hiver s'allongeait désespérément rude. Là-bas, Paris, tenace dans la défaite, luttait, toujours, et les nuits étaient pleines du sourd grondement de ses canons acharnés. Oh ! comme elle l'aimait maintenant ce Paris lointain et terrible. C'était vers lui que convergeaient toutes ses espérances, et les dernières joies de la vieille courtisane étaient quand il emplissait l'horizon du fracas de ses forts et du tonnerre de ses remparts. À chaque bordée elle s'imaginait qu'un chemin allait s'ouvrir tout large, par lequel elle pourrait rentrer, et dans le craquement des mitrailleuses et les détonations stridentes des feux de peloton, elle imaginait des luttes définitives qui allaient décider de la France et changer la face des choses. La

1. Voir « Boule de suif », p. 103, note 3. Elle est raillée, tournée en ridicule.

nuit venait, mettait sur ces journées d'angoisse la tristesse de ses ténèbres, la monotonie de sa neige, et rien n'arrivait. Dans la rue, les clairons prussiens sonnaient toujours la mélodie mélancolisante de la retraite, invariablement. Des régiments passaient, jouant les singulières et sourdes batteries de tambours qu'accompagne l'aigre chanson des fifres, et jamais au grand jamais dans la ville solennelle et morne, dans les longues avenues, dans les échos endormis du château tout rempli de statues des héros, de la gloire française, figées sur leurs socles dans leur immobilité de marbre, jamais au grand jamais il ne semblait que les clairons aimés retentiraient encore, jouant *La Casquette au père Bugeaud*[1].

Et pourtant, des cancans apportés dans la chambre de Mme de Pahauën avec le coup de plumeau du garçon d'hôtel, avec les kilos de charbon de terre du charbonnier du coin, avec les rares visites que lui faisaient les femmes entretenues, ses voisines, ne représentaient pas les forces ennemies comme bien considérables. Le bruit courait que leurs fortifications étaient souvent dérisoires, leurs retranchements si inexpugnables, simulés. À peine avaient-ils quelques batteries sérieuses, vraiment garnies de pièces à longue portée et largement approvisionnées de munitions. Le reste se composait de tuyaux de poêle, de tuyaux d'égout, dont l'ouverture braquée sur Paris, au loin, dans les verres des lorgnettes, donnait l'illusion de gueules de pièces de siège. On citait les endroits, en même temps aussi les gens qui s'étaient aperçus de ce stratagème. On les nommait à voix basse, les ennemis étant très soupçonneux. Peut-être les récits exagéraient-ils la faiblesse des défenses improvisées, on en était généralement d'accord ; mais assurément tout n'était pas faux dans ce qu'on racontait.

Ces histoires, souvent répétées, entretenaient les illusions de Mme de Pahauën. Certaines nuits même elle

1. Chant militaire des zouaves d'Afrique depuis 1846. Le maréchal Bugeaud fut à l'origine de la « pacification » de l'Algérie.

pouvait croire que son rêve de délivrance allait se réaliser. Paris crachait de toutes ses bouches à feu, et Versailles s'allumait, tout entier, d'une grande lueur. Dans les rues, des estafettes [1] couraient, autour des troupes pesamment massées, des commandements s'échangeaient. Les fenêtres des maisons s'éclairaient et, tandis que les troupes s'éloignaient dans la ville soudainement abandonnée et pleine de silence, les questions commençaient. Les Prussiens, vigoureusement attaqués à l'improviste, n'allaient pas pouvoir se défendre, c'était la sortie, la sortie en masse, la sortie victorieuse. D'enthousiastes espérances s'échauffaient en bonnet de nuit sur le pas des portes, chacun tendait l'oreille, interprétant tous les bruits dans un sens favorable. Le fracas des caissons, roulant là-bas dans les ténèbres, était pris pour celui des bagages du roi Guillaume [2] qu'on emmenait pour les sauver du désastre certain et les ravir à la capture. On regardait le château, aucune lumière n'y brillait, et dans l'accès d'optimisme qui secouait la population, chacun concluait nécessairement que l'état-major allemand, saisi de peur, s'était enfui.

Mme de Pahauën était belle, surtout dans ces circonstances où l'imagination débordait. Fille du peuple, nourrie de la lecture des romans-feuilletons, l'esprit hanté par ces conceptions saugrenues qui se déroulent dans la folie de l'absurde et se dénouent avec des complications extraordinaires, elle avait des affirmations bouleversantes qu'elle débitait avec un imperturbable aplomb. Ainsi, elle donnait comme certain que le château de Versailles était miné. Les Parisiens attendaient seulement le moment favorable : une étincelle électrique, et v'lan, le roi Guillaume, avec son état-major, sautait en l'air, d'un seul coup. Elle était sûre, également, que des souterrains passant sous la Seine, passant aussi sous les collines conduisaient d'Auteuil à la place d'Armes. Il n'y avait pas à en

1. Militaires chargés de porter les courriers.
2. Il s'agit du roi de Prusse (1861-1888). Voir *supra* p. 204, note 1.

douter, la sortie devait s'exécuter de ce côté-là. Les Français marcheraient à couvert, et l'on rirait bien tout à l'heure, quand tambours battants et clairons sonnants, ils déboucheraient au milieu de Versailles délivré, en plein.

Elle disait ces niaiseries sérieusement ; elle-même y croyait éperdument. Elle prétendait même entendre sous la terre des pas sourds, cadencés comme ceux des bataillons en marche. Et les plus sceptiques écoutaient, ébranlés par l'autorité de sa confiance. Oui, il leur semblait qu'on percevait quelque chose d'inusité. Souvent ce n'était que le tapage d'un cheval à l'attache dont les fers grattaient le pavé, dans une écurie voisine. Parfois c'était moins encore, le murmure du vent dans les arbres des avenues s'enfonçant dans la nuit. Le plus ordinairement ils n'entendaient rien, sinon ces imaginaires sonorités que les vives espérances font bourdonner dans les oreilles attentives.

Le matin se levait, mettait ses clartés malades le long des maisons anxieuses, et les Versaillais, les yeux tout brouillés d'une nuit d'insomnie, le corps courbaturé par l'espérance continue de cette délivrance qui n'arrivait pas, voyaient rentrer les troupes ennemies. Elles chantaient bien en rang, comme si elles fussent revenues d'une inspection ou d'une revue. L'attaque des assiégés était repoussée encore une fois, et Mme de Pahauën tout en larmes, pleurant sur elle-même, tout en ayant l'air de pleurer sur la France, écoutait par-dessus la cadence des bottes marchant ensemble, rythmiquement, les canons essoufflés qui, dans le bleu livide d'une aurore d'hiver, tiraient à longs intervalles. Et leurs salves semblaient sonner le glas funèbre de Paris à l'agonie.

Paris, c'était maintenant l'obsession permanente de Mme de Pahauën. Elle le sentait à l'horizon, elle avait pour la ville immense les tendresses que, dans l'éloignement, on éprouve pour les personnes gravement malades. Un jour même, elle n'y tint plus, elle voulut le revoir, se mit en marche. Longtemps elle erra, repoussée par les sentinelles, chassée par toutes les consignes. Elle allait, errant sur les collines, à travers les bois dépouillés, glissant sur les restes de neige sans parvenir à apercevoir ce Paris colossal qui semblait se refuser. Pourtant, un instant, sur les hauteurs qui dominent Meudon, elle s'arrêta. À travers l'entrecroisement des branches qui mettaient sur le ciel des dessins fins et déliés comme des traits d'eau-forte, dans une courte échappée, la ville lui apparut.

Il était quatre heures du soir, la nuit était déjà venue. L'ombre autour s'épaississait, et Paris, confondu avec les ténèbres, n'était qu'un tas énorme d'obscurité. Mme de Pahauën tressaillit. À peine si elle le reconnaissait, dans cette masse noire étagée, là-bas, au fond du grand trou creusé entre les collines. Ce n'était plus le Paris illuminé et féerique qui, le soir des promenades d'été, était aperçu à l'horizon, débordant de lumière et de vie, poussant vers le ciel plein d'étoiles le souffle de ses poumons, le murmure de ses rues, et dont les innombrables becs de gaz semblaient mettre sur la terre le reflet de tous les astres du firmament. Maintenant la buée rouge qui flottait au-dessus de lui avait disparu. L'activité paraissait avoir abandonné cette ville sans gaz, qui gisait dans le pli du vallon, avec les refroidissements sinistres d'un astre à jamais éteint. À peine si, de-ci de-là, dans les profondeurs de son horizon d'ombre, une pauvre clarté oscillait, lointaine, tremblante, et cette rare lumière faisait songer Mme de Pahauën. Malgré elle, elle la comparait à ces bougies qu'on allume pieusement au chevet des morts.

Tout à coup, sous ses pieds le sol trembla, secoué par des détonations successives : les oreilles lui tintèrent douloureusement. À sa droite, à sa gauche, une lueur immense courut, l'amphithéâtre des collines s'alluma des lueurs d'un immense incendie, un épouvantable fracas de mitraille éclata, des projectiles sifflèrent. Dans Paris, soudainement éclairé, des obus éclataient de place en place. C'était le bombardement. Les bordées suivaient, calmes, réglées, mathématiques, tandis que là-bas, Paris, dans une immobilité cataleptique, ne ripostait pas. Rien ! Pas un coup de fusil aux avant-postes, pas un coup de canon aux bastions. Si bien que, dans les intervalles de silence, on entendait comme des écroulements de maisons, distinctement.

Alors, Mme de Pahauën se trouva lâche. Elle eut honte d'avoir fui la ville désolée, elle se reprocha d'être à l'abri, pendant que ses concitoyens souffraient, maigris par la famine, décimés par les combats, nuit et jour. L'effroi augmentant l'intensité de ses sensations, elle s'imagina que chaque coup portait, et que, dans cette ombre funéraire, toute décharge ruinait un quartier, tout éclat de bombe faisait un mort. Paris lui apparut alors comme une ville de massacre et de décombres, et son spectre la hantait comme un remords. Elle détourna la tête, et faisant un effort pour s'arracher du sol où la clouait l'épouvante, mettant de temps en temps la main devant ses yeux comme pour échapper à l'obsession sinistre de cette vision, à travers champs, elle courut jusqu'à Versailles.

Maintenant, son parti était pris : coûte que coûte, elle irait à Paris. Il lui fallait sa place au milieu des misères ; elle voulait sa part de souffrance, demandait son morceau de danger. Et puis, si tout était fini, si Paris devait crouler et avec lui l'Empire, vingt ans de corruption, elle se figura qu'elle manquait au dénouement. Comme les cabotines [1], à la scène finale, au milieu des jets de lumière électrique et des flammes de Bengale du dernier acte d'une féerie, il lui sembla qu'elle devait réapparaître et tenir son emploi dans cette funéraire apothéose. Elle songea aussi qu'elle pourrait exaspérer les résistances, fouetter les colères, animer enfin cette défense somnolente et lui souffler des audaces. Oui, elle irait. Elle dirait de combien peu de troupes disposait l'ennemi. Elle dénoncerait ses forces dispersées, ses armements insuffisants, ses fortifications fictives, la pauvreté de son corps d'investissement, et qui sait ? peut-être arriverait-elle à secouer les torpeurs et à décider les hésitations.

1. Comédiennes.

Le bombardement entendu au loin continuait, correct, effroyable. Paris se taisait toujours, résigné.

Alors elle rêva de choses immenses : les forts tonnant à sa parole, l'armée marchant sous son impulsion, et le souvenir romanesque de ses lectures se mêlant à l'exaltation de ses nerfs, elle s'imaginait qu'un jour elle tiendrait sa place, dans l'histoire, à côté des héroïnes célèbres dont le courage et la volonté avaient affranchi des peuples et délivré des patries.

Résolue à tout, dans sa fièvre de patriotisme, de retour à Versailles, elle alla trouver Mme Worimann. Elle se fit humble, travailla par de doucereuses paroles à rentrer dans les bonnes grâces de l'entremetteuse, puis, brusquement, comme gênée par ses bassesses, elle lui déclara qu'elle acceptait.

« Quoi ? qu'est-ce que vous acceptez ? demanda hypocritement Mme Worimann.

– Ce que vous m'avez proposé l'autre jour, vous savez. »

Mme Worimann fit un geste qui signifiait : je savais bien que vous y viendriez.

« Seulement, continua Mme de Pahauën, je mets une condition expresse. Vous m'entendez. Le lendemain j'exige que les moyens me soient facilités pour rentrer à Paris. Autrement, il n'y a rien de fait. »

Longtemps, Mme de Pahauën attendit la réponse. Deux jours passés, et elle était encore là, dans sa chambre, marchant à grands pas, tremblant que cet officier de l'entourage de l'empereur Guillaume n'eût changé d'avis et ne la refusât, à cette heure. La glace lui jeta son visage. Elle se trouva laide, et s'avoua à elle-même qu'elle n'était plus guère désirable. Alors la vieille courtisane s'ingénia. Elle employa tous les artifices pour rétablir, ne fût-ce qu'un jour, sa croulante beauté. Ses pots de fard grattés jusqu'au fond rendirent à son visage une jeunesse momentanée, le rose revint aux lèvres avec un peu de pommade. Un bout de crayon retrouvé dessina l'arc fuyant des sourcils, un rien de khôl bleuit à nouveau sous la paupière, ravivant les flammes éteintes de l'œil, et Mme de Pahauën, la célèbre et l'adorable, ressuscita, parce qu'elle le voulait.

Quand Mme Worimann entra dans sa chambre, à peine si elle reconnut sa locataire.

« Jésus Dieu ! s'écria-t-elle, comme… »

Mme de Pahauën lui coupa la parole, et d'une voix brève :

« Eh bien ?

– C'est entendu.

– Tout ? Absolument tout ?

– Absolument tout. »

Puis, après avoir scrupuleusement indiqué l'heure et l'endroit :

« Vous n'avez plus besoin de rien ?

– De rien.

– Alors, adieu, madame. »

Mme de Pahauën s'étira, étendit les bras comme une femme qui échappe enfin à une longue courbature, et poussant un soupir de satisfaction :

« Enfin ! Maintenant nous allons donc rire. »

En bas, Mme Worimann, devant sa caisse, venait d'ouvrir son porte-monnaie. Elle prenait un à un les thalers [1] qui lui avaient été comptés pour prix de sa proxénétique intervention, et, tandis qu'elle les contemplait longuement, des éclairs de cupidité satisfaite s'allumaient dans les yeux louches de l'entremetteuse.

IV

C'est le cent douzième jour du siège [2]. Le matin, des affiches ont été posées encore : le rationnement de la

1. Monnaie allemande.
2. L'action se déroule donc vers la fin du mois de décembre 1870.

viande a été réduit de nouveau, et le pain tout noir, quand on le coupe, met sous le couteau des hérissements de brosse, quand on le mange, sous la dent, des craquements de caillou. Maintenant, les boulangers sont remplacés par des chimistes : d'empiriques préparations suppléent à la farine qui manque. Dans les greniers vides, on balaye avec soin les épluchures de céréales, les débris d'avoine, les grains de blé fermentés et salis, et cette pâte-là se vend très cher qui contient encore quelques vestiges des matières avec lesquelles le pain se confectionne ordinairement. La viande de cheval est devenue mauvaise. On la prend où l'on peut, dans les écuries de plus en plus désertes : l'équarrisseur aujourd'hui fournit la boucherie, et sur la table, la viande échauffée, coupée sur la carcasse des rosses maladives et affamées, fait monter au nez des convives un âcre et pestilentiel fumet qui lève le cœur, empêche l'appétit.

De grandes dépenses se font. À prix d'or on se dispute chez les marchands les dernières boîtes de viandes conservées, on s'arrache les comestibles très rares qu'improvise l'ingéniosité des estomacs affamés. Les chiens, les chats, les rats sont achetés avec répugnance, apprêtés sans beurre, mangés avec dégoût, et les gastrites, de tous les côtés, s'aggravent. Plus de lait. Les nouveau-nés sucent péniblement des biberons rapidement séchés. De temps en temps, dans les rues, un bataillon qui passe, sur un commandement, se met au port d'armes, et des bières d'enfants défilent, couvertes d'un drap blanc. Et le même honneur se rend souvent, sur le même boulevard, pendant une marche d'une demi-heure. Les statistiques constatent que les maladies augmentent, et avec elles le nombre des décès, incessamment : les rues sont pleines de femmes en deuil, de gardes nationaux un crêpe au képi. Guère de famille qui n'ait son mort : toutes ont leurs angoisses.

La nuit, le bombardement jette sur des coins entiers de la ville le déchirement de ses obus, l'épouvante de sa tuerie anonyme ; le jour, on guette en vain dans les profondeurs neigeuses du ciel le vol espéré d'un pigeon voyageur apportant sous ses ailes l'annonce, au moins, d'une victoire lointaine, un renseignement, même vague, sur ce que deviennent les parents là-bas, dans la province qu'on imagine dévastée, en proie à toutes les horreurs. Mais les ballons s'en vont emportant de jour en jour des lettres éternellement sans réponse. Le froid, le givre, les balles prussiennes terriblement adroites rendent toujours plus rares les rentrées des ramiers au colombier, et la soif de nouvelles est si grande, l'anxiété telle, qu'on achète des journaux, trois, quatre même, en vingt-quatre heures. Tous se répètent, et pourtant, quand un marchand passe criant : « Demandez les dernières nouvelles, les détails précis sur la sortie », des têtes apparaissent aux fenêtres des maisons ensuairées de brume, des appels retentissent, des femmes, des enfants descendent, donnent leur sou, et, debout dans la rue, lisent la feuille imprimée, fiévreusement. La feuille redit ce qu'a conté la feuille précédente, reproduit les mêmes renseignements, copie les mêmes dépêches et, cependant, tout à l'heure encore, on se pressera à la porte des mairies, quêtant sous le grillage en fer où l'on colle les placards administratifs, l'aumône d'on ne sait quoi d'officiel qui serait une nouvelle. L'espoir a tellement abandonné les cœurs qu'on ne compte plus sur l'annonce d'un succès : on demande seulement un changement d'ennui.

L'enthousiasme s'abat, les élans faiblissent, la ville apathique fait machinalement son métier militaire. À la longue la garde nationale s'est lassée de cette dépense de bonne volonté et d'efforts qui toujours ont été inutiles. Paris cependant continue à résister par la toute-puissance de la force d'inertie. Une agitation quasi somnambulesque emplit les rues : les clairons sonnent, les gardes se montent, on relève les sentinelles, les canons tonnent, mais sans résultat, sans intérêt, automatiquement et par habitude.

L'abandon, la courbature morale de la ville ont gagné jusqu'au général en chef. Ses proclamations jadis si nombreuses sont devenues plus rares ; jadis si verbeuses, si dogmatiquement prolixes, elles sont devenues brèves et concises, extraordinairement. Sa stratégie, du reste, n'agit pas plus que sa plume. Il ne tente plus rien, il attend. La misère de ses dernières sorties a aiguillonné contre lui l'ironie de la population et il s'en venge. Il impute à tout le monde, à toutes choses, la fréquence de ses insuccès. Des fureurs hiérarchiques le secouent, hantent son cerveau, mènent sa main ; sa colère s'exhale contre ces boutiquiers et ces citadins qui se permettent d'apprécier les actes d'un militaire, d'un général. Il vient de signer le rapport quotidien, le renseignement officiel qui sera communiqué à tous les journaux ; il y est dit ; « Des obus sont tombés au Point-du-Jour, des civils seulement ont été atteints », et il s'applaudit, il trouve l'ironie finement cruelle.

De temps en temps, dans la déroute de ses stratagèmes, convaincu de son impuissance, un vieux reste de dévotion lui revient. Il éprouve le besoin de croire en Dieu : il voudrait qu'elles fussent encore possibles ces grandes victoires des Gédéons [1] intervenant avec des poteries qui repoussaient l'ennemi, ces grands renforts de Samsons [2] faisant, d'un coup de poing, crouler les villes sur les assiégeants, et vaguement, se laissant aller à d'invraisemblables légendes, il rêve de triomphants libérateurs, comme ceux-là qui apparaissent soudainement dans les batailles des époques bibliques. Il espère la vision de Constantin [3], le labarum sacré [4] entrevu dans les nuages

1. Gédéon : héros biblique, libérateur d'Israël. Lui et ses hommes brisèrent des cruches en faisant tant de vacarme que l'ennemi prit peur et s'enfuit.

2. Samson : héros biblique ; sa force impressionnante lui venait de sa chevelure.

3. Constantin (IIIe-IVe siècles apr. J.-C.) : empereur romain qui aurait eu en songe la vision du Christ lui annonçant sa victoire prochaine.

4. Étendard de cavalerie que l'empereur Constantin fit surmonter d'une croix après sa conversion.

promettant la victoire, et se souvenant d'Attila [1] que les histoires représentent comme s'éloignant de Paris sur les prières d'une bergère, à tout hasard il a recours à sainte Geneviève [2] et vient de songer à faire une neuvaine. Autour de lui, les dépêches télégraphiques s'accumulent, toujours mauvaises, il en manie distraitement le papier bleu, il se demande si vraiment il serait prudent d'en donner communication au public. Déjà la veille, par un jeune homme qui a réussi à traverser les lignes prussiennes, des détails lui sont arrivés, lamentables. Il ne les a pas divulgués. Et il reste là, abattu, ployant sous le chagrin de ses propres défaites, accablé aussi sous les désastres de province.

Maintenant le doute même n'est plus permis : c'est la capitulation à courte échéance. Longtemps il se défend, le mot seul effarouche tout son passé de dignité militaire ; et cependant les vivres sont épuisés, les troupes diminuées de tous les morts et de tous les blessés de cinq mois de combats. Il y a bien la garde nationale. Involontairement, il sourit, plein du dédain des soldats de profession contre les soldats improvisés. Alors l'idée de capitulation réapparaît dans son esprit, et à mesure, le mot, insensiblement, se fait accepter. Après tout, il a fait tout ce qu'il était possible de faire : il n'a pas contrevenu aux lois qui déterminent la conduite d'un officier général commandant une place forte. Non, n'est-ce pas ? Il n'aura pas la gloire, soit ! mais au moins, son honneur est sauf. Il délibère en lui-même, s'accuse mollement, et, s'absolvant, décide qu'il a fait son devoir. Alors il se résigne.

Pourtant, par un suprême excès de conscience, il veut s'assurer si une sortie héroïque, désordonnée, est véritablement impraticable. Qui sait ? peut-être par une

1. Attila (Ve siècle apr. J.-C.) : grand chef militaire venu de l'est qui ravagea la Gaule. Dans son livre sur le siège de Paris, Francisque Sarcey évoque les Prussiens sous les traits des Huns, soldats d'Attila : « Misérables, fils des Huns, barbares ! vous nous avez tout pris, nous sommes ruinés par vous, affamés par vous et tout à l'heure nous allons être bombardés par vous » (*Le Siège de Paris*, *op. cit.*, p. 212).

2. Patronne de la ville de Paris.

attaque à l'improviste pourrait-on forcer cette ligne d'investissement trop vaste pour n'avoir pas de points faibles. Alors il fait seller son cheval. Escorté d'un piquet de cavaliers qui mettent derrière lui la silhouette maigre de leurs chevaux, comme le vivant spectre de la famine et du désastre, lentement il monte l'avenue des Champs-Élysées. Déjà le rond-point est dépassé. Le chemin, devant eux, jusqu'à l'Arc de Triomphe, s'étend boueux et morne. Des deux côtés, des maisons fermées, des hôtels abandonnés, par-ci par-là la tache blanche d'une enseigne de calicot sur lequel on lit le mot *Ambulance.* Le général se retourne et, derrière lui, jusqu'aux Tuileries, l'avenue, toujours aussi déserte, s'allonge dans la monotonie et la boue, serrée entre les arbres dépouillés, comme un sentier de forêt creusé de fondrières et raviné de trous. Sur le macadam défoncé, sur la chaussée mal entretenue où défilait jadis, dans les belles après-dînées mondaines, tout ce que Paris luxueux avait de galanterie, d'amour et de sourire, seul, un fourgon d'ambulance est aperçu. Des blessés y sont étendus gémissant à chaque cahot des roues, et le général, qui continue sa marche, les salue avec le geste classique de Napoléon Ier disant dans les vieilles estampes : « Honneur au courage malheureux ! » Soudainement, à mesure qu'il approche de l'Arc de Triomphe, qui là-haut ouvre au bout de l'avenue son arche gigantesque, l'idée de l'ambulance qu'il vient de rencontrer se mêle à son vague souvenir des femmes élégantes que l'heure du bois lui avait si souvent montrées dans leurs voitures, en cet endroit, sous l'Empire. Peu à peu, les formes indécises flottant dans son esprit deviennent plus certaines, elles prennent un corps, et devant ses yeux Mme de Pahauën, mondaine et ambulancière, se lève avec toutes ses grâces et ravit son souvenir avec l'étalage de toutes ses séductions. Ah ! maintenant, comme il regrette sa colère d'il y a trois mois, l'excès de son emportement, la brusquerie rancunière avec laquelle il l'a poussée à l'exil, sans réflexion ! À cette heure désespérée où ses dernières ambitions de gloire agonisent, où tout ce qu'il avait souhaité se dérobe à l'étreinte de sa main rêveuse, où dans l'écrasement de la patrie il ne considère plus que la misérable déconfiture de sa vanité, au moins si Mme de Pahauën était là, sa présence lui tiendrait lieu de consolation. Avec elle dans les bras, il oublierait la pauvreté de ses entreprises, l'éternelle médiocrité du nom qu'il va laisser à l'histoire. Eh ! qu'importe, que tout échappe et que tout croule, si au milieu de l'effondrement universel et du deuil de tout un peuple, fuyant dans les débauches et l'enivrement sensuel le mépris qui s'accroît et la honte qui vient, il pouvait s'abîmer dans la jouissance d'un désir charnel réalisé, et si cette nudité de Mme de Pahauën il lui était permis aujourd'hui de la voir et d'y toucher encore !

En chemise, la chair à la fois disparue et montrée sous les découpures fines des dentelles, dans les déshabillés sans cesse provocants des anciennes nuits galantes, la désirée image de sa maîtresse le poursuit. Elle est auprès de lui, quand il pose le pied à terre, remettant à un dragon la bride de son cheval ; elle monte avec lui, pas à pas dans l'obscurité de l'escalier pratiqué dans l'Arc de Triomphe, avec lui, elle est sur le sommet, auprès du poste télégraphique, dont la sonnette d'appel, à tout instant, retentit. Et Paris tout entier, sous leurs pieds se déploie emprisonné dans un incessant cercle de fumée. Les canons des forts tonnent sans discontinuer, et là-bas, plus loin encore que la ceinture des bastions, plus loin que l'enceinte reculée des ouvrages avancés, sur les collines, les canons prussiens qui répondent furieusement, arrondissent jusqu'à l'horizon un cercle de fumée où l'autre est enveloppé.

Une lunette à la main, le général regarde avec nonchalance ce spectacle monotone pour son œil de soldat. Il va, vient, de long en large, sur la vaste plate-forme, braquant sa vue une fois sur Gennevilliers, une fois sur Meudon, au hasard, puis revient au mont Valérien dont les pièces de marine, plus près, emplissent l'air d'un tintamarre plus fort, et tout ce grand remue-ménage l'excède comme une chose inutile. Même il s'en désintéresse et, machinal, regarde l'employé du télégraphe transmettre les ordres qu'il envoie, par habitude. L'appareil Morse fonctionne : il s'amuse au claquement sec du manipulateur, aux rouages d'horlogerie mettant en marche la bande de papier bleu où s'inscrivent les dépêches. Tout à coup, tout s'arrête, ses ordres sont transmis, collationnés, et il reste là surpris de la prompte fin de son plaisir. Mais la sonnette tinte à nouveau : une vis est levée, le papier se déroule et, sans savoir pourquoi, comme s'il se doutait qu'un bonheur est là, annoncé dans ces traits irrégulièrement longs et courts irrégulièrement, il essaye de lire, le cou tendu, ne comprend rien à ces signes qui l'irritent par leurs hiéroglyphes, interroge l'employé.

« Eh bien ?

– Du pont de Sèvres, un parlementaire vient d'arriver aux avant-postes demandant une suspension d'armes d'une demi-heure pour faciliter la rentrée à Paris de Mme de P… »

L'homme se penche,… épelle, hésite : « Madame… madame de Panavan, de Ponarvon.

– Madame de Pahauën ! » s'écrie le général, et il répète à plusieurs reprises « Pahauën, Pahauën », comme pour se convaincre lui-même de la réalité de ce qu'il dit. « Accordé, oui, oui ; je sais ce dont il s'agit. Donnez en même temps l'ordre de conduire cette dame à l'hôtel de l'état-major. »

Et comme s'il craignait d'en avoir trop dit, et d'avoir, par sa vivacité de parole, trahi la chaleur de sa passion, il ajoute cette phrase hypocrite :

« C'est là que je l'interrogerai », donnant ainsi à croire qu'il s'agit des intérêts de la patrie, et qu'il s'en préoccupe.

Tac, tac, tac, le manipulateur fonctionne ; s'il osait cependant, il forcerait l'employé à travailler plus vite. Tac, tac, tac, la dépêche s'en va peu à peu avec un petit bruit saccadé, et le général s'impatiente : jamais le télégraphe ne lui a paru si lent. Au loin le canon tonne toujours. Soudain les grondements diminuent à droite, diminuent à gauche. Les fumées qui s'envolent découvrent les collines, Meudon, Clamart, Sèvres, et dans le ciel un moment rasséréné le clocher de Saint-Cloud, seul, debout au milieu des ruines du village, lève sa pyramide blanche. Au-dessus du mont Valérien quelques rares flocons se traînent encore, tandis que le bruit des détonations décroît et meurt au loin dans les profondeurs des échos, en sourdine.

Alors pendant que les deux peuples qui, depuis six mois, s'acharnent l'un sur l'autre, et se mitraillent, et se battent, et s'écharpent, dans un effrayant spectacle qui tient l'Europe attentive, s'arrêtent un moment ; pendant que la France et la Prusse, enragées dans la destruction et inventives dans la mort, suspendent leurs colères et font faire silence à leur haine, Mme de Pahauën, debout, dans un bateau, avec une apothéotique allure, traverse la Seine ensanglantée. Elle sourit aux rameurs pliés sur les avirons. Des officiers, sur la rive devenue allemande, lui font avec la main des signes d'adieu amicaux ; des officiers sur la rive française l'appellent avec des gestes d'intime familiarité, et dans l'immense désastre des rives ruinées, elle passe, affirmant ainsi au milieu des tueries la toute-puissance invincible de sa chair, le triomphe insolent de son sexe.

Longtemps le général, avec sa lorgnette, a suivi dans le lointain quelque chose de noir qui marche et qui doit être l'embarcation ramenant à ses désirs la Pahauën et sa luxure. Un instant, il ne voit plus rien, puis la même tache noire réapparaît, gagnant lentement la rive opposée. Elle y touche, maintenant elle se confond avec la ligne sombre de la rive, et soudain des drapeaux blancs qui flottaient des deux côtés, de place en place, sont abattus, des sonneries de clairons éclatent si furieuses que le bruit en arrive jusqu'à ses oreilles.

« Commencez le feu ! commencez le feu ! » chantent de toutes parts les embouchures de cuivre, et de nouveau des cercles concentriques de fumée s'élèvent, devant, derrière, partout, masquant les collines. Le clocher de Saint-Cloud s'enfonce à nouveau dans une nuée d'ouragan, et la canonnade recommençante roule avec un retentissement si épouvantable, qu'elle donne la sensation d'un tremblement de terre.

L'armistice est fini, Mme de Pahauën est à Paris. Derrière elle, le sang coule à nouveau, les maisons croulent, les ruines s'accumulent. Qu'importe, Mme de Pahauën est à Paris.

Le général brusquement, est descendu. Il a repris son cheval au bas de l'Arc de Triomphe, et à franc étrier il a gagné l'hôtel de l'état-major, essoufflant à sa suite les squelettes galopants des rosses que chevauchent, sinistres dans leurs grands manteaux, d'affamés squelettes de dragons. Il attend. Pris d'impatience, il marche de long en large, tâchant d'user son anxiété dans l'effort d'un mouvement continu. Mme de Pahauën est lente à venir. Il ne peut pas se figurer que, du pont de Sèvres au milieu de Paris, la route soit aussi longue. Il s'inquiète, se reproche des négligences. Peut-être ses ordres donnés là-haut, du sommet de l'Arc de Triomphe, n'ont-ils pas été assez précis. Déjà il songe à en expédier d'autres qui les expliqueraient, d'autres encore qui en précipiteraient l'exécution, quand tout à coup la porte s'ouvre, et Mme de Pahauën, congédiant sur le seuil l'officier qui l'amène, paraît. Avec elle, tout le tintamarre de la ville bombardée et bombardant entre comme une escorte de colère.

Le général s'est précipité les bras en avant, tendus par la passion, et il l'appelle tendrement de son prénom :

« Huberte ! »

Mais Mme de Pahauën est très grave. Debout dans une robe noire, majestueuse et menaçante, elle repousse les lèvres qui s'approchent, les baisers qui s'offrent, et les tendresses, et les étreintes. C'est à son tour de refuser le général. Durement, avec des mots cruels où passe toute l'égoïste rancune de son séjour à Versailles, elle lui demande ce qu'il fait, pourquoi il ne se bat pas. Pour un peu, elle l'accuserait de n'être pas venu la délivrer, là-bas, dans son internement de la maison meublée de l'avenue de Saint-Cloud, et elle se plaint amèrement de son inaction, comme elle se plaindrait d'un rendez-vous auquel il aurait manqué. Oui, certes, il serait venu la chercher s'il avait eu du cœur.

« Ah ! pourtant, tu aurais bien dû t'en douter de ce qu'on s'embête là-bas ? »

Et lui ne trouvant pas de raison à donner, se contente de répéter :

« Huberte, Huberte ! » avec les airs de supplication d'un enfant demandant un jouet qu'on ne veut pas lui rendre.

Mais elle continue :

« Avec ça que la chose était difficile. Il suffisait de vouloir, voilà tout. L'investissement n'était pas tellement serré qu'on ne pût pas le rompre. » Elle le savait bien, elle, elle les avait vues ces fameuses fortifications prussiennes. Ah çà ! est-ce qu'il coupait là-dedans ? Des canons, des canons, mais c'étaient des tuyaux de poêle. Comment ! il n'avait donc pas deviné ? À quoi lui servait sa lunette ? Non, vraiment, on n'était pas myope à ce point. Eh bien ! vrai, si tu savais ce qu'ils se moquent de toi, là-bas, les Kaiserliks [1] !

Et prise d'une de ces crises d'éloquence qui sortent parfois de la bouche des femmes passionnées, elle vide devant lui tout ce qu'elle sait, tout ce qu'elle croit savoir sur la position stratégique des Prussiens. Avec une parole endiablée, pleine de trouvailles de mots et de bonheurs d'épithètes, elle répète les cancans, les faux renseignements, tous les racontars niais, toutes les inventions saugrenues, tous les invraisemblables détails qu'elle a ramassés à Versailles sur le palier, dans les conversations avec le garçon d'hôtel, Mme Worimann, la laitière, le

1. Nom donné aux soldats de l'empereur d'Allemagne.

charbonnier. À l'entendre, les Prussiens manquent de tout, de vivres, de munitions, même de patience. L'investissement les gêne autant que les Parisiens, même plus. Un jour de combat et ils n'auront plus de cartouches. Un semblant d'échec, seulement, et ils se révolteront contre leurs chefs, demanderont à retourner dans leur pays. C'est la sotte opinion qu'elle a entendu formuler très souvent, et elle la réédite avec une telle sincérité que la solidité de sa bêtise jette des doutes dans l'esprit du général. Peut-être dit-elle vrai ? et sans oser la contredire, désespérant en outre d'obtenir d'elle des renseignements définitifs, il répète câlinement :

« Huberte, Huberte ! »

Mais elle l'imite, fait la charge de sa parole et la parodie de sa tendresse :

« Huberte, Huberte ! Il n'y a pas d'Huberte qui tienne. Et tu te laisses bombarder, là ; tu cuis dans ton jus, nom d'un chien ! sans te retourner ! »

Et elle évoque devant lui la misère des quartiers qu'elle a traversés tout à l'heure, Auteuil saccagé, les pans de murailles écroulés montrant les intérieurs des maisons effondrées et, poussant plus loin avec d'outrageantes apostrophes, elle multiplie les faits : le moindre détail remarqué sur la route, grossi par sa torrentueuse faconde, devient une accusation terrible sous laquelle il baisse la tête.

Pourtant il essaye de se défendre, invoque les difficultés de sa situation, sa responsabilité devant l'histoire.

« L'histoire ! dit-elle, si tu continues comme tu as commencé, tu en auras une chouette de place dans l'histoire, je m'en moque ! »

Et elle rit longuement avec une insistance d'ironie.

Alors, soudainement les vieilles ambitions se réveillent dans l'apathique personne du général. Maintenant que le hasard lui a fait reconquérir Mme de Pahauën, pourquoi n'essayerait-il pas de reconquérir à force de volonté la gloire qui s'en va ? Qui sait ? peut-être y a-t-il du vrai dans toutes ces choses qu'elle raconte. Sans doute, oui, on peut encore trouer les lignes ennemies, et il parle d'activités suprêmes, de sortie en masse, d'efforts irrésistibles. Déjà, il se voit vainqueur, dictant aux Prussiens les conditions de la paix, au pinacle de ses rêves et de ses désirs, acclamé, planant au milieu des admirations humaines et, par-dessus tout, couchant avec Mme de Pahauën.

Comme elle s'est radoucie, il lui explique ses projets et son plan définitif. Il emploiera la garde nationale, jusqu'au dernier homme, tous les bataillons donneront. Il s'accuse, peut-être est-ce là une troupe excellente dont il a eu tort de ne pas employer plus tôt le dévouement et la bonne volonté. La sortie sera formidable, et déjà, selon son habitude, il médite une proclamation pour exciter les courages et ranimer les vivacités de Paris assoupi. À part lui, il songe au mot de cet officier, ce mot qui l'a fait sourire, il y a cinq mois :

« Ces bons escargots de rempart, il faudra leur faire une saignée. »

Eh bien ! cette saignée, il est décidé à la pratiquer, largement. Qu'importe si la fortune s'acharne à se montrer contraire : on ne pourra lui reprocher d'avoir négligé quelque chose des moyens à sa disposition. Si la ville doit capituler, au moins, son honneur à lui sera sauf.

« Tu le veux, dit-il, soit, on se battra. »

Alors, Mme de Pahauën lui saute au cou avec la reconnaissance câline d'un enfant qui voit céder à ses caprices.

« Seulement, tu sais, je veux être bien placée, tu me chercheras un bon endroit, pour que je puisse regarder ça, à l'abri. »

Tout en parlant, elle l'embrasse, et leurs baisers, répétés, sonnent dans l'appartement silencieux.

V

Huit jours après, la sortie avait lieu [1], à tâtons, par le brouillard. Le soir, après toute une journée d'angoisses et d'attente, à la lueur rapide d'allumettes, sur les murs des mairies on lisait des dépêches précises annonçant l'insuccès définitif, la reddition inévitable. En même temps, elles demandaient des renforts, des hommes, des chevaux, des voitures, pour tâcher d'arracher à la boue où ils gisaient, les morts et les blessés de la garde nationale écharpée, qui là-haut, dans les bois, saignait à pleines veines.

1. Cette sortie eut lieu le 19 janvier 1871. Son échec contraignit le général Trochu à démissionner.

L'AFFAIRE DU GRAND 7
par Léon Hennique

I

« Ran, plan,... plan, plan, plan ! » fit la chambrée debout en demi-cercle, autour d'un troupier à genoux, dont la tête reposait sur les cuisses d'un camarade, et elle se tut.

« Attention ! Sauvageot », dit le caporal Verdier, un grand blond à barbe rousse.

La main du troupier, largement ouverte sur ses reins, eut un léger tremblement ; on devait déjà lui avoir administré de solides claques. Et comme il attendait, très anxieux, un soldat qui entrait fendit le groupe, leva le poing avec tranquillité, le laissa retomber. Un coup sec retentit.

« Aïe !... Sacré nom de nom... s'il y a du bon sens ! » bredouilla Sauvageot furieux.

On éclata de rire. « Ce Sauvageot ! quel mollasson !... Gueuler comme ça pour un méchant revers de tampon [1] !... Ah ! fantassin de malheur ! Non, il n'était pas possible de rencontrer une pareille andouille...

1. De fortes claques de mains. – La chambrée pratique le jeu de la « main chaude ». Sauvageot, une main dans le dos, la paume ouverte, reçoit des coups dont il doit deviner l'origine (voir les indications données par R.-P. Colin dans son édition de « L'Affaire du Grand 7 », *L'Affaire du Grand 7 et autres nouvelles*, Tusson, Du Lérot, 2003, p. 243).

Chacun son tour, d'ailleurs ; se gênait-il pour taper sur les autres, lui ?... Alors, quoi ? Gare la couverte [1] !... Les mains de Sauvageot, des mains ?... jamais de la vie, des pelles à four ! »

Sauvageot s'était relevé. L'œil navré, les moustaches pendantes, un reste de colère sur les joues, il paraissait considérablement stupide.

« Voyons, quel est le Prussien qui t'a poivré la pince ? finit par demander le caporal Verdier.

– C'est Faguelin. »

En chœur, la chambrée poussa un hurlement de joie, se répétant : « Faguelin ! Faguelin ! »

Quelqu'un cria : « Ohé ! Faguelin !... As-tu vu Faguelin [2] ? »

Maintenant le regard ahuri de Sauvageot se promenait sur toutes les figures. Plusieurs fois déjà, au milieu du tapage, il avait murmuré : « Comment ! ce n'est pas Faguelin ? »

Et il renouvelait sa question, lorsqu'on le rejeta entre les genoux du camarade béatement occupé à sourire sur le bout d'un châlit [3].

« Attention ! cria de nouveau Verdier, que ton postérieur ouvre l'œil ! »

Cette fois, un long et maigre soldat s'approcha. Il avait quitté un de ses godillots, et marchait dans une vareuse trop large, en boitant, un pied nu, la bouche sournoise. Il levait son godillot, des mains de tous côtés l'encourageaient, mais brusquement le caporal Verdier cria :

« Fixe ! »

Il venait d'apercevoir le lieutenant de semaine [4] dans l'embrasure de la porte et, derrière lui, les longues moustaches frisées du sergent-major en tournée de service. Les

1. La couverture. « Faire sauter à la couverte » consistait à projeter un soldat en l'air à l'aide d'une couverture tendue.

2. Reprise de deux rengaines célèbres de la fin du Second Empire : « Ohé Lambert ! » et « As-tu vu Godiveau ? » (voir R.-P. Colin dans son édition de *L'Affaire du Grand 7 et autres nouvelles*, *op. cit.*, p. 243).

3. Lit, cadre d'un lit.

4. Officier de permanence à la caserne durant une semaine entière.

hommes s'étaient précipités au pied des lits, et ils attendaient, la mine sérieuse. On entendait grésiller la chandelle en train de se consumer sous le plafond, à un des angles de la planche à pain. Sa longue flamme jaune inondait de lueurs dansantes et affadies les murs blanchis à la chaux, les piles d'effets bien pliés au-dessus de la grande étagère en sapin, les sacs de toile goudronnée dont quelques-uns traînaient sur des lits, pareils à des bêtes éventrées. Calés dans leur râtelier, les fusils alignés dormaient dans une ombre trouble, sans un éclair.

« Verdier, vous pouvez commencer l'appel », dit le lieutenant.

C'était un jeune homme pâle, presque imberbe, avec des bottes qui lui montaient aux genoux. Quand il avança vers le milieu de la chambre, son sabre contre ses mollets, produisit un cliquetis clair.

« Pruvost ! cria le caporal.

– …sent, répondit Pruvost.

– Lefèvre !

– Présent.

– Gaillardin.

– …sent ! »

L'appel continua. Aussitôt nommés, les hommes répondaient, et dans le calme de la pièce, la dissemblance des voix était très sensible.

« Joliot ! cria Verdier… Joliot ! » répéta-t-il.

Personne ne broncha. Joliot était absent. Le lieutenant demanda :

« Personne ne l'a vu ?… On ne sait pas où il est ? »

La chambrée se taisait, il se tourna vers le sergent-major.

« Marquez Joliot manquant. »

Puis, quand le petit bruit aigre du crayon sur le papier eut cessé, au moment de sortir, le lieutenant se retourna.

« Les Prussiens sont à vingt lieues d'ici, annonça-t-il ; le commandant de place compte que chacun fera son devoir. »

On ne crut point à la nouvelle. Alors, au milieu du silence froid qui l'accueillit, l'extinction des feux éclata bruyamment dans la cour de la caserne. Depuis l'invasion, elle avait lieu à huit heures et demie. Ce fut comme un avertissement sonore et tranquille qui parla d'abord. Deux notes se répétèrent trois fois, continuées par une phrase mélancolique, saisissante. Le clairon les avait chantées aux longues soirées d'août, maintenant elles appartenaient à l'obscurité hâve des crépuscules de l'automne. L'avertissement recommença, puis la même phrase triste, et elle s'éteignit en gémissant.

À la porte, le lieutenant s'était arrêté.

« Tiens ! disait-il, une aurore boréale ! Regardez donc, Briottet.

– Oh ! superbe, mon lieutenant, superbe ! » avait répondu le sergent-major.

La porte fermée, un murmure s'était éloigné en s'affaiblissant.

Deux minutes après, toute la chambrée accourait se ranger dans la cour, former un tas presque paisible où la blancheur de quelques chemises détonnait.

« Bagasse[1] ! » fit un Marseillais.

Les camarades se contentèrent de regarder. Devant eux, en face du vide régulier produit par trois immenses corps de logis ouverts, du côté du nord, comme une gueule, dans le ciel, une nappe incandescente s'avançait imperceptiblement sur la ville, plus loin que la grille de la caserne, plus loin que la place d'armes énorme, déserte et déjà toute rose. La nappe paraissait s'enlever en longueur d'une rue droite pour se fondre avec la lividité de l'atmosphère. Mille tourbillons floconneux commençaient à s'élargir. L'horizon, étranglé au loin, à l'endroit où une seconde rue coupait la première, jaillissait si rouge et si plein de lumière intense qu'il ressemblait au crachat furieux d'une formidable pièce de canon. Plusieurs cheminées, la crête de certains toits s'étaient allumées de reflets mordorés. Un chien, dans une clôture

1. Juron provençal, équivalent de « putain ».

éloignée, hurlait à la mort ; et devant la grille de la caserne, la baïonnette d'une sentinelle qui se promenait lentement, l'arme au bras, lançait par instants un éclair brusque aussitôt éteint.

« Il y a du sang dans l'air, dit un soldat ; on doit se battre quelque part.

– Non, c'est le bon Dieu qui saigne du nez, répliqua un camarade.

– Bah ! c'est peut-être un incendie, fit remarquer Sauvageot.

– Ça,… un incendie ? »

On hua Sauvageot. Le caporal Verdier se mit en colère :

« Chut donc ! sacrés margougnats [1], vous allez me faire fourrer au bloc [2]. »

Au fond d'une seconde cour, derrière la façade principale de la caserne, pour la deuxième fois, l'extinction des feux sonna. La distance voilait le chant du clairon, ne lui donnait qu'un accent lamentable, que la sonorité d'une chose jetée hors du ciel flamboyant, comme une ordure. Les vitres de la caserne s'allumaient, déjà pleines de miroitements vagues.

Cependant, à quelque distance du groupe formé par les soldats, le plus loin possible du caporal, deux intimes avaient entamé une causerie.

« Bon ! tu as rencontré Joliot…

– Tout comme je revenais de porter la soupe à la prison.

– Pourquoi qu'il n'est pas rentré ?

– Il a reçu de l'argent du pays.

– Ah ! le lapin.

---

1. Terme familier, équivalent de « margoulin » : un « margougnat » (ou « margougniat ») est un incapable, un incompétent. On trouve également ce mot dans l'œuvre de Huysmans (voir Marcel Cressot, *La Phrase et le vocabulaire de J.-K. Huysmans*, Genève, Slatkine Reprints, 1975, p. 399).

2. Me faire mettre en prison.

– Il voulait m'amener casser une croûte avec lui chez la mère Mathis.

– Tu as reniflé[1] ?

– Merci, je sors du clou[2]... Ce qu'on s'y fait vieux !

– T'es pas un homme. »

Il y eut un silence, puis l'admirateur de Joliot reprit :

« Où va-t-il coucher ?... Tu ne sais pas ?

– Tiens ! au 7, parbleu !

– Ah ! le lapin. »

La conversation se termina par un rire cassé. Mais comme l'extinction des feux sonnait pour la troisième fois, toujours plus loin, avec un bruit pareil à celui d'une trompette d'enfant, le caporal Verdier dit :

« Hop ! les rigolos, allons taper de l'œil[3]. »

Et l'on s'en retourna. La chandelle achevait de se consumer sur la planche à pain ; Verdier l'éteignit tout à fait. On ne sait quelle lourdeur somnolait dans l'ombre. Personne n'avait envie de parler. Seul, le bruissement des uniformes qu'on ôtait, le tapage des godillots tombant avec des chocs divers sur le plancher gênaient l'obscurité du silence. Tout à coup, Sauvageot s'écria :

« Malheur de malheur ! est-ce que la guerre ne va pas bientôt finir ?... À quoi ça sert-il ?... On était si tranquille ! »

Mais au milieu du craquement des châlits sous les corps fatigués, un troupier lâcha un pet.

« Cours après, Sauvageot. »

Celui-ci ne se troubla point ; la voix encore plus convaincue, il reprit :

« Oui, la guerre... À quoi ça sert-il ? »

Et il allait continuer ses jérémiades, lorsque Verdier commanda :

« Silence ! »

1. Expression familière. Le sens est : « Tu as refusé ? »
2. « Sortir du clou » : sortir de prison.
3. Dormir.

Au bout d'un quart d'heure, chacun dormait, tandis que les ronflements du grand soldat maigre alternaient avec ceux du caporal.

Petit à petit, une clarté rousse entra par la fenêtre ; terne d'abord, bientôt éclatante elle glissa vers le lit le plus rapproché, le marqua d'une tache sanguinolente. C'était l'aurore boréale qui envahissait la nuit au-dessus de la caserne.

II

Distinctement, parmi les lueurs du ciel, sur le repos de la maigre ville, l'horloge de l'église paroissiale tintait onze fois, et le cadran de la caserne parlait encore, quand un troupier ouvrit la porte de la chambrée, fit quelques pas, s'abattit sur les genoux dans le coup de lumière épars autour de lui. Ses bras cherchèrent un soutien, puis il tomba sur le flanc comme un bœuf assommé.

Sauvageot se réveilla.

« Heu ! » fit-il.

Mais rendu à lui-même par un effort de volonté, il demanda :

« C'est toi, Joliot ?… Si tu causais au moins, bougre de soûlaud ? »

Rien ne lui répondant, il se leva tel quel, en bon camarade, s'approcha de l'individu, essaya de l'emporter, finit par l'allonger sur le dos. Or, pendant qu'il considérait Joliot dont le visage penché vers la fenêtre recevait en plein le reflet de l'aurore nocturne, son regard à moitié endormi devint fixe, et il se pencha, une sueur aux tempes, murmurant :

« Nom de Dieu !… Nom de Dieu ! »

En effet, Joliot gisait, la mâchoire inférieure fracassée, la face barbouillée de sang et de poudre. Il avait un trou, un peu à gauche, sous la bouche, et un filet tiède lui coulait dans le cou, avait maculé sa veste d'uniforme, produisant sur le collet, près des premiers boutons, une coagulation brillante.

« Hé ! vous autres ! » cria Sauvageot.

Sa voix retentit, pareille à un glas.

« Au secours !

– Hein ?... Quoi ? balbutiait-on, réveillé en sursaut.

– Joliot !... Joliot est mort.

– Mort ?... Mort ?... Mort ? »

Ce fut comme un écho qui répondit de tous les coins de la chambrée. On se précipita, en chemise.

« Pruvost, allume ! » cria Verdier.

En deux temps et trois mouvements, Joliot fut couché sur son lit. Il ne bougeait pas plus qu'une poutre.

Une voix demanda :

« Si on allait chercher le major ?

C'est ça... dépêche-toi. »

Mais Pruvost n'arrivait pas à mettre la main sur les chandelles. Dans les intervalles qui coupaient les exclamations, les bouts de phrases échangés, la bousculade inévitable, on l'entendait farfouiller les effets du caporal, sur l'étagère. Poussé par ses tâtonnements, un quart dégringola.

« Je ne sens rien, murmurait-il... rien. »

Verdier fut obligé de s'en mêler. Il trouva deux chandelles. Alors personne n'eut d'allumettes. Sauvageot finit cependant par en dénicher une.

Tout à coup, un soldat cria :

« Il respire. »

On avait allumé les deux chandelles, et une procession commença : chacun venait coller son oreille à la poitrine de Joliot.

« C'est vrai !... il respire », disait-on en se relevant.

Et la chambrée ne se lassait pas d'être attentive. Sauvageot fut le premier qui parla de déboutonner le blessé, de lui laver la figure ; mais on ne s'empressa point tout d'abord, parce qu'on se répétait, les yeux dans les yeux, avec des froncements de sourcils, assez tranquillement néanmoins :

« Où diable ! Joliot s'est-il fait arranger comme ça ?

– Les Prussiens, peut-être... » insinua un conscrit.

On l'envoya dinguer [1]. Comme si les corps de garde auraient laissé passer quelqu'un aux portes de la ville !... Et puis, les Prussiens... de la blague ! toujours annoncés, jamais en vue... Des filous qui se dérangeaient, ceux-là ! oui... mais pas pour trois mille hommes de garnison, dans un trou.

À présent, le blessé semblait dormir, pâle et les traits tirés, l'air jeune tout de même, avec son visage bien débarbouillé, ses moustaches naissantes qui lui dessinaient une ombre sur la lèvre supérieure. Un filet de sang continuait à lui couler du menton, allait en s'élargissant au contact de sa peau humide. Autour de lui, une inquiétude planait, et malgré l'inutilité de la question, on en arrivait sans cesse à se demander :

« Mais où diable ! Joliot s'est-il fait arranger comme ça ? »

Cela devenait un refrain, le refrain d'une chanson derrière laquelle des colères sourdes ne demandaient qu'à s'embusquer.

« On lui a chapardé son sabre, dit Verdier... Pourvu qu'il se soit défendu !

– Oh ! il doit y avoir quelqu'un de salé [2] à cette heure », répliqua Sauvageot.

Et l'on éprouva le besoin de s'expliquer l'événement. Chacun inventait une histoire, la commentait, cherchait des probabilités. Selon les uns, Joliot avait dû se battre avec des artilleurs. Rien d'étonnant, on ne s'aimait guère ; le caboulot [3] de la mère Mathis avait vu plus d'une dispute. Selon les autres, Joliot devait avoir été blessé sur les bastions, par une sentinelle trop empressée

1. Envoyer dinguer : éconduire, envoyer promener.
2. Quelqu'un qui a reçu son compte.
3. Cabaret mal fréquenté.

à suivre la consigne. Néanmoins, l'opinion de Verdier prévalut : Joliot avait eu affaire à des bourgeois, sa blessure sentant le revolver, la poudre qui la noircissait indiquant un coup tiré à bout portant. Et il ajoutait :

« D'ailleurs, depuis la guerre, tous ces salauds ont une telle veinette [1] qu'ils se baladent avec des pistolets plein leurs poches.

– N'empêche ! fit Sauvageot, il faudra voir... Gare aux arsouilles [2] qui ont fait les malins ! Il ne sera pas dit qu'on aura touché comme ça au bataillon. »

Les visages se rembrunirent ; et brusquement l'esprit de corps envahit ces gens énervés par le malheur d'un camarade, bon garçon, loustic aimable, étendu là, mourant, dans un uniforme que tous portaient. Des fureurs se mirent à gronder, et elles s'amassèrent au milieu de certains silences, dans l'attente impatientée de ce chirurgien-major qui n'arrivait pas. On allait jeter un coup d'œil sur Joliot, et l'on revenait en murmurant :

« Non, il ne sera pas dit qu'on aura touché comme ça au bataillon. »

Une recrudescence d'affection montait pour Joliot avec les colères. On s'empressa de nouveau. Des mains tremblantes, suivies par des regards fiévreux, lotionnèrent les tempes et le front du blessé, étanchèrent maternellement son sang, lui firent un oreiller d'une capote. Ah ! on ne pensait guère à dormir... Et tout en s'agitant, chacun avait enfourché son pantalon, remis ses godillots, passé ses bretelles, ficelé ses guêtres, inconsciemment s'était habillé, non pas pour le plaisir de traîner ainsi vêtu le long des lits, mais afin d'être prêt à quelque chose.

Une vague entente, des lambeaux de projets se croisaient, cherchaient à prendre forme dans les caboches brutales. Mille réflexions se bousculaient l'une l'autre. L'air était plein d'électricité. À tout instant, il fallait de

1. Ont une telle peur. On trouve plus fréquemment la graphie « venette ».

2. Vauriens.

l'eau fraîche pour laver le menton de Joliot ; Lefèvre empoignait la cruche en grès, courait dans la cour, et l'on entendait pisser le robinet de la fontaine.

Soudain, au moment où l'on s'y attendait le moins, le blessé remua, ouvrit la bouche ; un râle sifflant lui gonflait la gorge. Verdier sauta sur son bidon :

« Comment n'avait-on pas encore pensé à ranimer Joliot avec un peu d'eau-de-vie ! »

Au bout de trois minutes, celui-ci promena vers le plafond un regard si éteint, si incolore, qu'il semblait voilé par une peau fine.

« L'œil est mauvais, murmura un grand diable qui n'en finissait plus. Le major ferait bien d'arriver. »

Cependant Joliot paraissait ne rien voir. Les bras et les jambes lourds, il était comme pétrifié. Sauvageot lui prit une main, essaya de la réchauffer. Le regard du blessé, lentement, semblait vouloir s'éclairer, mais sa gorge continuait à siffler.

« Joliot !... Joliot !... Comment ça va-t-il ? s'acharnait-on à répéter autour de lui... Mieux, hein ? »

On voulait à toute force qu'il allât mieux. Et de grosses larmes commencèrent à lui couler des yeux, glissèrent sur ses joues vers ses oreilles. Sa bouche grimaçait avec une contraction douloureuse.

« Tonnerre de Dieu ! » lâcha un troupier ; et bousculant presque les camarades, il s'approcha de Joliot, lui souleva un peu la tête, criant comme un acteur sûr d'un effet :

« Joliot, m'entends-tu ?... Dis, m'entends-tu ? »

Joliot le regarda. Ce fut pour éclater en sanglots qui s'échappaient dans un hoquet terrible. Un flot de sang lui couvrit le menton.

Alors s'éparpilla comme un concert où des voix de colère se mêlaient à des voix compatissantes. Tout le monde à la fois cherchait à le consoler : « Ne pleure donc pas... Le major va venir... Pauvre vieux ! Pauvre vieux !

sois tranquille, on te vengera… As-tu encore soif ?… Tâche de parler, de nous dire qui t'a roulé [1] ainsi ? »

Joliot mâcha deux ou trois lambeaux de phrase, au milieu de l'attention anxieuse, mais aucun éclaircissement ne jaillissait. On s'emporta : « Dire qu'on n'arriverait pas à savoir ! Nom de nom, de nom de Dieu ! » Et des jurons se croisèrent au-dessus du corps étendu comme des balles sur l'immobilité d'un cadavre, dans un coin de champ de bataille.

« Allons, taisez-vous ! finit par crier Verdier… Si chacun s'en mêle, du flan [2] !… Laissez-moi l'interroger. Joliot, commença-t-il, te sens-tu la force de me répondre ? »

Joliot répondit : « Oui », faiblement. On entendait le souffle des respirations. Trente figures s'étaient penchées, une flamme dans les prunelles.

« Où as-tu été blessé ? continua Verdier, en appuyant sur chaque syllabe.

– Au 7.

– Oh ! fit-on, avec un ensemble stupéfait.

– Par qui ?

– Par… »

La révélation de Joliot se perdit dans un soupir… « Ah çà, est-ce que, décidément, on n'allait rien apprendre ? » Mais on se tut encore, Verdier renouvelait la question. Et cette fois Joliot répondit :

« Par le patron. »

Un tonnerre d'imprécations gronda. On ne pouvait plus rester en place. L'homme qui tenait la chandelle, auprès du lit, la lança de toutes ses forces contre la muraille. La chambrée ne fut plus éclairée que par la seconde chandelle dont la flamme fumeuse se balançait gravement au-dessus de la planche à pain. Un vacarme de gros souliers courait sur le plancher. Plusieurs soldats enfilaient leur vareuse, tandis qu'un groupe s'était formé

1. Battu, rossé.
2. Comprendre : « Si chacun s'en mêle, jamais on n'y arrivera. »

où l'on gesticulait, où chacun lançait sa phrase sans écouter celle du voisin, tout cela dominé par Sauvageot qui gueulait tantôt sur un timbre, tantôt sur un autre :

« Est-ce qu'on va nous tuer dans les bouzins [1], à présent ? »

Des chambrées les plus proches, attirés par le tapage, des camarades survinrent, s'informèrent. On leur montrait Joliot tordu en des ruades folles, et on leur racontait la chose. En un clin d'œil, la grande pièce blanchie à la chaux fut pleine de monde. On ne pouvait plus s'y remuer. Sans cesse, le brouhaha augmentait. Mais ce fut une bien autre histoire quand Joliot, tout à fait revenu à lui-même, lâche comme un moutard, dans les premiers spasmes de son agonie se mit à crier :

« Maman ! maman ! »

Le chirurgien n'arrivait toujours pas. Le long du mur ombreux, les fusils continuaient à dormir.

À cette heure, plus de deux cents hommes se pressaient autour du moribond. Un des châlits supportait jusqu'à dix individus ; et les conversations s'étaient exaspérées à force de tournoyer dans le même ordre d'idées, dans le même cercle étroit. D'une voix retentissante, tout à coup Verdier annonça :

« Joliot est mort. »

Les deux cents hommes entendirent et ils s'effarèrent.

En effet, Joliot venait de mourir, et il gisait le regard effrayant, la bouche ouverte. Alors, au milieu du large silence nerveux, quelqu'un, on n'a jamais su qui, cria :

« Aux armes ! »

Une foule de soldats dans la cour n'avaient pu entrer, mais la mort et l'aventure de Joliot les avaient enflammés comme une traînée de poudre ; et tous, même les sergents, à l'envi, sous l'aurore boréale, autour du mort, sous la clarté fauve, hurlaient à qui mieux mieux : « Aux armes ! aux armes ! »

---

1. Les bordels.

Les gens de la chambrée avaient sauté sur leurs fusils, bouclaient leurs ceinturons, prenaient des cartouches. Les camarades se répandirent à leur tour, furieusement. La bagarre s'accentuait ; et comme la mort de Joliot continuait à faire du chemin, l'immense caserne était pleine d'un bourdonnement houleux.

III

Les premiers qui débouchèrent sur la place d'armes, une trentaine d'hommes à peu près, entraînèrent à leur suite la sentinelle de la grille. D'ailleurs, elle faisait partie de la chambrée du soldat mort. L'habitude de la discipline était cause que l'escouade, malgré tout, marchait sans un cri, presque en bon ordre. Une atmosphère jaune tombait de l'aurore en fusion, traversant des vapeurs transparentes, un peu au-dessus de la solitude des toits. Mille nuées d'or, les unes bordées de cuivre, les autres étendues en une placidité compacte, d'autres encore gonflées, prêtes à s'éventrer, avaient accaparé le ciel. La grande place sablonneuse scintillait avec un rutilement pâle. On avait l'air d'avancer sur des cendres, au fond d'un gigantesque foyer plat, dans un encaissement de fournaise prête à s'éteindre. Les ailes de la caserne et les maisons bâties autour de la place semblaient avoir été chauffées à blanc. Assez loin, dominant un mur, une rangée de jeunes arbres, grâce à ses menues branches, à ses dernières feuilles, donnait l'illusion d'une envolée de sauterelles. Par deux rues visibles, dont la plus large fuyait jusqu'aux remparts, on n'apercevait aucun passant attardé. Une impasse s'enfonçait dans la ville, pareille à une trouée exécutée au fer rouge. Mais le bourdonnement de ruche en émoi continuait à s'exhaler de la caserne, et sous la splendeur du phénomène, il parlait comme un encouragement.

La poignée d'hommes avançait toujours ; on s'arrêta pour charger les fusils, puis rapidement cette fois, on se dirigea vers un des angles de la place, du côté où à la suite d'une rangée de baraques mal crépies, plus loin qu'un petit pont jeté sur la saleté d'un ruisseau, on apercevait une maison de forme sage, debout, avec un aspect tranquille d'honorabilité. Et il s'en échappait des bruits pareils à un clapotement d'eau sur de la boue. Quand on ne fut plus qu'à une trentaine de pas de la maison, le clapotement s'expliqua. Il provenait d'un misérable piano échoué par hasard dans une chambre où languissait à cette heure une lumière brouillée. On tapait sur l'instrument une valse à tour de bras, mais lui, édenté, poussif, accablé par les nuits sans repos, par la stupidité des attouchements poisseux, chevrotait en vieille catin. Cependant, à travers la rougeur douce des rideaux tirés, on voyait tournoyer des ombres. Certes, dans cette chambre chaude, pleine de rires enroués, on devait ignorer le meurtre commis sur Joliot.

Ce fut Verdier qui tira la chaîne de la sonnette. Celle-ci chanta joyeusement. Un guichet s'ouvrit et une voix demanda :

« Qu'est-ce que vous voulez ?

– Entrer, Joséphin.

– Ah ! c'est vous, monsieur Verdier ?... Impossible ! il est trop tard. »

Sous la poussée robuste des trente hommes, la serrure céda et la porte alla frapper rudement un pan de mur. Le piano jouait toujours sa même valse ; on continuait à danser. Les soldats pénétrèrent dans une cour, mais à la vue de leurs armes, Joséphin déguerpit, s'élança vers un escalier béant.

« Feu ! » cria Sauvageot, et il lui lança son coup de fusil.

Joséphin accéléra sa fuite, mais une dizaine de coups de feu éclatèrent encore dans une clarté vibrante, se suivant les uns les autres. Enlevé des marches, Joséphin tomba en arrière sur les épaules. C'était un pauvre boscot [1], garçon de la maison, à qui ces mêmes soldats, en temps ordinaire, par bon cœur, payaient des tournées à bouche-que-veux-tu. Le piano avait cessé son tapage canaille ; aucune fenêtre ne s'ouvrait. Pourtant, au fond du trou noir de l'escalier, quelqu'un se mit à crier :

« Qui est là ? »

Une fusillade partit de nouveau, lui faisant une réponse terrible. Des portes se fermèrent, s'ouvrirent au milieu d'un tapage de cris qui s'éloigna. Les soldats se précipitèrent.

Au même instant, un charivari commençait sur la place d'armes, et une grêle de balles venait s'attaquer au toit de la maison. Les ardoises pleuvaient dans la cour. Des camarades arrivèrent au pas de gymnastique.

À la suite du premier emballement, une fois chez eux, ils avaient hésité un instant, sacré, juré sans trop se dépêcher, mais au crépitement des coups de feu amis, ils avaient tous quitté les chambres, brandissant leurs armes, hurlant et sautant comme des sauvages. Une longue file de pantalons garance partait de la caserne, courant vers le 7, où elle s'engouffrait sous la porte ouverte, entraînée par une force irrésistible. Et à tout moment, parmi le fracas déchaîné, zébrant la lueur factice, malgré les heurts de la course, des canons de fusils s'élevaient, soufflaient dans la même direction une mince flamme rouge. On rechargeait, et l'on n'avait pas perdu son temps. Des fumées blanchâtres, au-dessus du ruban d'hommes, restaient d'abord suspendues à la même place, puis elles montaient, tachant les clartés du ciel.

Quant au Grand 7, il paraissait calme sous son toit neuf à peine crevé çà et là, où la nuit flambante se mirait comme dans une pièce d'eau. Mais bientôt la file qui l'envahissait s'arrêta, et elle eut un mouvement de recul. La maison bondée de monde rendait gorge. Un sourd murmure s'éleva, dominé par un cri : « C'est plein ! c'est plein ! » Il remonta jusqu'à la grille de la caserne. Alors

1. Un bossu.

on se tassa ; tous hurlaient : « À mort ! » Un clairon sonna la charge. Une clameur lui répondit, clameur de rage et d'impuissance concentrées ! La foule ondulait, hachée de lames brillantes ; elle parut s'assoupir, puis une fusillade l'embrasa encore, s'acharnant de nouveau contre le toit de la maison. Une partie de la place était déserte ; l'autre avait des bouillonnements de cloaque, et le tumulte faisait un lourd ensemble monotone derrière la chanson sèche de la fusillade.

Par la rue qui filait vers les remparts, tout à coup une rumeur se joignit à celle de la place. Les artilleurs venaient d'apprendre l'assassinat de Joliot, et ils accouraient à leur tour. Leurs souliers claquaient sur les pavés. Surpris par une acclamation rude, les fantassins ne tardèrent pas à se retourner ; le renfort débouchait sur la place. Une salve de mousquetons ébranla l'air, continuée par le ronflement des chassepots [1] ; mais celle-ci fut tirée pour le plaisir, histoire de se serrer la main entre uniformes, de se réconcilier militairement. Monté à poil, un gros cheval blanc trottait devant l'artillerie. Le clairon sonna de nouveau la charge ; on l'entendit à peine.

Un peu partout, à cette heure, des fenêtres se décidaient à s'ouvrir, des gens montraient le bout de leur nez, mais ils le retiraient vivement, parce que des soldats s'offraient la plaisanterie de les coucher en joue. Petit à petit un sentiment de gaieté sinistre se mêlait aux fureurs de la foule ennuyée de rester là sans agir, et de longs éclats de rire s'échangeaient, des noms se criaient à tue-tête pendant qu'on fraternisait. Le besoin de boire quelque chose commençait à turlupiner tout le monde, et on se le disait, le gosier sec. À un coin de la place, trois officiers très embêtés se consultaient loin de leurs hommes.

Cependant, au premier étage du Grand 7, on se donnait un mal énorme. D'ailleurs, la maison était drôlement

1. Les soldats de la guerre de 1870 étaient équipés de ce fusil récent, dont la caractéristique essentielle était son tir très rapide.

bâtie : un interminable couloir flanqué de chambres à droite et à gauche, de maigres chambres où, sur des couchettes en sapin passé à l'acajou, depuis une dizaine d'années, plus d'un régiment avait déversé le trop-plein de ses amours et de ses soûlographies. À présent, les soldats démolissaient tout. Le flot d'hommes avait envahi toutes les chambres, grouillait, à peine éclairé par quelques bougies trouvées dans un tiroir. Il arrachait les rideaux, broyait les meubles, déchirait les pauvres nippes suspendues aux garde-robes, saccageait le linge, fouillait les placards, volait l'argent et les bijoux. Dans une espèce de cabinet honorifiquement appelé salon jaune, parce qu'il servait à messieurs les sous-officiers, Sauvageot se livrait à des actes de vandalisme. Il avait fini par ouvrir une fenêtre sur une petite cour, et par là jetait ce que les camarades lui envoyaient, répétant sans se fatiguer : « pour la noblesse !... pour le clergé ! » On ne riait pas. Une musique d'enfer montait du rez-de-chaussée où l'on tapait contre la muraille, pour les briser, les moindres ustensiles de cuisine. Le toit de la maison craquait, retentissait comme si d'énergiques bâtons le châtiaient. Quand des balles frappaient la gouttière, celle-ci résonnait avec un bruit lent de gong fêlé. Une pluie d'ardoises et de gravats tombait sur les têtes dans la cour, soulevait des blasphèmes. Aucune perquisition n'ayant encore abouti, les nerfs s'agaçaient de plus en plus. Où donc pouvait s'être caché le meurtrier de Joliot ?... Avait-il décampé avec ses femmes ? – Une puanteur d'épicerie s'exhalait de la foule.

Soudain, au fond d'une chambre, une voix terrifiée cria :

« Bon ! voilà qu'on nous tire dessus.

– Comment ça ?

– Je viens d'entendre siffler une balle ; elle doit être dans le mur, là-bas. »

Les camarades se fâchèrent : Bougrement rosses tout de même les gens de la place ! Quel tas de chameaux !... Malheur !

L'endroit n'étant pas bon, il s'agissait de filer. On essaya, mais la poussée du couloir barrait les portes. Les chambres étaient prisonnières.

Un hourvari [1] infernal successivement les parcourut ; et cela ressembla au rugissement des fauves dans les ménageries, quand ils se répondent de cage en cage. Il ne troubla rien ; déjà un piétinement lourd avait envahi le deuxième étage de la maison. Là, comme précédemment, on s'acharnait à des fouilles, on pillait les taudis, on volait avec joie ; mais il fallut s'arrêter : une porte fermée empêchait qu'on s'aventurât plus loin.

« Eh bien, quoi ? se demanda-t-on, quoi ?... On n'avance plus ? »

Puis des cris éclatèrent :

« Ne poussez donc pas, nom de Dieu !... Ne poussez pas, on étouffe. »

Verdier, collé contre la porte, en compagnie du grand soldat qui n'en finissait plus, se débattait comme un beau diable. On devait l'entendre jurer de la cour.

« Enfonce la cambuse... [2] mais enfonce donc la cambuse ! » disait-on.

Lui, ne pouvait seulement pas remuer les bras. Alors :

« Oh ! hisse !... oh ! hisse ! firent les soldats derrière son dos.

– Oh ! hisse ! » répétèrent les autres jusqu'à l'escalier en s'efforçant de marcher en avant. La porte bâilla. Un grincement aigre déchirait le parquet, tandis qu'un lit roulait par petites secousses.

« Oh ! hisse ! » faisaient les soldats.

Des meubles dégringolèrent.

« Oh ! hisse ! »

Le grincement traînait toujours. La porte entrouverte permettait d'apercevoir un bout de barricade en désordre, un pan de mur éclairé, très rouge.

« Oh ! hisse ! »

---

1. Voir « Sac au dos », p. 136, note 1.
2. En argot, petite chambre misérable.

La porte s'arrêta net, mais homme par homme, rien n'empêchait plus d'entrer. Verdier pris d'hésitation ne se précipita point ; alors le grand soldat, courbé en deux, lui passa sous le nez tout en armant son chassepot, mais à peine dans la chambre il poussa un cri. Une femme à genoux sur une commode, derrière la porte, lui avait assené un coup de chandelier, et fiévreuse, elle grondait :

« L'as-tu reçu, voyou ? »

Le troupier à demi étourdi la coucha en joue, mais gêné par les chaises autour de lui, maladroitement, il la manqua. Presque aussitôt elle fut debout sur le marbre de la commode, très petite, le corps chétif, la crinière pommadée, une vraie toupie à soldats [1]. Un costume fantaisiste de cantinière, sali, bariolé, trop court, lui donnait un aspect extravagant d'oiseau des îles éclaboussé. Elle avait des bottines en satin cramoisi, à boutons d'or, et des bas noirs sabrés de vert. Au-dessus d'un nez en lame de couteau, ses yeux brillaient dans une couche de fard bleu.

Une rumeur triste s'élevait du corridor. Personne n'osait braver le danger hasardeux couru par le grand troupier. Le silence de la chambre entre-close était effrayant.

Devant une fenêtre dont les rideaux blancs paraissaient jaunes à cause de l'aurore boréale, comme si un large foyer menaçait de les incendier, sept femmes étaient rangées le long d'un canapé tendu de velours vert, serrées les unes contre les autres, épouvantées, dans le clinquant de leurs coiffures et de leurs sales oripeaux. Par un sentiment de terreur folle, on avait allumé toutes les bougies des flambeaux de la cheminée. Un placard bâillait. Le papier rouge de la chambre était croisillé d'or. Deux nudités, sur les murs, montraient des chairs blafardes au milieu d'un fouillis de draperies blanches.

« Mais entrez donc, vous autres ! » cria le grand soldat aux camarades.

---

1. C'est-à-dire une prostituée.

Ceux-ci se décidèrent. Un par un, prudemment, ils se faufilaient, s'embarrassaient parmi les meubles épars.

« Vite ! changeons de flingot [1] », dit tout à coup le grand soldat, sans se retourner.

Un voisin lui passa son fusil. Alors il ajusta la petite brune sur la commode. Celle-ci le regardait, ne croyant pas qu'il allait tirer, mais le coup partit, et elle tomba sur un fauteuil, avec un choc mou. Les autres, le long du canapé, ne se lamentèrent pas, seulement elles se serrèrent davantage, les yeux troubles d'une résignation abrutie. À présent, il y avait bien une vingtaine de lignards [2] échelonnés parmi le désordre.

« Où est le patron ? » demanda Verdier aux femmes. Elles ne répondirent point.

« Où est le patron ? recommença Verdier, la voix plus dure.

– Le patron ? dit une grosse blonde échevelée, toute flasque et nue dans un peignoir de gaze noire.

– Oui, le patron.

– Je ne sais pas, fit-elle, la poitrine molle, l'œil sans regard, en balançant la tête.

– Tu ne sais pas ?… Eh bien ! attrape. »

Il la fusilla. Des coups de feu partirent de tous côtés sur le misérable groupe, le froissèrent, le couchèrent sur le parquet, dans son coin, en un tas où des jupes et des chemises retroussées permirent d'apercevoir les roseurs mortes de ces pauvres corps à trente sous.

On avait obéi à la passion cruelle du moment, à cette envie qui force les gens armés à vouloir se servir de leurs armes.

Cependant, toutes les femmes n'avaient pas été tuées ; il en restait une, si vieille et l'air si respectable, qu'elle aurait pu être la mère du plus âgé des hommes survenus là, dans cette chambre. Elle était tombée à genoux, avait croisé ses mains dans une attitude suppliante, semblait

1. Fusil.
2. Voir « Boule de suif », p. 87, note 1.

s'être choisi une place, derrière l'hécatombe, afin d'être épargnée ; et elle sanglotait, la poitrine soulevée par un gloussement ridicule. D'un coup de baïonnette, le grand troupier la culbuta sur les reins. Trois fois elle se releva, aussitôt rejetée. Son sang lui coulait du ventre jusqu'aux chevilles, mais elle s'acharnait à vivre ; et pour la quatrième fois, elle venait de se relever devant le placard béant, lorsqu'un nouvel assaut l'y précipita, l'obligeant à crever pliée en deux, les jambes en l'air dans une posture obscène.

Le massacre accompli, on resta tout bête. Quelques hommes se contentèrent de jeter un lent regard sur le grenier désert. Décidément, le chef de la maison avait disparu.

Une griserie lourde achevait de gagner ce monde suffisamment chauffé pour toutes les besognes, pour tous les tumultes. Les fusils tremblaient dans les mains.

Lasse d'inaction, la foule du couloir résolut de s'amuser un peu. On se dégagea le mieux possible, et au risque d'accidents, on cribla les plafonds de balles. Du plâtre tombait, chacun baissait la tête, essayait de se garer, lâchait des rires, tandis qu'une épaisse fumée tourbillonnait.

La chambre des fusillées s'était emplie ; néanmoins on pouvait s'y retourner. Des vapeurs de poudre planaient au-dessus des képis. Un cercle entourait les martyres, les couvait d'un œil excité, jouant à se pousser sur elles, comme des galopins autour d'une flaque de boue.

On ne sait quel étrange et joyeux vacarme s'échappait de la cour. Des soldats ouvrirent plusieurs fenêtres, émus par une curiosité jalouse. Ils furent stupéfaits. Une centaine de camarades étaient là, en train de s'achever, soûls comme des grives, heureux, incapables de gestes, chahutant du képi dans un frémissement clair de baïonnettes. Un vague remous s'était établi au milieu duquel des bouteilles erraient de main en main, s'arrêtaient à des bouches. Le soupirail de la cave, tout noir, lançait mille refrains de caserne. L'énorme coulée du ciel s'était transformée en une nappe vaporeuse d'un rouge que des chauves-souris traversaient de leur vol effarouché. Des coups de feu éclataient encore sur la place par bordées sonores, faisant rêver aux dernières périodes des feux d'artifice, à l'heure où les pétards s'enflamment parmi les nuages de Bengale, devant la balourdise des foules. Quelque chose comme une respiration, au loin, derrière le grouillement d'hommes et de fusils, animait les maisons. Par les rues, des troupeaux d'habitants arrivaient sans cesse, piétinaient, se renseignaient auprès des soldats. La fusillade ne concernant en rien une tentative des Prussiens sur la ville, le reste leur était bien égal.

Néanmoins, au hasard du moment, une conversation ne tarda pas à s'établir entre certains enragés de la cour et les troupiers penchés aux fenêtres du 7, les uns sur le dos des autres, sous une fumée lente qui s'évaporait.

« Eh bien ! l'avez-vous crevé ?

– Qui ?

– Le patron.

– Jamais !... Pas plus de patron que sur la main... Filé, le patron !... Un malin !

– Et les pucelles ?

– Oh ! celles-là... »

Brusquement, les gens de la fenêtre s'interrompirent.

« Tiens !... une bataille !... Kiss ! kiss ! hardi ! hardi ! »

Mais les encouragements cessèrent, quelqu'un avait murmuré : bon sang, un officier !

En effet, sauvegardé par ses galons, énergique et robuste, le lieutenant qui avait fait l'appel dans la chambrée de Joliot, avait fini par se faufiler jusqu'à l'entrée de la cave. Et il tenait un ivrogne à la gorge, criant :

« Misérable ! misérable !... Vous êtes tous des misérables ! »

Le soldat râlait, tirait la langue, se débattait, pendant qu'une dizaine d'hommes autour de lui s'interposaient de la voix.

Un peu plus loin, les pochards continuaient à s'amuser comme si rien de grave ne s'était passé à côté d'eux, jouissant de leur bombance, s'époumonant pour le plaisir. Contre la porte d'entrée, un gaillard, sans cause raisonnable, simplement parce qu'il était soûl, poussait des cris de paon, voulait mettre le feu aux quatre coins de la ville, parlait d'incendier les magasins à fourrage, tout le bataclan, et l'on commençait à l'écouter sérieusement, quand un coup de feu partit soudain d'une fenêtre, frappa l'officier du haut en bas, lui troua le crâne. On le vit rester un instant debout, balbutier :

« Cochons !... Oh ! les cochons !... Mourir comme ça ! »

Du sang lui coulait sur la figure, puis lentement il s'affaissa, blême, jusqu'à la minute où il disparut dans un ouragan d'épaules, lui et son suprême regret de ne pas être tué à l'ennemi.

La fusillade roulait toujours à travers la maison. Une atmosphère de meurtre, un souffle de destruction échauffaient les têtes. Des artilleurs lâchèrent tous les chevaux du train, et ceux-ci parcoururent la ville en troupe hennissante, tantôt battant les pavés dans un tourbillon d'étincelles, tantôt bouleversant la place d'armes où ils apportaient l'affolement de leur libre galop. De tous côtés, les clairons sonnaient, les trompettes [1] groupés devant la grille de la caserne s'entouraient de fanfares joyeuses. Des cabarets s'étaient ouverts et des cohues les avaient envahis. La ville appartenait aux soldats ; on avait déserté les postes, abandonné les guérites [2], ouvert la prison. Chassés par les sinistres fumisteries de la garnison en goguette [3], les habitants regagnaient leurs lits, se demandant : Comment tout cela va-t-il finir ? De rares

1. Le mot, employé au masculin, désigne les soldat qui jouent de la trompette.
2. Voir « La Saignée », p. 181, note 1.
3. Être en goguette : être de sortie en faisant la fête.

coups de fusil éclataient encore, au hasard des fonds de giberne[1].

C'est alors que les officiers se séparèrent. Ils s'étaient rejoints chez le commandant de place, une heure auparavant.

« Que faut-il faire ? avaient-ils demandé.

– Rien, avait répondu celui-ci. Nous avons besoin du troupier. »

Et comme on échangeait des poignées de main, au moment de se quitter, sous l'aurore dont il ne restait plus qu'une longue tache pâle, en face de la consternation générale, il eut un petit rire sarcastique dans ses moustaches blanches.

« Vous ne savez pas ? dit-il… Eh bien ! laissons passer une huitaine de jours, vous verrez qui regrettera l'affaire de cette nuit… Plus bêtes que des enfants tous ces clampins-là[2] !… Ils ont brisé leur joujou. »

---

1. Une giberne est une boîte portée à la ceinture ou en bandoulière dans laquelle on plaçait les cartouches.

2. Clampins : fainéants, paresseux.

APRÈS LA BATAILLE

par Paul Alexis

On se battait encore, très loin maintenant, sur l'autre versant du plateau, à deux ou trois lieues. Le jour touchait à sa fin, sans que la canonnade se ralentît. Un brouillard glacé se levant du fond de la vallée voisine assourdissait les coups.

Un fantassin français se traînait sur la grande route départementale, seul, blessé au pied gauche. Une balle lui avait labouré le talon, heureusement sans fracturer l'os, et elle était ressortie. Obligé d'arracher son soulier, il avait pansé la plaie comme il avait pu, avec un pan de sa chemise déchiré en bandes. Il avançait très lentement, se servant de son fusil comme d'une canne, appuyant le moins possible son pied malade contre le sol durci et rendu glissant par la gelée. Les linges du pansement étaient tout rouges, imbibés de sang comme une éponge.

Non seulement sa souffrance physique était très grande ; mais, avec la mobilité de sa physionomie, à certains longs frissons qui le secouaient tout entier, on était sûr que ce petit corps grêle et chétif, à organisation nerveuse, éprouvait toute sensation, agréable ou pénible, physique ou morale, d'une façon excessive. Un mince cache-nez, noir, de laine très fine, était noué autour de son cou. Bleuies par le froid, ses jolies mains qui, à l'ordinaire, étaient sans doute très blanches, avaient des engelures aux doigts comme celles d'un enfant. Bien qu'il eût vingt-huit ans sonnés, il n'en paraissait pas vingt. Il portait sa moustache naissante. De rares poils de barbe blonde, qu'il n'avait pas dû raser depuis trois mois, couvraient un menton un peu long, au bas des joues blêmes, pâlies encore par la perte de sang. Sa capote, son pantalon rouge, la guêtre et le soulier chaussant son pied resté valide, tout cela se trouvait trop large. Malgré ces délicates apparences, le jeune blessé n'avait pas jeté son sac, dont le poids écrasait ses chétives épaules. Et tant bien que mal, sautant sur un pied plutôt qu'il ne marchait, s'arrêtant tous les deux ou trois sauts pour ramasser à nouveau ses forces, il avançait toujours. Mais il arriva un moment où, malgré l'énergie de sa volonté, il lui fut impossible d'aller plus loin. Il n'eut que le temps de gagner au bord de la route une borne, au pied de laquelle il laissa choir son sac et il s'assit sur le sac. Maintenant la nuit était noire, le brouillard plus épais. Le dos appuyé à la borne, il écouta. Plus rien. Pas un bruit humain ; pas même un aboiement lointain de chien, ni un cri de chouette ; à se croire au fond d'un désert, et d'un désert ne contenant pas une bête vivante ! Il appliqua l'oreille contre le sol. Alors, tout là-bas, quelque part au fond du brouillard, un très lointain grondement. Le canon tonnait encore.

Qu'est-ce que ça lui faisait, maintenant, que la bataille continuât et que l'armée française fût, ou non, victorieuse : lui, pourtant, un engagé volontaire par enthousiasme patriotique [1] ! Il s'appliquait à consolider de son mieux le bandage improvisé de sa blessure. Puis, n'ayant rien pris depuis de longues heures, il se souvint qu'il devait avoir un reste de biscuit dans une poche de sa capote. Et il grignotait mélancoliquement son biscuit dur. Sa soif était ardente. Rien à boire ! il portait bien une petite gourde en bandoulière : elle se trouvait vide. Il la déboucha pourtant, la porta à ses lèvres : une seule goutte d'eau-de-vie arriva sur la langue. Il se mit à réfléchir sur sa position.

---

1. Voir le début de la nouvelle de Huysmans qui évoque l'enthousiasme des Parisiens.

Il ne savait même pas où il se trouvait. Tant de marches et de contremarches, depuis quinze jours que son détachement avait rejoint l'armée de Chanzy [1] et faisait campagne, l'avaient complètement désorienté. Ses idées, d'ailleurs, depuis qu'il s'était réveillé de son évanouissement au milieu d'un champ de betteraves, manquaient de netteté.

Combien de temps était-il resté évanoui : dix minutes ? trois heures ? une journée entière ? Il ne savait pas. Tout ce qu'il se rappelait était ceci.

Son bataillon avait passé une nuit entière dans un petit chemin creux, les hommes couchés à plat ventre, tout habillés. Défense de se servir du campement, même d'allumer une cigarette. Tout cela pour ne pas donner l'éveil aux avant-postes bavarois qu'il s'agissait de surprendre. Un peu avant l'aurore, une batterie de six pièces était arrivée dans le chemin creux, et son bataillon s'était porté à quinze cents mètres. Là, quelques minutes de halte derrière un rideau de peupliers ; puis, une centaine de ses camarades et lui, avaient dû s'avancer en tirailleurs contre un long mur de clôture crénelé par les Allemands. Ce mur, il eût été si simple de le raser avec quelques coups de canon. Mais la batterie du chemin creux, probablement, ne devait pas s'engager sans ordres supérieurs. Il avait donc fallu marcher bêtement à poitrine découverte, contre un mur crénelé. Comme le cœur lui battait ! Sa première affaire ! Le moment attendu avec impatience depuis quatre mortels mois passés dans les camps d'instruction, mal équipé, mal nourri, mal commandé, fatigué par des exercices insipides. Il ne faisait

1. Alfred Chanzy (1823-1883) : général français. Il commença sa carrière militaire comme sous-lieutenant de zouaves en Algérie. Pendant la guerre de 1870, il commanda l'armée dite de la Loire. Le front en province se solda par de cinglantes défaites (Le Mans). Un régiment de 60 000 mobilisés bretons faisait partie intégrante de cette armée. C'est ce qui explique la présence d'un personnage d'origine bretonne dans cette armée.

pas bien jour. Pas un coup de fusil encore ! Pas une sentinelle ennemie ! Qui sait ? on allait peut-être surprendre une fois ceux qui nous avaient si souvent surpris nous-mêmes. Ne disait-on pas merveilles du jeune général en chef ? Cette aurore glacée ne serait-elle point par hasard l'aurore d'une grande victoire ? Lui, n'aurait pas peur, ferait son devoir comme les autres. S'il allait avoir peur, pourtant ? Ce doute importun, humiliant, le secouait dans sa marche d'un tremblement nerveux. Aussi, maintenant, c'était de l'impatience, un furieux désir qu'elle ne se fît pas attendre plus longtemps cette première décharge qui le fixerait sur sa bravoure, qui le ferait tomber évanoui de lâcheté nerveuse, ou qui le transporterait de la surexcitation des héros. Voilà qu'ils étaient arrivés à quarante pas du mur crénelé. Qu'attendaient-ils pour tirer, les enfants de ce peuple flegmatique et lent ? Il se sentait presque tenté de leur crier : « Faites donc feu, sacrés imbéciles ! » Pour un rien, il aurait déchargé lui-même son chassepot[1] en l'air afin de leur donner l'éveil. Puis, tout à coup, un énervant vacarme l'avait assourdi ; et, lui-même, au hasard, il avait fait feu dans la fumée ; puis instinctivement, il s'était jeté à plat ventre. À partir de ce moment, ses souvenirs devenaient confus, se réduisaient à peu de chose. L'agaçant assourdissement des détonations avait continué. Dans la fumée de plus en plus épaisse, des balles sifflaient, quelquefois tout près de son oreille, puis s'enfonçaient dans la terre, hachant les betteraves, comme des grêlons poussés par un grand vent. Tout ce qu'il savait, c'est que les cent autres tirailleurs, ses camarades, étaient tous couchés comme lui, sains et saufs ou morts. Ce qu'il apercevait encore, au milieu de la brume de sa mémoire, mais alors nettement, c'était l'effrayant et inoubliable changement à vue du visage d'un soldat nègre, à quatre pas de lui, devenu blanc tout à coup, affreusement blanc, pendant une

1. Voir « L'Affaire du Grand 7 », p. 247, note 1.

minute, tandis que la cervelle coulait hors du crâne décalotté, et recouvrait la chevelure crépue. Alors, lui, à côté du cadavre du nègre, s'était fait petit, n'avait plus remué, s'efforçant de se garantir le crâne avec la crosse de son chassepot. Le reste n'était plus que ressouvenances vagues : l'espèce de coup de fouet qu'il avait cru recevoir au talon, la perte de son sang, une lourdeur de toute la jambe gauche, la sensation de son pied baignant dans un liquide d'abord tiède, puis glacé, tout se confondait encore dans sa tête comme les imaginations brouillées d'un cauchemar. Il n'était pas bien sûr d'avoir tenté un moment de se remettre sur ses jambes, puis, d'être retombé. Comme aussi, une secousse du sol ébranlé par de la cavalerie, des sabots de chevaux battant l'air à côté de son visage, peut-être le passage d'un escadron entier au-dessus de son corps : tout cela était possible ! Ces choses, et probablement d'autres encore, avaient pu se passer de l'autre côté du pesant voile noir qui lui était descendu sur les yeux, qui l'avait enveloppé d'anéantissement. Enfin, il venait de s'éveiller, seul dans le brouillard glacé, dans la nuit tombante, dans l'immensité de la campagne devenue subitement déserte et silencieuse [1].

Il frissonnait de froid, de peur. Une tentative pour se relever n'aboutit qu'à une douleur aiguë au pied gauche. Retombé assis sur son sac, il s'accouda de nouveau sur la borne, découragé, très faible. Dans quelques instants, si l'on ne le secourait pas, il perdrait encore connaissance. Un dernier espoir : que quelqu'un, Français ou Prussien, ami ou ennemi, passât bientôt sur la route. Et il tendait l'oreille.

Rien !

---

1. Ce passage permet de mieux situer l'action qui se déroule, selon toute vraisemblance, au moment de la défaite des armées de la Loire, à la mi-janvier 1871. Après le siège de Paris, décrit par Céard, et l'occupation de Rouen, évoquée par Maupassant, c'est un autre aspect de la guerre de 1870 qui est montré, dont on mesure ainsi l'extension géographique sur l'ensemble du territoire national.

Alors rassemblant le peu de force qui lui restait, d'une voix traînante et plaintive, il appela :

« Au secours !... Quelqu'un, de grâce ! Quelqu'un ! Au secours ! »

Il se reposa un moment, recommença à plusieurs reprises ; et, entre chaque appel, il écoutait. Personne ! Un terrifiant silence ! Alors des larmes, de grosses larmes, lui envahirent les yeux, puis coulèrent silencieusement le long de ses joues d'enfant.

Tout à coup, comme si une ressource suprême à laquelle il n'avait pas encore songé, se présentait subitement à lui, ses larmes ne coulèrent plus. Et il se mit à faire le signe de la croix. Maintenant ses lèvres remuaient et murmuraient tout bas quelque chose, des prières, des prières ferventes. Mais ces prières étaient en latin.

Il pria ainsi longtemps, les mains jointes, remuant par habitude le pouce et l'index de la main droite, comme si ses doigts eussent égrené un chapelet. Il baisait de temps en temps avec dévotion un scapulaire[1] et une petite médaille pendus à son cou par un cordon noir, qu'il venait de retirer de dessous sa tunique. Son képi, ôté par respect, était déposé à terre. Au sommet de sa nuque, blanchissait une large plaque ronde où la chair se voyait, les cheveux n'ayant pas repoussé : celui qui implorait ainsi des secours célestes, avait porté tonsure.

Ce fut alors qu'un lointain roulement arriva à ses oreilles. Grand Dieu ! ses supplications seraient-elles miraculeusement exaucées ? Défaillant d'espoir, il se pencha du côté d'où venait le bruit. Plus de doute : un roulement de voiture ! Déjà, distinctement, le grincement des essieux, des bruits de sabots de cheval ! Mais il n'apercevait encore rien. Pourvu, au moins, que ce fût bien sur la route au bord de laquelle il était assis ! Un moment il n'entendit plus aucun bruit ; et il trembla de tous ses membres. Si la voiture, arrivée à destination, ne

1. Petite pièce d'étoffe ornée d'une image pieuse et portée autour du cou comme un talisman.

devait pas aller plus loin, ou s'était détournée dans quelque chemin de traverse ! Coup sur coup, quatre ou cinq signes de croix : cette fois, de la lâcheté pure ! Que faire alors ? Appeler : mais était-ce prudent ? Des cris pouvaient effrayer celui qui conduisait, le décider à prendre une autre route. Puis, il entendit de nouveau. Le cheval avançait au trot sur la route, passerait bientôt devant lui. Si l'on allait ne pas s'arrêter, maintenant, un coup de fouet au cheval pour toute réponse aux gémissements de l'éclopé.

« Non ! je me coucherai en travers ! Que les roues, alors, me passent plutôt sur le corps !... »

Et le désespoir lui donna la force de se traîner jusqu'au milieu de la route. Un grand chariot à quatre roues, recouvert d'une toile goudronnée tendue autour de trois cerceaux en bois, arrivait sur lui au petit trot, n'était plus qu'à quelques pas. Essoufflé, épuisé, le blessé voulait appeler ; il n'arriva qu'à pousser quelques plaintes inarticulées. Pas de lanterne allumée ! il pouvait être écrasé. Heureusement, le cheval eut peur et s'arrêta net, recula même un peu.

« Qui est là ? » s'écria une voix de femme.

Et le bruit d'un revolver qu'on armait, se fit entendre.

« Au secours !... Pitié ! Je suis blessé !... »

Il ne put en dire davantage. Ses yeux se fermèrent, et sa tête retomba contre la boue gelée de la route.

Quand il rouvrit les yeux, quelques instants après, une vive clarté l'aveugla. La femme venait d'allumer une lanterne, et, du bord de la charrette, penchée vers lui, elle le regardait.

« Qui êtes-vous ? répétait-elle. Que faites-vous là, au milieu de la route ? »

Sa voix chaude, musicale, un peu basse, étranglée par une violente émotion qu'elle s'efforçait de dissimuler, révélait une grande jeunesse. Très garantie contre le froid, empaquetée dans une énorme pelisse brune de paysanne sous laquelle elle devait porter un second manteau, elle avait mis le capuchon. On ne voyait rien de son visage.

Sa main droite ne lâchait pas le revolver tout armé. Elle se méfiait. Des tentations lui venaient : éteindre tout à coup sa lanterne, faire faire un détour au cheval afin de ne pas écraser cette larve humaine gémissante qui obstruait la route, s'éloigner très vite. Mais, cela, ce serait fuir, avoir peur sous prétexte de prudence, être lâche.

D'une voix distraite, indifférente, elle interrogeait encore le jeune homme : depuis quand était-il atteint ? où souffrait-il ? Et, pendant les réponses de l'autre, un combat se livrait en elle. Tout à coup elle se retourna vers l'arrière du chariot. Le regard qu'elle jeta, là, sous la bâche tendue autour des cerceaux, un de ces regards par lesquels d'ordinaire on consulte quelqu'un, parut la décider. Pourtant il n'y avait personne. La jeune femme voyageait seule.

« Attendez, dit-elle, je vais descendre. »

Malgré sa grande faiblesse, le blessé se rendit bien compte de ceci : la jeune femme, en s'approchant de lui, gardait un tremblement nerveux. Elle avait conservé sa lanterne à la main. De l'autre main, elle lui présenta une bouteille toute débouchée.

Il but avidement. C'était du rhum.

« Merci, dit-il. Cela va déjà mieux. »

Elle lui tendait de nouveau la bouteille.

« Tenez ! encore !... »

Elle se penchait vers lui, et son capuchon se souleva. Elle lui parut merveilleusement belle. Il n'en finissait plus de boire ; il était troublé. Elle s'impatienta :

« Voyons ! vite ! je n'ai pas le temps... »

Alors, il la regarda avec inquiétude.

« Gardez la bouteille... J'ai aussi du pain que je vais vous laisser... Et maintenant, tâchez de vous ôter du milieu de la route... je vous donnerai la couverture du cheval... vous pourrez attendre le jour. »

Elle disait tout d'une voix sèche, hachée, impérative, n'admettant pas de réplique. Une grande dame commande ainsi à ses domestiques. Lui, se sentait humilié, comme s'il eût reçu une aumône. Le cœur déjà plein de reconnaissance pour celle qui le secourait, il eût voulu lui baiser la main ; et pourtant il lui prenait des envies de pleurer.

La rougeur au front, réconforté par le rhum, mais surtout stimulé par la honte, il se mit debout. Le sac était resté à terre. Elle le ramassa, le porta elle-même jusqu'à la borne.

« Là, vous ne risquerez plus au moins d'être écrasé. »

Et elle éleva sa lanterne. Le malheureux s'avançait clopin-clopant. Elle n'osa plus lui dire « dépêchez-vous ! ». Elle fit même quelques pas à sa rencontre, élevant toujours sa lanterne. Ses regards rencontrèrent ceux du blessé ; elle s'aperçut qu'il avait les yeux pleins de larmes. Elle remarqua aussi sa grande jeunesse. Un commencement d'intérêt naissait en elle. Elle lui adressa de nouvelles questions :

« Comment vous appelez-vous ?

– Gabriel… [1]. Gabriel Marty.

– De quel pays êtes-vous ?

– De Vitré. »

Tiens ! de Vitré ! et elle de Rennes ! Un Breton comme elle, presque un compatriote. Elle le regarda plus attentivement. La distinction de ce visage maigre, souffreteux, frappa la jeune femme. Elle se retourna vers le chariot. Un combat de nouveau se livrait en elle. En des circonstances ordinaires, elle aurait transporté ce garçon quelque part : dans une ambulance, ou jusqu'à la première auberge.

« Je ne puis pas !… je ne puis pas !… »

En prononçant ces « Je ne puis pas », sa voix s'était attristée. Elle devait être sous le coup d'une grande douleur. Et Gabriel Marty, distrait un moment de son angoisse personnelle, retenait son souffle.

« Vous allez voir vous-même que je ne peux pas !… »

1. Cette référence implicite à l'ange Gabriel peut être rapprochée du prénom de sœur « Angèle » dans « Sac au dos », la nouvelle de Huysmans.

Et s'étant approchée de l'arrière du chariot, elle souleva brusquement un coin de la toile goudronnée.

« Regardez ! »

À la lueur de la lanterne, apparut une caisse en bois blanc, recouverte d'une étoffe noire.

« Il y a là le corps du baron de Plémoran, ancien zouave pontifical[1], mort sur le champ de bataille... »

Elle fut obligée de s'interrompre quelques secondes, comme pour retrouver sa voix, puis elle ajouta :

« C'était mon mari... Je l'ai enseveli ce matin... On se battait... Personne ne voulait le transporter : alors j'ai acheté à un paysan ce cheval et cette charrette... »

Ne trouvant rien à dire, Gabriel Marty enleva son képi, tomba à genoux, fit un signe de croix, et se mit à prier.

Un quart d'heure après, la charrette filait sur la route, au petit trot du cheval. La veuve du baron de Plémoran conduisait. Et, derrière elle, le jeune soldat étendu dans la charrette sur de la paille, dormait déjà profondément, à côté du cercueil.

Le cheval était un lourd mais solide cheval de labour. Pour lui faire garder le trot, la jeune femme le fouettait à chaque instant. La route, défoncée et presque détruite par les allées et venues de plusieurs corps d'armée, devenait à chaque instant très difficile. La jeune femme s'en tirait en personne ayant beaucoup monté à cheval.

Il pouvait être neuf heures du soir. Une montée très raide et très longue se présenta. Il ne s'agissait plus d'aller au trot. Elle quitta le fouet, tint les guides plus lâches, laissa le cheval aller à sa guise. Maintenant, elle se livrait tout entière à ses réflexions.

1. Le corps des zouaves pontificaux avait été créé en 1860 à la demande de Pie IX afin de défendre les intérêts du Vatican. Il fut dissous en 1871. À l'origine, les zouaves étaient des fantassins algériens engagés aux côtés des Français. Ils passaient pour être des soldats courageux.

Sans se rendre compte du pourquoi, elle se sentait devenue très calme. Son corps n'éprouvait plus cette agaçante trépidation nerveuse qui, une heure auparavant, la secouait malgré elle. Puis elle se dit que c'était peut-être à la présence du blessé qu'elle devait sa présente tranquillité. N'y a-t-il pas des moments où la compagnie d'un enfant au maillot, même d'un animal, suffit pour réconforter ? Qui sait, le lendemain, on amputerait peut-être ce garçon. Dans vingt-quatre heures, il serait peut-être mort comme M. de Plémoran. Eh bien ! c'est ainsi qu'il le lui fallait ! Valide, bien portant, bien armé, prêt à lui prêter main-forte, elle n'en aurait plus voulu. Pourquoi ? Parce que, maintenant qu'elle avait tant fait que d'être héroïque, elle ne voulait pas « qu'on lui gâtât son héroïsme ».

Aussi, son plan était-il arrêté. Tant que le jeune soldat ne remuerait pas davantage, continuerait à ne pas être gênant, elle le voiturerait, jusqu'à ce que, le jour venu, elle pût le laisser dans une auberge ou dans quelque ferme hospitalière. Elle donnerait même de l'argent pour que le malheureux ne manquât de rien, fût soigné convenablement. Puis, elle continuerait son voyage, jusqu'à ce qu'elle atteignît la prochaine gare de chemin de fer. Si la voie était coupée, elle irait plus loin. Dût-elle faire encore cent kilomètres seule, au milieu de cette contrée où plusieurs corps d'armée se battaient depuis quinze jours, elle finirait bien par trouver un train qui la ramènerait en Basse-Bretagne, à Plémoran, elle et les restes de son mari.

Qu'avait-elle à craindre, après tout ? On respecte généralement les morts. Que le hasard de son voyage funèbre lui fît traverser un détachement armé, le pis qu'il pût lui arriver était qu'on fouillât le chariot : Allemands ou Français, corps réguliers ou uhlans [1], ou francs-tireurs, se découvriraient devant un cercueil et la laisseraient passer librement, en lui présentant les armes. Pas d'autre

1. Voir « Boule de suif », p. 88, note 2.

danger, en somme, que celui des maraudeurs isolés, traînards, déserteurs ou paysans avides ! Elle avait entendu parler de cette écume malfaisante que deux armées en campagne soulèvent toujours à leur suite ; de ces corbeaux humains qui, le lendemain d'une affaire, s'abattent sur le champ de bataille pour détrousser les cadavres, qui achèvent les blessés afin de les fouiller plus à l'aise. Contre ces lâches, quelle que fût leur nationalité, elle avait un revolver. Sa main droite s'enfonça dans la grande poche de sa pelisse, pour le palper : il y était toujours ! Elle se sentit très rassurée.

Puis, le cours de ses pensées changea. Ce n'était plus elle qui courait ainsi la nuit, seule, sur les grands chemins ! Mais, une autre, une femme extraordinaire qu'elle avait quelquefois rêvée, vivant d'une vie qu'elle n'avait jamais vécue. Et l'incroyable de l'aventure, l'invraisemblance de cette réalité, la faisait par moments rire d'un vague rire intérieur.

Cette femme extraordinaire, tout enfant, ne lui était-elle pas apparue dans les quatre-vingts pièces délabrées du château de Plémoran ? Son oncle, lui, le vieux marquis, à l'humeur taciturne, passait encore, malgré son âge, des trois jours de suite à la chasse, restait des mois entiers sans lui parler. Démesurément grande, sèche et anguleuse, laide et mal habillée, sa tante, quand elle n'était pas à prier dans la chapelle au fond du parc, lui faisait réciter son catéchisme, l'épouvantait sur les supplices de la damnation éternelle, ou lui expliquait des recettes pour conserver les pommes. Son cousin germain, de quinze ans plus âgé qu'elle, « Monsieur Trivulce », mauvais comme une gale et égoïste comme un fils unique, bien que déjà fiancé à « Mademoiselle Édith », ne se souciait pas plus d'elle que d'une de ces pauvresses en haillons qu'il mettait en fuite à coups de pierres, lorsqu'il les apercevait glanant quelques branches de bois mort. Un des grands amusements de « Monsieur Trivulce » pendant les récréations que lui laissait l'abbé son précepteur, ne consistait-il pas à pousser, à pincer ou à battre celle qui devait devenir sa femme ? Il l'eût peut-être estropiée pour la vie sans la protection de sa nourrice, à elle, bonne Bretonne, née à Plémoran, ne sachant ni lire ni écrire : une imagination naïvement poétique qui lui racontait toutes sortes de légendes.

De ces légendes, sucées en bas âge comme un lait héroïque et merveilleux, des portraits de famille, quelques-uns noirs de la poussière de plusieurs siècles, accrochés dans les immenses galeries, des vieilles tapisseries seigneuriales usées jusqu'à la trame, de l'atmosphère même, sombre et rance, de ce séjour peu récréatif, « Mademoiselle Édith » avait évoqué une idéale créature. Forcée de vivre en dedans, portée à la rêverie par la contrée elle-même, par ce ciel couvert, par ces grands bois, par les coups sourds de l'Océan non loin de là martelant la falaise, par le vent s'engouffrant dans les vieilles croisées disjointes et mugissant à travers les interminables corridors, elle fût morte sans cette compagne invisible qui semblait grandir et se modifier en même temps qu'elle.

D'abord, son enfance sans jeux avait longtemps joué avec cette petite sœur du rêve. Puis, vers quatorze ans, lorsqu'elle se cachait pour lire des romans de chevalerie dérobés dans la bibliothèque, la petite sœur s'était changée en une belle châtelaine héroïque, inspirant de nobles passions, aimée par de purs chevaliers qui tombaient mortellement frappés en baisant une mèche de cheveux. La beauté de la belle châtelaine héroïque était faite de cent traits divers empruntés à toutes les Plémoran de plusieurs siècles accrochées dans la galerie des portraits : l'élégante sveltesse de sa taille descendait de la raideur hiératique de telle contemporaine de Philippe-Auguste ; elle possédait les grands yeux cerclés de bistre de celle-ci, qui avaient fait sensation à la cour de Louis XIII ; et le teint de lis et de rose de celle-là, relevé par une mouche, comme on en portait sous la Régence, et le noble port de tête de cette autre, et le nez, un peu busqué, de toute cette rangée ; enfin, de cette dernière, l'adorable cou de cygne impitoyablement tranché un jour par le couperet du docteur Guillotin. Aussi, de quatorze à dix-neuf ans, la belle vie ! Trivulce, son éducation terminée, vivait à Paris à sa guise, en attendant l'heure de son mariage arrêté d'avance avec sa cousine germaine. Le marquis, les jambes percluses, ne bougeait de son grand fauteuil, parlait peu, n'admettait d'autres soins ni d'autre compagnie que celle d'un vieux serviteur septuagénaire. Sa tante avait joint à ses stations dans la chapelle l'élevage des perruches et des petits chiens. Alors elle avait joui de la plus grande liberté. Quelles chevauchées folles dans les profondeurs des bois ou le long de la falaise, escortée seulement de loin par deux gardes-chasse ! Elle aimait aussi passionnément la lecture. La nuit surtout, quand tout dormait depuis longtemps dans le château : elle, blottie dans son large lit à colonnes, la grande lampe sur la table de nuit ! Le vent avait beau mugir par les fentes des portes avec des plaintes d'âme en peine. Les douces heures rapides, où l'immobilité du corps rendait sa pensée plus ailée ! La vivante et féconde solitude, peuplée d'intenses visions ! Que de fois, ayant enfin soufflé sa bougie, elle avait dû tirer les lourds rideaux de son lit, afin de ne pas voir la lumière du jour naissant. Il est vrai qu'elle ne se réveillait alors qu'au premier coup de cloche sonnant le déjeuner et qu'elle descendait en retard, les yeux battus, très pâle. Mais sa tante, qui n'avait jamais fini de bichonner sa petite meute, descendait plus tard qu'elle. À la longue, la bibliothèque entière y avait passé.

Dans un vieux *Robinson Crusoé*, dont il manquait des pages, l'empreinte du pied de « Vendredi » l'avait fait palpiter. Elle avait lu deux fois tout Walter Scott, et une histoire des croisades interminable, et des romans du Moyen Âge ; puis, des récits de voyages merveilleux, la conquête du Mexique par Fernand Cortez. *Atala*, *René*, et *Les Natchez* [1] avaient noyé son esprit dans une brume poétique, au milieu de laquelle, subitement, un coup de clarté : la lecture d'un volume dépareillé de *La Comédie*

1. Œuvres de François René de Chateaubriand (1768-1848).

humaine[1] ! Ensuite, elle s'était jetée sur le théâtre : rien compris à un Shakespeare traduit par Ducis[2] ! Racine l'avait ennuyée ! mais elle avait fait des trouvailles d'émotion dans Corneille. Molière l'avait fait rire sans la passionner, à un âge où, ne sachant rien de la vie, elle ne comprenait pas les dessous cruels de ce rire. De même elle avait avalé, sans se l'assimiler, Diderot, les cent volumes des œuvres complètes de Voltaire, des livres de chimie et d'histoire naturelle, le *Dictionnaire philosophique*[3]. Puis un jour qu'assommée par des livres qui n'étaient pas à sa portée, n'ayant plus rien à lire et assoiffée de nouveau, elle bouleversait de fond en comble la bibliothèque, le hasard lui avait révélé l'existence d'un « secret ». Elle n'avait eu qu'à presser un imperceptible bouton simulant une nodosité naturelle du bois, et un panneau avait basculé, découvrant une cavité cachée. Elle était tombée sur une vingtaine de volumes pornographiques.

Celui qu'elle ouvrait au hasard, un roman du marquis de Sade, ne lui apprenait rien, tant était grande alors son innocence. Elle en feuilletait plusieurs autres, sans y comprendre un mot. Puis, elle ouvrait *Gamiani*, par le vicomte Alcide de T..., avec gravures[4]. À la vue de ces gravures, elle devenait tout de suite très rouge. Une brûlure subite lui courait le long de l'épine dorsale. Et elle se tournait du côté de la porte, inquiète, indécise.

1. Titre général sous lequel Honoré de Balzac (1799-1850) regroupa l'ensemble de ses romans.

2. Jean-François Ducis (1733-1816), poète et dramaturge français, tenta de traduire et d'adapter certaines pièces de Shakespeare. Le résultat fut approximatif mais l'écrivain remporta ainsi de nombreux succès populaires.

3. Ouvrage de Voltaire, paru en 1764, connu aussi sous le titre *Dictionnaire portatif*.

4. Le roman *Gamiani ou Deux Nuits d'excès* est un roman érotique paru en 1833 sous le nom d'auteur Alcide, baron de M***. Il fut attribué à Alfred de Musset et connut un succès retentissant durant tout le XIXe siècle.

Une domestique, ses chambres achevées, balayait la galerie précédant la bibliothèque. Sa tante allait passer pour se rendre à la chapelle. On pouvait entrer ! Alors, refermant précipitamment la cachette, Édith s'enfuyait au bout du parc, au fond d'un bosquet touffu où nul autre qu'elle n'était venu depuis six ans. Là, sûre de n'être pas dérangée, au pied d'un vieux faune en pierre, mutilé, lutinant une nymphe sans bras, elle avait regardé de nouveau les gravures. Puis, elle avait ouvert un autre volume : *Daphnis et Chloé* [1]. Celui-là, elle le dévorait d'un bout à l'autre sans en sauter une ligne. L'inoubliable après-midi ! Depuis trois semaines, elle venait d'avoir dix-neuf ans. En juin ! Il faisait chaud. Autour d'elle, dans la profondeur des charmilles, de doux frottements d'ailes palpitaient avec un bruit de caresse invisible. La joue embrasée et le front en sueur, suffoquée, elle cessait parfois de lire. Deux papillons blancs voletaient lentement l'un autour de l'autre, puis finissaient par ne faire qu'un seul papillon blanc. Le soir à table, elle n'avait pas mangé.

Alors, pendant deux longues années, de dix-neuf à vingt et un ans, elle s'était sentie tout autre. Cette sœur du rêve, cette créature imaginaire qui, dans son enfance, avait partagé ses jeux, puis qui avait grandi en même temps qu'elle, qui s'était embellie des beautés éparses de toute une race et des ressouvenirs adorables de ses lectures, où donc s'était-elle retirée ? Était-elle retombée dans le néant ? Ou bien, retenue au loin par une puissance supérieure, gémissait-elle en secret, le cœur gros, les yeux noyés de larmes éternelles ? Car il n'était pas possible que l'apparition immaculée, la touchante compagne de ses années chastes, se fût changée en bête. Et c'était vraiment une bête qui l'avait hantée nuit et jour pendant ces deux ans : une bête lâchée et impudique,

1. Ce roman grec de Longus (IIe siècle apr. J.-C.) raconte les amours, simples et pures, d'un jeune chevrier et d'une jeune bergère, dans un cadre bucolique. Il a inspiré l'histoire de Miette et Silvère qui forme le sujet de *La Fortune des Rougon* d'Émile Zola (1871).

chevauchant des voluptés immondes, rêvant un assouvissement irréalisable. Pas de répit ! Aussi bien les jours, dans le solennel ennui du vieux château, que les nuits, ses nuits brûlées, où l'aurore finissait par la surprendre n'ayant pas fermé l'œil, mordant de rage son oreiller ! La belle saison faisait-elle palpiter la campagne d'un frisson de vie, elle partait de grand matin, à pied ou à cheval, toute à son idée fixe, espérant vaguement se contenter au milieu du rut général des êtres. Mais elle rentrait exaspérée, dans un état à faire pitié, montait droit à sa chambre, s'y enfermait à clef, arrachait sa robe ou son amazone, dégrafait son corset et se jetait contre son lit, étouffant, ouvrant les bras dans le vide à un être inconnu, puis les tordant de désespoir, retenant des appels rauques. Sur la route nationale, dans une voiture de bohémiens, n'avait-elle pas vu une fille de son âge, aux cheveux crépus, toute dépoitraillée, dormir, en tenant embrassée la taille du beau mâle qui conduisait. À travers une haie, elle avait écouté les petits cris d'une paysanne, renversée par un valet de ferme dans l'herbe fauchée et ne résistant au gars qui lui relevait les jupes, que par des « Finis, Pierre… j'appelle !… je me fâche !… » bien faibles. Devant ses yeux, la fille de la ferme avait aidé le taureau à saillir une vache. Deux mésanges sur une branche s'étaient accouplées. Et elle n'était ni la mésange, ni la vache, ni la paysanne, ni la bohémienne. Jusqu'aux émanations des fleurs printanières qui empoisonnaient l'air d'un irritant parfum d'amour.

Elle était devenue très maigre. Un grand cercle bleu lui avait entouré les yeux ; elle était tombée malade. Un médecin, mandé de la ville, lui avait ordonné du fer. Sa tante faisait brûler des cierges à la chapelle. La nourrice, qui ne savait ni lire ni écrire, marmottait entre ses dents : « Il faudrait la marier. »

Puis la bête cynique, qui l'avait hantée pendant ces années malsaines, s'était anéantie à son tour. Du jour où elle avait épousé Trivulce, revenu de Paris pour la circonstance, tout était mort en elle. Rien qu'à la façon dont celui qu'elle revoyait après cinq ans avait déposé sur son front le premier baiser de fiancé, elle s'était sentie écrasée d'un immense désespoir. Le mariage s'était pourtant consommé sans qu'Édith osât proférer une plainte, s'ouvrir à son oncle ni à sa tante, risquer une objection. Dans l'église de Plémoran, sous son voile de mariée, au moment de devenir la femme de ce cousin qui la battait dans son enfance, resté tyrannique et sot, un étouffement lui avait serré la gorge. Elle avait subitement manqué d'air, comme si, tombée dans une fosse, elle s'était senti sceller une pierre tombale sur la tête.

Enfin, au bout de quinze mois, voilà qu'en cette fosse étouffante du mariage, par une fissure inespérée, un peu d'air et de jour avait pénétré. La guerre ayant éclaté, après nos premières défaites, Trivulce était revenu un soir de chez un voisin, M. de Kérazel, en disant : « Grandes nouvelles ! vous ne savez pas : Cathelineau[1] arme des volontaires... Kérazel en est... Et de la Ferté !... Et de Kéralu !... Et de Quiberon !. » Elle l'avait regardé avec plus d'intérêt qu'à l'ordinaire. « Moi, je pars demain », avait-il ajouté simplement. À la bonne heure ! Elle avait reconnu là un Plémoran, elle qui en était ! Et elle lui avait tendu la main avec une sympathie qu'elle ne lui avait jamais montrée. Le lendemain, il était parti. Aujourd'hui, elle le ramenait, mort, dans cette caisse de bois blanc... Et Édith tourna la tête vers l'arrière de la charrette.

La grande montée était gravie ; elle fouetta son cheval. En avançant plus vite, la charrette ressautait fort chaque fois que les roues rencontraient quelque pierre. Il arrivait que, la pierre étant très haute, la charrette sonnait tout entière avec un grincement de dislocation. Et, chaque fois, Édith était machinalement tentée de se retourner pour s'assurer que la charrette contenait toujours le lugubre fardeau.

1. Henri de Cathelineau (1813-1891) : ce général commandait un corps composé de volontaires venus de l'ouest de la France. Cette armée se battit à Amboise et à Blois.

Maintenant, il lui semblait presque qu'elle avait aimé le baron. Elle ne se souvenait plus de l'infernale malice avec laquelle monsieur Trivulce, aux heures de récréation, se vengeait sur elle de l'ennui d'avoir traduit Plutarque et de s'être promené avec son abbé au milieu du « jardin des racines grecques ». Elle oubliait les quinze ans que son mari comptait de plus qu'elle, le profond égoïsme du fils unique, le terre-à-terre d'une âme basse, l'indifférence blasée du viveur parisien d'un moment, qui ne se consolait pas d'être rivé à la province par la médiocrité de sa fortune. Ce triste personnage, au détestable caractère, avait fait son devoir en s'engageant, et était mort sur le champ de bataille, comme un Plémoran doit mourir : elle ne pensait plus qu'à ce mérite ! Le reste n'existait plus. Même, elle qui était née aussi Plémoran, se disait avec mélancolie que le nom venait de s'éteindre à jamais, puisqu'il n'existait pas d'autre branche et qu'elle n'avait pas d'enfant. Elle n'était donc point éloignée de se croire profondément malheureuse. Sans le soutien de la pensée qu'elle accomplissait un grand devoir, qu'elle devait elle-même se montrer digne de sa race, peut-être, les nerfs aidant, eût-elle fondu en larmes sincères. Tout à coup, malgré elle, Édith tressaillit. Un long soupir, là, derrière son dos, et le remuement d'un corps qui se retournait ! Gabriel Marty, qu'elle avait complètement oublié, venait de remuer.

Il s'était mis sur le côté gauche, le derrière et les pieds portant contre le cercueil. Dans cette position nouvelle, il ronflait, très fort, comme quelqu'un harassé de fatigue. Et ce ronflement mit hors d'elle Mme de Plémoran.

Ce ronflement l'empêchait de suivre le fil de ses pensées. Maintenant, elle regrettait de s'être chargée du blessé. Elle n'avait écouté que la compassion, elle s'était décidée bien vite ! Les personnes chez qui le premier mouvement est celui du cœur, doivent se défier du premier mouvement. Elle réfléchissait trop tard ! Si elle rencontrait des Prussiens, la présence dans sa charrette de ce soldat français, en uniforme et armé de son fusil, pouvait lui devenir très préjudiciable. Aussi, à la première habitation qu'elle rencontrerait, elle se débarrasserait du blessé ; même, si elle croisait sur la route quelque voiture, elle entrerait en pourparlers pour s'en débarrasser tout de suite, avec de l'argent. En attendant, bien que la route montât de nouveau, elle rouait de coups le cheval pour le faire galoper, afin que le bruit des roues couvrît ce ronflement qui l'agaçait.

Vers minuit et demi, Gabriel Marty se réveilla.

Il se sentait mieux. Les quelques gorgées de rhum avalées, quatre ou cinq heures de profond sommeil, lui avaient rendu quelque force. Désenflammée par le repos, sa blessure au pied le faisait moins souffrir.

Ce sentiment de bien-être fut traversé à peine par le ressouvenir qu'il se trouvait étendu à côté d'un cadavre. Que lui importait, après tout, que derrière cette planche il y eût un homme mort ! La draperie noire n'offusquait même plus ses regards ; elle avait fini par glisser entre le cercueil et le fond de la charrette. Cet homme, il ne l'avait jamais vu ! D'ailleurs, depuis quelques jours, la mort était chose commune autour de lui : et celle d'autrui laisse froid, vous remplit même d'une involontaire satisfaction égoïste, lorsqu'on se dit que cela aurait pu être soi. Le cercueil n'était déjà plus qu'une caisse de bois blanc ordinaire grossièrement faite. Néanmoins, il fit un machinal signe de croix, remua un peu les lèvres en murmurant bien bas le *De profundis* ; puis, ayant cherché sous sa tunique son scapulaire, il le baisa. Et il tourna le dos à M. de Plémoran.

La jeune femme, elle, ne s'était aperçue de rien. Assise sur le banc, à l'avant de la charrette, elle conduisait toujours. Il n'aurait eu qu'à tendre le bras pour la toucher, mais la nuit était si noire, qu'il ne distinguait qu'imparfaitement sa silhouette. De temps en temps, une grosse toux l'agitait tout entière sous sa pelisse : elle s'était enrhumée. « Pourvu que cette admirable et courageuse personne, se disait-il, n'attrape point une maladie ! » S'il l'eût osé, lui qui maintenant avait retrouvé sa chaleur, il se serait dépouillé de sa capote pour la lui étendre sur les pieds, et il lui eût passé autour du cou son cache-nez de laine. Puis, les pensées de Gabriel devinrent vagues. Ses longs cils baissés finirent par se rejoindre. Il retomba dans un demi-sommeil.

Il se sentait enfoncé dans une grande douceur. Une félicité inconnue envahissait tout son être et il s'y abandonnait.

Tout lui venait de la présence de cette jeune femme dont il n'avait qu'un moment entrevu les traits. Elle lui avait sauvé la vie ! Son âme, dans une effusion de reconnaissance, s'élançait continuellement vers elle. Et il sentait qu'elle était là tout près, à sa portée : d'un geste, il aurait pu lui enlacer la taille.

Même, une tentation le prenait : allonger sournoisement un bras sur la paille, porter sans bruit la main près du bas de ses jupes, les lui effleurer du bout des doigts. Il savait que ce contact lui procurerait la volupté d'une caresse. Cette volupté, il en avait soif ! Il cédait déjà ! Mais, dans l'engourdissement du demi-sommeil, son bras n'étant pas prêt à exécuter tout de suite sa volonté, l'abbé Marty eut le temps de se souvenir qu'il était prêtre.

La femme, cela lui était défendu ! Il ne devait pas y toucher, même en pensée ! Jusqu'ici, une terreur sainte et mystérieuse l'avait préservé de son contact.

Mais il n'avait pas toujours été prêtre ! Tandis qu'en remontant à ses plus lointaines années, la femme était déjà la précoce, et instinctive, et unique préoccupation de sa vie.

Tout enfant, à Vitré, en sortant des vêpres avec sa pieuse mère, sous les ormes séculaires de la place, autour de la gothique basilique, arrivait une vieille amie, veuve, toujours accompagnée de sa fille, une grande et forte fille de vingt-cinq ans qui ne trouvait pas à se marier. Celle-ci se baissait chaque fois pour embrasser le petit Gabriel. Et le petit Gabriel ne restait-il pas une grande minute pendu au cou de la belle fille, lui mangeant la couleur des joues, l'étreignant de ses jambes de jeune chat voluptueux ?

Son père était huissier au tribunal. Grandi dans le cabinet de l'huissier, au milieu des significations de jugements, protêts [1] et saisies, liasses de papier timbré jauni d'où s'exhalait l'odeur de la poussière, du renfermé et du moisi, jointe à un parfum écœurant de chicane, Gabriel avait passé toute son enfance dans une pièce triste dont l'unique fenêtre, aux vitres poussiéreuses, donnait dans une ruelle. La ruelle était étroite, et personne n'y venait, excepté les samedi, dimanche et lundi, où, des hommes en blouse, titubants, entraient et sortaient, habitués d'une sorte de cabaret borgne, tapi en un rez-de-chaussée du fond de la ruelle. Des éclats de voix avinées, jurons, disputes et chants bachiques, montaient ces jours-là. Et des hoquets vineux, des vomissements, se mêlaient au gargouillement des eaux de cuisine, vidées dans les plombs [2], à chaque étage. Mais, à une fenêtre d'en face, à l'étage supérieur, dans un encadrement de volubilis et de capucines grimpant le long de quatre ficelles, une jeune fille travaillait. À chaque instant, la voix sèche et brutale d'une mère la gourmandait : « Maria ! Maria ! » Pourtant, Maria ne perdait pas une minute, cousait du matin au soir. On entendait continuellement le petit bruit de son aiguille ou de ses ciseaux. Seulement, les après-midi où la mère s'en allait au lavoir, un paquet de linge sur la tête, Maria prenait un peu de bon temps, se mettait à regarder dans la ruelle. Alors, lui, voyait apparaître son front éclatant de blancheur, ses abondants cheveux roux toujours en désordre. Parfois, elle s'amusait à cracher dans la ruelle ; elle essayait d'atteindre quelque chat en lui lançant une petite motte de terre prise dans la caisse aux volubilis. De clairs éclats de rire défaisaient soudain le fichu bleu croisé sur sa poitrine. Quelquefois aussi son

1. Actes d'huissier constatant le non-paiement d'un chèque ou d'un engagement financier.

2. Cuvettes en plomb recevant les eaux usées dans un immeuble.

regard plongeait dans le cabinet de l'huissier. Alors, lui, devenait rouge, baissait tout de suite le nez dans ses paperasses.

Et, ce qui lui semblait très doux, à dix ans, pendant que, petit clerc, il recopiait les paperasses, c'était de se dire que cette Maria, âgée pourtant du double de son âge, travaillait à côté de lui. Quelquefois, l'après-midi, Maria se mettait à chanter quelque romance langoureuse, dont elle recommençait éternellement les couplets, d'une voix traînante et monotone. Et le père de Gabriel était alors au tribunal ! Et un reflet de soleil couchant entrait par la fenêtre ouverte, venait jaunir la vieille étude obscure ! il ne comprenait pas bien encore le sens des mots : « Amant… maîtresse… amour… » dont étaient remplies les romances de Maria. Pourtant, ces soirs-là, à peine était-il couché, et sa mère avait-elle emporté la lumière, qu'il revoyait par la pensée la fenêtre aux capucines et aux volubilis. La tête dépeignée de Maria apparaissait ! Et voilà qu'elle venait de se glisser dans sa chambre ! Elle était là maintenant, à côté de lui, dans son lit ; il la tenait embrassée, et lui disait bien bas : « Je t'aime ! je t'aime ! » jusqu'à ce qu'il fût endormi. Parfois, il le lui disait encore pendant son sommeil.

Puis, brusquement, à partir d'un certain jour, Maria avait cessé de chanter. Plus la même : répondant à sa mère quand celle-ci la grondait ! fondant tout à coup en larmes ! l'œil cerné d'un cercle sombre ! Un matin, qu'il la regardait à la dérobée arrosant ses volubilis, ne lui avait-il pas semblé voir une grosse larme tomber dans la caisse en bois ? Elle avait, à coup sûr, quelque chose. Puis, un soir, de sa chambre, dont la fenêtre donnait à côté de celle du cabinet, il avait entendu une scène violente : « Salope ! Garce ! criait le père de Maria. Enceinte ! et sans vouloir nous dire de qui, encore !… Tiens, garce ! Tiens, salope ! » Et chaque injure était un coup différent. Il entendait distinctement le bruit mat de la tête de la pauvre fille cognée aux meubles. Jusqu'au jour, Maria avait hurlé de douleur. Et, depuis lors, il ne l'avait plus aperçue entre les volubilis. Elle avait quitté ses parents. Et lui, trouvant le cabinet de l'huissier triste comme un tombeau, avait signifié à son père qu'il ne serait jamais huissier. Sa mère ayant toujours rêvé d'avoir un fils prêtre, il s'était fait prêtre.

Prêtre, il n'avait jamais été débarrassé de l'idée fixe de la femme. D'abord, pendant ses six années de petit séminaire, il s'était longtemps souvenu de cette Maria. En classe, pendant qu'on leur expliquait l'*Epitome historiæ sacræ*[1], sa pensée s'envolait vers elle : « Que fait-elle maintenant ?... S'est-elle mariée avec celui qui l'a rendue enceinte ?... Est-elle retournée chez ses parents ?... Est-elle devenue une courtisane ? » Et, dans son gros dictionnaire français-latin, il se mettait à chercher les mots : *courtisane*, *fille de joie*, *prostituée*. À l'étude, ses voisins, cachés par leurs pupitres grands ouverts, se livraient entre eux à des pratiques obscènes. Lui, s'enfonçant le visage dans les mains, fermant les yeux, se bouchant les oreilles, pensait à la fenêtre encadrée de capucines et de volubilis : Maria lui avait protégé sa pureté ! À la chapelle, quand l'orgue-harmonium accompagnait des cantiques, ne s'imaginait-il pas entendre un écho lointain de sa voix très douce ? Elle ressemblait vaguement à une vierge aux cheveux jaunes, peinte sur les vitraux au-dessus de l'autel. Un jour, il lui faisait des vers, cette fameuse pièce d'alexandrins surprise par son professeur d'histoire ecclésiastique, qui l'avait lue devant toute la classe, en le comblant d'éloges malgré la pauvreté des rimes. Puis, en avançant en âge, une gaze impalpable avait insensiblement recouvert le souvenir de Maria. Ses cheveux, ses traits, sa voix, son nom même, tout s'était peu à peu enfoncé dans une brume. Mais il restait pourtant quelque chose d'elle au fond de son ardente piété du grand séminaire. Il avait voulu aimer Dieu de toutes les forces avec lesquelles il eût aimé une femme. Au lieu de la femme, Dieu : mystère pour mystère. Telle avait été

1. Abrégé d'Histoire sainte.

« sa vocation ». Et il s'était lié par des vœux éternels. Mais, au fond de l'enthousiasme du renoncement, pour calmer les révoltes fatales de la chair, ne s'était-il pas toujours promis que ces bonheurs lui seraient rendus au centuple dans un monde supérieur ? Même en plein exercice de son divin ministère, pendant trois ans, disant sa messe, consacrant l'hostie, donnant l'absolution, il n'avait pu s'empêcher de croire que ces voluptés, il les retrouverait un jour spiritualisées, exemptes des troubles de la satiété. La confession, surtout ! C'est là, dans la paix et le demi-jour de ce tribunal d'indulgence, qu'il avait continué d'aimer la femme. À travers le grillage léger, avait-il entendu chuchoter de mystérieuses confidences ! Les adorables heures ! D'une main de chirurgien spirituel autorisée à soulever les derniers voiles, il avait mis à nu la femme, toute la femme. Celle-ci lui avait apporté les troubles, instinctifs, d'une virginale innocence s'ignorant encore elle-même ; celle-là, les dernières résistances d'un cœur déjà possédé par la passion ; cette autre, le contrecoup des premières désillusions, les remords prématurés d'une contrition prête à glisser dans les rechutes ; cette autre, l'âge critique des désenchantements définitifs ; cette dernière, les aberrations d'un recommencement sénile ayant changé d'objet : mesquineries du bigotisme, enfantillages et radotages, pâles étincelles d'une flamme mourante. Et, toutes, il les avait également aimées d'un sacerdotal amour : leur facilitant les aveux, devinant ce qu'elles ne disaient pas, indulgent pour les égarées, vibrant à toutes leurs douleurs, pleurant avec elles sur leurs misères. Et, dans elles toutes, ce qu'il avait aimé alors, – chastement, croyait-il, chrétiennement, c'est-à-dire du même amour dont Notre-Seigneur Jésus-Christ, lui, avait aimé Madeleine, – n'était-ce pas encore ce qu'il avait aimé, autrefois, avec la violence naïve de l'instinct : un être unique, abstrait, la plus adorable créature de Dieu : la femme !

Mais, s'il n'avait jamais aimé la femme que comme Notre-Seigneur Jésus-Christ et à travers la grille du confessionnal, n'était-elle pas monstrueuse l'injustice qui, au bout de trois ans de sacerdoce, lui avait interdit l'entrée de ce confessionnal ? Oh ! la jalousie de certains collègues de villages voisins, auxquels il avait enlevé involontairement des pénitentes de marque ! Les dénonciations à l'archevêché de Rennes ! Les lettres anonymes ! Appelé cinq fois en huit jours au palais épiscopal, il n'avait pas été sympathique au grand vicaire. Privé de son poste, la messe lui étant interdite pour six mois, il s'était d'abord incliné chrétiennement. Jusqu'au coup de tête de son engagement, ayant lu dans le journal, un soir, le récit des premiers désastres. Et, maintenant, blessé, sur le point de mourir de froid et d'inanition, il venait d'être sauvé miraculeusement par une jeune femme.

Édith était prise à ce moment d'une quinte de toux.

« Il fait très froid, pensa-t-il de nouveau. Elle va prendre une fluxion de poitrine. Ce serait ma faute ! »

Son passé de prêtre ne lui défendait pas de la faire mettre à sa place sous la toile goudronnée, tandis que lui conduirait à son tour. Il se sentait tout à fait fort. Mais comment adresser la proposition à cette baronne, qui, sur la route, lui avait parlé comme à un domestique. Dans sa timidité, il commença par changer deux ou trois fois de position dans la paille, en s'adressant à demi-voix à lui-même, un : « Allons ! je n'ai pas trop mal dormi. » Puis, il s'assit, le dos appuyé au cercueil.

Mme de Plémoran tourna la tête de son côté :

« Avez-vous besoin de quelque chose ? J'ai du pain… de la viande froide. »

Gabriel Marty refusa. Il n'avait besoin de rien pour le moment. Il mangerait plus tard, quand madame mangerait elle-même.

« Ne vous occupez pas de moi, dit-elle sèchement. »

Et sans s'arrêter à sa résistance, elle lui donna de ses provisions. Gabriel mangea docilement, le cœur gros. Il but encore du rhum. Puis, de ce ton obséquieux que prend un prêtre de campagne invité à la table du « château », voilà qu'il se confondait en remerciements, en excuses sur l'embarras qu'il causait. Même, l'habitude lui soufflait cette phrase : « J'appellerai sur vous, madame, toutes les bénédictions du Dieu tout-puissant. » Mais une réflexion soudaine arrêta sa phrase au bord de ses lèvres, et la modifia en un simple : « Matin et soir, dans mes prières, je ne vous oublierai pas. »

Édith l'écoutait, un peu étonnée. Il s'exprimait bien, pour un simple soldat ! Il avait de la religion ; un Breton véritable ! Puis, comme la gratitude du soldat tirait en longueur, elle crut y couper court, en disant :

« Tout ça n'est rien… Vous êtes un brave garçon… »

Elle venait de reprendre les guides.

« Vous pouvez vous rendormir, ajouta-t-elle. »

Et elle donna un petit coup de fouet au cheval. Déjà, retrouvant le fil interrompu de ses pensées, elle se remettait à calculer les conséquences de son veuvage. Voyons ! elle arrivait à Plémoran : quel accueil recevrait-elle de son oncle et de sa tante, c'est-à-dire de son beau-père et de sa belle-mère ? Quelle contenance garder devant leur désespoir, elle qui n'avait pas approuvé leur opposition à ce que leur fils unique s'engageât ? Comment amortir autant que possible le coup ? Prévenir par dépêche. Non ! plutôt par une lettre… Mais voilà que le soldat ne s'était pas recouché sur sa paille. Et il osait lui parler encore, l'importun ! C'était un vrai manque de tact, presque de l'insolence. S'imaginait-il donc qu'elle allait passer la nuit à faire avec lui la conversation ? Le malheureux la prenait peut-être pour son égale !

« Allons ! Allons ! Assez ! fit-elle d'un ton coupant. Taisons-nous ! »

Et elle ne tournait même pas la tête vers lui, pour lui dire cela. Tout le sang de Gabriel s'était glacé. Sans le vouloir, il lui avait donc été désagréable. Et ce n'était pas à coup sûr le sens des paroles : toute sorte de circonlocutions humbles pour lui offrir de braver à sa place le froid. Elle n'avait même pas entendu ! Quelle femme était-ce donc ? Et, près d'elle, comme il se sentait, lui, petit, mesquin, indigne et misérable ! Il se recoucha docilement sur la paille, comme un chien.

Du côté d'Édith, après les brusqueries de l'emportement, déjà un retour de bonté naturelle. « J'ai peut-être trop rudoyé ce garçon. Après tout, il a l'air bien élevé : plutôt timide et retenu qu'audacieux. » Mais, d'où vient qu'il ne soufflait plus mot. Un sourire passa même sur les lèvres d'Édith. À une aussi brusque incartade, le malheureux cherchait évidemment quelque chose à répondre. Eh bien ! à son aise ! Il fallait lui donner le temps de trouver, à ce garçon intéressant : elle se souvenait maintenant de ses traits entrevus à la lueur de la lanterne. Un nouveau sourire ! « Ah ! çà, vais-je m'occuper tout le temps de lui ! » Puis, son front se rembrunit : elle était retournée en pensée à Plémoran. Elle en revint bien vite. « Que fait pourtant mon blessé ? » Et elle écouta. « Se serait-il endormi ? »

Alors, comme elle n'entendait même plus respirer Gabriel, un vague sentiment de peur… Non, pourtant ! on ne mourait pas aussi vite ! Mais il était prudent d'y voir clair. Elle ne connaissait pas cet homme, après tout ! Il y avait de ces caractères sournois et susceptibles, parmi les Bretons ! Qui sait si celui-ci ne se disposait pas à la frapper par-derrière de quelque mauvais coup ? Elle avait déjà lâché les guides, saisi la lanterne, et elle en projetait la clarté dans la direction de Gabriel.

Leurs regards se croisèrent [1]. Elle remarqua tout de suite le bouleversement de son visage.

« Qu'avez-vous donc ? » s'écria-t-elle.

Gabriel détournait la tête.

« Souffririez-vous davantage de votre blessure ? »

Il fit signe que non.

---

1. On pense à la façon dont Flaubert présente la rencontre entre Frédéric et Mme Arnoux, dans *L'Éducation sentimentale* : « Leurs yeux se rencontrèrent » (1re partie, chap. I).

Toujours la lanterne à la main, Édith se rapprochait. Puis :

« C'est peut-être moi… Je vous aurai fait de la peine… »

Sa voix était devenue très douce.

« Je vois que c'est moi ! Il ne faut pas m'en vouloir, vous savez… Nous ne sommes pas dans des circonstances ordinaires. »

Elle lui tendit la main. Il ne se retournait même pas.

« Voyez ! je suis là… Je viens vous tendre la main, vous demander pardon… »

Cette main, Gabriel la pressait. Et, incapable de dire un mot, se contenant pour ne pas sangloter, il la porta à ses lèvres. Édith la lui abandonnait : avec la sérénité d'une conscience qui vient de réparer un tort.

Maintenant, au contraire, elle se sentait pleine d'abnégation, d'humilité chrétienne. Lors de l'enrôlement de M. de Plémoran, n'avait-elle pas songé à partir, elle aussi, comme ambulancière ? L'étrange ambulancière qu'elle eût fait, si, sous la croix de Genève[1], elle ne s'était pas dépouillée de ses fiertés de fille noble. « À la guerre, comme à la guerre. » Rien que pour voir, elle allait jouer un peu à la sœur de charité.

Elle voulut absolument lui panser sa blessure. Gabriel résistait. Il ne souffrait plus, sa parole d'honneur ! Ce n'était vraiment pas la peine : le bandage de son pied était très suffisant. Pour sûr, la balle était sortie : rien que du repos suffirait à le guérir. Mais elle ne voulait pas « se payer de mots ». La vue, en tout cas, ne pouvait lui faire de mal, et elle tenait à voir ! Elle fit valoir à plusieurs reprises l'argument : « Si la gangrène allait s'y mettre… » Pourtant tout restait inutile : le Breton s'entêta. Mille morts plutôt que d'écœurer la jeune femme par l'étalage de ses loques rougies, de sa plaie à vif, de son pied souillé

1. Dans la nouvelle d'Henry Céard, Huberte de Pahauën évoque également la Croix de Genève, plus connue sous le nom de Croix-Rouge (voir « La Saignée », p. 176).

de boue et de sang ! La certitude que tout cela sentait mauvais, lui était particulièrement intolérable.

Alors, cette lutte de retenue et de zèle charitable menaçant de s'éterniser, Édith s'emporta :

« Je veux,… entendez-vous bien ?… Je… veux ! »

Voyons ! était-elle la maîtresse, sur sa charrette, oui ou non ? Lui, n'avait qu'à ne pas y monter, tantôt. Elle ajouta même sèchement :

« Si vous ne cédiez pas, il ne vous resterait qu'à descendre… »

Un long regard d'effroi, de soumission tendre, fut la réponse de Gabriel.

La lanterne, pendue maintenant à un clou à crochet contre une des parois de la charrette, ne les éclairait que d'une clarté douteuse. Édith releva la bougie davantage. Puis, agenouillée sur la paille, à côté de son blessé, elle était en train de tirer d'un énorme sac de voyage une éponge, des bandes de toile, diverses fioles : arnica, eau-de-vie camphrée, etc., toute une petite pharmacie emportée de Plémoran par précaution. Mais, où déposer son attirail ? Une large caisse en bois blanc ne se trouvait-elle pas là, devant ses mains, comme tout exprès ? Sans balancer, elle étala sa pharmacie sur le cercueil, qui lui fut aussi commode qu'une table. Même, à un ressaut de la charrette, un peu de l'eau qu'elle avait versée sur l'éponge dans un grand plat, se répandit. Et, entre les planches mal jointes, quelques gouttes de cette eau durent asperger les restes du zouave pontifical. Mais Édith, qui venait de se débarrasser de la pelisse et de relever jusqu'au coude les manches de son manteau de velours noir bordé de fourrure, ne pensait qu'à ses préparatifs.

Il y avait encore de l'enfant en elle. Elle mettait de l'amour-propre à vouloir paraître très expérimentée.

« Allez, vous n'avez rien à craindre ! je ne vous ferai aucun mal… J'ai la main très douce. »

Et, tout en déroulant ses bandes avec la dextérité d'un interne d'hôpital, elle se mit à lui raconter qu'autrefois, à Plémoran, elle avait soigné la fille d'un de ses fermiers qui avait fait une chute atroce devant elle. Puis, quand tout fut prêt, elle arrêta le cheval, afin de ne pas être gênée par les trépidations de la charrette en marche.

« Là ! fit-elle. Maintenant, vous, il faut que vous vous étendiez de tout votre long sur la paille… »

Gabriel essayait d'une dernière résistance.

« Il le faut ! répéta-t-elle d'un ton qui n'admettait pas de réplique. Je dois avoir toutes mes aises… Vous, vous n'avez pas besoin de voir… »

Elle devenait pourtant très pâle à mesure qu'elle retirait délicatement les haillons boueux et sanglants. Mais quand la déchirure produite par la balle fut à nu, elle se pencha résolument, et regarda de très près, une seconde bougie qu'elle venait d'allumer à la main.

À la lueur de la bougie, Gabriel, étendu, voyait en plein le visage d'Édith. Elle fronçait les sourcils. Une ride profonde, de haut en bas, lui coupait le front en deux. Et elle gardait le silence, tandis que le blessé, à qui l'air faisait éprouver une vive cuisson, tremblait de tout le corps avec des gémissements étouffés. Puis, gravement, sérieusement, avec la tranquille certitude d'un professeur de clinique se prononçant devant les élèves à la visite du matin :

« Rien à craindre, mon ami !… Ce ne sera rien… »

Gabriel éprouvait maintenant un bien-être. Sur sa blessure, la douceur de ces bandes de vieille toile souple, enduites de cérat [1], qu'elle achevait de lui appliquer légèrement. Et elle l'avait appelé son ami !

« Merci… Merci… » balbutiait-il, suffoqué de reconnaissance.

Il était agenouillé devant elle, sur la paille. Il eût voulu prononcer des phrases, des mots ; mais rien ne sortait que ces « merci ». Alors, il eut la ressource des larmes. Il pleura longtemps, prosterné devant Édith. Et il se trouvait soulagé de pleurer. En même temps que cette pluie

1. Préparation à base de cire et d'huile.

chaude jaillissait de ses yeux et lui baignait le visage, quelque chose de tiède aussi, d'extraordinairement doux, se répandait en lui, l'inondait d'une félicité inconnue. Et elle, à côté de lui sur la paille, le laissait pleurer, tout en remarquant qu'il avait de beaux yeux, expressifs. Pour la première fois, elle le regardait avec attention, détaillant ses traits à la lueur de la lanterne. « C'est presque un enfant, pensait-elle ; il est vraiment tout jeune, plus jeune que je ne le croyais. » Et, presque aussitôt, toujours à elle-même : « Ses cheveux noirs coupés court sont admirablement plantés… Tiens ! de belles lèvres rouges, fraîches !… » Tout à coup, au milieu de la satisfaction de ces découvertes, le front de la jeune femme s'assombrit. Un regard aigu fouillant au fond de son passé ! une comparaison rapide ! et l'amertume de se dire : « Jamais un homme comme celui-ci ne m'a tenue dans ses bras. » Alors, elle se souvint qu'elle retournait s'enterrer à Plémoran, pour toujours ; et elle s'aperçut que le cheval était encore arrêté au milieu de la route.

Édith reprit les guides, fit repartir le cheval. Puis, elle accepta l'offre de Gabriel qui voulait conduire à son tour, lui qui avait déjà dormi. Elle quitta donc le banc et vint s'asseoir à l'intérieur de la charrette sur la paille, à la place du jeune homme.

La toile goudronnée tendue autour des cerceaux garantissait Édith. Elle avait moins froid. Mais elle se trouvait tout près du cercueil. Et sa pensée se glissa avec horreur entre les quatre planches où chaque ressaut secouait un corps inerte. Maintenant, il lui semblait que ce voyage funèbre devenait interminable. Elle regarda l'heure à sa montre. À peine deux heures et demie ! Encore quatre grandes heures de nuit à passer. Le jour venu, seraient-ils encore loin de Blois ? À Blois, si on lui avait dit vrai, elle devait trouver un train, elle passerait par Tours et Angers. Une fois en Bretagne… Là, tant d'ennuis en perspective, un tel bloc de devoirs cruels et de corvées insipides, que, pour s'empêcher d'y penser, elle se mit à faire parler Gabriel sur les premières choses venues :

Son régiment avait-il beaucoup souffert ? Son père et sa mère vivaient-ils encore ? Il était de Vitré ! La magnifique vue sur toute la vallée, de la place de l'église ! N'avait-il jamais eu de sœur ? Et, pour faire passer le décousu et l'in-à-propos de la conversation, elle feignait de s'intéresser à ces choses. Sa voix arrivait à des inflexions d'intimité caressante. Gabriel se sentait très heureux.

Pourquoi, maintenant, de la part de cette femme, tant de familiarité affectueuse ? Gabriel ne cherchait pas à savoir. Même, passé ! avenir ! rien n'existait déjà plus pour lui. Rien que l'envahissante volupté de l'heure présente qu'il eût voulue éternelle. Sur son banc, une langueur l'envahissait. Ses réponses étaient courtes. Les guides, qu'il tenait toujours, lui semblaient très lourdes. Pour un rien, il les eût lâchées, et ses yeux se seraient fermés, et il se serait laissé choir à côté de la jeune femme.

Elle, s'alanguissait à son tour. Les paroles devenaient rares. Puis, la conversation tomba tout à fait. Édith crut avoir sommeil, s'étendit de son long sur la paille, prit ses dispositions pour dormir. Elle était sur le côté droit, les pieds dans une couverture, à l'avant de la charrette, la tête un peu exhaussée et touchant presque le cercueil. Et elle fermait les yeux depuis un moment, cherchant à s'assoupir, lorsque tout à coup la lanterne, dont la bougie avait brûlé jusqu'au bout, s'éteignit.

Ils se trouvaient tous les deux au fond d'une obscurité profonde. Gabriel, toujours sur le banc, les guides à la main, ne distinguait même plus la route. Le cheval continuait d'avancer, machinalement. Alors, Gabriel, n'entendant plus remuer la jeune femme, crut qu'elle dormait ; il osa s'étendre avec précaution parallèlement à elle, le plus loin possible. Mais, ni l'un ni l'autre ne dormaient, et, dans leur immobilité, ils eurent peu à peu très froid ; ils se rapprochèrent. Dans la nuit profonde, par le grand froid, sans s'être parlé, voilà qu'ils se trouvaient presque dans les bras l'un de l'autre. Alors, tout à coup, tous les deux à la fois, ils se serrèrent éperdument, et leurs lèvres, qui se cherchaient, se rencontrèrent. C'était plus fort qu'eux ! Maintenant, ils se dévoraient de caresses [1].

Vers cinq heures du matin, Gabriel, qui dormait en tenant Édith endormie dans ses bras, se réveilla en sursaut, à moitié étourdi. La charrette s'étant presque renversée dans une ornière profonde, sa tête avait cogné contre le cercueil. Mais la charrette se redressa ; Gabriel se rendormit aussitôt, tenant plus étroitement Édith qui ne s'était pas éveillée. Le brouillard se dissipait à l'approche de l'aube. Et le cheval continuait d'avancer lentement, sans s'effrayer de la lueur rouge de cinq villages en flammes qui ensanglantaient l'horizon.

La guerre achevée, l'abbé Marty rentra en grâce auprès de son évêque. Il s'était bien conduit sur le champ de bataille ! il boitait encore ! On lui donna une cure de village. Édith de Plémoran s'est remariée avec un agent de change.

---

1. Comme nous l'avons indiqué dans la Présentation (p. 24), cette situation narrative trouve son origine dans un épisode du *Satiricon* de Pétrone (Ier siècle apr. J.-C.) : l'histoire de « la matrone d'Éphèse ». Le récit met en scène le personnage d'une jeune veuve, inconsolable, pleurant son mari mort à l'intérieur du tombeau où ce dernier vient d'être enseveli. Or il se trouve que, tout près, un jeune soldat a pour mission de garder le cadavre d'un crucifié à qui l'on a interdit qu'une sépulture soit accordée. Attiré par les pleurs qu'il entend, le soldat rejoint dans le tombeau la jeune femme, qu'il s'efforce de consoler. Ses arguments, de plus en plus convaincants, entraînent les deux jeunes gens dans une liaison amoureuse... Mais les parents du condamné en profitent pour s'emparer du cadavre du crucifié à qui ils veulent offrir une sépulture. Comme le soldat risque d'être puni pour la grave négligence qu'il vient de commettre, la matrone d'Éphèse, afin de sauver son amant, lui remet le cadavre de son mari qui est bientôt installé sur la croix à la place du corps disparu ! – La Fontaine a repris cette histoire dans l'un de ses *Contes*.

dans les reins l'air de flamme. Alors, tout à coup, tous les deux à la fois, ils se serrèrent éperdument et leurs lèvres qui se cherchaient, se rencontrèrent et ne firent plus qu'une. Maintenant, ils se couvraient de caresses.

Vers cinq heures du matin, Gabriel qui dormait en tenant Rosalie endormie dans ses bras se réveilla en sursaut à un choc éprouvé. La charrette étant presque renversée dans une ornière profonde, sa tête avait cogné contre le [illegible]. Mais la charrette se redressa. Gabriel [illegible] aussitôt [illegible] plus [illegible] qui ne [illegible] le brouillard se dissipait. Il aperçut [illegible] face, et le cheval continuait d'avancer lentement, sans [illegible] de cinq villages en flammes qui ensanglantaient l'horizon.

[illegible] l'abbé Migot rentra en grâce auprès de son évêque. [illegible] sur le champ de bataille [illegible] On lui donna une cure de village. [illegible] de Plémoran s'est remariée avec un [illegible] de [illegible].

1. [illegible]

Annexe

PRÉFACE

de Léon Hennique [1]

« Or ça, me demandait, il n'y a pas longtemps, un journaliste curieux, journaliste de valeur, qu'est-ce que ces histoires qui courent sur les primes relations de Zola et de son jeune groupe ? Où l'avez-vous rencontré ? À propos de quoi devîntes-vous ses amis, malgré la différence d'âge ? Au nom de quoi en arrivâtes-vous à échafauder *Les Soirées de Médan* ? »

Je répondis :

« Vous me prenez au dépourvu, mon cher ; vous vous enquérez de choses déjà lointaines… je ne sais plus, moi, je tâtonne, j'hésite… Permettez que je réfléchisse, me souvienne, fasse comme le voyageur dont la silhouette apparaît tout à coup au bord de la mer.

– Le voyageur ?

– Oui, le voyageur. Il est brusquement ébloui, ne distingue rien, sauf l'astre magnifique, là-bas, puis l'énorme plaine qui ondule, qui, sans trêve, brasse de la lumière. Peu à peu cependant – il s'est ombragé les yeux d'une main – voici qu'il finit par découvrir de chétifs points noirs, un,

1. Cette préface fut écrite à l'occasion de la réédition des *Soirées de Médan* pour le cinquantenaire de leur publication en 1930. Léon Hennique était alors le dernier des membres du groupe de Médan à être encore en vie.

deux, trois, au diable. Les points noirs bougent, sont des barques de pêcheurs. Il en compte à présent une flottille.

– Et alors ?

– Alors ?... mon apologue est pour vous exhorter à la patience. Revenez un matin et je tâcherai de vous être agréable. En somme, vous n'êtes pas trop indiscret. »

Le journaliste n'est plus revenu, je l'attends ; mais, ma réponse, je me suis hâté de l'écrire. Puisse-t-elle intéresser quelques personnes !

C'est par Huysmans, avec lequel je m'étais lié aux lundis de Catulle Mendès[1], rue de Bruxelles, que je connus Paul Alexis. Nous décidâmes immédiatement de nous réunir de fois à autre, nous choisîmes le lieu de réunion, un café borgne sis place Pigalle, et là, heureux de nous trouver d'accord, pauvres d'argent, riches d'enthousiasmes, nous bavardions littérature, nous exaltions les Rougon-Macquart, nous vitupérions contre certains journaux. Pensez donc ! Ils n'avaient pas compris, refusaient de comprendre un fils de Balzac, l'homme qui apportait du neuf, celui que, dès ses débuts, nous avions admiré haut et ferme.

« Moi, s'écria Huysmans, je vais lui foutre un article dans une revue belge. J'y opère en liberté.

– Moi, continua Paul Alexis, je marcherai dans une feuille[2], où, d'habitude, on m'insère de la copie, gratis.

– Moi... »

Je ne pus achever ma phrase, demeurai penaud. Je n'avais ni revue ni feuille.

« Moi, poursuivis-je néanmoins... Oh ! une idée... *L'Assommoir*[3] est à l'impression, n'est-ce pas ?... si j'en conférenciais aux Capucines[4] ? »

---

1. Catulle Mendès (1841-1909) était directeur de la revue *La République des Lettres* qui publia la seconde partie de *L'Assommoir* (chapitres VII à XIII) du 9 juillet 1876 au 7 janvier 1877.

2. Il faut comprendre : « J'écrirai un article dans un journal... »

3. Le roman de Zola avait paru tout d'abord en feuilleton dans *Le Bien public*.

4. Léon Hennique parla à la salle des Capucines le 23 janvier 1877 (voir Présentation, p. 10-11).

J'entends Huysmans m'applaudir, Alexis égrener :

« Dépêche-toi de t'arranger avec le type des conférences et je te mène à Zola. Il te donnera sa préface et une épreuve de *L'Assommoir*.

– *All right* ! »

Ce que j'avais imaginé se réalisa ; le type des conférences [1] fut aimable, et, le lendemain, flanqué de mon introducteur, un soir d'hiver, aux Batignolles, neuf heures tapant, je m'arrêtais à l'huis d'un rez-de-chaussée.

« Sonne. »

Zola nous ouvre, en veston de flanelle rouge, grand, barbu, replet, Zola, visage énergique surmonté d'un beau front, les cheveux coupés brefs. Sa bouche ? moyenne. Son nez ? légèrement fendu en deux vers la pointe comme le nez de certains épagneuls doués de flair et de finesse. Sa voix ? une voix d'homme cordial, d'homme excellent.

J'obtiens la préface désirée, les épreuves ; ma conférence a la chance de réussir ; Madame Zola y assiste, incognito.

Quel fut mon plaisir, par la suite, derrière une invitation urgente, d'apercevoir aux côtés de Zola, outre Alexis, Huysmans, l'œil hilare, et quatre messieurs d'aspect sympathique. L'un était Guy de Maupassant, robuste gaillard, franc d'allures, ami de Flaubert ; le second, Henry Céard, Pylade de Huysmans ; le troisième, A. Guillemet [2], remarquable paysagiste, et le dernier, Marius Roux, d'Aix et du *Petit Journal* [3].

1. Le directeur de la salle du boulevard des Capucines.

2. Le peintre impressionniste Antoine Guillemet (1842-1918). En 1878, il avait conseillé à Zola de chercher une maison dans la région de Triel-sur-Seine – ce qui amena le romancier à faire l'acquisition de la demeure de Médan.

3. Marius Roux (1838-1905) fut le condisciple et l'ami de Zola. Originaire d'Aix-en-Provence comme lui, il fut pendant vingt ans, à partir de 1868, secrétaire de rédaction du quotidien *Le Petit Journal*, fondé en 1863, où Zola fit ses premiers pas de journaliste en 1864. Il fonda aussi avec Zola, en 1870, le journal *La Marseillaise*, dont l'existence fut brève. Les deux hommes cessèrent toute relation à la suite de l'affaire Dreyfus.

Un trimestre ne s'est pas égoutté, d'ailleurs, que Maupassant, Huysmans, Céard et le fauteur de cette narration dînent proche les uns des autres, le mercredi de toute semaine, – puis rendent visite au ménage Zola.

On est bien chez lui ; on se serre les coudes ; on a même l'honneur de plaire au chien Raton, assez mal expansif.

Zola déménage, s'installe rue Ballu – *L'Assommoir* avait été un gros succès – et, jugeant la porte ouverte, grâce au travail acharné du Maître, l'aisance pénètre dans le nouvel appartement, l'orne d'un salon capitonné de velours cramoisi. Je me remémore le portrait de Zola par Manet [1], deux bibliothèques Louis XVI, nombre de bibelots sur les meubles.

« Alexis, prière de ne rien casser aujourd'hui », disait plaisamment Mme Zola, quand le brave camarade surgissait.

Il était d'une myopie dangereuse.

« J'ai acheté une bicoque à Médan [2], nous raconte Zola, un beau soir. Je l'ai achetée pour ma mère, qui s'ennuie à la ville, et pour moi, lorsque la besogne me déborde.

Nous roulons vers Médan, peu après, et nous atteignons une maisonnette blanche, son jardin, jardin planté de fleurs multicolores, de légumes, jardin bordé par des cultures, une voie ferrée, une route, un pont.

C'est au seuil de l'hospitalier logis, que Vallès [3], plus tard, confie à Zola :

---

1. Édouard Manet (1832-1883) : peintre impressionniste. Il fut ardemment défendu par Zola alors que ses tableaux étaient refusés au Salon de 1866. Les deux hommes nouèrent une amitié profonde et Manet exécuta le portrait de l'écrivain en 1868.

2. L'achat eut lieu le 28 mai 1878.

3. Jules Vallès (1832-1885) : journaliste et écrivain. Condamné à mort pour son engagement dans la Commune de Paris, exilé à Londres, il bénéficia du soutien de Zola. De retour en France, Vallès avait accueilli Paul Alexis au nouveau *Cri du peuple*, le journal dont il était le directeur depuis 1883. Il fut reçu à Médan.

« Vous savez, mon vieux, la prochaine fois que je viendrai, j'apporterai un arbre. »

Vallès ne manquait pas de gaieté.

La maisonnette, le jardin s'arrondirent… Et nous sommes à la table d'Émile Zola, dans Paris, Maupassant, Huysmans, Céard, Alexis et moi, pour changer. On devise à bâtons rompus ; on se met à évoquer la guerre, la fameuse guerre de 70. Plusieurs des nôtres avaient été volontaires ou moblots [1].

« Tiens ! tiens ! propose Zola, pourquoi ne ferait-on pas un volume là-dessus, un volume de nouvelles ? »

Alexis :

« Oui, pourquoi ?

– Vous avez des sujets ?

– Nous en aurons.

– Le titre du bouquin ? »

Céard :

« *Les Soirées de Médan* [2]. »

Il s'est rappelé *Les Soirées de Neuilly* [3].

« Bravo ! j'aime ce titre ! approuve Huysmans. On habillera les enfants et on les amènera ici.

– Vite ?

– Au plus vite. »

Les enfants debout, habillés, Boule de Suif mérite une chaude ovation. L'ovation éteinte, je tire au sort les

---

1. Les moblots sont, en langage populaire, les gardes mobiles : il s'agit des jeunes gens n'appartenant pas à l'armée régulière. Existant sous le Premier Empire, la garde nationale mobile avait été réorganisée peu avant la guerre de 1870. Les gardes mobiles, mal entraînés, constituèrent l'essentiel des troupes durant ce conflit.

2. Le premier titre envisagé pour le recueil fut *L'Invasion comique* (voir Présentation, p. 31).

3. Allusion aux *Soirées de Neuilly, esquisses dramatiques et historiques* (1827), signées « M. De Fongeray » – pseudonyme collectif du journaliste et dramaturge Auguste Cavé (1796-1852) et de son collaborateur Adolphe Dittmer (1795-1846). Le volume est constitué de pièces de théâtre satiriques dans lesquelles l'Histoire, et plus particulièrement la vie politique française du début du XIXe siècle, joue un rôle important. La première pièce s'intitule *Les Alliés ou l'Invasion*.

places que chacun – hormis Zola – devra occuper dans le futur in-12, et Maupassant arrive premier.

« Dire qu'il n'aura jamais de talent ! » avait prophétisé Tourgueniev[1], sur un essai du jeune écrivain.

Comme les mieux avertis déraillent !

Le livre des six – Zola y avait ajouté une combative préface[2] – est aux mains de son éditeur… On l'imprime… On le broche… On le dédicace… Il trône à la devanture des libraires… La critique est furieuse, attaque… Nous n'avons pas peur ; nous nous amusons. Le public s'amuse aussi, achète.

Temps simple ! Temps probe, affectueux ! Aucun de mes amis n'admirait que soi ; ils avaient des maîtres, les chérissaient, les respectaient : Flaubert[3], Edmond de Goncourt[4], Alphonse Daudet[5], Zola. Morts, tous morts, et nous également, presque tous…

Que s'efforce de durer une parcelle de notre vie antérieure, une parcelle mélancolique, avec cette récente édition des *Soirées de Médan*.

L.H. – 1930

1. Écrivain russe, Ivan Tourgueniev (1818-1883) rencontra Zola chez Flaubert et se lia d'amitié avec lui. Il contribua à faire connaître les naturalistes en Russie en facilitant certaines publications dans *Le Messager de l'Europe*, revue de Saint-Pétersbourg.

2. Voir *supra*, p. 48.

3. Flaubert est mort l'année même de la publication des *Soirées de Médan*, en 1880.

4. Reconnu par Zola comme l'un des fondateurs de naturalisme, Edmond de Goncourt disparut en 1896.

5. Le romancier Alphonse Daudet (1840-1897) était proche de Zola et d'Edmond de Goncourt.

DOSSIER

1 — *Six écrivains naturalistes : le groupe de Médan*

2 — *La bataille du naturalisme*

3 — *De l'esthétique naturaliste en peinture*

4 — *Décrire la guerre aux XIXe et XXe siècles*

1 — Six écrivains naturalistes : le groupe de Médan

La « petite bande de Médan »

La naissance des *Soirées* selon Maupassant

La publication des *Soirées de Médan*, le 17 avril 1880, fut accompagnée d'une brève campagne destinée à faire connaître le recueil. Dans *Le Gaulois* du 17 avril 1880, Maupassant publia un article demeuré célèbre, dans lequel il retraçait, à sa manière, la naissance des *Soirées*, et donnait un aperçu de la vie quotidienne des écrivains réunis à Médan autour de Zola. Les circonstances réelles de publication du recueil ne correspondent pas à ce qu'il décrit : Maupassant, à travers ce récit, s'attache d'abord à construire un mythe [1].

> Nous nous trouvions réunis, l'été, chez Zola, dans sa propriété de Médan.
>
> Pendant les longues digestions des longs repas (car nous sommes tous gourmands et gourmets, et Zola mange à lui seul comme trois romanciers ordinaires), nous causions. Il nous racontait ses futurs romans, ses idées littéraires, ses opinions sur toutes choses. Quelquefois il prenait un fusil, qu'il manœuvrait en myope, et tout en parlant, il tirait sur des touffes d'herbes que nous lui affirmions être des oiseaux, s'étonnant considérablement quand il ne retrouvait aucun cadavre.
>
> Certains jours on pêchait à la ligne. Hennique alors se distinguant, au grand désespoir de Zola, qui n'attrapait que des savates.
>
> Moi, je restais étendu dans la barque la *Nana*, ou bien je me baignais pendant des heures, tandis que Paul Alexis

1. Voir la Présentation, p. 8-9.

rôdait avec des idées grivoises, que Huysmans fumait des cigarettes, et que Céard s'embêtait, trouvant stupide la campagne.

Ainsi se passaient les après-midi ; mais, comme les nuits étaient magnifiques, chaudes, pleines d'odeurs de feuilles, nous allions chaque soir nous promener dans la *grande île* en face.

Je passais tout le monde dans la *Nana*.

Or, par une nuit de pleine lune, nous parlions de Mérimée [1], dont les dames disaient : « Quel charmant conteur ! » Huysmans prononça à peu près ces paroles : « Un conteur est un monsieur qui, ne sachant pas écrire, débite prétentieusement des balivernes. »

On en vint à parcourir tous les conteurs célèbres et à vanter les raconteurs de vive voix, dont le plus merveilleux, à notre connaissance, est le grand russe Tourgueniev [2], ce maître presque français ; Paul Alexis prétendait qu'un conte écrit est très difficile à faire. Céard, un Sceptique, regardant la lune, murmura : « Voici un beau décor romantique, on devrait l'utiliser... » Huysmans ajouta : « ... en racontant des histoires de sentiment ». Mais Zola trouva que c'était une idée, qu'il fallait se dire des histoires. L'invention nous fit rire, et on convint, pour augmenter la difficulté, que le cadre choisi par le premier serait conservé par les autres, qui y placeraient des aventures différentes.

On alla s'asseoir, et, dans le grand repos des champs assoupis, sous la lumière éclatante de la lune, Zola nous dit cette terrible page de l'histoire sinistre des guerres, qui s'appelle « L'attaque du moulin ».

Quand il eut fini, chacun s'écria : « Il faut écrire cela bien vite. »

Lui se mit à rire : « C'est fait. »

Ce fut mon tour le lendemain.

1. Écrivain français (1803-1870), proche des cercles impériaux et en particulier de l'impératrice Eugénie. Il a contribué à introduire en France les œuvres de Tourgueniev.

2. Écrivain russe (1818-1883). D'abord fonctionnaire en Russie, il séjourna longuement en France et fit partie, entre 1874 et 1880, du cercle restreint des dîners des Cinq (avec Daudet, Edmond de Goncourt, Flaubert et Zola). Voir p. 296, note 1.

Huysmans, le jour suivant, nous amusa beaucoup avec le récit des misères d'un mobile sans enthousiasme.

Céard, nous redisant le siège de Paris, avec des explications nouvelles, déroula une histoire pleine de philosophie, toujours vraisemblable sinon vraie, mais toujours réelle depuis le vieux poème d'Homère. Car si la femme inspire éternellement des sottises aux hommes, les guerriers, qu'elle favorise plus spécialement de son intérêt, en souffrent nécessairement plus que d'autres.

Hennique nous démontra encore une fois que les hommes, souvent intelligents et raisonnables, pris isolément, deviennent infailliblement des brutes, quand ils sont en nombre. – C'est ce qu'on pourrait appeler : l'ivresse des foules. – Je ne sais rien de plus drôle et de plus horrible en même temps que le siège de cette maison publique et le massacre des pauvres filles.

Mais Paul Alexis nous fit attendre quatre jours, ne trouvant pas de sujet. Il voulait nous raconter des histoires de Prussiens souillant des cadavres. Notre exaspération le fit taire, et il finit par imaginer l'amusante anecdote d'une grande dame allant ramasser son mari mort sur un champ de bataille et se laissant « attendrir » par un pauvre soldat blessé. – Et ce soldat était un prêtre.

Zola trouva ces récits curieux et nous proposa d'en faire un livre[1].

Le témoignage d'Alexandrine Zola

Alexandrine Zola, l'épouse de l'écrivain, fut sans conteste l'une des figures centrales de Médan. Dans un entretien publié quelques années après la mort de Zola en 1902, elle se remémore l'époque des *Soirées* et évoque la « petite bande de Médan » :

Ah ! que Médan était gai dans ce temps-là ! Maupassant animait la maison de son activité joyeuse. J'entends encore ses coups de carabine qui ne finissaient pas de se succéder

1. Guy de Maupassant, « Comment ce livre a été fait », *Le Gaulois*, 17 avril 1880, repris dans *Chroniques*, éd. H. Mitterand, Le Livre de Poche, « La Pochothèque », 2008, p. 1297-1299.

dans le jardin. On le taquinait sur ses succès dans le monde. C'était un sujet de plaisanteries intarissables. Il se laissait faire, riant beaucoup et se défendant de bonne grâce. Comme il était alors grand amateur de canotage, c'est lui qui fut chargé de nous acheter notre premier bateau, une barque bien popote, une barque de famille, qui reçut un nom assez mal approprié : *Nana*.

Céard nous ravissait par la finesse de son esprit. Je vous l'ai dit, mon mari l'aimait beaucoup, et lui-même était alors tout à fait charmant, très tendre, très affectueux, oui, très affectueux.

Huysmans nous attachait par ses causeries érudites entremêlées de drôleries et de jolis traits d'observation.

Hennique nous apportait des perroquets, des oiseaux qu'un de ses frères lui envoyait du Sénégal, et nous parlait de son chat qu'il adorait et qu'il avait appelé « Gueule d'Or [1] ».

Alexis était de tous le plus paisible. Il n'aimait pas la hâte, la bousculade et nous amusait beaucoup par l'impossibilité où il était d'être exact aux heures des repas. Mon mari le grondait quelquefois de sa nonchalance. Pendant les longs séjours qu'Alexis faisait à Médan, il lui permettait, par une exception qu'il n'a jamais renouvelée pour personne, d'écrire auprès de lui, sur la grande table de l'atelier. Il espérait l'exciter au travail par son exemple. Car il agissait ainsi avec une sollicitude toute paternelle avec ses amis, qui étaient pour la plupart plus jeunes que lui d'une dizaine d'années.

Quelle bonne vie nous menions alors !

Nous allions souvent en promenade dans l'île. On y déjeunait quelquefois. Mon mari même ces jours-là ne nous rejoignait jamais avant le moment du repas, car, qu'il y eût du monde ou qu'il n'y en eût pas, et quelque projet de partie que nous eussions formé, il ne manquait jamais à son travail. À 9 heures, il entrait dans son cabinet et lisait tout d'abord les journaux. Vers 10 heures, il prenait la plume et ne quittait sa table qu'à une heure, après avoir couvert environ quatre ou cinq feuillets de son écriture serrée. C'est alors seulement que nous le retrouvions [2].

---

1. « Gueule d'or » est le surnom du personnage de Goujet dans *L'Assommoir*.

2. Alexandrine Zola, « Souvenirs de Médan », entretien recueilli par A. Souberbielle, *L'Aurore*, 11 mars 1905.

Petits portraits entre amis

Alors que les journalistes redoublaient d'efforts pour attaquer les écrivains naturalistes, ceux-ci n'hésitèrent pas à faire dans la presse leur éloge mutuel. Ces témoignages amicaux, outre qu'ils nous renseignent sur le tempérament et le style des six écrivains, laissent entrevoir l'opinion, parfois défavorable, que les critiques portaient sur certains d'entre eux.

Zola vu par Céard

Au milieu de ces souvenirs d'art heureux et d'accueillante littérature, M. Émile Zola a posé la maison modeste d'abord, puis, chaque année, augmentée avec le succès, où s'écrit le meilleur de son œuvre, où se révèle un individu qu'en dépit de dix ans de notoriété, Paris ne connaît pas. Car il y a plusieurs Zola. De même que ses portraits photographiques, exécutés à différentes époques, le représentent avec une physionomie d'une déconcertante variabilité, de même, il y a chez lui plusieurs types sociaux. On connaît le Zola bastionné, le Zola armé en guerre des polémiques et des journaux ; on connaît le Zola défensif et réservé des premières représentations, des salons et des dîners publics ; mais ce que le monde ignore, c'est le Zola chez lui, le Zola retiré des batailles théoriques, le Zola libre des conventionnelles entraves de la société, le Zola laissant vagabonder sa parole, rire sa fantaisie et s'épancher son cœur. Il a pu dire de lui qu'il ne savait point être éloquent, on a pu imprimer qu'il manquait d'esprit. Demandez à Goncourt, demandez à Daudet, demandez à tous ceux qui l'ont vu à Médan : ceux-là vous apprendront combien les appréciations de Paris sur Zola deviennent fausses, loin des hypocrisies galantes, loin des tables de café, des bureaux de rédaction, au milieu du laisser-aller des amitiés et de l'indépendance de la campagne. Oui, certes, il est éloquent quand il raconte sans amertume les noires journées de sa jeunesse pleine de misère et d'espérance ; il est spirituel quand il raconte ces événements de

1870 dont il a vu à Marseille et à Bordeaux la navrante tragi-comédie[1] ; éloquent et spirituel quand il juge les faits et apprécie les hommes, avec une bonhomie à la fois insinuante et bourrue qui fait songer au comique cruel et pincé de certains personnages de Molière, à la gouaillerie machiavélique et souriante du Père Grandet, dans Balzac. Beaucoup, dans la presse, aux heures des vives discussions et des dures ripostes, ont ressenti les atteintes de ce bon sens, tout ensemble acéré et contondant, de cette ironie à la cuisante indulgence, et c'est merveille que la critique ne les ait jamais signalées, car ils éclatent encore et se montrent en maintes pages des livres du romancier. Que de fois il leur a donné corps dans les personnages de ses romans, et parmi ces personnages, combien d'entre eux, dont la nomenclature serait à la fois trop longue et trop facile, ne sont qu'une représentation méconnue de son individu intime et la pseudonyme mise en scène de son être moral[2].

Maupassant vu par Huysmans

J'ai connu Guy de Maupassant par Alexis qui l'amena, un soir, à un dîner où figuraient également Hennique et Céard. Depuis nous nous revîmes chez Flaubert et chez Zola, qui aimaient beaucoup ce jeune homme si franc d'allures, si bon garçon et si gai.

Puis vinrent *Les Soirées de Médan* où il donna la perle du volume, son petit chef-d'œuvre « Boule de Suif » ; nos relations se serrèrent. Nous nous réunissions tous, Alexis, Céard, Hennique, Maupassant et moi, une fois par semaine, dans une extraordinaire gargote de Montmartre où l'on buvait un

1. En septembre 1870, Zola gagne Marseille en compagnie de son épouse et de sa mère. Souhaitant obtenir un poste dans l'administration préfectorale, il se rend à Bordeaux en septembre 1870, où s'est replié le gouvernement. Devenu secrétaire de l'un des membres de la délégation gouvernementale, il publie dans le journal *La Cloche* de Louis Ulbach ses « Lettres de Bordeaux », dans lesquelles il rend compte de la vie parlementaire du moment. Le terme « tragi-comédie » fait écho au titre initial du recueil, *L'Invasion comique* (voir Présentation, p. 31).

2. Henry Céard, « Zola intime », *La Revue illustrée*, vol. 3, n° 29, 15 février 1887, p. 141-142.

reginglat[1] terrible. C'était exécrable et c'était périlleux, mais je ne sais pas si, les uns et les autres, nous avons jamais si joyeusement mangé. Maupassant était l'âme de ces fêtes. Il y apportait la bonne humeur de ses histoires cocasses, la bonne franquette de sa gaieté, et, ce qui valait mieux encore, sous une apparence de je m'enfoutisme, une très cordiale et très sûre affection ; et dans le monde des Lettres, où les crics sont sinueux et durs, je ne connais pas un seul des amis de Maupassant qui puisse relever contre lui la moindre méchanceté, la moindre vilenie ; il est un des seuls auxquels on puisse rendre cette justice, sincèrement, nettement, sans même recourir à l'indulgent effort d'une amitié qui date[2].

HUYSMANS VU PAR ZOLA

On vous a dit, par exemple, que le romancier Huysmans était un écrivain de la dernière grossièreté, piquant de sa plume les immondices de la langue, se plaisant dans tout ce que l'art a de plus crapuleux. On vous l'a montré coiffé d'une casquette, vêtu d'une blouse sale, vidant les fosses de la littérature. Dans tout le roman des *Sœurs Vatard*, on n'a vu que les fameuses « pisses de chat » qui se trouvent à la troisième ou quatrième page ; pas un critique n'est allé plus loin, et tous se sont répétés. La légende s'est faite. Huysmans – excusez le mot – écrit comme un cochon.

Eh bien ! il arrive que justement Huysmans est un raffiné de la langue, un des stylistes les plus précieux, les plus délicats que nous ayons. Il a outré encore le rendu intense de ses aînés, il est allé plus avant dans la curiosité des tournures, dans la vie tourmentée des images, dans la traduction nerveuse des choses et des êtres. Voilà les beaux coups de notre critique ; à chaque pas, elle se casse le nez ; quand elle déclare : « Cet homme ne sait pas écrire », dites-vous immédiatement : « Diable ! voilà un fin styliste[3] ! »

---

1. Voir la Présentation p. 17-18. Un reginglat est un vin de mauvaise qualité.

2. J.-K. Huysmans, « Guy de Maupassant », *Revue encyclopédique*, 1er août 1893, p. 754 ; repris dans J.-K. Huysmans, *Interviews*, éd. J.-M. Seillan, Honoré Champion, 2002, p. 144-145.

3. Émile Zola, « Céard et Huysmans », *Le Figaro*, 11 avril 1881, article recueilli dans *Une campagne* (1882).

CÉARD VU PAR ZOLA

Avec Henry Céard, nous entrons en pleine psychologie. C'est le produit d'une race différente, c'est un crâne d'une autre structure. Il peut avoir avec Huysmans une instruction commune, des lectures et des conversations qui les ont rapprochés ; leurs tempéraments n'en restent pas moins très distincts, presque opposés.

Céard est un enfant de Paris, grandi dans le calme d'une famille bourgeoise, venue de province avant sa naissance. Pendant quelque temps, il a fait de la médecine. Il a été touché par la science, il en a gardé un besoin de logique, tout en montrant un fond de scepticisme sur la certitude des vérités acquises. C'est un observateur et un expérimentateur qui considère la méthode scientifique comme la seule digne d'un esprit raisonnable, mais qui s'attend aux déconvenues et qui doute fort du bonheur final de l'humanité. Il y a là un trait général de sa génération : nos sciences commençantes font des sceptiques, mais des sceptiques braves, décidés à aller jusqu'au bout des faits [1].

HENNIQUE VU PAR HUYSMANS

Après *La Dévouée*, qui remua la stagnante inertie des Lettres, Hennique inséra dans *Les Soirées de Médan* « L'attaque du Grand 7 », des souvenirs de la guerre de 1870, tumultueux et horribles, largement brossés, sabrés à grands coups comme les bas de l'une des femmes du Grand 7, de tons vifs. Cette nouvelle est certainement l'une des plus pressantes et des plus tenaces de ce livre, qui n'attendit point les soi-disant vaillances des cavaleries centre-gauche de l'époque actuelle pour frapper avec acharnement dans les ridicules futaies du chauvinisme. Au reste, dans ce genre elliptique et prompt de la nouvelle, enlevée en vivante anecdote, Hennique domine [2].

1. *Ibid.*
2. J.-K. Huysmans, « À propos de Léon Hennique », *Les Hommes d'aujourd'hui*, n° 314, Vannier, 1887.

PAUL ALEXIS VU PAR ZOLA

Le talent de Paul Alexis est là, dans une sensation très développée. C'est un sensitif qui a besoin d'avoir été ébranlé pour rendre. Il s'analysera lui-même, il analysera les personnes qu'il a coudoyées, avec une pénétration, une souplesse et une abondance tout à fait remarquables ; tandis qu'il hésitera et fera moins bon, s'il cherche à bâtir, en dehors de ce qu'il a vu ou éprouvé. J'insiste, parce que cette question du tempérament classe presque toujours un écrivain. Et, d'ailleurs, mon intention première a été de montrer quels fossés il y a entre ces jeunes romanciers, venus des quatre points cardinaux, et qu'on s'obstine à mettre en tas, pour le plaisir de les « blaguer » [1].

1. Émile Zola, « Alexis et Maupassant », *Le Figaro*, 11 juillet 1881, article recueilli dans *Une campagne*.

2 La bataille du naturalisme

DÉFINITION ET DÉFENSE DU NATURALISME

LE NATURALISME SELON ZOLA

Peu après la publication de *L'Assommoir* (1877), Zola entreprend un vaste plaidoyer en faveur du naturalisme [1]. Multipliant les interventions dans la presse, il expose son esthétique et ses choix de romancier, pour les commenter et les défendre. Dans *Le Messager de l'Europe*, il revient ainsi sur la définition même du naturalisme :

> Le naturalisme c'est le retour à la nature, c'est cette opération que les savants ont faite le jour où ils se sont avisés de partir de l'étude des corps et des phénomènes, de se baser sur l'expérience, de procéder par l'analyse. Le naturalisme, dans les lettres, c'est également le retour à la nature et à l'homme, l'observation directe, l'anatomie exacte, l'acceptation et la peinture de ce qui est. La besogne a été la même pour l'écrivain que pour le savant. L'un et l'autre ont dû remplacer les abstractions par des réalités, les formules empiriques par des analyses rigoureuses. Ainsi plus de personnages abstraits dans les œuvres, plus d'inventions mensongères, plus d'absolu, mais des personnages réels, l'histoire vraie de chacun, le relatif de la vie quotidienne. Il s'agissait de tout recommencer, de connaître l'homme aux sources mêmes de son être, avant de conclure, à la façon des idéalistes, qui inventent des types ; et les écrivains n'avaient désormais qu'à reprendre l'édifice par la base, en apportant le plus possible de documents humains, présentés dans leur ordre logique [2].

---

1. Voir la Présentation, p. 9-13.
2. Émile Zola, « Le naturalisme au théâtre », *Le Roman expérimental*, éd. François-Marie Mourad, GF-Flammarion, 2006, p. 133.

Zola refuse la position de chef d'école : pour lui, le naturalisme a certes pris des formes différentes selon les époques, mais il « date de la première ligne qu'un homme a écrite [1] », dans la mesure où la question de la vérité dans l'art s'est toujours posée. Le modèle qu'il revendique est le modèle scientifique, marqué par l'observation et l'analyse. Depuis le milieu du XIXe siècle, la science est en effet largement diffusée auprès du grand public, mais aussi auprès des écrivains, dont certains sont séduits par le positivisme d'Auguste Comte ou subissent l'influence des théories évolutionnistes de Darwin. À la science, le naturalisme entend emprunter sa méthode, mais aussi ses contenus : l'action du milieu extérieur sur les corps et les théories de l'hérédité font ainsi leur entrée en littérature. Dès 1879, sur les conseils d'Henry Céard, Zola prend connaissance de l'*Introduction à la médecine expérimentale* de Claude Bernard, ouvrage sur lequel il s'appuie pour définir la méthode analytique et expérimentale qui doit être celle du romancier naturaliste :

> Ce livre d'un savant, dont l'autorité est décisive, va me servir de base solide. Je trouverai là toute la question traitée, et je me bornerai, comme arguments irréfutables, à donner les citations qui me sont nécessaires. Ce ne sera donc qu'une compilation de textes : car je compte sur tous les points me retrancher derrière Claude Bernard. Le plus souvent, il me suffira de remplacer le mot « médecin » par le mot « romancier », pour rendre ma pensée plus claire et lui apporter la rigueur d'une vérité scientifique [2].

L'écriture elle-même, selon Zola, doit viser à l'objectivité et à l'impersonnalité scientifiques. Au sujet de la construction de l'intrigue, il affirme ainsi :

> J'ai dit que le roman naturaliste était simplement une enquête sur la nature, les êtres et les choses. Il ne met donc plus son intérêt dans l'ingéniosité d'une fable bien inventée

---

1. *Ibid.*, p. 131.
2. Émile Zola, « Le roman expérimental », *Le Roman expérimental*, *op. cit.*, p. 47.

> et développée selon certaines règles. L'imagination n'a plus d'emploi, l'intrigue importe peu au romancier, qui ne s'inquiète ni de l'exposition, ni du nœud, ni du dénouement [...]. Au lieu d'imaginer une aventure, de la compliquer, de ménager de coups de théâtre qui, de scène en scène, la conduisent à une conclusion finale, on prend simplement dans la vie l'histoire d'un être ou d'un groupe d'êtres, dont on enregistre les actes fidèlement. L'œuvre devient un procès-verbal, rien de plus ; elle n'a que le mérite de l'observation exacte, de la pénétration plus ou moins profonde de l'analyse, de l'enchaînement logique des faits [1].

Cette position implique une conception particulière du romancier, lequel doit s'efforcer de s'effacer derrière l'action qu'il rapporte :

> Il est impersonnel, je veux dire que le romancier n'est plus qu'un greffier, qui se défend de juger et de conclure. [...] Le romancier doit également s'en tenir aux faits observés, à l'étude scrupuleuse de la nature, s'il ne veut pas s'égarer dans des conclusions menteuses. Il disparaît donc, il garde pour lui son émotion, il expose simplement ce qu'il a vu [2].

Il ne s'agit pas pour autant de nier la personnalité de l'artiste, bien au contraire ; pour Zola, les grandes œuvres témoignent aussi du « tempérament » de l'artiste :

> L'homme a sous les yeux l'œuvre divine ; il en étudie les êtres et les horizons, puis il essaie de nous montrer dans une synthèse le monde et ses habitants. Mais il ne saurait reproduire que ce qui est dans sa réalité ; il n'a aperçu les objets qu'au travers de son propre tempérament ; il retranche, il ajoute, il modifie et en somme, le monde qu'il nous donne est un monde de son invention [3].

L'une des caractéristiques du naturalisme est d'échapper à toute préoccupation moralisante. Zola dénonce

1. *Ibid.*, p. 140-141.
2. *Ibid.*, p. 142.
3. « Erckmann-Chatrian », *Mes Haines*, éd. F.-M. Mourad, GF-Flammarion, 2012, p. 201.

ainsi l'attitude qui consiste à créer des personnages idéalisés, absolument bons ou mauvais, donc inaptes à rendre compte de la complexité humaine. Pour le romancier naturaliste, il faut présenter l'homme dans son « humaine condition » :

> L'honnêteté absolue n'existe pas plus que la santé parfaite. Il y a un fonds de bête humaine chez tous, comme il y un fonds de maladie. Ainsi ces jeunes filles si pures, ces jeunes hommes si loyaux de certains romans ne tiennent pas à la terre ; pour les y attacher, il faudrait tout dire. Nous disons tout, nous ne faisons plus un choix, nous n'idéalisons pas [...][1].

Au nom de la vérité, le romancier naturaliste s'intéressera en premier lieu au peuple, qu'il fera parler au plus près possible de la réalité. Dans l'extrait de la lettre qui suit, adressée au directeur du *Bien public* au moment de la parution de *L'Assommoir* en 1877, Zola, après avoir rappelé l'importance du peuple dans les romans des frères Jules et Edmond de Goncourt, revient sur son roman, et plus particulièrement sur la question de la langue :

> Je ne m'arrêterai pas à la question du langage. J'ai fait parler les ouvriers de nos faubourgs comme parle la grande majorité d'entre eux. Il est puéril de me dire que ce n'est pas là la langue du peuple ; allez dans les quartiers populeux et écoutez, voilà ma seule réponse. Les ouvriers les plus honnêtes parlent ainsi. D'ailleurs, est-ce que les artistes n'ont pas beaucoup de ce langage ? Est-ce que les hommes les plus distingués, dans un dîner d'hommes, n'ont pas un langage plus libre encore ? Toutes les colères contre l'essai de style que j'ai tenté sont trop hypocrites pour que je m'y arrête. Du reste, je n'entends pas entrer dans la discussion littéraire[2].

---

1. *Ibid.*, p. 144. Pour une approche plus détaillée du naturalisme zolien, voir le dossier donné par F.-M. Mourad à la fin de son édition du *Roman expérimental*, p. 407-416.
2. Lettre de Zola à Yves Guyot, directeur du *Bien public*, le 10 février 1877 (Zola, *Correspondance*, éd. A. Pagès, GF-Flammarion, 2012, p. 179).

Huysmans : « Nous sommes des artistes assoiffés de modernité »

Dans cette bataille, le maître peut compter sur ses amis et disciples. Comme Léon Hennique, qui défend *L'Assommoir* avec vigueur lors d'une conférence donnée le 23 janvier 1877 à la salle des Capucines, Huysmans prend fait et cause pour Zola. Dès la fin mars 1877, il publie une série d'articles intitulés « Zola et *L'Assommoir* », dans lesquels il revient, lui aussi, sur la définition du naturalisme :

> Selon les uns, et il faut bien l'avouer, selon l'expression la plus accréditée, le réalisme consisterait à choisir les sujets les plus abjects et les plus triviaux, les descriptions les plus repoussantes et les plus lascives, ce serait, en un mot, la mise au grand jour des pustules de la société. Après avoir débarrassé les plus horribles plaies du cérat et de la charpie qui les couvrent, le naturalisme n'aurait qu'un but, en faire sonder au public l'épouvantable profondeur.
>
> Pustules vertes ou chairs roses, peu nous importe. Nous touchons aux unes et aux autres, parce que les unes et les autres existent, parce que le goujat mérite d'être étudié aussi bien que le plus parfait des hommes, parce que les filles perdues foisonnent dans nos villes et y ont droit de cité aussi bien que les filles honnêtes. La société a deux faces : nous montrerons ces deux faces, nous nous servons de toutes les couleurs de la palette, du noir comme du bleu, nous admirons indistinctement Ribera et Watteau, parce que tous les deux ont du style, parce que tous les deux ont fait vivant ! Nous ne préférons pas, quoi qu'on en dise, le vice à la vertu, la corruption à la pudeur. Nous applaudissons également au roman rude et poivré et au roman sucré et tendre, si tous les deux sont observés, sont vécus !
>
> Nous, nous ne sommes pas des sectaires. Nous sommes des hommes qui croyons qu'un écrivain, aussi bien qu'un peintre, doit être de son temps, nous sommes des artistes assoiffés de modernité, nous voulons l'enterrement des romans de cape et d'épée, nous voulons l'envoi au décrochez-moi-ça de toute la défroque des temps passés et de tous les

rigodons grecs et hindous ; nous ne renversons pas les prétendus chefs-d'œuvre dont on nous rassasie jusqu'à la nausée, nous ne brisons pas les torses réputés célèbres, nous passons simplement à côté d'eux, nous allons à la rue, à la rue vivante et grouillante, aux chambres d'hôtel aussi bien qu'aux palais, aux terrains vagues aussi bien qu'aux forêts hantées ; nous voulons essayer de ne pas faire comme les romantiques des fantoches plus beaux que nature, remontés, toutes les quatre pages, brouillés et grandis par une illusion d'optique, nous voulons essayer de camper sur leurs pieds des êtres en chair et en os, des êtres qui parlent la langue qui leur fut apprise, des êtres, enfin, qui palpitent et qui vivent, nous voulons tenter d'expliquer les passions qui les mènent, dès qu'elles sourdent et qu'elles percent, les montrer, croissant peu à peu, s'éteignant à la longue, ou crevant quand elles bouillent, avec le cri qui jaillit des lèvres ! Étant donné, comme sujet à étudier, un homme et une femme, nous voulons les faire agir, dans un milieu observé et rendu avec un soin minutieux de détails ; nous voulons démontrer, si faire se peut, le mécanisme de leurs vertus et de leurs vices, disséquer l'amour, l'indifférence ou la haine qui résulteront du frottement passager ou continu de ces deux êtres. Nous sommes les montreurs, tristes ou gais, des bêtes !

Nos romans ne se dénouent pas toujours d'après les données habituelles, par le mariage ou par la mort, c'est vrai, nos romans ne soutiennent aucune thèse, et, la plupart du temps, ne concluent pas, c'est encore vrai. Mais l'art n'a que faire des théories politiques et des utopies sociales ; un roman n'est pas une tribune, un roman n'est pas un prêche, et je crois qu'un artiste doit se garer comme d'une peste de tout le fatras de ces verbiages [1] !

MAUPASSANT : LE NATURALISME, UNE RÉACTION CONTRE L'ESPRIT ROMANTIQUE

Dans la première partie de l'article paru dans *Le Gaulois* du 17 avril 1880, Maupassant lui-même contribue à

1. Joris-Karl Huysmans, « Émile Zola », art. cité ; repris dans *Zola*, *op. cit.*, p. 37-43.

la défense de Zola ; tout en récusant le fait que les naturalistes forment une école, il insiste, comme Zola et Huysmans, sur ce qui les distingue des romantiques, et sur ce qui doit être selon lui le souci de tout écrivain : comprendre et interpréter « l'Être et la vie ».

> Nous n'avons pas la prétention d'être une école. Nous sommes simplement quelques amis, qu'une admiration commune a fait se rencontrer chez Zola, et qu'ensuite une affinité de tempéraments, des sentiments très semblables sur toutes choses, une même tendance philosophique ont liés de plus en plus.
>
> Quant à moi, qui ne suis encore rien comme littérateur, comment pourrais-je avoir la prétention d'appartenir à une école ? J'admire indistinctement tout ce qui me paraît supérieur, à tous les siècles et dans tous les genres.
>
> Cependant, il s'est fait évidemment en nous une réaction inconsciente, fatale, contre l'esprit romantique, par cette seule raison que les générations littéraires se suivent et ne se ressemblent pas.
>
> Mais, du reste, ce qui nous choque dans le romantisme, d'où sont sorties d'impérissables œuvres d'art, c'est uniquement son résultat philosophique. Nous nous plaignons de ce que l'œuvre de Hugo ait détruit en partie l'œuvre de Voltaire et de Diderot. Par la sentimentalité ronflante des romantiques, par leur méconnaissance dogmatique du droit et de la logique, le vieux bon sens, la vieille sagesse de Montaigne et de Rabelais ont presque disparu de notre pays. Ils ont substitué l'idée de pardon à l'idée de justice, semant chez nous une sensiblerie miséricordieuse et sentimentale qui a remplacé la raison.
>
> C'est grâce à eux que les salles de théâtre, pleines de messieurs véreux et de filles, ne peuvent tolérer sur la scène un simple fripon. C'est la morale romantique des foules qui force souvent les tribunaux à acquitter des particuliers et des drôlesses attendrissants, mais sans excuse.
>
> J'ai pour les grands maîtres de cette école (puisqu'il s'agit d'école) une admiration sans limites, jointe souvent à une révolte de ma raison ; car je trouve que Schopenhauer [1] et

1. Ce philosophe allemand (1788-1860) a fortement inspiré les naturalistes. Pour lui, le monde est marqué par la vanité la plus totale et

Herbert Spencer [1] ont sur la vie beaucoup d'idées plus droites que l'illustre auteur des *Misérables.* – Voilà la seule critique que j'oserais faire, et il ne s'agit pas ici de littérature. – Littérairement, ce qui nous paraît haïssable, ce sont les vieilles orgues de Barbarie larmoyantes, dont Jean-Jacques Rousseau [2] a inventé le mécanisme et dont une suite de romanciers, arrêtée, je l'espère, à M. Feuillet [3], s'est obstinée à tourner la manivelle, répétant invariablement les mêmes airs langoureux et faux.

Quant aux querelles sur les mots : réalisme et idéalisme, je ne les comprends pas.

Une loi philosophique inflexible nous apprend que nous ne pouvons rien imaginer en dehors de ce qui tombe sous nos sens ; et la preuve de cette impuissance, c'est la stupidité des conceptions dites idéales, des paradis inventés par toutes les religions. Nous avons donc ce seul objectif : l'Être et la Vie, qu'il faut savoir comprendre et interpréter en artiste. Si on n'en donne pas l'expression à la fois exacte et artistiquement supérieure, c'est qu'on n'a pas assez de talent.

Quand un monsieur, qualifié de réaliste, a le souci d'écrire le mieux possible, est sans cesse poursuivi par des préoccupations d'art, c'est, à mon sens, un idéaliste. Quant à celui qui affiche la prétention de faire la vie plus belle que nature, comme si on pouvait l'imaginer autre qu'elle n'est, de mettre du ciel dans ses livres, et qui écrit en « romancier pour les dames », ce n'est, à mon avis du moins, qu'un charlatan ou un imbécile. J'adore les contes de fées et j'ajoute que ces sortes de conceptions doivent être plus vraisemblables, dans leur domaine particulier, que n'importe quel roman de mœurs de la vie contemporaine [4].

---

l'humain s'y débat sans cesse. Maupassant a consacré une nouvelle à une rencontre fictive avec le philosophe (voir « Auprès d'un mort »).

1. Herbert Spencer (1820-1903) : ce philosophe proche de Darwin applique la théorie du « combat pour la vie » dans le domaine de la société.

2. Ce philosophe des Lumières (1712-1778) passe pour avoir été à la source du romantisme.

3. Écrivain français, Octave Feuillet (1821-1890) fut un farouche adversaire du réalisme.

4. Guy de Maupassant, *Chroniques, op. cit.*, p. 1295-1297.

LA RÉCEPTION DES *SOIRÉES DE MÉDAN*

UN ACCUEIL MITIGÉ

Les principales réactions critiques à la publication des *Soirées de Médan* s'expriment entre le 17 avril 1880, date de la publication de l'article de Guy de Maupassant et le 8 mai, jour de la mort de Gustave Flaubert. Dans *Le Figaro* du 21 avril, une main anonyme signe un article nuancé en présentant le recueil de nouvelles comme « un livre intéressant, écrit par six hommes, avec le souci, le désir d'être vrais, et c'est quelque chose de respectable aujourd'hui ». En général, la question de l'œuvre collective est passée sous silence au profit d'une analyse des différentes nouvelles prises séparément. Seul Camille Lemonnier, écrivain belge proche des naturalistes parisiens, tente une synthèse :

> L'art pour faire vivant, n'a besoin que du détail nécessaire ; et il est étrange qu'une école littéraire, essentiellement moderne par le choix des sujets et l'allure nerveuse de la pensée, remette en honneur le procédé gothique, qui consistait à se perdre dans la multiplicité de l'accessoire. C'est pourtant dans l'invention du détail secondaire que se révèlent surtout les écrivains des *Soirées de Médan*. Ah ! quelle leçon leur donnait leur maître à tous ce bon père Flaubert, en ne cherchant dans la peinture des choses que le trait indispensable, de manière à en laisser une inoubliable sensation ! Cela ne les empêche pas d'avoir un très réel talent à six, avec des différence sensibles de l'un à l'autre [1].

D'autres critiques réagissent avec une vigueur extrême à la publication du recueil. *Le Figaro* publie ainsi l'intégralité de la courte préface en évoquant « un nouvel obus naturaliste ». Dans le même journal, le 19 avril, Albert Wolf (1835-1891) oppose Zola aux cinq autres écrivains.

---

1. Camille Lemonnier, *L'Europe politique, économique et financière*, 1er juin 1880, cité par René Dumesnil, *La Publication des Soirées de Médan*, *op. cit.*, p. 179. La suite de l'extrait est donnée dans la Présentation, p. 36.

Il affirme que « ces jeunes gens se figurent que la seule présence de Zola à Médan, place désormais ce village parmi les points historiques de la France ». Pour lui, l'intention du recueil est strictement stratégique :

> Et c'est cette petite bande de présomptueux qui, dans une préface d'une rare insolence, jette le gant à la critique. Cette rouerie est cousue de fil blanc. Le fond de leur pensée est : Tâchons de nous faire éreinter, cela fera vendre le volume. J'espère que mes confrères, vieillis sous le harnais, ne se laisseront pas prendre à cette espièglerie de collégiens.

Jean Richepin (1849-1926) quant à lui attaque de front et déploie une artillerie de campagne contre les « Messieurs Zola », comme on se plaisait à nommer les cinq écrivains. Dans le *Gil Blas* du 21 avril 1880, il lance une attaque virulente :

> LES SIX NATURALISTES
>
> Il y avait, sous l'empire, les fameux cinq de l'opposition [1]. La République des lettres n'a plus rien à envier désormais à ce groupisme politique. Nous avons l'opposition des six naturalistes. L'extrême gauche de l'encrier vient de se constituer d'une façon définitive en publiant le recueil de nouvelles intitulé *Les Soirées de Médan*.
>
> MM. Zola, Guy de Maupassant, J.-K. Huysmans, Henry Céard, Léon Hennique, Paul Alexis, ils sont six, pas un de plus, pas un de moins, et tous tant que nous sommes, nous autres qui ne sommes pas des six, nous n'avons qu'à bien nous tenir. Dans une préface en dix lignes méprisantes, le grand chef a d'ores et déjà déclaré qu'il s'attendait à la mauvaise foi et à l'imbécillité de la critique.
>
> Voilà qui ne m'empêchera pas de dire tout le mal, et aussi tout le bien que je pense des naturalistes en général et de chacun d'eux en particulier. M. Zola ne jouit point tout seul,

1. Après les élections de 1857, l'opposition républicaine refusa de prêter serment à l'Empire. Ils ne purent donc siéger à la Chambre. Au cours d'élections supplémentaires, en 1858, cinq députés républicains – Louis Darimon, Jules Favre, Jacques Hémon, Émile Ollivier et Ernest Picard – acceptèrent, quant à eux, le serment. Ils représentèrent l'opposition républicaine et libérale à l'Empire.

comme il l'imagine, du privilège de la franchise. Je crois même avoir, beaucoup plus que lui, mon libre parler ; car je n'appartiens à aucune école, je ne relève d'aucune coterie, d'aucune librairie non plus, je n'ai absolument à ménager que ma conscience artistique, et je ne crains pas, en exprimant mes opinions entières, de démentir un programme ou de compromettre un mot d'ordre.

Ceci soit dit une fois pour toutes, afin de bien établir que je parle sans parti pris, sans rancune, et comme il convient, en somme, puisqu'il s'agit d'écrivains dont quelques-uns me semblent avoir une valeur incontestable.

Les Soirées de Médan

Cette valeur, d'ailleurs, je ne la cherche pas dans le livre qu'ils viennent de publier. Je ne fais pas ici offre de critique au jour le jour, et je laisse à d'autres le soin de juger ces six nouvelles.

Je ne veux dire un mot, au courant de la plume, que sur celle de M. Guy de Maupassant, pour adresser à l'auteur mes plus sincères félicitations. Je considère sa nouvelle comme la meilleure de beaucoup, voire comme un petit chef-d'œuvre de narration simple et de psychologie vraie.

Mais à supposer que le livre entier fût de ce bon cru, l'Idée même qui a présidé à la publication des *Soirées de Médan* me rendrait le livre déplaisant. Elle prouve, chez nos six naturalistes, l'intention de se poser en école, et elle va faire prendre plus que jamais M. Zola pour un pontife suivi de caudataires.

Je ne saurais trop blâmer cette façon de se présenter au public à la queue leu leu derrière un homme arrivé. Cela fait trop penser aux débiles qui, dans une foule, emboîtent le pas à quelque solide gaillard pour profiter de la trouée qu'il a su faire. Cela donne aux cinq jeunes naturalistes l'allure de gens qui battent monnaie avec la réputation d'un maître. Cela les ravale au rôle d'élèves. Or, cette allure et ce rôle me semblent vraiment indignes d'eux ; car ils ont chacun leur tempérament fort distinct, et il y en a particulièrement trois qui ont déjà fait preuve de talent, assez pour marcher tout seuls et sans lisières.

Pourquoi donc afficher une dépendance qui les rapetisse ? Pourquoi donner raison, ne fût-ce qu'en apparence, à la critique qui les représente volontiers comme des farceurs et des puffistes ? Franchement, cela m'a fait peine pour ceux d'entre eux que j'aime et qu'il est juste d'aimer. [...]

L'avenir de l'école

Cela m'amène à conclure en parlant de l'avenir que je crois réservé au naturalisme et à ses adeptes.

Ainsi que j'espère l'avoir montré, l'école se réduit à un maître et à un disciple, à M. Zola et à M. Paul Alexis ; et il n'y a que Paul Alexis qui soit strictement dans la pure théorie naturaliste.

M. Guy de Maupassant est un poète fourvoyé à Médan. M. J.-K. Huysmans est un styliste qui relève du Parnasse contemporain. M. Henry Céard n'est encore rien du tout. M. Léon Hennique ne peut devenir quelqu'un qu'en retournant à ses premières amours romantiques.

Entre ces six écrivains, l'accord et la raison d'être ensemble ne sont donc qu'apparents. Le faisceau se brisera de soi-même. L'école n'existe que sur la couverture des *Soirées de Médan*.

En résumé, il n'y a dans tout ce bruyant hourvari littéraire que la personnalité tapageuse d'un homme et l'innocence ou l'intérêt de quelques jeunes gens que le succès de cet homme a grisés. Mais cette griserie passera, soyez-en sûrs, et demain ils seront tout étonnés et tout penauds quand ils s'apercevront que leur étoile marquant le pôle n'était rien qu'un réverbère. Peut-être alors seront-ils les plus acharnés pour en casser les vitres à coups de caillou [1].

LE COURONNEMENT DE « BOULE DE SUIF »

Si le recueil est loin de faire l'unanimité, tous s'accordent néanmoins à reconnaître la valeur du récit de Maupassant. Gustave Flaubert lui-même ne tarit pas d'éloges après qu'il a pris connaissance de « Boule de suif » grâce

1. Jean Richepin, « Les six naturalistes », *Gil Blas*, 21 avril 1880.

aux épreuves qu'il a reçues. La première informée de son enthousiasme est sa nièce Caroline ; dans sa lettre du 1er février 1880, il s'exclame : « *Boule de suif*, le conte de mon disciple, dont j'ai lu ce matin les épreuves, est un *chef-d'œuvre* ; je maintiens le mot, un chef-d'œuvre de composition, de comique et d'observation. » Le même jour, il adresse à Guy de Maupassant une lettre enthousiaste :

> […] il me tarde de vous dire que je considère *Boule de Suif* comme un *chef-d'œuvre.* Oui ! jeune homme ! ni plus ni moins, cela est d'un maître. C'est bien original de conception, entièrement bien compris et d'un excellent style. Le paysage et les personnages se voient et la psychologie est forte. Bref, je suis ravi ; deux ou trois fois j'ai ri tout haut.
>
> […] Ce petit conte *restera*, soyez-en sûr ! Quelles belles binettes que celles de vos bourgeois ! Pas un n'est raté. Cornudet est immense et vrai ! La religieuse couturée de petite vérole, parfaite, et le comte « ma chère enfant », et la fin ! La pauvre fille qui pleure pendant que l'autre chante *La Marseillaise*, sublime. J'ai envie de te bécoter pendant un quart d'heure ! Non ! Vraiment, je suis content. Je me suis amusé et j'admire [1].

1. Flaubert, *Correspondance*, Gallimard, « Bibliothèque de la Pléiade », t. V, 2007, p. 803 et 807.

3 — *De l'esthétique naturaliste en peinture*

Dès la fin des années 1850, des critiques d'art comme Edmond Duranty (1833-1880) et Jules Antoine Castagnary (1830-1888) s'attachent à donner une définition du naturalisme en art : « L'école naturaliste affirme que l'art est l'expression de la vie sous tous ses modes et à tous ses degrés, et que son unique but est de reproduire la nature en l'amenant à son maximum de puissance et d'intensité : c'est la vérité s'équilibrant avec la science [1]. » À cette époque, les critiques commencent à s'intéresser aux représentations de la vie moderne, recourant à des thèmes résolument prolétaires : images de la pauvreté des plus faibles, scènes d'atelier et de métiers, conflits et grèves. L'ensemble invite à la réflexion sur les questions sociales. Les écrivains naturalistes eux-mêmes entretiennent avec la peinture un dialogue particulièrement riche, et plusieurs d'entre eux expriment leurs choix et leurs analyses esthétiques dans la presse de l'époque.

La peinture académique : un antimodèle selon Huysmans

Le réalisme en peinture aurait pu transparaître dans la représentation des épisodes de la guerre de 1870. À la faveur du récit des combats, de nombreux peintres s'attachèrent à mettre en valeur les quelques actions héroïques que l'Histoire devait retenir. En témoigne le tableau du

1. Jules Antoine Castagnary, « Salon de 1863 », in *Salons*, Charpentier-Fasquelle, 1892, vol. 1, p. 104-105.

peintre académique Édouard Detaille, *Épisode de la bataille de Champigny* (1879). Alors que la capitale est assiégée, le commandement militaire de la ville, sous la responsabilité du général Trochu, décide d'une de ces sorties auxquelles Henry Céard fait allusion dans « La Saignée » : 80 000 hommes sont lancés dans les combats dès le 30 novembre 1870. Mais jouant de malchance et d'inexpérience, les officiers finissent par renoncer le 4 décembre et rentrent dans Paris sans avoir atteint leur but. L'œuvre d'Édouard Detaille montre l'échec de ces soldats face au mur qu'ils ne peuvent abattre. Huysmans a commenté ce tableau en en critiquant la manière :

> Les batailles exposées au Salon de cette année sont toutes et sans exception d'une pauvreté niaise. Voilà M. Detaille, le favori du public, qui nous montre un *Épisode de la bataille de Champigny* ; tous des petits bonshommes, bien léchés, bien propres, sont placés dans des postures invues à ce moment-là ; c'est une rangée de poupées, distribuées par un homme qui a l'habitude de ces sortes de choses. Il y a gros à parier que M. Detaille a pris dans son album deux ou trois poses qu'il avait croquées dans une revue ou dans un camp, et qu'il a arrangé le tout en bataille pour l'édification des amateurs. Ça ne sent pas la poudre, cette toile-là, ça sent la colle forte et ça sent surtout le chiffon, fraîchement repassé, qui a servi à costumer ces pantins en militaires [1] !

La scène déplaît, tout comme le caractère grandiloquent du sujet abordé. Sans doute Huysmans voit-il dans cette œuvre une des tentatives pour racheter les erreurs du commandement en mettant en évidence une action particulière. La défaite de 1870 laisse des traces et les écrivains, à l'instar de Huysmans, s'opposent à un art pétri d'intentions patriotiques, qui ne saurait exprimer leur distance critique. Pour les naturalistes, il est inutile de chercher des représentations de l'armée « aux allures

1. Joris-Karl Huysmans, « Le Salon de 1879 » in *Écrits sur l'art*, éd. Jérôme Picon, GF-Flammarion, 2008, p. 91.

mélodramatiques ou pleurardes[1] ». De fait, Huysmans, dans cette charge, délaisse rapidement le discours descriptif pour avancer des positions plus clairement politiques :

> Le patriotisme est, selon moi, une qualité négative en art. Je sais bien que la foule trépigne et essuie une petite sueur d'enthousiasme lorsqu'elle entend brailler dans un concert quelconque « La Revanche » ou « France mes amours », je sais bien que nombre de gens se pâment devant les romances de M. Déroulède, mais ceux-là sont de braves gobe-mouches, prêts à couper dans tous ces ponts patriotiques qui font dire des poètes-ingénieurs qui les construisent : « Voilà de bien belles âmes ! » Le patriotisme, tel que je le comprends, consisterait à mettre sur pied de véritables œuvres[2].

ÉDOUARD MANET ET JULES BASTIEN-LEPAGE : DEUX PEINTRES DONT ZOLA LOUE LE « TEMPÉRAMENT »

Au milieu des années 1860, Zola témoigne de son intérêt pour les peintres réalistes, et en particulier pour l'œuvre anticonformiste d'Édouard Manet, qui à cette date s'est déjà illustré par le scandale du *Déjeuner sur l'herbe* (1862). Selon Zola, ce peintre, dont le tempérament transparaît dans chaque toile, parvient à saisir « la réalité de la vie ». Manet réalisa le portrait de Zola en 1868.

> Il paraît que je suis le premier à louer sans restriction M. Manet. C'est que je me soucie peu de toutes ces peintures de boudoir, de ces images coloriées, de ces misérables toiles où je ne trouve rien de vivant. J'ai déjà déclaré que le tempérament seul m'intéressait. […]
>
> On a d'un côté des succès de mode, des succès de salon et de coteries ; on a des artistes qui se créent une petite spécialité, qui exploitent un des goûts passagers du public ; on a

1. *Ibid.*
2. *Ibid.*, p. 90.

des messieurs rêveurs et élégants qui, du bout de leurs pinceaux, peignent des images mauvais teint que quelques gouttes de pluie effaceraient.

D'un autre côté, on a un homme s'attaquant directement à la nature, ayant remis en question l'art entier, cherchant à créer de lui-même et à ne rien cacher de sa personnalité. Est-ce que vous croyez que des tableaux peints d'une main puissante et convaincue ne sont pas plus solides que de ridicules gravures d'Épinal ? [...]

Le talent de M. Manet est fait de simplicité et de justesse. Sans doute, devant la nature incroyable de certains de ses confrères, il se sera décidé à interroger la réalité, seul à seul ; il aura refusé toute la science acquise, toute l'expérience ancienne, il aura voulu prendre l'art au commencement, c'est-à-dire à l'observation exacte des objets.

Il s'est donc mis courageusement en face d'un sujet, il a vu ce sujet par larges taches, par oppositions vigoureuses, et il a peint chaque chose telle qu'il la voyait. [...]

Mais l'œuvre que je préfère est certainement *Le Joueur de fifre*, toile refusée cette année. Sur un fond gris et lumineux, se détache le jeune musicien, en petite tenue, pantalon rouge et bonnet de police. Il souffle dans son instrument, se présentant de face. J'ai dit plus haut que le talent de M. Manet était fait de justesse et de simplicité, me souvenant surtout de l'impression que m'a laissée cette toile. Je ne crois pas qu'il soit possible d'obtenir un effet plus puissant avec des moyens moins compliqués.

Le tempérament de M. Manet est un tempérament sec, emportant le morceau. Il arrête vivement ses figures, il ne recule pas devant les brusqueries de la nature, il rend dans leur vigueur les différents objets se détachant les uns sur les autres. Tout son être le porte à voir par taches, par morceaux simples et énergiques. On peut dire de lui qu'il se contente de chercher des tons justes et de les juxtaposer ensuite sur une toile. Il arrive que la toile se couvre ainsi qu'une peinture solide et forte. Je retrouve dans le tableau un homme qui a la curiosité du vrai et qui tire de lui un monde vivant d'une vie particulière et puissante.

Vous savez quel effet produisent les toiles de M. Manet au Salon. Elles crèvent le mur, tout simplement. Tout autour d'elles s'étalent les douceurs des confiseurs artistiques à la mode, les arbres en sucre candi et les maisons en croûte de pâté, les bonshommes en pain d'épice et les bonnes femmes faites de crème à la vanille. La boutique de bonbons devient plus rose et plus douce et les toiles vivantes de l'artiste semblent prendre une certaine amertume au milieu de ce fleuve de lait. Aussi faut-il voir les grimaces des grands enfants qui passent dans la salle. Jamais vous ne leur ferez avaler pour deux sous de véritable chair, ayant la réalité de la vie ; mais ils se gorgent comme des malheureux de toutes les sucreries écœurantes qu'on leur sert.

Ne regardez plus les tableaux voisins. Regardez les personnes vivantes qui sont dans la salle. Étudiez les oppositions de leurs corps sur le parquet et sur les murs. Puis regardez les toiles de M. Manet : vous verrez que là est la vérité et la puissance. Regardez maintenant les autres toiles, celles qui sourient bêtement autour de vous : vous éclatez de rire, n'est-ce pas [1] ?

Dans le « Salon de 1879 », Zola semble percevoir chez un autre peintre, Jules Bastien-Lepage, des traits caractéristiques qui le rapprochent du naturalisme. Selon lui, Bastien-Lepage a su opérer une synthèse entre les impressionnistes, dont il a conservé « le souffle et la méthode analytique », et l'attente du public, qui cherche un art fait d'« expression » et la « perfection du métier ». Zola commente ainsi le sens du détail propre à ce peintre, dont il affirme qu'il est lui aussi « porté par son tempérament ». Tourné vers l'étude de la nature et la représentation des travaux quotidiens, Bastien-Lepage présente un tableau intitulé *Saison d'octobre* :

Une toile qu'il appelle *Saison d'octobre* nous montre deux paysannes récoltant des pommes de terre dans un paysage formé par des raies d'un champ labouré. Nous reconnaissons évidemment le petit-fils de Courbet et de Millet [2]. Mais

1. Émile Zola, « M. Manet », *L'Événement*, 7 mai 1866, in *Œuvres complètes*, t. XII, Cercle du livre précieux, 1969, p. 806.

2. Le peintre Gustave Courbet (1819-1879) passe pour le père du réalisme en peinture. Jean-François Millet (1814-1875) a contribué à fonder l'école de Barbizon, considérée comme l'origine de l'impressionnisme. Son tableau *Les Glaneuses* évoque déjà les sujets de Jules Bastien-Lepage.

l'influence des peintres impressionnistes saute aussi aux yeux. Le plus étonnant, cependant, c'est que Bastien-Lepage sort de l'atelier de Cabanel[1]. Mesurez le chemin qu'a dû parcourir l'élève d'un tel professeur pour en arriver au point où il en est maintenant. Il n'a pu venir si loin que grâce à d'énormes efforts intellectuels. Il a été porté par son tempérament, et le plein air a fait le reste. Sa supériorité sur les peintres impressionnistes se résume dans ceci, qu'il sait réaliser ses impressions. Il a compris fort sagacement qu'une simple question de technique divisait le public et les novateurs. Il a donc gardé leur souffle, leur méthode analytique, mais il a porté son attention sur l'expression et la perfection du métier. On ne saurait trouver d'artisan plus adroit, ce qui aide à faire accepter sujet et tendance[2].

Le sujet même du tableau, la posture de la paysanne au premier plan, le caractère prosaïque de l'action effectuée par les deux femmes, l'inscription de la scène dans un ensemble ouvert sur un champ qui s'étend à perte de vue contribuent à rapprocher le peintre, selon Zola, de l'esthétique naturaliste. Dans le même article, il affirme toutefois qu'il est « urgent qu'un artiste paraisse, qui sache exprimer la formule naturaliste de façon qu'elle atteigne son plein développement[3] ».

LES IMPRESSIONNISTES, « RÉVOLUTIONNAIRES DE LA FORME »

Zola, qui s'attache à déceler « la nouvelle formule, la formule naturaliste, qui aidera à dégager la beauté particulière à notre siècle[4] », se montre sensible, au début des

1. Alexandre Cabanel (1823-1889) est considéré comme le représentant de la peinture académique en France à la fin du XIXe siècle. Professeur-chef d'atelier à l'École des beaux-arts, il exerça une influence durable marquée par un conservatisme forcené.

2. Émile Zola, « Le Salon de 1879 », *Le Messager de l'Europe*, juillet 1879, in *Œuvres complètes*, t. XII, *op. cit.*, p. 1004.

3. *Ibid.*

4. Émile Zola, « Après une promenade au Salon », *Le Figaro*, 23 mai 1881, in *Œuvres complètes*, t. XII, *op. cit.*, p. 1034.

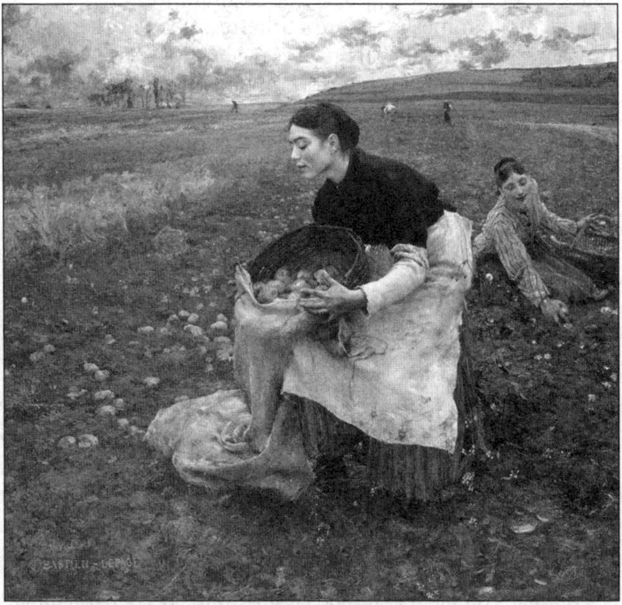

Jules Bastien-Lepage, *Saison d'octobre*, 1878, huile sur toile années 1880, à une modification de l'aspect du Salon de peinture : « Je constate que les femmes nues, les Vénus, les Èves et les Aurores, tout le bric-à-brac de l'histoire et de la mythologie, les sujets classiques de tous genres, deviennent plus rares, paraissent se fondre, pour faire place à des tableaux de la vie contemporaine, où l'on trouve nos femmes avec leurs toilettes, nos bourgeois, nos ouvriers, nos demeures et nos rues, nos usines et nos campagnes, toutes chaudes de notre vie. C'est la victoire prochaine du naturalisme dans notre école de peinture[1] ». Pour lui, les peintres les plus proches de la « formule naturaliste », outre Édouard Manet, sont ceux qu'on nomme les impressionnistes (Claude Monet, Auguste Renoir, Camille Pissarro...), que fréquenta Manet et dont l'écrivain décrit en ces termes l'originalité :

> J'arrive maintenant à l'influence que les impressionnistes ont en ce moment sur notre école française. Cette influence est considérable. Et j'emploie ce mot ici d'« impressionniste », parce qu'il est bien une étiquette pour désigner le groupe de jeunes artistes qui, à la suite de Courbet et de nos grands paysagistes, se sont voués à l'étude de la nature ; autrement, ce mot me semble étroit en lui-même et ne signifie pas grand-chose. Courbet était un maître-ouvrier qui a laissé des œuvres impérissables, où la nature revit avec une puissance extraordinaire. Mais, derrière lui, le mouvement a continué comme il continue en littérature, derrière Stendhal, Balzac et Flaubert. Des artistes sont venus qui, sans avoir la solidité et la beauté d'exécution de Courbet, ont élargi la formule, en faisant une étude plus approfondie de la lumière, en bannissant encore davantage les recettes d'école. Au fond, comme ouvrier peintre, Courbet est un magnifique classique, qui reste dans la plus large tradition des Titien, des Véronèse et des Rembrandt. Les véritables révolutionnaires de la forme apparaissent avec M. Édouard Manet, avec les impressionnistes, MM. Claude Monet, Renoir, Pissarro, Guillaumin, d'autres encore. Ceux-ci se proposent de sortir de

1. *Ibid.*, p. 1035.

l'atelier où les peintres se sont claquemurés depuis tant de siècles, et d'aller peindre en plein air, simple fait dont les conséquences sont considérables. En plein air, la lumière n'est plus unique, et ce sont dès lors des effets multiples qui diversifient et transforment radicalement les aspects des choses et des êtres. Cette étude de la lumière dans ses mille compositions et recompositions, est ce qu'on appelle plus ou moins proprement l'impressionnisme, parce qu'un tableau devient dès lors l'impression d'un moment éprouvée devant la nature [1].

1. Émile Zola, « Le naturalisme au Salon », *Le Voltaire* du 18 au 22 juin 1880, in *Œuvres complètes*, t. XII, *op. cit.*, p. 1015.

4 — *Décrire la guerre aux XIXe et XXe siècles*

L'esthétique réaliste traverse le récit de guerre, qu'il s'agisse de décrire les mouvements de troupes, les lieux dévastés sous l'effet des bombes et des canons, ou encore d'évoquer les tensions qui peuvent exister au moment des combats, les choix difficiles, les sentiments parfois complexes des hommes de troupe, l'individu partagé entre souvenir du temps passé et dureté des confrontations armées. Que le conflit apparaisse au centre d'une œuvre ou à son arrière-plan, que le récit se donne pour fonction d'en établir la chronique ou de convaincre de son inhumanité, le recours au réalisme est fréquent au moment de représenter la guerre. À travers la brève anthologie qui suit, qui conduira le lecteur des guerres de conquête napoléoniennes aux deux guerres mondiales du XXe siècle, on mesurera la diversité des tonalités et des approches dans la manière dont les écrivains, de Stendhal à Aragon, ont mis en scène la guerre.

LA CHARTREUSE DE PARME DE STENDHAL : ÊTRE UN HÉROS, UNE TÂCHE ARDUE

Dans *La Chartreuse de Parme* (1839), que Zola lui-même considérait « pour le moins autant comme un roman d'aventures que comme une œuvre d'analyse [1] », Stendhal met en scène un jeune homme, Fabrice Del Dongo, élevé par sa tante dans le culte de Napoléon Ier.

1. Émile Zola, « Stendhal », in *Les Romanciers naturalistes, Œuvre critique II*, *Œuvres complètes*, t. XI, *op. cit.*, p. 90.

Lorsqu'il apprend que l'Empereur est de retour de l'île d'Elbe, Fabrice rejoint le champ de bataille de Waterloo (1815). Animé d'un désir brûlant de combattre et de rencontrer les grands généraux de l'Empire, il se trouve alors brusquement confronté à la réalité de la guerre. Dans cet extrait, Stendhal rend compte de la réalité d'une bataille, comme en témoignent l'emploi du vocabulaire militaire, la profusion des indications sonores et visuelles et l'apparition de personnages historiques comme le maréchal Ney. Mais il dépeint avec ironie les difficultés de son personnage aux prises avec cette réalité qui lui échappe. L'écart est net entre la référence à cette bataille historique et la perception de Fabrice : la naïveté du personnage, que le narrateur surnomme « notre héros » par antithèse et qui se montre ici particulièrement incompétent face aux événements, est bien souvent comique.

En arrivant sur l'autre rive, Fabrice y avait trouvé les généraux tout seuls ; le bruit du canon lui sembla redoubler ; ce fut à peine s'il entendit le général, par lui si bien mouillé, qui criait à son oreille :

– Où as-tu pris ce cheval ?

Fabrice était tellement troublé qu'il répondit en italien :

– L'ho comprato poco fa. (Je viens de l'acheter à l'instant.)

– Que dis-tu ? lui cria le général.

Mais le tapage devint tellement fort en ce moment, que Fabrice ne put lui répondre. Nous avouerons que notre héros était fort peu héros en ce moment. Toutefois, la peur ne venait chez lui qu'en seconde ligne ; il était surtout scandalisé de ce bruit qui lui faisait mal aux oreilles. L'escorte prit le galop ; on traversait une grande pièce de terre labourée, située au-delà du canal, et ce champ était jonché de cadavres.

– Les habits rouges ! les habits rouges ! criaient avec joie les hussards de l'escorte, et d'abord Fabrice ne comprenait pas ; enfin, il remarqua qu'en effet presque tous les cadavres étaient vêtus de rouge. Une circonstance lui donna un frisson d'horreur ; il remarqua que beaucoup de ces malheureux habits rouges vivaient encore ; ils criaient évidemment pour demander du secours, et personne ne s'arrêtait pour leur en donner. Notre héros, fort humain, se donnait toutes les peines du monde pour que son cheval ne mît les pieds sur aucun habit rouge. L'escorte s'arrêta ; Fabrice, qui ne faisait pas assez d'attention à son devoir de soldat, galopait toujours en regardant un malheureux blessé.

– Veux-tu bien t'arrêter, blanc-bec ! lui cria le maréchal des logis. Fabrice s'aperçut qu'il était à vingt pas sur la droite en avant des généraux, et précisément du côté où ils regardaient avec leurs lorgnettes. En revenant se ranger à la queue des autres hussards restés à quelques pas en arrière, il vit le plus gros de ces généraux qui parlait à son voisin, général aussi, d'un air d'autorité et presque de réprimande ; il jurait. Fabrice ne put retenir sa curiosité ; et, malgré le conseil de ne point parler, à lui donné par son amie la geôlière, il arrangea une petite phrase bien française, bien correcte, et dit à son voisin :

– Quel est-il ce général qui gourmande son voisin ?

– Pardi, c'est le maréchal !

– Quel maréchal ?

– Le maréchal Ney, bêta ! Ah çà ! où as-tu servi jusqu'ici ?

Fabrice, quoique fort susceptible, ne songea point à se fâcher de l'injure ; il contemplait, perdu dans une admiration enfantine, ce fameux prince de la Moskowa, le brave des braves.

Tout à coup on partit au grand galop. Quelques instants après, Fabrice vit, à vingt pas en avant, une terre labourée qui était remuée d'une façon singulière. Le fond des sillons était plein d'eau, et la terre fort humide, qui formait la crête de ces sillons, volait en petits fragments noirs lancés à trois ou quatre pieds de haut. Fabrice remarqua en passant cet effet singulier ; puis sa pensée se remit à songer à la gloire du maréchal. Il entendit un cri sec auprès de lui ; c'étaient deux hussards qui tombaient atteints par des boulets ; et, lorsqu'il les regarda, ils étaient déjà à vingt pas de l'escorte. Ce qui lui sembla horrible, ce fut un cheval tout sanglant qui se débattait sur la terre labourée, en engageant ses pieds dans ses propres entrailles ; il voulait suivre les autres : le sang coulait dans la boue.

Ah ! m'y voilà donc enfin au feu ! se dit-il. J'ai vu le feu ! se répétait-il avec satisfaction. Me voici un vrai militaire. À ce moment, l'escorte allait ventre à terre, et notre héros comprit que c'étaient des boulets qui faisaient voler la terre de toutes parts. Il avait beau regarder du côté d'où venaient les boulets, il voyait la fumée blanche de la batterie à une distance énorme, et, au milieu du ronflement égal et continu produit par les coups de canon, il lui semblait entendre des décharges beaucoup plus voisines ; il n'y comprenait rien du tout [1].

LES MISÉRABLES DE VICTOR HUGO : DU TABLEAU À LA VISION

Dans *Les Misérables* (1862), Victor Hugo consacre le début de la partie intitulée « Cosette » à l'évocation de la bataille de Waterloo. Tout en proposant une description précise et en inscrivant son récit dans l'histoire de l'Empire, il donne à ce tableau une dimension plus ample, qui touche au mythe. Si les données concrètes relatives au nombre de soldats et à leur armement, décrit avec une grande précision lexicale, relèvent d'une forme de réalisme, le texte apparaît aussi comme une lente montée vers la découverte du sens profond de la bataille : en témoignent la multiplication des hyperboles et le choix des adjectifs à la fin de l'extrait (« redoutable », « épouvantable », « colossal »...). L'auteur opère un véritable travail sur l'image : passant de la réalité de la colonne à l'image de la couleuvre, du monstre, du polype, il transfigure la réalité. En artisan de « la formule lyrique et idéaliste [2] », pour reprendre une expression de Zola, Hugo fait de cette peinture une véritable vision.

> Ils étaient trois mille cinq cents. Ils faisaient un front d'un quart de lieue. C'étaient des hommes géants sur des chevaux colosses. Ils étaient vingt-six escadrons, et ils avaient derrière eux, pour les appuyer, la division de Lefebvre-Desnouettes, les cent six gendarmes d'élite, les chasseurs de la Garde, onze

1. Stendhal, *La Chartreuse de Parme* (1839), chap. III.
2. Émile Zola, « Hugo », in *Nos auteurs dramatiques, Œuvre critique II*, *Œuvres complètes*, t. XI, *op. cit.*, p. 612.

cent quatre-vingt-dix-sept hommes, et les lanciers de la Garde, huit cent quatre-vingts lances. Ils portaient le casque sans crins et la cuirasse de fer battu, avec les pistolets d'arçon dans les fontes et le long sabre-épée. Le matin toute l'armée les avait admirés quand, à neuf heures, les clairons sonnant, toutes les musiques chantant *Veillons au salut de l'Empire*, ils étaient venus, colonne épaisse, une de leurs batteries à leur flanc, l'autre à leur centre se déployer sur deux rangs entre la chaussée de Genappe et Frischemont, et prendre leur place de bataille dans cette puissante deuxième ligne si savamment composée par Napoléon, laquelle ayant à son extrémité de droite les cuirassiers de Milhaud, avait pour ainsi dire deux ailes de fer.

L'aide de camp Bernard leur porta l'ordre de l'Empereur. Ney tira son épée et prit la tête. Les escadrons énormes s'ébranlèrent.

Alors on vit un spectacle formidable.

Toute cette cavalerie, sabres levés, étendards et trompettes au vent, formée en colonne par division, descendit, d'un même mouvement et comme un seul homme, avec la précision d'un bélier de bronze qui ouvre une brèche, la colline de la Belle-Alliance, s'enfonça dans le fond redoutable où tant d'hommes déjà étaient tombés, y disparut dans la fumée, puis, sortant de cette ombre, reparut de l'autre côté du vallon, toujours compacte et serrée, montant au grand trot, à travers un nuage de mitraille crevant sur elle, l'épouvantable pente de boue du plateau de Mont-Saint-Jean. Ils montaient, graves, menaçants, imperturbables ; dans les intervalles de la mousqueterie et de l'artillerie, on entendait ce piétinement colossal. Étant deux divisions, ils étaient deux colonnes ; la division Wathier avait la droite, la division Delord avait la gauche. On croyait voir de loin s'allonger vers la crête du plateau deux immenses couleuvres d'acier. Cela traversa la bataille comme un prodige.

Rien de semblable ne s'était vu depuis la prise de la grande redoute de la Moskowa par la grosse cavalerie ; Murat y manquait, mais Ney s'y retrouvait. Il semblait que cette masse était devenue monstre et n'eût qu'une âme. Chaque escadron ondulait et se gonflait comme un anneau du polype. On les apercevait à travers une vaste fumée déchirée çà et là. Pêle-mêle de casques, de cris, de sabres, bondissement orageux des croupes des chevaux dans le canon et la fanfare, tumulte discipliné et terrible ; là-dessus les cuirasses, comme les écailles sur l'hydre [1].

« Le Porte-drapeau » d'Alphonse Daudet : le chant du sacrifice

Dès la fin de la guerre de 1870, Alphonse Daudet a rapidement ressenti le besoin de souligner combien avait été forte, chez les soldats français, la résistance à l'ennemi. Mû par le désir de redonner espoir tout en soulignant le caractère parfois dérisoire des situations désespérées, il rappelle dans ses *Contes du lundi* les valeurs importantes qui fondent le patriotisme [2]. En témoigne cet extrait du conte intitulé « Le Porte-drapeau » (1873). Au beau milieu des combats de 1870, le sergent Hornus s'est engagé à préserver le drapeau français coûte que coûte. La ville de Metz est tombée. Il faut rendre les drapeaux à l'ennemi afin de reconnaître sa propre défaite. Dans ce passage qui marque la fin du conte, Daudet laisse s'exprimer tout le lyrisme patriotique qu'ont vertement critiqué les six de Médan. Au lyrisme succède le pathétique au moment où s'achève le destin de son personnage.

Les portes de l'Arsenal étaient toutes grandes ouvertes pour laisser passer les fourgons prussiens qui attendaient rangés dans la cour. Hornus en entrant eut un frisson. Tous les autres porte-drapeaux étaient là, cinquante ou soixante officiers, navrés, silencieux ; et ces voitures sombres sous la pluie, ces hommes groupés derrière, la tête nue : on aurait dit un enterrement.

Dans un coin tous les drapeaux de l'armée de Bazaine s'entassaient, confondus sur le pavé boueux. Rien n'était plus triste que ces lambeaux de soie voyante, ces débris de

1. Victor Hugo, *Les Misérables* (1862), Deuxième partie, Livre I, chap. IX, « L'inattendu ».
2. Voir Présentation, p. 28.

franges d'or et de hampes ouvragées, tout cet attirail glorieux jeté par terre, souillé de pluie et de boue. Un officier d'administration les prenait un par un, et à l'appel de son régiment, chaque porte-enseigne s'avançait pour chercher un reçu. Raides, impassibles, deux officiers prussiens surveillaient le chargement.

Et vous vous en alliez ainsi, ô saintes loques glorieuses, déployant vos déchirures, balayant le pavé tristement comme des oiseaux aux ailes cassées ! Vous vous en alliez avec la honte des belles choses souillées, et chacune de vous emportait un peu de la France. Le soleil des longues marches restait entre vos plis passés. Dans les marques des balles vous gardiez le souvenir des morts inconnus, tombés au hasard sous l'étendard visé…

« Hornus, c'est à toi… On t'appelle… va chercher ton reçu… »

Il s'agissait bien de reçu !

Le drapeau était là, devant lui. C'était bien le sien, le plus beau, le plus mutilé de tous… Et en le revoyant il croyait être encore là-haut sur le talus. Il entendait chanter les balles, les gamelles fracassées et la voix du colonel : « Au drapeau, mes enfants !... » Puis ses vingt-deux camarades par terre, et lui vingt-troisième se précipitant à son tour pour relever, soutenir le pauvre drapeau qui chancelait faute de bras. Ah ! ce jour-là il avait juré de le défendre, de le garder jusqu'à la mort. Et maintenant…

De penser à cela, tout le sang de son cœur lui sauta à la tête. Ivre, éperdu, il s'élança sur l'officier prussien, lui arracha son enseigne bien-aimée qu'il saisit à pleines mains ; puis il essaya de l'élever encore, bien haut, bien droit en criant : « Au dra… » mais sa voix s'arrêta au fond de sa gorge. Il sentit la hampe trembler, glisser entre ses mains. Dans cet air las, cet air de mort qui pèse si lourdement sur les villes rendues, les drapeaux ne pouvaient plus flotter, rien de fier ne pouvait plus vivre… Et le vieil Hornus tomba foudroyé [1].

1. Alphonse Daudet, « Le Porte-drapeau », *Contes du lundi* (1873).

Voyage au bout de la nuit de Louis-Ferdinand Céline : le sens de l'apocalypse

Dans ce roman qui fit grand bruit lors de sa parution en 1932, Louis-Ferdinand Céline dépeint un personnage, Ferdinand Bardamu, qui, en 1914, décide par excès d'héroïsme de s'engager dans la guerre contre les Allemands, avant de découvrir la réalité du front et l'horreur de la guerre. Le monstre, chez Céline, c'est l'homme, l'officier sans l'once d'une humanité. Le récit à la première personne frappe par sa violence verbale et par la puissance de ses formules. La désarticulation de la phrase, calque fidèle de la pensée désorientée, souligne l'errance et l'égarement du personnage. Sur le ton du sarcasme et de la diatribe, Céline engage le lecteur dans une vision tragique de la Première Guerre mondiale. Au tout début de *Voyage au bout de la nuit*, Bardamu rejoint son corps d'armée. Les premiers combats ont lieu : tandis que son colonel brave le danger, il reste pétrifié.

> Le colonel, c'était donc un monstre ! À présent, j'en étais assuré, pire qu'un chien, il n'imaginait pas son trépas ! Je conçus en même temps qu'il devait y en avoir beaucoup des comme lui dans notre armée, des braves, et puis tout autant sans doute dans l'armée d'en face. Qui savait combien ? Un, deux, plusieurs millions peut-être en tout ? Dès lors ma frousse devint panique. Avec des êtres semblables, cette imbécillité infernale pouvait continuer indéfiniment… Pourquoi s'arrêteraient-ils ? Jamais je n'avais senti plus implacable la sentence des hommes et des choses.
>
> Serais-je donc le seul lâche sur la terre ? pensais-je. Et avec quel effroi !... Perdu parmi deux millions de fous héroïques et déchaînés et armés jusqu'aux cheveux ? Avec casques, sans casques, sans chevaux, sur motos, hurlants, en autos, sifflants, tirailleurs, comploteurs, volants, à genoux, creusant, se défilant, caracolant dans les sentiers, pétaradant, enfermés sur la terre comme dans un cabanon, pour y tout détruire, Allemagne, France et Continents, tout ce qui respire, détruire, plus enragés que les chiens, adorant leur rage (ce que les chiens ne font pas), cent, mille fois plus enragés que

mille chiens et tellement plus vicieux ! Nous étions jolis ! Décidément, je le concevais, je m'étais embarqué dans une croisade apocalyptique.

On est puceau de l'Horreur comme on l'est de la volupté. Comment aurais-je pu me douter moi de cette horreur en quittant la place Clichy ? Qui aurait pu prévoir, avant d'entrer vraiment dans la guerre, tout ce que contenait la sale âme héroïque et fainéante des hommes ? À présent, j'étais pris dans cette fuite en masse, vers le meurtre en commun, vers le feu… Ça venait des profondeurs et c'était arrivé[1].

1. L.-F. Céline, *Voyage au bout de la nuit* (1932), in *Romans*, © Gallimard, « Bibliothèque de la Pléiade », t. I, 1962, p. 17.

NOTICES BIOGRAPHIQUES

Paul Alexis (16 juin 1847-28 juillet 1901). Originaire d'Aix-en-Provence, il vint à Paris pour faire carrière dans les lettres. Il fit la connaissance de Zola en 1869. Devenu l'un des familiers du romancier, il lui resta fidèle jusqu'à sa mort. Pendant la guerre de 1870, il servit dans la garde nationale. En 1882, il fit paraître la première synthèse biographique consacrée à Zola, sous le titre *Émile Zola. Notes d'un ami*. Journaliste, il collabora à de nombreux journaux, dont *Le Cri du peuple* de Jules Vallès (sous le pseudonyme de Trublot). Auteur de recueils de nouvelles (*La Fin de Lucie Pellegrin*, 1880 ; *Le Besoin d'aimer*, 1885 ; *Un amour platonique*, 1886 ; *L'Éducation amoureuse*, 1890 ; *Trente Romans*, 1895), il a publié deux romans : *Madame Meuriot* (1890) et *Vallobra* (1901). Il s'est également beaucoup intéressé au théâtre (adaptations de *La Fin de Lucie Pellegrin* en 1888, des *Frères Zemganno* et de *Charles Demailly* – d'après les Goncourt – en 1890 et 1892). Il fut un ardent défenseur du naturalisme dont il réfuta la mort annoncée dans l'*Enquête sur l'évolution littéraire* de Jules Huret (1891). Au cours de l'affaire Dreyfus, il se rangea avec détermination au côté de Zola.

Henry Céard (18 novembre 1851-16 août 1924). Né à Paris, il fut, pendant la guerre de 1870, membre de la garde nationale ; il participa à la « sortie » du 19 janvier 1871, qu'il évoqua dans sa nouvelle des *Soirées de Médan*. Il entreprit ensuite des études de médecine, auxquelles il renonça au bout d'une année. Fonctionnaire au ministère de la Guerre de 1873 à 1882, il occupa par la suite un poste de bibliothécaire à l'hôtel Carnavalet, qu'il conserva jusqu'en 1895. C'est en 1876 qu'il fit la connaissance de Zola. Très proche de l'écrivain, il fut l'un de ses informateurs privilégiés, lui livrant de multiples renseignements sur toutes sortes de sujets (notamment au moment de l'écriture de *Nana*). Après avoir été le confident de la liaison de Zola avec Jeanne Rozerot, il prit ses distances à partir de 1894. Henry Céard a laissé un certain nombre de nouvelles et deux romans (*Une belle journée*, 1881 ; *Terrains à vendre au bord de la mer*, 1906), auxquels s'ajoutent plusieurs pièces de théâtre : *Renée Mauperin* (1886, d'après les Goncourt), *Tout pour l'honneur* (1887, d'après Zola), *Les Résignés* (1889), *La Pêche* (1890). En 1898, il se rangea dans le camp antidreyfusard, adhérant alors à la ligue des Patriotes. Il fut élu à l'académie Goncourt en 1918.

Léon Hennique (4 novembre 1850-25 décembre 1935). Né en Guadeloupe, ce fils d'officier supérieur arriva en France en 1859, à l'âge de neuf ans. Pendant la guerre de 1870, il s'engagea dans l'armée de Faidherbe ; fait prisonnier, il connut l'expérience de la captivité en Allemagne. Puis, après avoir abandonné ses études de droit, il commença sa carrière littéraire dans la revue *La République des Lettres*, où il rencontra Huysmans et Céard. Il fit la connaissance de Zola au début de l'année 1877, au moment de la publication en librairie de *L'Assommoir*. Dans les années qui suivirent *Les Soirées de Médan*, il s'éloigna de Zola pour se rapprocher d'Edmond de Goncourt dont il devint le légataire universel, avec Alphonse Daudet. Auteur de nouvelles (*Deux Nouvelles*, 1881 ; *Pœuf*, 1887), romancier (*La Dévouée*, 1878 ; *L'Accident de Monsieur Hébert*, 1883 ; *Un caractère*, 1889 ; *Minnie Brandon*, 1899), Léon Hennique se passionna pour le théâtre : adaptateur de l'œuvre de Zola (*Jacques Damour*, 1887), il a également écrit des drames historiques (*Esther Brandès*, 1887 ; *La Mort du duc d'Enghien*, 1888) et des pantomimes (*Pierrot sceptique*, en collaboration avec Huysmans, 1881). Membre de l'académie Goncourt dès sa création en 1903, il en devint le président, à la mort de Huysmans, en 1907, et il le resta jusqu'en 1912.

Joris-Karl Huysmans (5 février 1848-12 mai 1907). Né à Paris, d'origine hollandaise par son père, il entama, en 1866, une carrière de fonctionnaire au ministère de l'Intérieur. Pendant la guerre de 1870, il servit dans la garde nationale mobile de la Seine. Ami de Céard, il rencontra Émile Zola en 1876. Il fut, avec Maupassant, l'écrivain le plus fécond du groupe des *Soirées de Médan*, publiant une importante œuvre romanesque : *Marthe* (1876), *Les Sœurs Vatard* (1879), *En ménage* (1881), *À vau-l'eau* (1882), *À rebours* (1884), *En rade* (1887), *Là-bas* (1891), *En route* (1895), *La Cathédrale* (1898), *L'Oblat* (1903). Il fit également paraître plusieurs volumes de critique d'art (*L'Art moderne* 1883 ; *Certains*, 1889 ; *Trois Primitifs*, 1904). Converti au catholicisme, il effectua, à partir de 1892, des retraites religieuses dans différents monastères : à Notre-Dame d'Igny, à l'abbaye de Solesmes, à Ligugé. En 1903, il fut élu président de l'académie Goncourt, charge qu'il assuma jusqu'à sa mort, en 1907.

Guy de Maupassant (5 août 1850-6 juillet 1893). Originaire de Normandie où il passa son enfance et son adolescence, Maupassant fit la guerre de 1870 en servant dans l'Intendance. Familier des dimanches de Flaubert, il y rencontra Edmond de Goncourt, Zola et Tourgueniev. Il mena d'abord une carrière de fonctionnaire avant de pouvoir gagner sa vie grâce aux chroniques et aux nouvelles qu'il publia dans différents journaux, en particulier dans *Le Gaulois* et *Gil Blas*. Devenu l'un des maîtres de la nouvelle, il composa quinze recueils : *La Maison Tellier* (1881), *Mademoiselle Fifi* (1882), *Contes de la bécasse*, *Clair de lune* (1883), *Miss Harriet*, *Les Sœurs Rondoli*, *Yvette* (1884), *Contes du jour et de la nuit*, *Monsieur Parent* (1885), *Toine*, *La Petite Roque* (1886), *Le Horla* (1887), *Le Rosier de Madame Husson* (1888), *La Main gauche* (1889), *L'Inutile Beauté* (1890). Mais il ne faut pas oublier l'œuvre du romancier : *Une vie* (1883), *Bel-Ami* (1885), *Mont-Oriol* (1887), *Pierre et Jean* (1888, avec une importante préface sur l'art du roman), *Fort comme la mort* (1889), *Notre cœur* (1890). Guy de Maupassant mourut prématurément des suites d'une syphilis.

Émile Zola (2 avril 1840-29 septembre 1902). Zola perdit son père à l'âge de sept ans. Élevé par sa mère, il fut employé à la librairie Hachette entre 1862 et 1866, avant de pouvoir commencer à gagner sa vie comme journaliste et romancier. En 1870, il épousa Alexandrine Meley avec qui il vivait depuis 1864. C'est en 1878 qu'il fit l'acquisition, près de

Paris, de sa propriété de Médan, que la publication des *Soirées de Médan* rendit célèbre deux ans plus tard. En 1888, il rencontra Jeanne Rozerot, qui devint sa maîtresse et lui donna deux enfants. Son engagement dans l'affaire Dreyfus bouleversa les dernières années de son existence (« J'accuse » parut dans *L'Aurore* le 13 janvier 1898), en lui imposant un procès en cour d'assises, suivi d'une année d'exil en Angleterre.

Théoricien du naturalisme, Émile Zola a laissé une œuvre romanesque considérable. Des romans de jeunesse on retiendra *La Confession de Claude* (1865), *Thérèse Raquin* (1867) et *Madeleine Férat* (1868). Viennent ensuite les vingt volumes des *Rougon-Macquart* : *La Fortune des Rougon* (1871), *La Curée* (1872), *Le Ventre de Paris* (1873), *La Conquête de Plassans* (1874), *La Faute de l'abbé Mouret* (1875), *Son Excellence Eugène Rougon* (1876), *L'Assommoir* (1877), *Une page d'amour* (1878), *Nana* (1880), *Pot-Bouille* (1882), *Au Bonheur des Dames* (1883), *La Joie de vivre* (1884), *Germinal* (1885), *L'Œuvre* (1886), *La Terre* (1887), *Le Rêve* (1888), *La Bête humaine* (1890), *L'Argent* (1891), *La Débâcle* (1892), *Le Docteur Pascal* (1893). Aux *Rougon-Macquar*t succèdent deux cycles romanesques : celui des *Trois Villes* (*Lourdes*, 1894 ; *Rome*, 1896 ; *Paris*, 1898) et celui des *Quatre Évangiles* (*Fécondité*, 1899 ; *Travail*, 1901 ; *Vérité*, 1902 ; *Justice*, laissé à l'état de notes). Il faut ajouter plusieurs recueils de contes (*Contes à Ninon*, 1864 ; *Nouveaux Contes à Ninon*, 1874 ; *Le Capitaine Burle*, 1882 ; *Naïs Micoulin*, 1884), ainsi que des recueils d'articles critiques : *Mes Haines* (1866), *Le Roman expérimental* (1880), *Le Naturalisme au théâtre*, *Nos auteurs dramatiques*, *Les Romanciers naturalistes*, *Documents littéraires* (1881), *Une campagne* (1882), *Nouvelle Campagne* (1897), *La Vérité en marche* (1901).

CHRONOLOGIE

	Vie et œuvre de Zola	Vies et œuvres des membres du groupe de Médan
1840	Naissance de Zola.	
1847		Naissance de Paul Alexis.
1848		Naissance de Joris-Karl Huysmans.
1849		
1850		Naissance de Guy de Maupassant et de Léon Hennique.
1851		Naissance d'Henry Céard.
1852		
1859		
1860		
1862	Employé chez Hachette.	
1864		
1865		
1866	Se consacre au journalisme.	
1867	Publication de *Thérèse Raquin.*	
1868	Préface à *Thérèse Raquin.*	
1870		Huysmans est garde mobile ; malade, il est démobilisé. Maupassant fait son service militaire dans l'Intendance, à Rouen. Hennique s'engage dans l'armée de Faidherbe. Céard et Alexis sont enrôlés dans la garde nationale, à Paris.
1871	Commence le cycle des *Rougon-Macquart* avec *La Fortune des Rougon.*	
1872	*La Curée.*	
1873	*Le Ventre de Paris.*	

Événements se rapportant au naturalisme	Contexte politique et culturel
	Chute de la monarchie de Juillet. Proclamation de la liberté de la presse. Renan, *L'Avenir de la science.* Marx, *Le Manifeste du Parti communiste.*
	Courbet, *Un enterrement à Ornans.*
	Taine, *Essais de critique et d'histoire.*
	2 décembre : coup d'État de Louis-Napoléon Bonaparte.
	2 décembre : proclamation du Second Empire.
	Darwin, *De l'origine des espèces* (traduit en 1862).
	Manet, *Olympia.*
	Hugo, *Les Misérables.* Manet, *Le Déjeuner sur l'herbe.*
Edmond et Jules de Goncourt, *Germinie Lacerteux.*	Grand succès de *La Belle Hélène* d'Offenbach.
	Claude Bernard, *Introduction à l'étude de la médecine expérimentale.*
	Exposition universelle à Paris.
23 janvier : article d'Ulbach sur « la littérature putride » (*Le Figaro*).	
	Juin : mort de Jules de Goncourt. 19 juillet : déclaration de guerre à la Prusse. 2 septembre : battue à Sedan, la France capitule. 4 septembre : proclamation de la République.
	Paris est soumis au blocus. Épisode de la Commune. Adolphe Thiers est chef de l'exécutif.
	Lois dites de l'Ordre moral votées sous la pression des conservateurs. Le maréchal Mac-Mahon devient le premier président de la IIIe République. Monet, *Impression, soleil levant.*

	Vie et œuvre de Zola	Vies et œuvres des membres du groupe de Médan
1874	*La Conquête de Plassans.*	Première œuvre de Huysmans : *Le Drageoir à épices*, devenu en 1875 *Le Drageoir aux épices.*
1875	*La Faute de l'abbé Mouret.*	
1876	*Son Excellence Eugène Rougon.*	*Marthe, histoire d'une fille* de Huysmans. Débuts littéraires de Léon Hennique dans *La République des Lettres* de Catulle Mendès.
1877	*L'Assommoir.*	Céard, *Mal éclos.*
1878	*Une page d'amour.* Achat de la propriété de Médan.	Huysmans, première version de « Sac au dos » (publiée à Bruxelles). Hennique, *La Dévouée*, roman dédié « aux frères d'armes Henry Céard et J.-K. Huysmans ».
1879		Huysmans, *Les Sœurs Vatard.* Alexis, *Celle qu'on n'épouse pas* (comédie). Hennique, *Élisabeth Couronneau.* Hennique et Céard tentent d'adapter *La Conquête de Plassans* de Zola, sous le titre *L'Abbé Faujas.* Le projet échouera en septembre.
1880	*Nana.* *Le Roman expérimental.*	Alexis publie *La Fin de Lucie Pellegrin.* Huysmans, *Croquis parisiens.* Hennique, *Les Hauts Faits de M. de Ponthau.*
1881		Maupassant, *La Maison Tellier.* Huysmans, *En ménage.* Céard, *Une belle journée.* Hennique et Huysmans publient *Pierrot sceptique, pantomime naturaliste.*
1882	*Pot-Bouille.*	Maupassant, *Mademoiselle Fifi.* Huysmans, *À vau-l'eau.* Hennique, *Benjamin Rozes.* Alexis, *Notes d'un ami.*
1883	*Au Bonheur des Dames.*	Maupassant, *Une vie*, *Les Contes de la Bécasse.* Huysmans, *L'Art moderne.* Hennique, *L'Accident de M. Hébert.* Alexis, *Le Collage.*

Événements se rapportant au naturalisme	Contexte politique et culturel
	Première exposition dite « des impressionnistes ».
	Bizet, *Carmen*.
Plusieurs rencontres successives conduisent à la formation du groupe de Médan.	
Le jeudi soir, Zola reçoit ses amis à son domicile. Avril : le dîner Trapp réunit Maupassant, Huysmans, Hennique, Céard, Alexis et Mirbeau autour de Zola, Goncourt et Flaubert.	
Projet des *Soirées de Médan*.	
Publication des *Soirées de Médan* et du *Roman expérimental* Projet avorté de la revue du groupe, *La Comédie humaine*.	Lois Ferry sur l'enseignement. Mort de Flaubert.
Brunetière, *Le Roman naturaliste*.	Mort de Tourgueniev.

	Vie et œuvre de Zola	Vies et œuvres des membres du groupe de Médan
1884	*La Joie de vivre.*	Huysmans, *À rebours.* Maupassant, *Les Sœurs Rondoli, Miss Harriet.*
1885	*Germinal.*	Maupassant, *Bel-Ami, Contes du jour et de la nuit.* Alexis, *Le Besoin d'aimer.*
1886	*L'Œuvre.*	
1887	*La Terre.*	Maupassant, *Mont-Oriol.* Huysmans, *En rade.* Hennique, *Pœuf*, nouvelle dédiée à Maupassant.
1888	*Le Rêve.*	Maupassant, *Pierre et Jean* (préface : « Le roman »).
1889		Maupassant, *Fort comme la mort.* Huysmans, *Certains.* Hennique, *Un caractère.*
1890	*La Bête humaine.*	
1891	*L'Argent.*	Huysmans, *Là-bas.* Alexis, *Madame Meuriot.*
1892	*La Débâcle.*	
1893	Zola achève le cycle des *Rougon-Macquart* avec la parution du *Docteur Pascal.*	Mort de Maupassant.
1894	*Lourdes.*	
1895		Huysmans, *En route.*
1896	*Rome.*	
1897	Engagement dans l'affaire Dreyfus.	
1898	Publication de « J'accuse » dans *L'Aurore.* Exil de Zola en Angleterre après son procès. Parution de *Paris.*	Huysmans, *La Cathédrale.*
1899	*Fécondité.* Zola rentre à Paris.	Hennique, *Minnie Brandon.*
1900	Rencontre de Zola avec Alfred Dreyfus.	
1901	*Travail.*	Mort de Paul Alexis. Huysmans, *Sainte Lydwine de Schiedam.*

Événements se rapportant au naturalisme	Contexte politique et culturel
Louis Desprez, *L'Évolution naturaliste.*	
Inauguration du Grenier Goncourt le 1er février.	Mort de Victor Hugo.
Manifeste des Cinq à propos de la publication de *La Terre* (les Cinq étaient P. Bonnetain, J.-H. Rosny, G. Guiches, P. Margueritte, L. Descaves).	
	Boulanger recueille 55 000 voix aux élections sans être candidat.
	Exposition universelle : inauguration de la tour Eiffel.
Parution de l'*Enquête sur l'évolution littéraire* de Jules Huret. Léon Bloy, *Les Funérailles du naturalisme.*	Suicide du général Boulanger.
	Attentats anarchistes.
Banquet célébrant la fin des *Rougon-Macquart*.	Les radicaux et les socialistes sont vainqueurs aux élections.
	Condamnation du capitaine Dreyfus pour espionnage. Il est déporté en Guyane.
	Premières projections cinématographiques.
	Mort d'Edmond de Goncourt.
	Mort d'Alphonse Daudet.
	Procès de Rennes. Dreyfus est à nouveau condamné, mais il est gracié par le président de la République, le 19 septembre.

	Vie et œuvre de Zola	Vies et œuvres des membres du groupe de Médan
1902	Mort de Zola.	
1903	*Vérité.*	Huysmans, *L'Oblat*
1906		Céard, *Terrains à vendre au bord de la mer.*
		Huysmans, *Les Foules de Lourdes.*
1907		Mort de J.-K. Huysmans. Léon Hennique devient président de l'académie Goncourt.
1924		Mort d'Henry Céard.
1935		Mort de Léon Hennique.

Événements se rapportant au naturalisme	Contexte politique et culturel
	12 juillet : Alfred Dreyfus est réhabilité par la Cour de cassation.

BIBLIOGRAPHIE

Pour tout complément bibliographique, on se reportera à la bibliographie de David Baguley qui répertorie de manière complète ouvrages et publications sur Zola et le naturalisme. Cette bibliographie (1930-2010) est disponible sur le site des *Cahiers naturalistes* (www.cahiers-naturalistes.com).

Dans son édition du *Roman expérimental* d'Émile Zola parue dans cette même collection, François-Marie Mourad a établi une bibliographie complète sur la théorie naturaliste, l'œuvre critique et théorique de Zola (Émile Zola, *Le Roman expérimental*, présentation par François-Marie Mourad, GF-Flammarion, 2006).

ÉDITIONS DU RECUEIL DES *SOIRÉES DE MÉDAN*

Les Soirées de Médan, G. Charpentier, 1880.

Les Soirées de Médan, Édition du Cinquantenaire, avec une préface inédite de Léon Hennique, Fasquelle, 1930.

Les Soirées de Médan, Grasset et Fasquelle, 1955.

Les Soirées de Médan, Grasset, « Les Cahiers rouges », 1990.

Les Soirées de Médan, Le Livre de Poche, 1975.

Les Soirées de Médan, introduction, notes et dossier par Colette Becker, Le Livre à venir, 1981.

ŒUVRES COMPLÈTES

MAUPASSANT, Guy DE, *Contes et nouvelles*, préface d'Armand Lanoux, introduction, chronologie, texte établi et annoté par Louis Forestier, Gallimard, « Bibliothèque de la Pléiade », 1974-1979, 2 vol.

HUYSMANS, Joris-Karl, *Romans 1*, édition établie sous la direction de Pierre Brunel et Sylvie Thorel-Cailleteau, Robert Laffont, « Bouquins », 2005.

ZOLA, Émile, *Contes et Nouvelles*, texte établi, présenté et annoté par Roger Ripoll, Gallimard, « Bibliothèque de la Pléiade », 1976.

ÉDITIONS DES NOUVELLES

CÉARD, Henry et HENNIQUE, Léon, *Deux Nouvelles naturalistes*, postface de Michel Lopes, Mille et Une Nuits, 2000.

HENNIQUE, Léon, *L'Affaire du Grand 7 et autres nouvelles*, éd. René-Pierre Colin, Tusson, Du Lérot, 2003.

HUYSMANS, Joris-Karl, « Sac au dos », in *Nouvelles*, éd. Daniel Grojnowski, GF-Flammarion, 2007.

MAUPASSANT, Guy DE, « Boule de suif » in *Boule de suif et autres histoires de guerre*, présentation par Antonia Fonyi, GF-Flammarion, 2009.

MAUPASSANT, Guy DE, *Boule de suif*, dossier et notes par Danièle Marin, Gallimard, « Folioplus Classiques », 1999-2007.

ZOLA, Émile, « L'Attaque du moulin », in *Contes et nouvelles 2*, (1875-1899), éd. François-Marie Mourad, GF-Flammarion, 2008.

ZOLA, MAUPASSANT, HUYSMANS, *Nouvelles naturalistes des Soirées de Médan*, notes, questionnaires et synthèses par Gertrude Bing, Hachette, « Biblio-Lycée », 2006. (Le volume comporte uniquement « L'Attaque du moulin », « Boule de suif » et « Sac au dos ».)

CORRESPONDANCES

ALEXIS, Paul, *« Naturalisme pas mort ». Lettres inédites de Paul Alexis à Émile Zola (1871-1900)*, éd. B. Bakker, Toronto, University of Toronto Press, 1971.

CÉARD, Henry, *Lettres inédites à Émile Zola*, publiées et annotées par Colin Burns, Nizet, 1958.

CÉARD, Henry, *Correspondance avec Edmond de Goncourt (1876-1896)*, suivie de *Coups d'œil et clins d'yeux, Journal inédit, 1874-1875*, textes publiés et annotés par Colin Burns, avec une préface de Pierre Cogny, Nizet, 1965.

FLAUBERT, Gustave, *Correspondance*, choix et présentation de Bernard Masson, Gallimard, « Folio », 1998.

FLAUBERT-MAUPASSANT, *Correspondance*, éd. d'Yvan Leclerc, Flammarion, 1993.

GONCOURT, Edmond DE, DAUDET, Alphonse, *Correspondance*, édition établie et annotée par Pierre Dufief, Genève, Droz, 1996.

HUYSMANS, Joris-Karl, *Lettres inédites à Émile Zola*, publiées et annotées par Pierre Lambert, avec une introduction de Pierre Cogny, Genève, Droz, 1953.

HUYSMANS, Joris-Karl, *Lettres inédites à Edmond de Goncourt*, publiées et annotées par Pierre Lambert et présentées par Pierre Cogny, Nizet, 1956.

ZOLA, Émile, *Correspondance*, sous la direction de B. Bakker et H. Mitterand (éditeurs associés : C. Becker, puis O. Morgan ; notes par C. Becker, O. Morgan, A. Pagès, A. Salvan, J. Sanders, D. Speirs, C. Thomson, J. Walker), Montréal, Presses de l'université de Montréal / Paris, Éditions du CNRS, 1978-1995, 10 tomes (un supplément en 2011).

Les Cahiers naturalistes ont publié des extraits de la correspondance de Paul Alexis (n° 61-1987), d'Henry Céard (n° 68-1994), de Léon Hennique (n° 71-1997).

OUVRAGES CONSACRÉS À L'HISTOIRE DU GROUPE DE MÉDAN

COLLECTIF, *Le Naturalisme et Les Soirées de Médan*, *Les Marges*, Librairie Valois, 1930.

DEFFOUX, Léon et ZAVIE, Émile, *Le Groupe de Médan* [1920], nouvelle édition revue et augmentée de textes inédits, Paris, G. Crès et Cie, 1924.

DUMESNIL, René, *La Publication des Soirées de Médan*, Société française d'édition littéraire et technique, « Les Grands événements littéraires », 1933.

PAGÈS, Alain, *Zola et le groupe de Médan. Histoire d'un cercle littéraire*, Perrin, 2014.

Articles contemporains de la publication du recueil

Par ordre chronologique :
MONTJOYEUX, « Chroniques parisiennes. Messieurs Zola », *Le Gaulois*, 27 décembre 1878.
MAUPASSANT, Guy DE, « *Les Soirées de Médan*, Comment ce livre a été fait », *Le Gaulois*, 17 avril 1880.
CHAPRON, Léon, « Chronique de Paris. *Les Soirées de Médan* », *L'Événement*, 19 avril 1880.
ROD, Édouard, « *Les Soirées de Médan* », *Le Voltaire*, 20 avril 1880.
RICHEPIN, Jean, « Portraits à l'encre. Les six naturalistes », *Gil Blas*, 21 avril 1880.
GILLE, Philippe, « Revue bibliographique », *Le Figaro*, 21 avril 1880.
ASSE, Auguste, « *Les Soirées de Médan* », *Le Moniteur universel*, 25 avril 1880.
CHRISTOPHE, Jules, « *Les Soirées de Médan* », *La Fédération artistique d'Anvers*, 1er mai 1880.
BANVILLE, Théodore DE, « *Les Soirées de Médan* », *Le National*, 3 mai 1880.
LE REBOULLET, Adolphe, « Courrier littéraire. *Les Soirées de Médan* », *Le Temps*, 7 mai 1880.
RUDE, J., « *Les Soirées de Médan* », *La Revue moderne et naturaliste*, juillet 1880.
PLESSIS, Frédéric, « *Les Soirées de Médan* », *La Presse*, 5 septembre 1880.
ALEXIS, Paul, « Les Cinq », *Gil Blas*, 22 avril 1881.
MAUPASSANT, Guy DE, « Romanciers contemporains. M. Émile Zola. » *Revue politique et littéraire de la France et de l'étranger*, 10 mars 1883.
ALEXIS, Paul, « *Les Soirées de Médan* », *Le Journal*, 30 novembre 1893.

Articles ou parties d'ouvrages consacrés au recueil

ALEXIS, Paul, *Notes d'un ami*, Maisonneuve et Larose, 2001.
BAGULEY, David, *Le Naturalisme et ses genres*, Nathan, « Le Texte à l'œuvre », 1995, p. 21-26 et 111-131.

BAGULEY, David, « L'envers de la guerre : *Les Soirées de Médan* et le mode ironique », *French Forum*, VII, n° 3, 1982, p. 235-244.

BECKER, Colette, « Tourgueniev et le groupe de Médan », in *Actes du Colloque « Tourgueniev, Zola et Daudet au sein du groupe des Cinq »* (Bougival, 11 novembre 1990), *Cahiers Yvan Tourgueniev*, n° 14, 1990, p. 97-100.

BECKER, Colette, « *Les Soirées de Médan* », *Bulletin de la Société J.-K. Huysmans*, n° 85, 1992, p. 4-9.

CHESSEX, Jacques, « *Les Soirées de Médan* », in *Maupassant et les autres*, Ramsay, 1981, p. 87-912.

DESCAVES, Lucien, « *Les Soirées de Médan* », *La France au combat*, 3 avril 1947.

FONYI, Antonia, « *Les Soirées de Médan* : un livre à lire », *Romantisme*, n° 103, 1999, p. 97-111.

FURST, Lilian R., « The coherence of *Les Soirées de Médan* », in *L'Hénaurme Siècle. A Miscellany Essays on Ninetenth Century French Litterature*, éd. Will L. McLendon, Heidelberg, Carl Winter, 1984, p. 125-134.

HENNIQUE-VALENTIN, Nicolette, *Mon père : Léon Hennique*, Éditions du Dauphin, 1955.

HENRIOT, Émile, « En relisant *Les Soirées de Médan* » (1934), in *Courrier littéraire, XIXe siècle, réalistes et naturalistes*, Albin Michel, 1954, p. 283-289.

LAISNEY, Vincent et GLINOER Anthony, *L'Âge des cénacles. Confraternités littéraires et artistiques au XIXe siècle*, Fayard, 2013.

LE BLOND-ZOLA, Martine, « The Circle of Friends at Médan », *Bulletin of the Emile Zola Society*, n°s 41-42, avril-octobre 2010, p. 3-7.

MITTERAND, Henri, *Zola*, t. II : *L'Homme de Germinal*, Fayard, 2001, p. 494-542.

PAGÈS, Alain, « Le mythe de Médan », *Les Cahiers naturalistes*, n° 55, 1981, p. 31-40.

PAGÈS, Alain, « À propos d'une origine littéraire : *Les Soirées de Médan* », *Nineteenth-Century French Studies Fredonia*, New York, vol. 12, n° 1-2, 1983, p. 207-212.

POTTIER, Jean-Michel, « L'état des lieux dans *Les Soirées de Médan* », in M.-M. Gladieu, J.-M. Pottier et A. Trouvé (dirs.), *Approches interdisciplinaires de la lecture, « Les référents du littéraire »*, 7, Reims, Epure, 2013, p. 101-120.

SCHOBER, R., « *Les Soirées de Médan* », in *Problèmes méthodologiques de la critique marxiste, Philologica Pragensia Praha*, vol. 26, n° 3-4, 1983, p. 174-187.
TRUDGIAN, Helen, « Claude Bernard and the Groupe de Médan », in *Literature and Science, International Federation for Modern Languages and Literatures : Proceeding of the Sixth Triennal Congress*, Oxford, Blackwell, 1955, p. 273-276.

OUVRAGES GÉNÉRAUX SUR LE NATURALISME ET SUR LES AUTEURS DES *SOIRÉES DE MÉDAN*

BECKER, Colette, *Lire le réalisme et le naturalisme*, Dunod, « Lettres supérieures », 1992.
BECKER, Colette, GOURDIN-SERVENIÈRE, Gina et LAVIELLE, Véronique, *Dictionnaire d'Émile Zola. Sa vie, son œuvre, son époque, suivi du dictionnaire des Rougon-Macquart*, Robert Laffont, « Bouquins », 1993.
BORNECQUE, Jacques-Henry et COGNY, Pierre, *Réalisme et naturalisme*, Hachette, 1958.
BRUNETIÈRE, Ferdinand, *Le Roman naturaliste*, Calmann-Lévy, 1893.
BURNS, Colin-A., *Henry Céard et le naturalisme*, Birmingham, John Goodmans & Sons, 1982.
CHARLES, Christophe, *La Crise littéraire à l'époque du naturalisme. Roman, théâtre et politique. Essai d'histoire sociale des groupes et des genres littéraires*, Presses de l'École normale supérieure, 1979.
COLIN, René-Pierre, *Zola, renégats et alliés. La République naturaliste*, Lyon, Presses universitaires de Lyon, 1988.
COLIN, René-Pierre, *Tranches de vie. Zola et le coup de force naturaliste*, Tusson, Du Lérot, 1991.
COLIN, René-Pierre, *Dictionnaire du naturalisme*, Tusson, Du Lérot, 2012.
DESPREZ, Louis, *L'Évolution naturaliste*, Tresse Éditeur, 1884.
FRAZEE, Ronald, *Henry Céard, idéaliste détrompé*, PUF, 1963.
HUYSMANS, Joris-Karl, *Zola*, Bartillat, 2002.
HUYSMANS, Joris-Karl, *Écrits sur l'art. (L'Art moderne, Certains, Trois Primitifs)*, éd. Jérôme Picon, GF-Flammarion, 2008.

LE BLOND-ZOLA, Denise, *Émile Zola raconté par sa fille*, Fasquelle, 1931.

MITTERAND, Henri, *Zola*, t. I : *Sous le regard d'Olympia (1840-1871)*, 1999 ; t. II : *L'Homme de « Germinal » (1871-1893)*, 2001 ; t. III : *L'Honneur (1893-1902)*, 2002.

PAGÈS, Alain, *La Bataille littéraire, Essai sur la réception du naturalisme à l'époque de Germinal*, Librairie Séguier, 1989.

PAGÈS, Alain, *Le Naturalisme*, PUF, « Que sais-je ? », 1993.

PAGÈS, Alain, *Émile Zola, bilan critique*, Nathan Université, « 128 », 1993.

PAGÈS, Alain et MORGAN, Owen, *Guide Émile Zola*, Ellipses, 2002.

ZOLA, Émile, *Zola journaliste, Articles et chroniques*, choisis et présentés par Adeline Wrona, GF-Flammarion, 2011.

NUMÉROS SPÉCIAUX DES *CAHIERS NATURALISTES*

Les *Cahiers naturalistes* éditent chaque année un numéro consacré à Zola et au naturalisme. Certains auteurs du groupe de Médan ont fait l'objet d'un dossier :

Paul ALEXIS, sous la direction de Jean de Palacio, *Cahiers naturalistes*, n° 61, 1987.

Henry CÉARD, sous la direction de Colin Burns, *Cahiers naturalistes*, n° 68, 1994.

Léon HENNIQUE, sous la direction de Jean de Palacio, *Cahiers naturalistes*, n° 71, 1997.

TABLE

PRÉSENTATION 7

Les Soirées de Médan

L'ATTAQUE DU MOULIN, par Émile Zola 49
BOULE DE SUIF, par Guy de Maupassant 86
SAC AU DOS, par Joris-Karl Huysmans 134
LA SAIGNÉE, par Henry Céard 169
L'AFFAIRE DU GRAND 7, par Léon Hennique 231
APRÈS LA BATAILLE, par Paul Alexis 256

ANNEXE 291

DOSSIER

1. Six écrivains naturalistes : le groupe de Médan 299
2. La bataille du naturalisme 308
3. De l'esthétique naturaliste en peinture 321
4. Décrire la guerre aux XIXe et XXe siècles 330

NOTICES BIOGRAPHIQUES 339

CHRONOLOGIE 343

BIBLIOGRAPHIE 353

Mise en page par Meta-systems
59100 Roubaix

N° d'édition L.01EHPN000469.C002
Dépôt légal : mars 2015
Imprimé en France par MAURY IMPRIMEUR (Malesherbes)